Marriage story
in
the old pictorials

老画报里的婚恋故事

周利成 著
天津市档案馆 编

广西师范大学出版社
GUANGXI NORMAL UNIVERSITY PRESS
·桂林·

老画报里的婚恋故事
LAO HUABAO LI DE HUNLIAN GUSHI

图书在版编目（CIP）数据

老画报里的婚恋故事 / 周利成著. --桂林 : 广西师范大学出版社，2022.2（2022.9 重印）
ISBN 978-7-5598-4655-6

Ⅰ. ①老… Ⅱ. ①周… Ⅲ. ①故事—作品集—中国—近代 Ⅳ. ①I242.7

中国版本图书馆 CIP 数据核字（2022）第 002523 号

广西师范大学出版社出版发行
（广西桂林市五里店路 9 号 邮政编码：541004
网址：http://www.bbtpress.com）
出版人：黄轩庄
全国新华书店经销
广西民族印刷包装集团有限公司印刷
（南宁市高新区高新三路 1 号 邮政编码：530007）
开本：787 mm ×1 092 mm 1/16
印张：19.5 字数：280 千
2022 年 2 月第 1 版 2022 年 9 月第 2 次印刷
印数：5 001~7 000 册 定价：78.00 元

自 序

《易》曰："有天地，然后有万物；有万物，然后有男女；有男女，然后有夫妇；有夫妇，然后有父子；有父子，然后有君臣。"在人类历史的进程中，从原始社会进入文明社会的重要标志之一便是婚姻。婚姻使人类得以繁衍，社会得以延续。

人类社会所有的社会关系，归根到底都是人与人之间的关系，婚姻关系则是基础，它不仅关涉男女两性问题，而且还涉及生育、亲情、伦理、抚养、教育、继嗣、遗产等一系列社会问题。因此，研究一个时代的婚姻问题，实际上就是打开了管窥该时代的一个窗口。《老画报里的婚恋故事》正是以汗牛充栋的民国老画报和卷帙浩繁的档案为资源，以婚恋为独特视角，通过征婚、订婚、结婚、离婚、情殇五个板块，讲述一个个民国时期的婚恋故事，揭示民国人物的婚恋观、人生观和价值观，反映近代中国的历史发展和社会变迁。

民国是我国近代史上一个新旧交替的特殊时期。一方面，旧事物逐渐退出历史舞台，新事物在悄然萌生、滋长、蔓延；另一方面，旧事物仍有一定的生命力，仍在做最后的挣扎，新事物则不断地适应民国土壤，在艰难生长。于是，就出现了新旧杂陈、中西碰撞的现象。民国时期的婚姻问题亦是如此。一方面，传统婚姻观念发生动摇，沿袭数千年的"纳采、问名、纳吉、纳征、请期、亲迎"传统六礼婚仪，发生了根本改变。以陈独秀、李大钊、鲁迅为代表的新式知识分子，对传统婚姻观念进行了深刻剖析和猛烈抨击，铲除封建制度、实行一夫一妻制，废除娼妓、反对纳妾的呼声此起彼伏。而蔡元培、章士钊、郭沫若、蒋百里等则身体力行，站在新式婚姻的潮头，引领婚恋的方向。他们最先开始接纳西式婚仪，从凤冠霞帔到洁白婚纱，从六礼之仪到教堂神父，从父母之命、媒妁之言到男女平等、婚姻自由。婚姻的主导权开始下移至男女当事人，父母只有把关权而无决策权。另一方面，由于传统观念根深蒂固，加之社会经济、文化发展的不平衡，新式婚姻仅局限于先进知识分子群体和社会精英，大多数人仍然恪守成规，阻挠破坏新式婚姻，传统婚姻仍占据社会主流，内陆、农村等相对闭塞的地区尤为突出。更有一些觉悟了的知识分子在理论上倡导新式婚姻，但在实践中却屈从于父母意志，就连柳亚子、胡适、梁思成、林徽因等社会名流也都经历过包办婚姻的困扰。胡适为了给好友蒋梦麟做证婚人，不得不从家中的窗子爬出；国民政府的最高统帅蒋介石的婚礼也是中西合璧。于是，民国时期就呈现出明媒正娶、包办婚姻、买卖婚姻、自由恋爱、新式婚礼共有，一夫一妻、妻妾成群、嫖娼宿妓并存的奇怪现象。

我国最早刊登征婚广告的人当数蔡元培和章太炎两位先生。1900 年前后，蔡元培先生留洋归来，公开刊登启事向全国征婚。他不仅绅士开明而且尊重女性，他的征婚条件既约束自己又为女性着想。相比之下，章太炎先生的征婚条件则保留了一些旧时文人的老情调。随着以民办报刊为主体的民族报业的日趋兴旺和新闻出版业的全面发展，20 世纪 20 年代，征婚广告开始屡见报端。而随着男女平等、妇女解放思想的深入人心，一些新女性也不甘人后而主动出击，刊发征婚广告。

订婚，又称定婚、婚约，是定亲的演变，是民国以前的重要婚俗。定亲的时代，有的是指腹为婚，有的是孩提时期的娃娃亲，自然毫无爱情可言，两个互不相识的年轻男女由着家长们做主，对于爱的憧憬无疑是极其模糊的。进入民国，订婚仍是男女婚娶的一个必要程序，“结婚是人生的终身大事，订婚是终身大事的决定”，其重要地位几乎超越了结婚仪式。民国的订婚经历了父母做主，父母为主兼与当事人议定，及当事人做主征得父母同意的三个阶段。

民国时期，男女成婚最重要的形式就是举行婚礼，结婚证书可以没有，婚礼必不可少。但婚礼仪式在悄然改变，逐渐趋向简约文明。新式文明婚礼最先在上层社会和知识界盛行，婚礼只是亲朋好友聚在一起吃上一顿喜宴，喜宴上的演讲取代了传统的闹洞房；还有人在请帖上根本不写明是婚宴，来宾到场方知真相；更有如画家王君异者，仪式上无双方家长、无装饰、无婚书、无礼金，直截了当，一吃而散。1929 年圣诞节，国民革命军第十路航空司令刘沛泉与南京女子中学女教师王素贞，在上海虹桥机场乘坐沪蓉航线民用第一号飞机，在空中举行的浪漫而刺激的婚礼，是中国的第一场空中婚礼。1935 年，孙志超与徐綦在上海第六号渡轮上举行的婚礼，成为中国的第一场水上婚礼。同年，在上海市政府大礼堂，57 对新人举行了中国第一场集体婚礼。

自古以来，男子不仅可以娶妻，还可以纳妾，妻亡后更可以续弦。而女子，由于受“饿死事小，失节事大”“从一而终”“生是夫家人，死是夫家鬼”等封建思想的束缚，夫亡后则要守节，孤独终老。1930 年 12 月，国民政府制定的《中华民国民法·亲属编》，在法律上改变了数千年来男尊女卑的封建传统思想，反映了男女平等的精神，确立了一夫一妻制。然而，1935 年熊希龄、张海若、齐燮元相继娶了小自己近 20 岁的毛彦文、杨嗣馨、华泽愉，这三桩婚事在当年轰动一时，舆论界一片赞美、艳羡之声；就在同一年，43 岁的黎元洪孀妾危文绣改嫁 30 岁出头的王葵轩，却引来以黎氏家族为代表的封建卫道士们的一片责骂，甚至被青岛市市长驱逐出境，最终，屈服了的王葵轩被迫与危文绣分手。另外，从貂斑华的订婚风波、筱丹桂的服毒自尽、阮玲玉的香消玉殒等个案中亦可以看出，男女平等、婚姻自主还有很长的一段路要走。

民国以前，男子可以出妻，而不闻女子出夫，解除婚姻关系一直是男人的专权。究其原因，一是由于“三从四德”“嫁鸡随鸡，嫁狗随狗”的旧思想的影响，二是因为家庭财产悉数归于男方所有。民国以后，女子放开缠足，走出家门，步入学校，有了工作，在经济上、人格上获得独立，家庭生活不美满的女性开始主动提出离婚。1931 年 8 月，更因淑妃文绣拿起法律的武器，与末代皇帝溥仪在天津成功离婚，不久遂在平津一带掀起一波女性离婚潮。当年的妇女不仅有了摆脱痛苦、选择幸福的愿望，并且开始付诸行动。

因此可以说，民国时期的婚姻变革具有文化变革的特征，其直接与社会变革联系起来，推动了社会的发展和进步。

“一心装满国，一手撑起家；家是最小国，国是千万家。在世界的国，在天地的家；有了强的国，才有富的家。”一曲《国家》唱出了国与家的密切联系。家庭是社会的细胞，婚姻是家庭的核心；家庭稳固是国家稳定的根本，婚姻美满是家庭稳固的基础。希望读者能够通过此书，树立正确的婚恋观、人生观和价值观，更加珍惜自己的婚姻，更加珍爱自己的家庭，更加热爱我们的国家。愿天下有情人终成眷属，愿每对眷属都能白头偕老，愿每个家庭都能幸福美满，愿我们伟大的祖国繁荣富强！

目 录

辑一　征婚

辑二　订婚

辑三　结婚

辑四　离婚

辑五　情殇

辑一 征婚

陳玉方行書聯　高山流水吟館藏

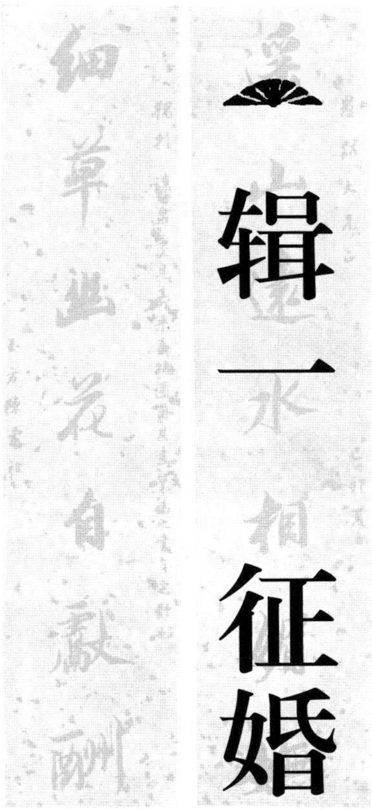

細草幽花自獻酬

……找一位志同道合的終身伴侶，無奈自愧沒有這一種資格，也只好終此一生而已。然而徵婚的先生們，或者未必真有他所說的種種資格，不過要投她們的私好，而故意騙出這種假招牌吧！這倒應徵的女同志們，仔細一下方好。

鐵頭僧

（胡）

寒假無事，得與老者閒爐共話，吞道趣事，援就其較有價值者，先錄一則，俟有暇當陸續供獻以餉閱者：方清光緒年間，舊都北京，有金川者，旗族人也，長於武技，力大如虎，得折鐵條爲二，故城中人鮮有不知其名者，居恒以力凌人，包娼聚賭，睚眦尋仇，無惡不作，有司屢欲懲之法，而又苦其無顯著之罪名，且其時旗族勢盛，讓官多勿敢攖，故只有置之於不聞而已。金川有友王某者，四川人，亦略諳武技，惟不甚精，常請教於金川，故相過甚密，及後金川因事赴豫，適王亦旋里，遂約同行，沿途僧連名勝，踏玩風景，飲酒作歌，樂乃無藝，路過河南少林寺，王謂金曰，夙聞少林之名，而未親覩數，今便道何不探訪，且其中定多武術高人，或可與彼兄一試，金笑諾之，遂赴寺中，院宇軒敞，僧徒繁衆，俱筋強力壯，迥非城中人，王謂金曰：可謂名不虛傳矣，有僧者迓二人，直入內院，問其長老，則答以大師父卜山未歸，二師父在內參禪，請兩位稍坐，即當出陪，方獻茗畢，則一老僧已自內出，形貌高古，雙眉皆白，雙輪倜儻，目光射人，叩其壽則已八旬有餘矣，王乘間謂老僧曰，久耳

巴黎賓里宮之大廳

細數孔遠女生籃球隊從事精練

（致泉攝）

日，此王君戲言耳，我雖習知一二，但不敢向老方丈獻醜，老僧答曰，金大人定然精當，貧僧山中老朽，固不敢言技藝，金曰：試試何妨，老僧曰：貧僧雖略習武術，不過爲鍛鍊身體，驅除病魔，實不敢言技藝，金又請之，老僧躊躇半晌，始曰：金大人必欲一觀薄技，貧僧一人獻拙可矣，不能與金大人比量，遂邀二人入後園林中古木參天，均大可數抱，枝幹橫斜，濃蔭滿地，老僧上前以手拍樹，一指謂之曰：此樹爲某時所植，至今已百餘歲矣，此樹……其樹經老僧拍者，則一一偏斜，行過林中，則諸樹東倒西歪，不復直立，王驚訝之，金亦暱稱高藝，老僧仍極謙遜，相將歸出，復至院中，王因知金雖長於技藝，惟造詣非深，僅得皮毛耳，至是極欲藉此以除地方害，遂笑謂金曰：今日非請老兄與老方丈一較不可，金笑應之，老僧仍堅辭，且曰：大師兄若未下山或可與金大人領教，君

巴拉猛新進明星 Edna m. 之舞姿（建闢）

圖錢第十九

都市寫真

——日本近代名作——

（……塊）

中国早期的“非诚勿扰”

著名导演冯小刚的代表作《非诚勿扰》，演绎的是当代中国的征婚故事。据史料记载，早在清末民初，我国已有征婚启事。查阅民国时期报刊广告栏中的征婚启事，也往往会在末尾处看到一句“无诚意者，请勿尝试”。

我国古典小说和戏曲中，常有抛绣球招亲的故事。当到了婚嫁年龄，有些大户人家的千金小姐就要高搭彩楼，公告天下，预定日期，抛球招亲。当日，求婚者齐集彩楼之下，姑娘暗自相中意中人，便将绣球向其抛去。当然，姑娘不是“灌篮高手”，往往把绣球抛偏。这“抛绣球”的结果或许不是你情我愿，但姑娘多相信命中注定，谁得了绣球便跟谁成亲。因女方不是官宦人家便是商贾巨富，男方自然像中了彩一样欢欣鼓舞地接受。记得京剧《红鬃烈马》第二折《彩楼配》，就讲述了唐丞相王允的三女儿王宝钏，在十字街头高搭彩楼抛绣球选婿，绣球偏中花郎薛平贵。王允嫌贫爱富，悔却前言，王宝钏遂与父三击掌后随薛平贵投奔寒窑，演绎了一段悲欢离合的爱情故事。这抛绣球招亲被认为是我国最早的征婚形式。

最早刊登征婚广告的知识分子当数蔡元培和章太炎两位先生。1900 年前后，蔡元培先生留洋归来，公开刊登启事向全国征婚。他提出了五个条件：一、女子须不缠足；二、须识字；三、男子不娶妾；四、男死后，女可再嫁；五、夫妇不相合，可离婚。由此可见，蔡元培先生不仅绅士开明，而且尊重女性，他的条件既约束自己又为女性着想。相比之下，章太炎先生的征婚条件则保留了一些旧时文人的老情调。他要求女方应是个大家闺秀，能写小文章，并且表明，女方婚后需居服从地位，显然没有脱离三从四德的旧窠。

随着以民办报刊为主体的民族报业的日趋兴旺和新闻出版业的全面发展，征婚广告开始屡见报端。查阅当年的《申报》《大公报》《益世报》《民国日报》《顺天时报》《北洋画报》等报刊，可以找到数千则五花八门的征婚广告。笔者找到的最早的征婚广告，是 1921 年 12 月 22 日《申报》上落款为“云白”的一则：“刻有某君思娶一女，须得品貌才学俱全，年岁 20 以上，无有嗜好，身家清白。请将详细履历、年岁、籍贯何处，投函至新闻报馆第 98 号信箱，如不合意，恕不答复。”

1924 年 2 月 20 日，《民国日报》刊登了《变相的媒婆——征婚广告》一文，说明征婚广告在当时已是司空见惯。同年 2 月 15 日，《天津妇女日报》社接到北京寄来的一则征婚广告：“女子注意！中学女学生注意！征婚启事。吾友黄无必兄，现为国立某大学肄业，为人极和蔼忠厚，性沉着而笃于学，富活泼向上的精神，其家则小康，其年已弱冠矣。现拟在京择婚，特托我广为介绍。我觉得现代男女，社交不公开，欲使男女自由恋爱之实现，是不可能的。这是青年男女们所同感的困难。现在认为比较适当的办法就是广告征婚了。这是我代吾友办理广告征婚的动机。名媛闺秀，通人达士，当不以为怪也。凡有年 20 岁以内，在中学毕业或肄业及曾受过适当教育之佳人才女，愿意适人而又有诚意与吾友合作者，均请将姓名、年岁、籍贯、住址、履历、性格、志向、嗜好及家庭状况、求学经过等项，详细叙明……”

征婚广告的普遍出现，也衍生出了许多以征婚为题材的诗歌、随笔、评论、小说和电影。如 1925 年 5 月 29 日的《顺天时报》为征婚广告还配写了四首小诗，今日读来，也可领略到当年征婚广告中的风雅：

若为色相若为声，大似唯心定未成；
八字打开无隐匿，更嫌何处不分明。

一重雪上一重霜，断送春光去渺茫；
不借东风些子力，梦魂从此不成香。

的的三身只此身，空教睹面隔前尘；
哪堪更问张三李，半是阎浮谤法人。
飘零桃梗逐风潮，剩得红羊劫后身；
几处白杨新厝家，三年碧血痛慈亲。
故园空洒铜驼泪，客邸频惊铁马魂；
未复大□犹忍死，溯回往事只酸辛。

无端漂泊作依刘，坠地今将二十秋；
学禀鲤庭□咏絮，味思鲈脍莫登楼。
蜉蝣身世空余恨，文字因缘孰与亲；
太息中原方扰攘，欲从范蠡泛扁舟。

虽然征婚风行不久，即遭一些保守士绅的抵制甚至谴责，但也有些超前人士刊出过一些奇葩式的征婚启事，读后让人瞠目。如 1926 年 5 月 21 日《申报》中的《一张离奇的征婚广告》一文披露了一位留美男士征婚启事，这则启事所列条件，就是放在今天恐怕也难以令人接受。

该文作者赵宣有一位从汉江归来的朋友，提供给他一则“空前所未有见过”的《留美文学士陈征婚广告》：

鄙人今年 25 岁。湖北武昌人也。曾卒业于美国著名大学，得有文学士学位。现任武汉某专校教授，每月有三百元之进项，家有恒产。现拟征求一位同情的女士，以为内助。须具下列之资格者为合格：

1. 年龄自 18 岁至 23 岁，籍贯不论。须身家清白，但人品只求面无麻子、身无斑点。学问：曾受过五年以上之家庭教育、十年以上之学校教育，稍悉育婴经验者。

2. 三年以内自问能为鄙人生得子女三人以上者，并使鄙人可不得生纳妾之心欲者，最为合格。

凡自问具有以上之资格者，请开明详细履历，随附最近之全身裸体照片，函寄武昌邮政总局拣信处转交。合则约期面试，不合原件退还，保守秘密，以重道德。

此君不论貌美与否，但求“面无麻子、身无斑点”，空口无凭，寄来裸照，亲自验看。观此启事，笔者不禁感叹此君的大胆和勇气。他追求完美已近乎变态，俗话说人无完人，更何况“面无麻子、身无斑点”者，恐怕世间难觅。在当年女性视贞节为生命的传统观念下，试问有哪位未婚少女会将自己的裸照随便给一个陌生人？就是想给，在当时摄影技术尚不甚发达的年代，在一般的家庭中，如何找到一位摄影师给自己拍裸照？倘若这些裸照流到坊间，那么这位女性还有无脸面活在世上？所以，我相信此君的广告肯定是白瞎了。

早期刊登征婚广告者仅限于男性，这也说明男性在婚姻问题上的主导地位。但随着男女平等、妇女解放思想的深入人心，一些新女性也不甘人后而主动出击。1927 年 7 月 25 日的《申报》刊登了一则女性征婚广告：“先父前清举人，遗下兄妹，先母临终嘱我抚养。现小妹年 16 岁，中西女塾读书，性温柔，善家政。如有 20 岁左右青年，身家清白，家产数万者，带四寸照片及姓名、住址、家情、履历表，上午 10 时到宁波路 10 号典业银行楼上陶文接洽。”从这则广告中可以看出，当年征婚后还不是要求应征者先写应征函再选择性地见面，而是有意者直接到约定地点见面。而在 1928 年 11

月 1 日《申报》上的某女征婚就开始是先投函并由报馆代收了："某女公子，身出名门，工诗善画，年方二九（18 岁），父母爱若掌珠。兹因欲得子婿，特为征求，冀作雀屏之选。1. 年龄 17 至 22，身家清白，品学兼优；2. 女方虽有相当妆奁，应征者须有职业，经济独立之可能（如中选后尚有求学，期内得资助其学费）；3. 开详细籍贯、履历、住址及其知友一二人之住址。寄《申报》馆第 336 信箱。"女方虽是富家子女，但男方有职业、经济独立是必不可少的重要条件。

再如同年 12 月 12 日《申报》刊登的一则女子征婚的趣闻。花女士，绮年玉貌，美艳无比，父母爱若掌珠，欲予选择佳婿，乃刊登征婚于各报。有个王生，翩翩年少，竟获雀屏之选，既尔文定择年内结婚。唯王生未见花女士庐山真面，引以为憾。乃托词冬至送礼，在三友社购清气帐一顶，拜见丈母，慰问未来丈母置办妆奁之劳苦。盛称清气帐之优好，冷天既可避免风寒，又可透达空气，为最新式最合卫生之帐子。嘱丈母不必另做，备为新床应用。这段趣闻告诉我们，当时女子征婚还是有别于男子，征婚者与应征者只是书信往来，婚前并不见面。

至 20 世纪 20 年代，无论男女，征婚启事的模式基本定型为三部分：一是征婚者的自我介绍；二是对应征对象的要求，即征婚条件；三是明确联系方式。

刊登广告不是初婚者的专有权利，再婚者也陆续加盟进来。1928 年 4 月 28 日《申报》上的征婚人就是一位再婚者："兹有某君，系医科大学卒业，悬壶海上，历有年所。刻急欲续弦。如有闺女、名媛（再醮之妇亦可），年在 20 岁以上 25 岁以下，身家清白，姿容楚楚，并有相当学识，愿意应征者，请具详细履历及全身照片一张，寄至福州路 9 号 5 楼陈仲良收转。合则面谈，不合则将照片发还并严守秘密，决不泄露。特此登报征求，即希公鉴。"

在旧中国，上海、天津、广州、苏州、重庆等均曾设立外国租界，那里有许多来华的淘金者。有些外国人早期来华，他们的儿女就出生在中国，自小在中国长大。他们不仅会中文，而且也适应了中国的生活习惯，接受了中国的传统文化，所以一些未婚青年也愿意找一位中国姑娘作为终生的伴侣，他们也在报刊登载征婚启事。如1928年5月29日《申报》的一则男性征婚启事："英国少年诚意征婚，英人某君，年27岁，现供职于上海租界行政方面，有永久之地位，兹以极诚恳之意征求华人高尚女士为终身良伴，以共谋家庭幸福。应征来函，绝对保守秘密，请投函本报天字信箱326号。"再如同年12月12日《申报》上的一则法国女子征婚广告："年轻法女，面容秀丽，性贞静，母俄籍，通英、法、俄语言及文字，现因孑然一身，故急欲征一高尚华人结为夫妇。有意者，请写法或英文信投本报天字632号信箱接洽。"这两则征婚启事的内容简洁明了，征求条件均为宽泛的"高尚华人"，一是说明他们的随意性，不管条件如何，见面看了人再说；二是说明他们担心没有多少中国人肯接受一个外国人，应征者不多。

1941年11月11日，《申报》上刊登了一位在上海住亭子间的外国朋友的征婚广告，字里行间，透出了真诚坦白和风趣幽默："金汤，印第安混血种人，28岁足，中学差一学期辍学。现在干万国公寓招待员，午餐时间充绅士食堂仆欧，礼拜六晚并任无线电城播音人侍候员。执有国家银行A种特便储单存折一扣，计积数394元（利息尚未计入）。个性积极，脸皮不薄，体重140磅，经富克医生签字证明，并无花柳病。如有淡于小姐气味，而能惯过亭子间生活者，请于星期日上午亲自到绵羊宿舍16号面洽。"后有消息称，他已征到了一位美丽贤惠的伴侣，并且他们的家庭还被誉为"乐园之家"。

进入20世纪30年代，报刊上的征婚、征友、征侣等启事日渐增多，随之而来的就是乱象丛生，有言辞荒谬、有伤风化者，有借此捉弄人、开玩笑者，更有骗财骗色、拐卖妇女者。因此，天津、北平等地就曾有取缔征婚广告之举。1935年2月21日《益世报》载，天津市政府特令公安局对征婚广告予以取缔，派检查人员随时注意。为此，市政府发布公告称："查本月2日，某报广告内有征求女伴广告一则，言辞荒谬，有伤风化，亟应严予查禁。合行抄录原报，令仰该局遵照。转饬该报社立将该广告停止刊登，并通传各报社，嗣后遇有此类事件，一体禁刊毋违。”市公安局遂勒令该报社将此征婚广告撤销，并函知全市各报馆嗣后有类此事件，一体禁刊，并转知检查各员随时注意。

据《益世报》载，1936 年 3 月，由于北平因征婚而发生的诈骗案与日俱增，北平市政府遂出令禁止。此后一段时间内，北平各报此项广告始行绝迹。

但因适龄男女对征婚有需求，征婚广告也有市场，政府的一纸禁令只能限令一时。尤其是抗战胜利后，报刊上的征婚广告更是花样翻新、层出不穷。

民国征婚妙文

提起民国时期的征婚启事，可谓五花八门，无奇不有。1926年11月22日《申报》刊登的民国著名诗人杭席洋《征婚趣语》一文，照录了为一位基督徒朋友撰写的一则征婚启事。全文以文言写就，文采飞扬，谈古论今，引经据典，风趣幽默，算得是征婚中的一篇妙文，读罢令人忍俊不禁。笔者才浅，不能尽解其意，略做注释，将其抄录于下，以飨读者：

> 昨一少年相访，嘱代撰征婚广告。叩其旨，曰某基督徒也。本欲效西方不婚之伟男，经案绳床，从此终老。奈椿萱（一般指父母，这里指爷爷——引者注，下同）年事就衰，抱孙愿切，朝夕以男长须婚，无后为大等说，絮絮相强聒。实则作一超然想，举世乃无一可以匹偶之人。时或作一退步想，我实亦未堪遽入东床之选。而况从亲命则割足适履，命媒妁更搔痒隔靴。至于两性恋爱，缔婚自由，则或始乱而终弃，或乍合而旋离。终不如借文字为蹇修（鼓磬声乐，借指媒使），征佳人于绝代之为得也。即本此旨，愿先生为我委婉敷陈之。余嘉其志，勉为凑拍一稿。其词曰：

创世记云，人独居寡欢，此千古婚姻之根据也。

虽然，我固束身自好者也。浮花浪蕊（轻浮女性），绝不关情；冶叶倡条（娼寮妓女），何堪瞩目？即使才如道韫（东晋女诗人谢道韫），咏柳絮兮能工；而或貌比无盐（才华横溢的丑女钟无盐），望海棠而增愧。群雌粥粥，孰是可人？举眼悠悠，畴堪伉俪，谁欤？其足以为我之匹偶也哉！

虽然，我固卑不足数者也。貌逊安仁（潘安，字安仁，古代第一美男），难博贾妻（贾谧之妻）之婀笑。才非司马（司马相如），安望卓女（卓文君）之钟情？而况家世凌夷（衰落），声华阒寂。此生大可惜，不知几许蹉跎。我辈复何如？遑问刑于雅化，谁欤？我其堪为之匹偶也哉！

由前言之，人不足以匹我也。由后言之，我不足以匹人也。举二说而并存之，则亦不婚而已矣；取二说而对消之，则亦婚焉而已矣。虽然，希伯来之言曰："婚姻者，不可不郑重者也。"然则，吾其从父母之命欤，盖不告而娶，虽许通权，若擅自专，亦非正轨。顾必禀椿萱（父母）于堂上，传红结喜庆之花，系丝萝于闺中（旧时婚俗），惨绿极翩跹之致，则吾不乐从命也。

然则，吾其从媒妁之言欤？舌粲莲花，心如茅塞，腾其口说，李家短而张家长，费尽心机。西施颦而东施效，卒之名实不符。贤愚失当，甚至迷离扑朔，致悔误于当初，哀怨仳离，翻抱恨于永世。又况齐民未裕，国脉因而衰颓，择种不良，生理于焉废坠，则吾又不愿奉教也。

然则，吾其从男女恋爱之谈，行婚姻自由之实欤？虽美雨欧风之广被，实光天化日以难期。是以两心脉脉，订密约于桑中。大体双双，演横陈于道路。回视东邻处女，纵三年窥宋而犹贞（女子对意中人的暗恋）。拟诸北里淫娃（妓女），则一夕偷香而匪贱。又况朝三暮四，不旋踵而下堂，天理伦常，概弃遗如敝屣，则吾益不敢效尤也。

然则，何为而可？无已。以文字为蹇修，缔朱陈之婚媾（两家结成姻亲）。凡我海内巾帼才人，不栉进士，苟有愿择婿于某者，即凭红叶以传媒，好结青庐（婚房）而迎迓。行见关雎（诗经《关雎》）之化，重播于河洲；求凰之歌（司马相如古曲《凤求凰》），不限于炉畔。惟有感而斯通，自无微之弗至。终风且暴，宁贻淑女之忧；皓月满怀，当为硕人而咏也。

某年月日

某启

从这则启事可以看出，这位征婚者虽没有潘安之貌、司马相如之才，但他的眼光很高，自认为天下女子没有可与之匹配者。其原因是，他在生活中实际上是一位不近女色的“不婚族”。然而，在当年“男长须婚，无后为大”的传统观念下，在长辈们喋喋不休的催婚下，他又不想通过巧舌如簧的媒婆来介绍。为此，他才冒着婚后不幸福、不美满，甚至背叛、离异的风险，让朋友代为拟写征婚广告，以文字为媒，倘遇有缘人应征而结缡，以期过着夫唱妇随、琴瑟和鸣的神仙眷侣生活。然而，读了这样对婚姻充满不确定性的文字，了解了这样一位视婚姻为畏途的不婚族，想必不会有女性铤而走险地前来飞蛾扑火。即使有人应征并且成婚，其婚后生活也很是令人担忧。

据史料记载，杭席洋，山西人，号云涛仙子，山西南社诗人。抑或，此文只是作者撰写的一篇随笔，不过是以征婚启事为写作题材罢了。

另类女性的任性征婚

20世纪二三十年代，通过在报刊上发布征婚广告，寻找自己的意中人，已被社会各界认可和接受。查阅当年报刊广告栏中的征婚广告，征婚者多为男性，但也有约十分之一者为女性。通过这些女性征婚广告，可以梳理出民国女性对男性的要求依次为：一是职业，二是家产，三是品貌，四是兴趣，五是教育。但有个别任性女子，偏偏不走寻常路，另辟蹊径地提出一些稀奇古怪的征婚条件。

1928年3月24日上海《申报》中的《官家闺秀征婚》一文，记述了一位南方闺秀的奇特征婚条件。

她先介绍了自己的家世和自身条件：时年19，原籍姑苏，终鲜兄弟，自幼秉承礼教，略解翰墨。虽无西子之美，亦非无盐之陋。其父服官6年，随侍京津，故能操京苏方言。其父生前，殷殷以择婿为急务，然不幸于去岁腊月痛遭病故。奉母之命，以求诚笃君子为终身良伴，订白首之永好。其父生前为官清正廉洁，身后所遗不及三万金，因乏人承继，遂奉遗嘱以五千留作母亲养老金外，其余悉数拨为她的妆奁之费，只求诚实君子托以终身，生活可无问题。

女方年轻且为独生女，遗有家产，出身官宦，受过教育。如此好的条件该是很抢手的，即使提出一些严苛的条件，也在情理之中。但接下来她对男方提出的条件却让人大跌眼镜。第一是年龄要求极为宽泛，自 25 岁至 40 岁均可。第二，“倘性情慈祥，有哀怜孤女寡妇之心而能奉家母以终余年者，虽已有原配夫人，侬亦甘居妾媵。唯倘有正夫人者，论婚时必须正夫人表示同意”。也就是说应征的男性可以是二婚，在其原配夫人同意的前提下女方甘愿做妾。第三对籍贯的要求，更让人不可思议：“除上海一县外，其余任何省县均可，虽远如云贵等省，亦愿相随远行。”为什么上海男人不行呢？因其父生前深以上海男人浮滑为戒，故曾嘱其欲觅诚笃君子必须求之于外省县。她遂遵奉遗命而如此，并不是单单对上海男人有成见。第四对职业、家产的要求门槛也不高：“有五千元以上家产而勤俭笃实，或虽无恒产而有月薪三十元以上之正当职业，立志高超不涉浮华者。”至于最后，对文化程度的要求则为有五年以上国文程度即可，不拘何业。

通常征婚者无论男女，均请应征者在投函的同时附带一张近照。但此女却称，投函应征不必加附照片，只需叙明性情及家庭生活。如果已有夫人，务须叙明是否生过子女。初次投函，经一个月的采访和考虑，认为合意，再行寄函，双方在信函中交换相片，彼此满意后再讨论媒妁手续。如不成，彼此严守秘密，以重阴德。倘初次投函而认为不合者，恕不作复。初次投函有照片附来者，恕不负寄还之责。因其素以品性道德为重，并不取在容貌。如有怜孤惜寡之心而与前列条件符合者，虽容貌不扬，亦甘心箕帚以待，白头偕老。

征婚广告最末尚有附告称：“家母今年春秋五十有一，体质尚健，赋性慈爱，亦无嗜好，有养老金在，生活自无问题。唯愿得一诚笃子婿，以终余年。依之婚事虽征求以定（即使是征婚而确定的），唯仍由家母主持。”

同年 5 月 10 日《申报》刊登了一则华曼丽女士的实名征婚广告，她只求真爱，不论条件：“本女士兹欲征求佳婿，以作伴侣，年龄容貌学问等等，概不具论，只要有真爱情者，誓愿追随以偕老。本女士业已将照相及履历付印，以便分送各界，俟印就后再行登报公告。”但查阅之后的《申报》，再未找到这位只求真爱无论条件的华曼丽女士的征婚广告。

1936 年 11 月 4 日《益世报》中的《李荣华女士身住公寓登报征婚》一文，则记述了一对穷途末路的母女，试图通过征婚解决现实的温饱问题的故事。

先是一位署名“智华”的男士，给《益世报》来函，介绍了这对母女的遭遇。智华是一个从天津路过的人，他的朋友在报纸上看到华中公寓 17 号某女士的征婚启事，当即前去访问，结果见到的是一对孤苦无依的母女。她们自称，刊登征婚广告是在山穷水尽之际，想出的一个改变困境的办法，只是想找一个安身吃饭的地方。智华听说后，非常理解这对九死一生的母女，为了求得一线生机而不得不采取征婚这条路。更出于同情，他与友人再度往访，进一步了解这对母女的详细资料。

她们原为北平人，女子姓李，名荣华。其父时在东北做事，“九一八”事变后，音信皆无。在断了经济来源后，她们的生活日渐困难，三个月前不得已来到天津。初时投奔法租界大安里亲戚，但不久，因亲戚生活亦颇困难，只得搬至日租界桥立街华中公寓。她们随身携带的物品早已典当一空，旅膳费也只能维持几天了。情急之中，母亲遂欲将女儿婚配人家得以活命。但人生地不熟，一时找不到媒人。后来听说女子可在报纸上刊登征婚广告以为择婚，遂用手里仅有的两个钱，请报社登了一则征婚启事。母女哭诉后，一再请智华务必帮忙，以解燃眉之急。

智华原本也是穷人，路过天津到北平做事，坐火车都要用乘车证，哪能有时间和金钱来帮助她们呢？但出于同情和责任，遂致函《益世报》，一是请报社给予物质上的帮助，二是请报社代为介绍职业。智华也曾在报社供职，深知求助者须开具证明，但身处异乡的母女和智华均找不到合适的铺保。智华表示，自己愿做一个证明人，希望报社亲往调查，如属实情，请急速救济。

《益世报》接到智华先生的来函后，该报社会服务部认为，因李荣华女士没有铺保，不符合该部救济定章，不应在调查之列，但因事出特殊，该部为明了真相，遂派人前往华中公寓访问：

李王氏偕其女李荣华同住日租界华中公寓三楼上17号，房间内有一床一桌一几，四把椅子，地板上放着两只白色皮箱和一只提箱，床上被褥甚为干净整洁，一尘不染。他们母女将记者延入室内，只见屋里有三位年龄在三十岁上下的男士客人。一人坐在窗下正在阅览报纸，穿蓝袍，戴灰礼帽；另有二位坐在床上，一着西服，一着中服，衣履华丽，气度不凡。十余分钟后，此三人即行辞去，李荣华女士送至屋外，再三叮嘱约期相晤。据推测，应该是应征者。

李王氏，年五十余岁，衣青布长袍，面貌丰润，说道地的北平话。李荣华女士，年十九，装束完全都市化，厚施脂粉，操关外口音。所谈经历，一如智华先生信中所述。

记者问：你从前上过学吗？

李女士答：在关外上过高等小学，认识的字很多，就是不能写。

问：你自登征婚广告以后，有人来应征吗？

答：这几天时常地来人，都是说说谈谈就走了，没有确立关系的，觉得征婚也不是个好办法，我还是想谋点事做。

问：你想谋什么事呢？

答：我既不能耐劳，又不会写字，只想谋一个电台报告员。

问：有位智华先生你认识吗？

答：他前几天来了两次。

问：他姓什么，住在什么地方？

答：他姓张，至于他住在什么地方，我不知道。

通过采访，记者对李荣华的印象是：善辞令，长交际，绝非普通妇女可比。

《益世报》社会服务部认为，该部虽然对一般贫苦者向来极力援助，但李王氏母女的情况并未达到所定标准，未能代为办理救济手续。其理由是：

一、李王氏母女身居并不平民化的旅社，衣服完整，箱笼齐全，至少目前并未达到“极贫”；

二、李女士既在高小读书，却不能写字，未免可疑；

三、“不能耐劳”而欲谋生，谈何容易，她指定介绍的电台报告员，事实上难以做到；

四、李女士装束入时，工于交际，似非家贫忧深之女子；

五、本报曾刊载过多起以征婚设骗局的报道，李女士征婚或系极为正当，但本部对采用此种方法者不能不予以慎重考虑，并盼应征者也同时加以注意；

六、本部对无证明的函件，当然即不生效力，智华先生以私人证明求助，未符本部定章。

因此，对智华先生代李王氏母女求助一事，《益世报》社会服务部即决定不予办理。

民国征婚中的骗局

我国传统的订婚方式多为父母之命、媒妁之言。这种形式虽在男女双方的品行、学识、容貌诸方面或有未能铢两悉称之处，但借婚行骗、携款卷逃之事，却是闻所未闻。民国时期特别是20世纪30年代征婚广告盛行后，一些不法分子借机行骗的新闻屡见报端。1936年3月至11月的《益世报》《北洋画报》《小快报》等报刊，就曾曝光了若干起女子借征婚之名骗财骗物的案例。

1936年，有一位24岁的男士，独身在津做事多年，略有积蓄。男大当婚，到了适婚年龄的他也开始设想着有一个自己的家庭。因在津举目无亲，故一直乏人做媒。适见某报广告栏中有女子征婚，年龄、家庭、相貌甚合其意，遂前往应征。女方对其一见钟情，交往异常顺利。数日间，双方晤面多次，即行确立婚姻关系。女方更携其登堂入室，拜见"岳母"大人。"岳母"对其甚为中意，奉为上宾，唯要求其先交一部分彩礼，以便添买嫁妆。男士成婚心切，遂将数年积蓄倾囊而出。但及至交款后第二日，再往探问时，已是凤去楼空，杳如黄鹤了。至此，男士如梦方醒，知道受骗。但因一不知其迁往何处，二不知其真实姓名，只得徒唤奈何。事后闻友人言，之前北平此类骗局甚多，市政府遂出令禁止刊登征婚广告。为此，该男士现身说法，以“被害一青年”之名将自己的经历写成文章，刊登于1936年3月5日《益世报》，借以警示后来者。

有位蔡韫石先生在1935年冬天也曾有过类似的遭遇，只是当时觉得事关名誉和颜面而三缄其口。在阅读了“被害一青年”投函后，突起同病相怜之感。他深感如果不及时戳穿这类骗局，她们势必更加肆无忌惮，以致有更多的被害者出现。于是，他才鼓起勇气投函报社。1936年3月13日《益世报》刊登了《蔡韫石先生也曾因征婚上当》一文。

蔡先生笔下的女骗子显然要更高明些。征婚过程大同小异，不同之处在于，女方在婚约议定之后，绝口不提彩礼之事，以表明并非买卖式婚姻。她的成熟老练，从容不躁，令人叹服。二人时常出双入对，彼此以未婚夫妻自居，爱情热度达到沸腾。忽有一日，蔡先生照例前往女家，但见其愁眉不展，问其缘由，闭口不言。在蔡先生追问之下，女方始谓，接家父来函，称其在外经商，一帆风顺，但上月因市面不佳，以致资金周转不灵，如在二三日内，不得千元相助，定会血本无归。如一生心血毁于一旦，其父唯有自尽了断。眼见生父走上不归之路而不得相救，怎不让人肝肠寸断。唯盼有人能够出资通融，数日后即可加息归还。蔡先生本已备足五百金做婚礼之用，因既系岳父女婿关系，何忍坐视不救？随即慷慨解囊，允许动用该款。

女方得款后转悲为喜，喜极而泣。唯称须亲自送往，以便面慰其父，大概四五日即可返津。留其母在家，并嘱蔡先生照常前往看顾。其情真意切，感天动地；其沉着老练、镇定自若，令人坚信不疑。

因工作忙碌且女不在家，蔡先生四日未到女家。第五日，算定女方归家之期，方始前往。及至门外，但见张贴招租条，已生不祥之兆，仍强打精神，急走进门，询问同院之人。据云，已搬去三日，不知何往。在确定受骗后，蔡先生最先想到的是请官府追缉，但又不知其真实姓名（此前其名必系临时变换），亦无照片可稽，只得自认晦气。亲友得知此事后，都责怪他过于荒唐，为爱冲昏头脑。他自己也深感此事太不慎重而不断自责。痛定思痛，感觉婚姻大事，还是由亲朋介绍更为稳妥，绝不可随意应征了！

蔡先生最后寄语适婚青年，切不可再蹈覆辙。他还提议："凡受有同样之害者，在可能范围内，似不妨略为宣布，亦可作一种小统计，以便唤醒后来人，并可资负有社会责任者之参考。将来（天津）或可效法（北）平市府，（对征婚广告）而有所禁绝也。"报社编辑也在文后提醒将欲应征的男士："婚姻本非儿戏，一征即来，一见即爱，必无好果！盼青年们对此终身大事，千万慎重！"

此后，又有一位名为刘锡祉的先生致函《益世报》，讲述了他的征婚受骗经过。刘先生时年 26 岁，保定人。1936 年暑假，来津投考某大学，被该校录取后，曾因攻读过度，大病一场。病中的他，孤身一人，乏人照料，寻妻结婚的念头愈加强烈。对于婚姻，乡下老家的父母曾应允其自由择娶，不加干涉。适时，在本埠某报广告栏中见有一女子征婚，遂投函应征。初次会晤即彼此中意，来往不及一星期，女方母亲即劝其不必住校，搬来同住，家里无有男子，亦可借以照料。搬出学校时，有同学也曾警告他说，大都市不比乡下，黑幕太多，需多加小心，万不可上当受骗。刘先生只认为同学是在开玩笑，即未予置意，执意到女家同住。两个月后，关系甚为融洽，亲如一家，未觉有丝毫恶意，反觉其母女之真诚，处处使人感激。于是，当时提醒他的同学亦不再多言。又过了一段时间，双方正式订婚，并筹备结婚手续。

刘先生家虽系小康，但一时也不易筹集巨款。女家索要的嫁妆如金镯子、金戒指及其他金属等物，预算在千元之谱，而家中只寄来 700 元。信中说明结婚当日应用之款，待父母来津主婚时随身携带。拿到 700 元汇款后，刘先生就放在箱内。翌日清早，他照例到学校上课。下午回来时，却见家门反锁，以为是她们母女上街买物。于是，往附近友人家坐等。深夜归来时仍未见人，始觉事态不妙，遂破门入视，不但存款之皮箱不翼而飞，其所有贵重物品亦被席卷而去。

至此刘先生方深悔不听同学之言，急驱车访同学，与之商议善后办法。同学说，此种事情只能防患未然，若至被骗之后，只好自认倒霉。因此事表面上看，乃母女俩有意设骗，但事实上恐其为一个团伙，党羽甚多，处事周密，即使报警，也决不易寻获。

查阅当年报刊，征婚受骗的新闻屡见不鲜，却未见有破获此类诈骗案的报道。

以征婚为噱头的《小快报》画报

20 世纪 30 年代，在报刊上征婚的男女或凤求凰，或凰觅凤，已是屡见不鲜，层出不穷，且有人出奇制胜，以奇特吸引人的眼球。1934 年 6 月 5 日《天津商报画刊》刊登了“景公”的《征婚愈出愈奇》一文，介绍说北平某小报曾刊登了一则“征求石女”的征婚广告，可谓另类。征婚男子对征求对象要求有三：一要年龄在 20 岁至 30 岁之间；二要聪明、貌端；三是唯求一名石女。前两项要求应征女子青春、漂亮和聪慧均属正常，唯石女一项让人匪夷所思。稍有常识的人都知道，所谓“石女”即为性机能障碍者，婚后既不能有男女之欢，更不能生育后代。真不知此男士娶了这样一位石女回家，意欲何为？只可叹，世间之大，无奇不有！

1936 年初，《快报》在天津创刊，副刊《小快报》画报于 1936 年 5 月 1 日创刊。该画报属娱乐刊物，一版的《纸上乾坤》相当于现在的征婚广告专栏，是画报最突出的特色。此前，征婚广告虽也能偶见报端，但多为男性，文字也多含蓄。而《小快报》上刊登征婚广告的多为女性，而且语言坦率直白，甚至在征婚时就已定下了会面地点。在男女婚事仍多为“父母之命，媒妁之言”的时代，这种公诸报章自由择偶的行为，无疑需要惊人的勇气。

该画报对征婚者明确要求：来函需写明自己的真实姓名、年龄、籍贯、职业及家庭状况和征求对象条件，附加一张本人近期一英寸照片。而来函中写明的征婚者通讯处，报社有责任予以保密，并且来函内容也会保密。征婚者每满 30 人为一届，报社定期开办茶话会。有点像今天的鹊桥会。所不同的是，男女分居两室，还不能见面。月下老人根据征婚者、应征者的条件和要求，提供合适人选材料。如果男女双方初步达到一致，可以互换照片，双方都满意后，报社负责调查双方提供的材料是否属实，再约见双方正式会面。这是一套完整而周密的方案，不知道报社是不是收取一定数目的中介费，也不知这里面有没有婚托。

《小快报》中刊登的征婚广告可谓五花八门，现摘录 1936 年 6 月 6 日一则题为《两个妇人征求士商人为依》的广告，以飨读者：

> 月下老人鉴：每读贵报，足下代为撮合，实甚有德，钦佩之至！今有义姊王氏金娥，因夫亡，并无子女，生活困难。前者托我代觅伴侣，我无机会，今托足下代觅一位年在五十左右之男子，能负责生活，士、商人均可，以免晚年无依之苦。王氏现年四十五，南方人，此间并无亲故。请老人代为留意为盼。星期日下午三时，在法国花园凉亭会面可也。我姊妹二人同立者即是。因为名誉乃人生第一之生命，为着衣、食、住三大问题，不得不觅人来保护，但我们均是要顾面子的，切切不可示人知。

从这则广告中我们可以知道：一、写信人是一名中年知识女性，她是为自己的好姐们儿征婚。二、她们的征婚目的很简单，就是为了解决衣、食、住三大问题，用今天的话说，就是找一个饭辙。这充分体现了当年妇女的一个朴素而又实际的理念：嫁汉嫁汉，穿衣吃饭。三、这一对姐妹是个急性子，对方只要是一个 50 岁左右的男人，能够解决她们的三大问题，不管他的身高、胖瘦、健康状况，都可以先见面再谈。四、这对儿姐妹虽然强调名誉第一，但为了生存，她们显然已把它放在次要的位置了。

更值得一提的是，写信人还借这则广告最末的一首小诗发出了对人生的慨叹，也显示出旧时代知识女性的文采：“回肠九折痛悲歌，春光已逝复谁和；万种凄惨言难尽，欲觅知音遍地无。”难怪报社会违背为征婚者保密的定章而私自披露全文呢！这无疑也是画报号召读者的最好广告，它会为画报带来激增的订户。

这还不算完，第二天，“月下老人”回信称：“函内所定在法国花园相会办法，似有未妥。最好请二位先到社中一谈，或在召集茶话会时前来亦可。本刊可负责代为介绍也。”笔者没有找到后几天的画报，但相信针对这则征婚广告，报社一定还会大做文章连续报道，直到为王金娥姐妹俩找到理想的伴侣。由此可见，画报的炒作早已有之。

民国征婚现象分析

在民国时期报刊上的广告栏中，时常能够看到一些征婚广告，有时也叫征友或征侣。从这些征婚广告中，可以了解民国时期男女征婚人的职业、年龄、教育程度、择偶标准等，进而管窥当时青年人的价值观和人生观。随着征婚广告频频出现在报端，以及报纸对征婚过程中出现的种种问题的报道，征婚自然也就成了人们关注的社会问题。为此，有不少专门对此进行分析研究的文章，如 1947 年 6 月 10 日《大公报》中署名“黎启颖”的《征婚现象的分析》一文。

黎启颖收集了 1947 年 4 月 1 日至 5 月 15 日北平《新民报》刊载的所有征婚广告，并做了一个小概率分析。虽然时间过短、数量较少，其分析结果的代表性还不够典型，但读者可以通过这一分析，对民国时期的征婚现象有一个粗略的感性认识，也可从中寻找到当年征婚的规律和趋势。

在这一个半月的时间里，《新民报》共刊登了 31 则征婚广告（同一广告登载数日的只算一则），其中男征女 26 则，女征男 5 则，前者占了绝大多数，这多少可以说明当时男子在征婚方面仍处于主动地位。

一种社会现象的产生绝不会是空穴来风，一定有它发生的原因和条件，征婚现象自然也不例外。那么，征婚的现象究竟为什么会发生呢？黎氏分析大致有以下几个主要因素促成：

一、正常社交机构的缺失。民国时期，社会中人与人之间的距离大多相隔甚远，如果不是有一点社会关系促使他们有机会相遇，很可能就是老死不相往来，这种现象在都市中尤其显著。在欧美诸国，社会上存在着许多由兴趣相同而组合的社团，这种社团不但是人们兴趣的类集场所，同时也是一个正常的社交平台，在这里，人们可以找到同性或异性志同道合的朋友；如果每个人的兴趣不尽相同的话，那么，人与人的接触更可加深加广，可直接或间接地交到不少朋友。反观中国，这种社团不可以说没有，但少之又少。中国人多喜欢在家中关起门来自娱自乐，这又造成社交团体无法发展，致使人们的社交圈子越来越小。如果他们想找朋友，尤其是找异性朋友，就不得不单枪匹马地来个征婚启事了。这是没有办法的办法，也可以说是一种冒险的尝试。

二、都市生活的贫乏。每个人的需要大致分为物质和精神两大类。在当时的大都市里，一个人如果有一份体面的职业，有起码的固定收入，那么，他在吃、住等物质生活上基本可以得到满足。但人是有感情的高级动物，只有物质生活的满足是远远不够的。除了工作、吃饭之外，人们也需要在业余时间找到一些精神上的慰藉。诚然，看电影、读画报、听收音机、逛公园等等，也可满足人们的一部分需要。然而，与异性的交往更是生活中不可缺少的精神需求，从某种意义上说，精神上的享受和满足甚至会超过对物质的需求。

三、性的需要。孔子云："食色，性也。"依照弗洛伊德的理论，任何一种现象的发生均与性爱有关。因此说，求偶是人的本性。不可否认的是，促成征婚现象的发生确实含着性的关系。近一点说是为了完成"男大当婚，女大当嫁"的人生程序，远一点说也是为了达到"绵延种族"的目的。

当年的征婚方式大约可以分成两种：一种是当事人亲自出马，称为"亲征式"；另外一种是由别人出面代征，故名之为"代征式"，但有些"代征式”也是征婚本人的故意隐晦。

征婚内容可分为两段：一是表明自己身份，相当于先来个自我介绍；二是对对方条件的要求。为了明了起见，作者还举了两个例子加以说明。如征婚第 4 号为代友征婚，其友为富商，年 45 岁，新近断弦。拟征 35 岁左右，身家清白，知识女士为续弦。愿者请附履历近照，合则谈，不合则秘退来函。家长亲友代洽尤佳。第 28 号征婚者为女性，27 岁，大学程度，爱好文学。诚征 30 岁至 40 岁，大学程度，无妻，体健，貌端，性温，有职，爱好文学或有志于新闻事业的男性为侣。

征婚者的职业，要从男女两方面来讨论。在 26 则男子征婚广告中，他们的职业和人数分别为：军人 9 人，商人 6 人，政界 2 人，在校学生 1 人，职业不明者 8 人。从这几个简单的数字来看，征婚广告中男方的职业以军、商两界为多。究其原因，军人的生活流动性较大，在某地居住的时间常常很短暂，而异性的慰藉又极为必需，若是身处异乡，更是无法排遣。商人的工作时间多数是无定时的，因此从事其他业余活动的机会和时间减少，认识异性朋友更为不容易。于是他们才不得不出此下策而征婚。在 5 则女子征婚广告中，有 4 则并未说明其职业。因为当年男人对女人有无职业并不十分重视，所以她们在征婚广告中也就无须表明了。

在年龄方面，男性最小的 19 岁，最大的 45 岁；女性最小的 24 岁，最大的 39 岁。两者平均年龄比较起来，女性征婚者要比男性大一些。作者认为这一结果是合理的。在生理、心理方面，女子较男子为早熟。在当时年龄比较大而未结婚就形成一种迟婚的现象，男子迟三五年不要紧，而女子则不能太迟。在适当的年龄下找到对象也不必登广告，而登广告的一定是非到“最紧要关头”不出此策。所以，在征婚广告中女子的年龄较大是很可能且合理的一个事实。另外，在年龄差方面，男方希望女方比自己小五六岁的人占最多数。男方的征婚年龄也与征求对象的年龄差距成正比，也就是说，年龄越大的男子要求女子较自己小得越多。

在择偶条件方面，年龄是择偶的一个最基本条件。此外，男方多要求女方“身家清白”“性温体健”“曾受教育”之类；而女方所希望者则主要是职业，能否给予生活上的保障。也有“外貌协会”的男士，如一名 26 岁的某君，要求女方为 20—22 岁，身高 1.6—1.65 米，相貌美丽，爱好运动、音乐。也有追求高雅品位的某 30 岁男士，要求女方“品貌端庄，懂得生活艺术，了解人生真谛”。如果给择偶条件做一个排行榜的话：男方要求女方的条件依次为：教育程度，身家清白，性情温和，身体健康，貌美，兴趣相同，品格高尚，治家能力。这与清末民初时，男子择偶首要女子三从四德相比，已经进步很多了。女方要求男方的条件依次为：职业，家产，品貌，兴趣，教育程度。从这点上看，由于当年生活水平普遍低下，甚至有些女子未婚前家庭贫苦，居无定所，吃了上顿没下顿，她们试图通过结婚改变生活，最朴素的想法就是，婚后要满足温饱，有基本生活保障。

对于征婚者的成功率，作者没有做过跟踪调查，但他十分肯定地认为：这种靠征婚找到意中人，最终步入婚姻殿堂的成功机会不会太多。因为以这种方式建立起来的感情基础极其脆弱，何况还有许多社会道德修养较低的人，用此向别人寻开心，更有一些人借机诈骗钱财。

一个民国公务员的征婚故事

清末时期，社会名流蔡元培、章太炎开中国征婚先河时，普通百姓还将征婚视为另类。至20世纪二三十年代，征婚虽已被大多数青年人所认知，但其中的种种骗局，还是让民众望而却步。而到了抗战胜利后，征婚已成为青年男女婚恋的一个重要渠道，这便衍生出各种各样的社会问题。这一时期的报刊多在论坛栏目中分析、研讨征婚现象的是与非，更有一些报刊发表了以征婚为题材的文学作品。字里行间虽有些夸张渲染，但也是来源于生活的真实写照。1947年7月4日《大公报》中署名“魁峻”的《征婚应征漫记》一文，便是其中之一。

文章的主人公老王是一位独在异乡、年近三十的单身公务员，与同龄人老马同居于单位的宿舍中。面对物价飞涨、民不聊生的现实，他们的收入虽可糊口，但单身汉的生活却是其苦难言，物质的、精神的享受全谈不上。每天下班后，老王在路上买上两个馒头或烧饼，回到宿舍就着一小碟咸菜，胡乱地填饱肚子，然后静静地躺在床上，呆呆地望着天花板，日复一日，年复一年。老王非常羡慕那些有家眷的同僚，虽然他们整天也为养家糊口发愁，但回到家还可以与“黄脸婆”说说话，发发牢骚，天黑上床后还有个人暖被窝。

一天傍晚，老王又在宿舍里望着天花板，忽听有人野调无腔地唱着：“有朝一日春雷动，得回风云上九琼。”随着声音的渐行渐近，他知道这是同屋同病相怜的四川单身朋友老马回来了。“老王，报告你哥子一个好消息，20 岁的妹儿在征婚，端要小公务员，拿去看看！”老马进门后扔过来一张画报。老王顺手拿过来，只见上书：“20 岁女性，身家清白，善理家务。欲征求公务人员为终身伴侣，地位不限。应征者需作自述一篇，近照一张，寄本市 × 区 ×× 道 ×× 里 × 号，合则函约面谈，不合绝对保守秘密，以重人格。”

老王阅后甚为心动，感觉这是个脱单的好机会，不可轻易放过。因为知道老马也会前去应征，所以，老王故意做出一副无所谓的姿态，把画报还给了老马。老马又开口道：“怎么样，试一下吗？讨个老婆，免得裤儿破了全没得人补，苦稀稀哩！”从话音中听出老马确实要去应征。“莫见鬼哟，莫得那大功夫写自述。登报征婚有几个好的？”为了免去利害冲突，老王用话搪塞着。

当晚，老王失眠了，整夜打着腹稿写自述，趁着老马熟睡之机，在箱子里找出一张穿西装的照片。第二天一早，在办公室里用一张带笺的信纸，把前晚拟好的自述用正楷抄好，连同照片一起封上，叫公差投递到邮局。

不得不佩服老王公务员的文字功底，自述发出去的第三天就收到了回信，请他到女方家中叙谈。他没有让同事知道，否则大家又要敲竹杠，事不成反落笑柄。第二天正是星期天，老王一早出来理了发，一照镜子，仿佛年轻了五岁，心情大好。他推说去参加朋友的婚礼，跟老马借了套西装，雇了辆黄包车，照着来函约定的地址而去。乘上黄包车的那一瞬间，仿佛是他改变命运征程的开始，不禁心跳加快，情绪激动，手心出汗。车子按照门牌号停了下来，眼前的宅子却把老王吓了一跳，简直太阔绰了！他犹豫半天，才鼓起勇气按了门铃。和门房说明了来意，承门房把他请到客厅稍待。老王坐定后环顾四周，由一切陈设推想，这家主人不是富商就是权贵。门启处，进来位中年主妇，略做寒暄，老王把约会的信函递上去。主妇以当事人法定代理人的身份问了他的家庭状况、每月收入、教育程度等等。攀谈之后，主妇连连点头，很满意地说："好，我把她叫出来，你们双方谈谈吧！"

主妇出门后，老王暗自庆幸这第一道关算是过了。心想，如果第二关能够及格，这不只解决了婚姻问题，而且她要是富商小姐，自己将来还可以主张遗产继承权；要是权贵的千金，说不定还可以拉上裙带关系而飞黄腾达哩！当听见脚步声时，老王似乎感觉这不是在应征，分明是在等待着法庭的判决！他的心提到了嗓子眼儿，呼吸也不规律了。寻声抬眼一看，那位中年主妇又进来了，身后拉着一位年轻女子。只见她低着头，脸看不清，梳着一条二尺多长的大辫子，穿着蓝布裤褂，脚底下露出一对还没有放开的三寸金莲。随着一声"你们谈吧"，主妇退了出去。

在这种场合，理所当然应该男方主动开口，但老王从未经历过此种场面，实在不知道该说什么。"这叫我怎么办，太太怕老爷再来调戏我，就强迫我……这……父母也不知道，这怎么行呢？"女子突然边哭边诉说着。老王顿时明白了一切，他的美梦也醒了。当他迈着沉重而失望的步伐走出来的时候，女子的哭声和主妇的责骂声仍在耳畔回荡。当出了胡同口时，远远地见到老马坐在三轮车上也向这边来了。老王心想，真不知道像他和老马一样的应征者有多少呢！更不知道他们怀揣梦想而来大失所望而归的心情，是不是和自己一样的糟糕。

▶ 1946 年第 3 期《新声》刊登的《章太炎的征婚启事》

▶ 1936 年 6 月 6 日《小快报》刊登的征婚广告

天津益世報第二張

中華民國二十四年二月廿一日 星期四 （第八）

北平版

當商昨開大會

決請緩行減息

同業會奉社會局命令 將實行三項改善辦法

規矩清潔運動 新運促進會昨日開會

取締徵婚廣告 市政府維持風化 公安局奉令遵辦

平漢廣水站

撞車慘劇 死傷五十餘人

站長職員畏罪潛逃 局長震怒嚴緝究辦

平軍訓總檢閱

定期舉行 學校分區辦法昨已公佈

寒假訓練班昨行退伍式

毒犯被捕

香山慈幼院小學

兒童圖書館概況 館中事務由學生管理 可引起兒童讀書興趣

蓋殿動事件

一老婦

春節尾聲

市虎闖禍

港兩記者

仿熊毛故事

老翰林賦求凰

張海若與楊嗣馨結婚

持刀威脅

醉漢倒斃

今日比賽

王大森

中國旅行劇團

定期出演協和

「少奶的扇子」排演純熟 凌蘿傳已改入新開界

私中體協會

越野賽

每日遊藝

電影

廣播

一條生

中法儲蓄會

減價

招租

河北省銀行通告

葉樹苗

八卦拳真傳

▶ 1935年2月21日《益世报》中取缔征婚广告的消息

小型報

為富不仁・被開頭刀

「楊和尚」鄧仲和

・宇文光・

上海救濟特捐開募，吳市長就事先宣佈對付一毛不拔的豪富，有一張最後皇牌。這張皇牌一攤，就非作換出鈔票不可，可是事到今天，特捐尚未募齊，皇牌也始終沒有攤出來。據說推測，吳國楨已經向匯中飯店老闆鄧仲和執了一張皇牌。鄧仲和做了楊和尚，開了頭刀，而勸募當局所收到的「成効」，未必就此一帆風順，捐款源源而來，有人從容鄧仲和的背景，說鄧仲和跟T．V．宋有關係，老實說，鄧仲和眞的和T．V．有密切關係，事情也不會弄到這種地步，他的匯中飯店，傳T．V．有點股份，不過，這些股權，據說是前任上海副市長何德奎代鄧仲和送給他的。而再看K．C．吳的上台來做上海市長，是T．V．宋所力薦。而K．C．的爲人賽過皮球，面面到，和上海的政治集團，也拉攏得很好，從不開罪那一方面。現在既然碰到了鄧仲和那種案子，他當然要權衡輕重，豈肯草率從事，於是乎「爲富不仁」的鄧仲和，被開頭刀，以儆効尤。

八・不・打

・若波・

「基督將軍」馮玉祥，蓋棺論定，生前他對治軍，卻有獨得之祕，能隨時運用手腕，使部下服服貼貼，據他過去的一個部下說：新兵入伍後，仿照耶穌基督十條誡的辦法，他有「八不打」的戒條，輾轉告誡屬下，那是：一、長官生氣時不打；二、初次犯過的不打；三、士兵勞碌過度時不打；四、天時暴寒或暴熱時不打；五、疾病時不打；六、饑餓時不打；七、誤犯時不打；八、哀愁時不打。

吳國楨怒斥娘姨

・小鹿・

在這裏，且寫些大人物的小事情，話說吳市長國楨，公館在安祿路二〇一號，對面有家陶公館。清早菜場買小菜的時候，市長公館娘姨跟陶家娘姨大家原是芳鄰，所以總是談談說說，說得投機，就結拜姊妹。一天，陶家娘姨哭喪着臉，來到菜場，看見市長公館的那位阿姊，就一把拖住，一把眼淚，一把鼻涕，訴說東家豈有此理，竟然要停掉他生意，爲的是寃枉偷了鈔票。如此天大的寃屈，當然要大阿姊主持正義，爲她撐腰的，阿姊聽後，認爲有理，應該挺身出來，全力支持她的，於是乎回轉公館，跟市長副官仔細商量一下，由那位副官老爺，來到陶家爲他家娘姨論理。陶家主人當然吃不落，沒有辦法，只好揚着和市長是鄰舍，親自登門叩見市長。吳市長立即接見，開訊以後，大爲發怒，當場把副官娘姨一起叫來，大罵一通，一場小風波至此告終。

宰相肚寬

・龍子・

宰不不甚是，飯讓再腸當眼，向車之。義
相層知集一路後片三廳州。反之廂日張赴
肚與藏敬車警即家請聽，車遣悄客，氏日前
裹卑匯禮皆敬還、暫，肌過白商譯渠爲老行
好卑何進驚　，適總參政
撲路所衛。　有因飭其院
船警矣，車　二公左使長
」爭。追中　室隻右命張
其座夫李執　忙身人之羣
張，首兩事　爲乘物重，
氏湼換位，　由車，大此
之快之寶路　護赴憶，次
謂一尊貝警喜恭事驚趨蓆時，饅路滬發不以
歟時也路班！喜先呼道識、過不警，表待私
？，　警長」！生「賀，伯姑之分頭院等人
「猶，，於恭，伍，返一蘇理坐等長總名

瓊娘徵婚

・元文・

徵　花相博係，前三獲　紅紛世，
選　有約學書文思百到　，投有公
量議愛当晤，秀情城餘此頌對函斯開月
，聞將，面瓊世並某對項據此熱雅徵前
亦詩余不，娘家茂報，投談亦社事聯恩
巾酒某故日深，，記至函地都，，求平
幃陶戀飛間表其堪者上應來感托哄婚發
之情徵絜即滿先稱余月徵客與轉動，表
風，人無可意文佳某州信稱赴應一自海
流囿選依舉，爲作應日件：。徵時登市
。文佳矣行復飽，徵最，瓊　對，載永
矧人聯。婚從學余嘶後不娘　聯各各春
份之探　體魚名某句接下曾　。地報園
屬雅錄　，雁士　即讀後女
茶事於　計往，　京者，侍
花，后　後返家　滬，以瓊
，力：　瓊，傳　報紛亂娘

半孰玉而矣結；　鳳隻是柳絮棄
月替惜潦，于御　，影逝色之充
如花　潦志良溝　貸。木，無女
舟惜茫風何綠題　獲是年未依侍
，：苹摩壯。棄　相以葬免。，
誰新人，哉今、　如曲，消說儷
渡其海誰。誠望　髓譜徒魂陌同
嫱「，爲然苦締　得求惻，頭飛

。輪誰有源憐粧　爭，，青不思
」似渡情者，闊　玉願文燈負線
鏡嫱人許等，　之結章，有淨
，娥。劉問並　量粧無離心士
我離」郎勿贈則笑獨雙過。台價成人，」
照苦「渡負七失曰風比，倘膩，一，名
瓊海半，女律其，述翠什獲友誰第有花
姐。月莫兒一本是，，日天，鄰，志遭
出」如教身首來小瓊畫織女欲士半者刼
迷「舟腸：：面子娘眉錦垂伴子生終，
津一，斷桃「目亦見窗樓青青多黃價望
絕矣毛之下頭，錢窮卷夙切
代。逸，，，自之，，願航
嬌謹之必未欣是選翰故，慈
容上流吧許羨劉，舉我某。
自瓊哉忽京賞良甘有依十皇
可姐，而兆番點爲綠然載天，

基督將軍小事

馮玉祥爲人小事聰明，而大事糊塗，故所爲事，往往貼人以「雉鷄藏頭，屁股出在外頭」之譏，當他在軍委會副委員長任內，某次召集會議，因爲能準時到會的人，寥寥無幾，他就隨手寫了一聯，貼在門外，那是：「一碟子果盤，幾杯子咖啡，難道忘了前綫將士？一點鐘開會，二點鐘趕到，是否眞正革命精神？」那時各項會議席上，大都備有水菓茶點，以作談助，遲到的人，看了這副對聯，只好面面相覷，沒有話說，不料時隔不久，在另一個集會上，馮也却巧遲到了幾十分鐘，於是有人把他自己的那副對聯，照樣謄出來貼在門上，待馮見了，明知是嘲笑自己，也免不了面紅耳赤，無可奈何，像這樣的事，據說書不勝書。

馮玉祥年前奉命出國考察水利，而結果爲烈火焚身，諺者謂「水火相剋」之故，其然歟？豈其然歟？

十三不搭

・東方桑・

交友有道，有些人是

搭訕」不得的，以其非畚

也。有句隱語式的俗話叫做

：「俚辭是大塊頭格褲子」，倒也有些曲折，蓋即「嘸搭頭」也。

這種「嘸搭頭」的朋友，「計開」如下：㈠有事有人，用不到你的時候，就連影子也看不見了。㈡難共患難，諺云：「酒肉朋友千日好，患難之間一個無！」㈢專吃馬屁，爛拍馬屁的人，果然要不得，專吃馬屁的人，也非好相識。㈣黃牛肩胛，些微小事也負不起責任的人，要這種朋友何用？㈤忤親欺妻，共生身的父母，共枕的老婆，尚且如此，何況朋友？㈥鷹鼻邪視，鷹鼻主奸、目光搖動則心術不正。㈦聳肩諂笑，得意時以此種面目來，失意時即投井而下石。㈧一錢如命，重錢則輕友，得錢或可賣友者！㈨言而無信，當面敷衍，轉瞬若忘，如有要事，必貽所誤。㈩背後譏誚，見時奉承，誤爲知己，豈知背後即不然，肆其譏諷！㈩㈠陰陽怪氣，此等人無忠肝義膽。㈩㈡喜怒不測，此等人如何共事？㈩㈢十三不搭，即有十三點脾氣的人、偶然引爲玩笑則可，若與交游，則每使人有啼笑皆非之窘。

國府舉行授勳典禮攝影

一月二十六日，國府舉行授勳典禮，到五百餘人，主席蔣中正。受勳者為第三軍團長何成濬，五路總指揮王金鈺，總部總參謀長楊杰，海軍部次長陳紹寬，航空司令張惠長，衛戍司令谷正倫，軍政部次長陳儀，國府警衛司令俞濟時，鐵甲車司令蔣鋤歐等二十四人。蔣授勳，各將領分別迎前受勳，當時佩帶。授勳畢，蔣致訓詞，大意謂各將領今日佩帶革命精神積成之勳章，應念民國締創之艱難，勿以戰事已結束而有疎忽云云

介紹何三太爺

硬發

此人姓何，行三，發脾氣的時候，自稱太爺。同學的把他連綴起來，造成這樣的一個雅號。何三太爺性粗暴，好抬槓，有理無理，一頓亂吵。等對方討厭他了，不理他了，他便擂着得勝鼓回去，自稱以氣勝。

有一次我去找他一同出去玩玩，他把衣服穿好之後，忽然間橫跳八尺，豎跳一丈的同他太太鬧起來。我過去問他為甚麼鬧，他說他太太給他丟了東西，他太太問他丟了甚麼東西，他也不說，還是一五一十責備他太太不用心，越說越氣，聯想到自己這樣精細的人，遇到這樣粗枝大葉的做終身伴侶，真是後患何堪設想！連急帶氣，還夾着一股失望，情不自禁的舉起手來抽自己的嘴巴。說時遲，我一看他這樣給太太下不去，實在難為情，他太太這時已經嗚嗚的哭起來。方要過去拉勸，那時快，他嘴上方着了一下，就聽「吧」的一聲，一架克羅斯的眼鏡整整齊齊掉在地下，摔得兩片鏡兒同時粉碎。這時他打嘴巴的工作登時停止，兩隻牛眼一齊望着地出神，彷彿剛才那一陣暴雨般的吵鬧，簡直等於白費了。

漢銅印　馬鏡

徵婚文選

叙曰：婚姻自由，為年來之盛事，媒妁打倒，乃有事乎廣求；於是廣告欄中，時有徵婚之啓，姊妹隊裏，亦來求偶之書；既無奇而不有，皆從古所未聞。本報謬操選政，得若干篇，取人妙作，補我餘白，倘亦讀[illegible]

學平與，因通南北方言。自去夏中大畢業後，供職法院，力可自給。茲得家長同意，特登報徵求終身伴侶，凡具下列資格及履行條件者，請用親筆函書明履歷，并夾二寸半身照片，寄交本京太平街六十九號王勵貞收。合則函約面談，不合退還原件，並當嚴為守秘。（一）年齡，念五歲至四十歲，體魄健全，不染嗜好。（二）學歷，中學以上畢業，或有工商專門學識者。（三）職業，不論任何正業，月入能維中人生活者。（四）稟性，忠誠和厚，情愛專一，絕對服從閫令者。（五）附件，成約後，須在安樂酒店禮堂正式舉行婚禮，採用安樂筵席，租住安樂旅館，以為我倆畢生安樂之預兆。（見南京中央日報）

【求偶】某君豫籍，現年三十四歲，曾畢業某大學，能以解決生活。現擬求一性情端淑文采並妻之女士，訂為終身伴侶，願者請投函北平晨報一號信箱。惟在接洽時間，雙方均須守秘。附某君求偶詞：我是豫東澹蕩人，玉驄踏遍舊京塵，欲求淑女成佳偶，豔羨當年徐與秦。綺窗染翰畫中詩，能譜聖因絕妙詞，今夕芝芙倘入夢，[illegible]

為靜女媒，鳳飄鸞泊祇心哀，絕憐密字題紅意，應念溫嶠玉鏡臺。冰雪聰明翠袖寒，珠鬟玉笑膩於檀，百年人事求聯璧，但願文簫過彩鸞。（見北平晨報）

瀋陽迎張大會攝影

瀋陽各界代表於一月二十四日午後二時，在省府大禮堂開迎張大會。到百二十餘人，張於二時十分到會，即席演說南下經過及感想，辭詳一月二十九日北平晨報。上圖為張蒞會後在禮堂前攝影，自右而左，一，臧式毅，二，張副司令，三，張作相，四，翟文選。左則張演說時所攝也

殘蘆戴雪（藝術攝影）

秋坪贈刊

雲岡勝蹟

雲岡在山西大同，多北魏造象，巨大無倫，觀是圖可以知矣

國增光之兩江女籃球隊（電通社攝　鮑振青寄）

隊，稱雄全國。月前得張學良，王正廷兩要人之贊助，於四月二十五日乘輪東渡，選勝日本精銳女籃球隊，大爲中國婦女揚眉吐氣。圖爲鮑振青氏率領該隊抵東京時之攝影。

◉舊都之太平花

芸子

故宮御花園絳雪軒前，有太平花一叢，每歲暮春，著花甚繁。花白色，似棠梨，惟四瓣乃其特色耳。花時芬芳卓絕，香氣襲人。故宮方面。每詫爲僅有此叢，以余所知，實不盡然。北平除故宮外，後門內老虎洞志贊希（錡）宅中，尙有此花，係清末楼閣小德張，逢迎志氏，將故宮之花，移植一株於志宅者。志爲璞貴太妃之弟，故得有此殊舉。同時小德張亦於此時，濬移一株於彼永康胡同園中。（張後售此宅於張忠武公（勳）忠武殁後，又歸哈同，現莊兆一君寓此。）故太平花北平已有三處有之，絕非故宮一處所獨有也。又英華殿之菩提樹，亦爲故宮名樹之一，殊不知小德張園中亦有之，蓋與太平花均移自上林者也。幷附及之。

上海務本女生凌其愼（右）與吳佩英（左）合影

湖靈隱羅漢塑像（王卓攝贈）

天津女一中籃球隊之一（蘇來贈刊）

◉晶聞

麗世奇新婚後，上月二十七日來平視友，小住數日，即返鄉，定陰曆五月初一日起，在津成班。此次麗爲該班領袖，所約配角有白玉田，郝振基，陶顯亭等。

蘇少卿北來，爲高亭公司接洽收音事，現已歲事，返滬。原定以二萬元收余叔岩四片，尙未成事實。又此外最高價値，則爲馬連良，共收音六片，代價八千元云。

北平戲劇專科學校，敎授舊戲之敎員，均係內行，除原有余玉琴，訥紹先等外，近又約崇鶴年專敎老生云。

德國女郎雍柳絮，本月一日在吉祥演夜戲一日，係爲福壽山搭棹，成績頗佳，雍有獨演一日之意，日內即可實現。

天津著名女郎「小白帽」，近來身體日見其胖，聞係戀人指加之故。

近來東安市場，如中興茶樓等處之女招待，均已取消不用。可見市面蕭條之一斑。

◉感春

鶯・壽・

風力薇殘英
意休還復縱
九十日好春
營眼等一閑
繁縞不留痕
笑喻縈短夢
日白天宇蒼
餘愁漫虛空
下士紛驚猜
道人獨自控
錬身枸株堅
抱心寒石重
葉持一念貞
不與榮枯共
夕陽迫虞鼎
長戈猶不用
攙攘彼何功
奈茲蜂蝶衆

◉歌場秘紀

野・鶴・

有某女士者，沽上名票而兼交際花也。客歲，徙居故都，與某生締露水緣，女士娉婷不嫁，（杜詩）顧影自憐。以嗜曲之故，時時出入歌場。會見名旦某，綺年玉貌，皎皎翩翩，遂一往情深，愛網輕結。自後芳蹤香跡，無夕不見於場中；雖迅雷風烈，無間也。既而劇社喬遷，女亦同其所之，蓋天涯海角，甘願追隨；其情雖難謂之爲專，而其痴已近魔道矣。某生爲博女歡，且以彼時此明，當不慮其奪己所愛，慨然爲任蹇修。於是百計營求，多方汲引，乃得如願瞻韓，終且升堂拜母。不啻頻投，慇懃時獻，如是者年餘，固無日不思好謀而成者也。無如檀郎無意，不解溫柔；嫒女多情，徒勞渴慕。以致款曲莫接，遞簡無從。至是女始意冷心灰，惝喪欲絕。愚日昨偶至觀劇，詢諸侍者，謂彼姝絕迹此間，已兩閱月矣。傷哉！爰爲之紀。

天津女一中籃球隊之二

程玉霜之兩公子近照　左永光右永吉

謎

靈・犀・

報章廣告，閱之殊饒興趣。而人事一爛，陸離光怪，尤多奇妙之文，觸人眼籠。宣傳之功用既宓，機會之接近自易。商店售貨，故作警人之筆以欺人，騙局行詐，亦常利用報紙而誘惑。瀋陽有相士，上書司令長官，自比隆中諸葛。上海有書局，招聘華文編輯，騙得小說百篇。綁匪講身價，男女傳愛情，離婚則夫婦仳離，爭產則祖孫漫罵，津門風氣晚開，北地習俗敦厚，報章寥落可數，奇文欣賞無多也。近見無私之報，有徵婚廣告一條，其起句便曰：女子大而願有家，茲有雙木女士，年十九，品貌均優，云云。冰上人則淑眞之姓，一密昔斯也。有某君，綺年玉貌，求凰未遂，友好咸慾之，遂致書求婚。旋得覆函，係以辟濤之箋，作簡明之語曰：「來函謙悉，君與○○○女士姻事，可以進行，不過須由君交郵局，賜下車費數元。是期日鄙即同○女士與君會談如何。此覆，否作罷論。○○○覆。」友好聞得佳音，皆以一靚還箋爲快。及見有車資數元，皆詭曰，無論津門縱儻不過十餘里，即汽車往返，車資能幾何。萬一兩不如意，不慮擲數元耶？有老於世故者，從旁竊笑曰：誠意徵婚，決不如是。車資一元已足・何必數元？如此局，非斂財，即街玉也。果衔玉者，數元亦爲多也。然而廣告之用大矣。此謎不解，血氣未定之少年，呼上當者想不少。然婚姻大事，或竟出手意料未可知、閱者愼毋以此言爲信，君子成人之美，諒不至以辭害事也。

京帝國戲場舞蹈明星飛鳥明子（醉軒贈刊）

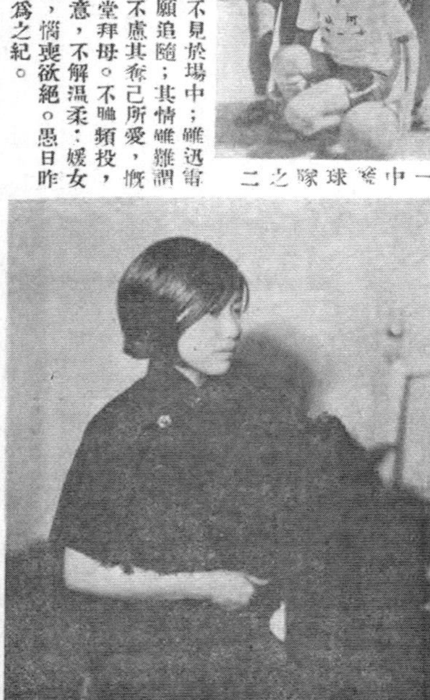

天津交際之花BB女士（建文攝）

「詩謎候教」（非詩人）

詩謎在海上最盛行，近來津門亦間有之，如惠民游藝場初開幕時，即有一詩謎攤，許多詩人墨客，名流遺老之類，日往消遣，生涯鼎盛，爲其他各種賭博性之游藝所不及，但自惠民關閉，此攤亦不知下落矣。日租界同廠後，近亦新開一詩謎社，聞該社東家，有七人之多，原擬向日租界當局，呈請設立詩謎社三處，日租界當局，以此種組織，文縐縐而酸溜溜，似於繁榮計畫，無多裨益，遂即批駁，嗣經該七人等，請出某某兩大老，及某大名士等，向日方再三疏通，始勉強允許，但只准歸併一起，開設一家，於是所謂會文社之「詩謎候教」，遂在同文俱樂部樓上，正式成立矣。因全津詩謎社，只此一家，故喜推敲者，均趨之若鶩，其業務之佳，殊不減於惠民中之詩謎攤也。

◇◇二十六日塘沽永利公司燒鹼廠舉行奠基典禮留影◇◇

◇◇工程界之聞人茅以昇博士與其夫人戴女士儷影◇◇

小消息

▲施家班申灘，原擬唱至八月廿七日星期六爲止，嗣經挽留，又續演數日○又聞該班，又有在泰康商塲，另行組織消息○

▲著名女伶鬚生大王孟小冬，現爲專心研究譚氏聲調起見，決將拜大戲劇家蘇少卿君爲師○小冬日前曾一度來津，旋又返平，定九月初再來津，即擇期行拜師禮○

▲前晚永興國劇社，舉行彩排，有龍鳳呈祥一劇，即包括甘露寺、迴荊州、蘆花蕩全部而言，各位票友，均係初次上台，成績甚好○又該社戲台太小，此種大戲，需人甚多，以致頗形擁擠，周轉不靈，好在係練習性質，雖有小絀，不足爲病，

▲英租界福順里內中國女子圖書刺繡研究所，近來收新生不少，惟習刺繡者仍不

◇◇上海智仁勇女校排球隊隊長王謙女士◇◇

多○該社授課時

◇◇上海市幼稚園招待茶點◇◇

關於日租界的檢查（路人）

近來日租界，又在那裏檢查行人了，這是干涉吾國人走路的自由權○然而吾們同胞，仍樂有不少的人，爲了尋求娛樂，如打茶園、跳舞等事，不惜把身體供給他們去搜查，這真是所謂「苦中還要取樂」，又何苦來呢？

關於檢查的事，新近想起一椿笑話，前幾天，有一位吾們同胞，從東南城角，走到日本租界去，日租界的日兵，對於東南城角來的人，檢查得更嚴，看見那人過來，便向前攔住，大加摸索，摸到肚子上，日兵忽然嚇得面如土色，慌忙跑開，另叫一個中國巡捕去搜，中國巡捕，搜到他肚子上，搜出了三個裝蜥蜴的長圓形小筒，日兵遠遠看見這三個東西，問明原委，又不覺失笑，原來那個日兵，一摸到這個東西，硬綁綁的，以爲是炸彈，恐怕爆發，所以嚇得魂不附體，日兵膽量之小，於此也可想而知了○

◇◇上海市幼稚園「眠」◇◇

徵婚奇文錄（二）

天下之大，無奇不有，人有奇人，事有奇事，於是文有奇文，日前在某處見得一徵婚啓事，即當世之奇文也○因其淹沒可惜，爰錄之以供捧腹○

啓者，鄙人本有妻室，不幸短命死矣，鰥居以來，頗以爲苦，按人體之構造，人各一片，合之則成圓形，故男女居室，相聚則歡，相離則苦，此千古自然之勢也○鄙人二十一歲讀書，二十六歲通聖人之道，上承大學之正宗，俛雞百家之傳記，縱遂三界，橫絕五洲，對於學術，無所不通，內而心性之精徵，外而乾坤之廣求，其間昆虫草木，人物爲獸，原始要終，窮無絕有，愈菅愈精，愈精愈奇，幾不知人我天地，然太上忘情，誰能遺此，寡人好色，

◇◇上海海星排球隊全體隊員◇◇

◇◇上海智仁勇女校排球隊之副隊長張寧珠女士◇◇

天津益世報第三張
(第九版)
社會服務版
本部兩大徵求
募款辦第三服小
本部三週年徵文
王永祿先生倡辦
津短小教育促進會
有許多問題必須公同討論
短小教員該自動的來組織
徵文藝稿
徵婚者騙局太多
大學生劉錫祉君倘受欺騙
存款箱中七百元不翼而飛
匯正風書局
騙取書款
衛生圖表
兜安氏開福散藥片
上海江西路四八九號
兜安氏西藥公司啟
防盲醫院添花柳科
九星維他命
麥精魚肝油
乳白魚肝油
鷓鴣菜
拔毛藥
戒烟
收買羚羊角
謙祥益保記
天物華樓金銀珠寶店
天津天寶金店
天津同義金店

▶ 1936 年 10 月 13 日《益世报》对刘锡祉征婚被骗的报道

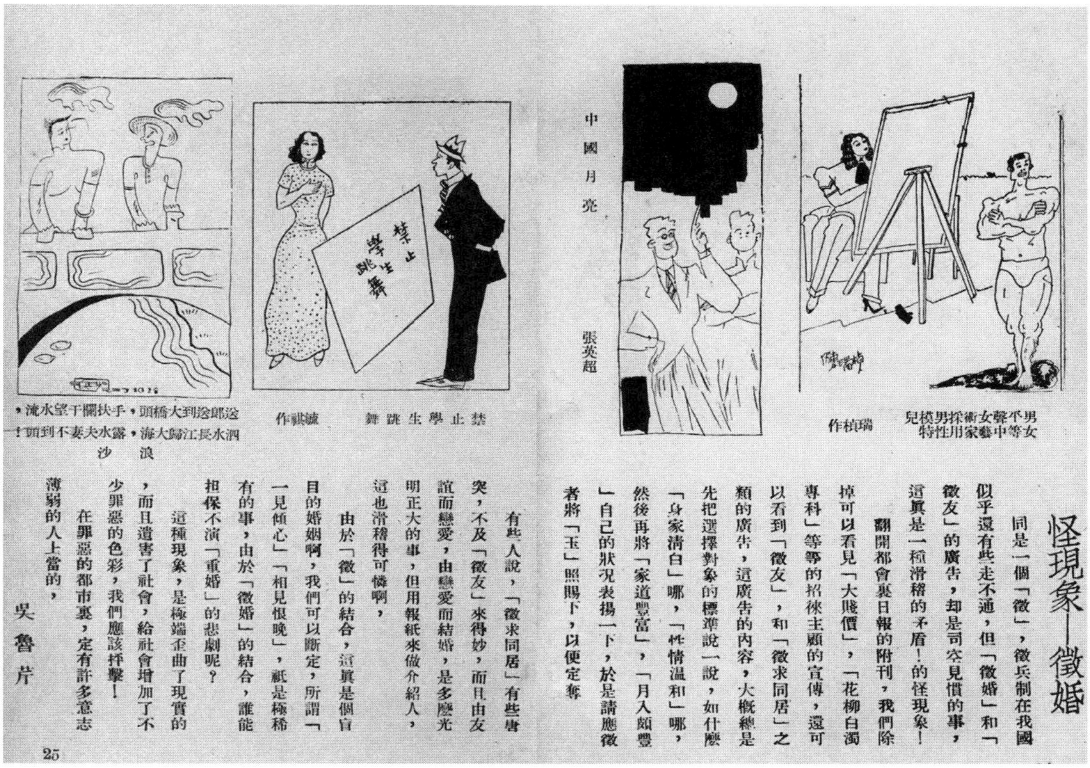

怪現象——徵婚

同是一個「徵」，徵兵制在我國似乎還有些走不通，但「徵婚」和「徵友」的廣告，卻是司空見慣的事，這眞是一種滑稽的矛盾！的怪現象！

翻開都會裏日報的附刊，我們除掉可以看見「大賤價」，「花柳白濁專科」等等的招徠主顧的宣傳，還可以看到「徵友」，和「徵求同居」之類的廣告，這廣告的內容，大概總是先把選擇對象的標準說一說，如什麼「身家清白」哪，「性情溫和」哪，「月入頗豐」，然後再將「家道豐富」，「月入頗豐」自己的狀況表揚一下，於是請應徵者將「玉」照賜下，以便定奪

有些人說，「徵求同居」有些唐突，不及「徵友」來得妙，而且由友誼而戀愛，由戀愛而結婚，是多麼光明正大的事，但用報紙來做介紹人，這也滑稽得可憐啊，

由於「徵」的結合，這眞是個盲目的婚姻啊，我們可以斷定，所謂「一見傾心」「相見恨晚」，祇是極稀有的事，由於「徵婚」的結合，誰能担保不演「重婚」的悲劇呢？

這種現象，是極端歪曲了現實的，而且遺害了社會，給社會增加了不少罪惡的色彩，我們應該抨擊！

在罪惡的都市裏，定有許多意志薄弱的人上當的，

吳魯芹

25

▶ 1934 年第 18 期《皇后》杂志刊登的《怪现象——征婚》

▶ 1946 年第 1 期《吉普丛书》刊登的《兰州少女征婚面试奇闻》

辑一 订婚

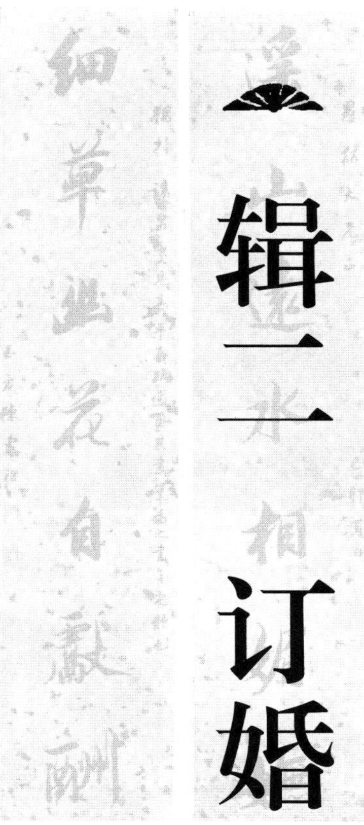

◎陳玉方行書聯　高山流水吟館藏

找一位志同道合的終身伴侶，無奈自愧沒有這一種資格，也只好銖此一生而已。然而徵婚的先生們，或者未必真有他所說的種種資格，不過要投她們的私好，而故意懸出這種假招牌吧！這確是應徵的女同志們，仔細一下方好。

鐵頭僧

（胡）

塞假無事，每與老寄閒談共話，每道逸事，按就其較有價值者，先錄一則，俟有暇當陸續供獻以饗閱者：

方清光緒年間，舊都北京，有金川者，旗族人也，長於武技，力大如虎，碎折鐵條爲二，故城中人鮮有不知其名者，居恒以力凌人，包娼聚賭，睚眦尋仇，無惡不作，有司屢欲置之法，而又苦其無顯著之罪名，且其時旗族勢盛，復官多勿敢攖，故只有置之於不顧而已。金川有友王某者，四川人，亦略諳武技，惟不甚精，常請教於金川，故相過甚密，及後金川因事赴豫，適王亦旋里，遂約同行。沿途留連名勝，瞻玩風景，飲酒作歌，樂乃無藝。路過河南少林寺，王謂金曰，夙聞少林之名，而未親覩數，今便道何不探訪，且其中定多武術高人，或可與吾兄一試，金笑諾之，遂赴寺中，院宇軒敞，僧徒繁衆，俱筋強力壯，迥非城市中人，王謂金曰：可謂名不虛傳矣，有僧来迓二人，直入內院，問其長老，則答以大師父下山未歸，二師父在內參禪，請兩位稍坐，即當出陪，方獻茗間，即一老僧已自內出，形貌高古，鬚髮皓白，談論倜儻，目光射人，叩其壽則已八旬有餘矣，王乘間請老僧曰，久耳

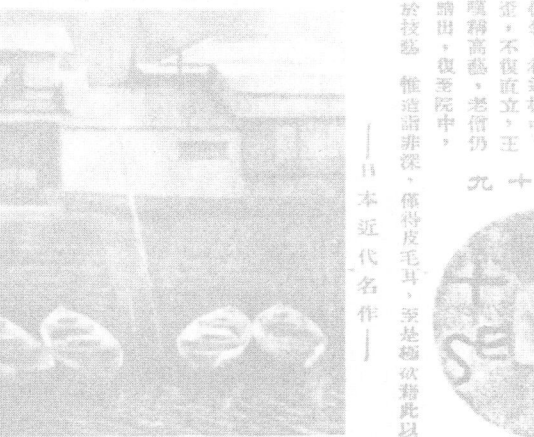

曰，此王有戲言耳，我雖習知一二，但不敢向老方丈獻醜，老僧答曰 金大人定然清高，貧僧山中老朽，固不敢言技藝，金曰：試試何妨，老僧曰：貧僧雖略習武術，不過爲鍛鍊身體，驅除病魔，實不敢言技藝，金又請之，老僧躊躇半晌，始曰：金大人必欲一觀薄技，貧僧一人獻拙可矣，不能與金大人比量，遂邀二人入後園林中古木參天，均大可數抱，枝幹橫斜，濃蔭蔽地，老僧上前以手拍樹，一指謂之曰：此樹爲某時所植，至今已百餘歲矣，此樹……其樹爲老僧拍者，則一一偏斜，行過林中，則諸樹東倒西歪，不復直立，王驚訝之，金亦嘆稱高藝，老僧仍稱謙遜，相將辭出，復至院中，王固知金雖長於技藝 惟造詣非深，僅得皮毛耳，奚是極欲藉此以除地方害，遂笑謂金曰：今日非請老兄與老方丈一較不可，金笑頤之，老僧仍堅辭，且曰：大師兄若來下山或可與金大人領教，若

（待續）

巴黎舊皇宮之大廳

明數孔德女生籃球隊比賽情形

（致泉攝）

巴拉猛新進明星 Edna m. 之舞姿　（建開）

圖錢第十九

都市寫真

——日本近代名作——

民国婚姻的必要程序——订婚

订婚早已不是如今婚姻中的必经程序，也不具备法律效力。但在民国及以前，订婚是男女婚娶的一个必要程序，“结婚是人生的终身大事，订婚是终身大事的决定”，其重要的地位几乎超越了结婚仪式。

订婚，又称定婚、婚约，是定亲的演变，是早年的重要婚俗。定亲的时代，有的是指腹为婚，有的是孩提时期的娃娃亲，当然毫无爱情可言，两个互不相识的年轻男女由着家长们做主，对于爱的憧憬无疑是极其模糊的。而民国时期的订婚则经历了父母做主，父母为主兼与当事人议定和，以及事人做主征得父母同意这三个阶段。

父母做主时期，儿女的婚事完全由父母包办，不必与当事人商议，甚至结婚当天当事人双方才第一次见面。“五四运动”后，新式婚礼趋于简朴，淘汰了许多陋习，但订婚仪式却更加重要了。这一时期的订婚，仍是通过媒人介绍、父母做主，但在订婚前也会听取当事人的意见，虽然意见不统一时，最终多是孩子屈从于父母。进入 20 世纪 30 年代，大城市里的男女青年大都接受了中学以上的教育，更受西方男女平等、婚姻自主观念的影响，开始出现自由恋爱、私订终身的现象。他们多是确立关系后，再征得父母同意。在前两阶段的订婚仪式上，并没有男女当事人在场；而进入第三阶段后，他们则成为订婚仪式上的主角，甚至搞得比结婚仪式还要热闹。

清吴桭臣《宁古塔纪略》中有“订婚时，父牵子同媒往拜妇之父母，次日，女之父亦同媒答拜”；清谭嗣同《湖南不缠足会嫁娶章程》则称“订婚之时，以媒妁婚书为凭，或略仿古礼奠雁之意，随意备礼物数色”。由此可知，订婚仪式上当有如下程序：订立婚书、交换礼物、确定媒人等。但订婚仪式也没有一个标准的定例，具体到各个订婚仪式也不尽相同。比较常见的就是，双方家长聚合在一起，以座谈的形式商议儿女的婚事。先在订婚证书上用印，以示郑重和作为凭证；然后双方互换礼物；最后议定以双方熟悉的亲友充任证婚人，明确介绍人。仪式结束后，大家坐下来，一起共享茶点，分吃喜果子。到了民国后期，多由吃茶点改为设宴席、吃喜酒。

进入20世纪30年代后，订婚虽已彻底公开，然而也有个门当户对之说。富商巨贾、达官贵人的订婚对象一定不会是贫穷人家，他们专找某女校的高才生做太太；而小户人家的女子倘被公子哥儿看上了，也要引起社会群相惊异，会有攀龙附凤之议。

即使是父母做主，在订婚前也要征求令郎令爱的意见。于是，就要安排一次男女双方相互“看人”的场景，多在亲戚朋友的喜宴、寿宴上。男女双方各自修饰一番，借着吃喜酒的名义来到目的地，亲属中有知道内情的人，特意挑选两个斜对方向的位置让他们坐定。在旁边人提示下，各自锁定了目标，偷眼瞄着对方，偶然有四目相对之时，急忙低下头来。然而，也有许多兰心蕙质的男女，并不需要父母劳神费心，两下里早已因着某一个机缘而开始“幸会”了。更有一些摩登男女，自行发生了恋爱，随着感情日渐升温，进入订婚程序，始行告知父母。而父母为了使亲朋好友一体周知，也得强拉两个现成媒人出来。这两人本来就是有名无实，碍于礼节郑重，甘为一对新人做起傀儡。

男女双方订婚、结婚、离婚甚至同居、解除同居等均需登报声明，可谓民国时期的一种风潮、时尚，其中尤以订婚启事数量最多。订婚启事的作用，除了新人秀恩爱外，也让双方亲友有目共赏，更是婚约的文字凭证，免致悔约。订婚启事内容多是：“×××、××× 订婚启事：我俩承 ××× 与 ××× 二先生介绍，并得双方家长同意，敬于 × 月 × 日在 × 地订婚，特此启事。”

订婚后，男女两家的感情更进一层，就像亲戚一样相互走动。逢年过节，照例男方要准备礼品送至女家，女家也会给男家还礼。从订婚到结婚的时间，长则一年，短的也有两三个月的。订婚后，举行婚礼也就被提上日程，男女双方谈好了陪嫁，择定了良辰吉日，发出请柬，邀约亲朋好友，共襄盛举，共欢同乐。

但也有一些激进男女提出废除订婚制。他们认为，两性恋爱的目的当然是结婚。恋爱是结婚的起点，结婚是恋爱的结果，这条路本该平直，用不着订婚这个过桥。订婚其实是恋爱至结婚的一个障碍，订婚就像是预约订货，订婚证书就像是预约券、订货单。有了预约券、订货单，到期即可取货。然而，两性恋爱的结合并不是商业买卖。素行买卖婚姻的中国，婚约等于女子的卖身契，更是对女性的侮辱和压迫，是男女不平等的产物，理当废除。于是，民国的订婚习俗就在一阵阵废除的声浪中时断时续地沿袭至新中国成立。

一个大学生的订婚故事

1919年“五四运动”后，知识分子倡导的男女平等、婚姻自由观念渐入人心。但由于传统思想根深蒂固，在20世纪20年代初的现实生活中，父母包办婚姻的现象仍为主流，很多男女在婚前甚至未曾谋面。倘欲争得婚姻自主，不仅要与父母抗争，还要背负着巨大的社会压力。因此，真正能够做到婚姻自主的只是凤毛麟角。1922年第10期《现代妇女》刊登了署名“慕诚”的《我的订婚的经过》一文，记述他从父母包办订婚到悔婚，再至自主订婚的曲折过程。

民国时期，乡下人订婚都很早，一般家庭的男性多在18岁前结婚，女性就更早些；中产阶级以上的家庭虽然稍晚，但至迟也要在20岁前完婚。慕诚的三个兄弟都是18岁结的婚。他因在外求学，遂延至19岁才开始议婚。父亲也没有与他商量，就替他做主定妥了一门婚事。在父亲看来，儿子的婚姻理当由父母做主。

慕诚当时正在读中学三年级，寒假回家才知道自己的终身大事已由父亲订下了。听说女方未曾读过书，慕诚就要求女方去求学。但他每半年回家一次，得到的消息总是女方尚未读书。中学毕业后，慕诚实在忍无可忍，向父母声明，如果女方不去读书，自己就不承认这门婚事。

父亲没有马上表态，哥哥嫂子们却一个个冷嘲热讽：父母定了的事，你想取消就能取消的？人家已把女儿许给了你，你不要她，今后谁还能要她？她的名誉从此扫地了，没有人家要了，如果寻了短见，那就是你逼迫的！

尽管没有一个人对慕诚表示同情，但他坚信自己这么做没有错。

暑假后，慕诚考入大学，在校园里静静地思考了几个月，最终下决心取消这个婚约。他给父亲写了一封长信："……我不久大学毕业了，她却连小学的程度还没有，知识程度相差太远，将来没有好结果的……我为双方的幸福起见，望您把这婚约取消了吧。"他给女方的父亲也写了一封信："……我不想自己配做您的女婿，不过这事您的女儿满意了没有？……各人的意见不同，不能说好女婿就是好丈夫，也不能说好媳妇就是好妻子……我为双方的幸福起见，望您把这婚约取消了。"

等了两个月，家里也没有回音。忐忑不安的慕诚猜测着可能发生的各种情况：父亲肯定动气了，定要坚持自己与女方完婚；女家不肯解约，执意要把闺女送上门来；说不定女方知道要解约，已经寻了短见！一层层可怕的幻影，日夜萦绕在慕诚的脑海里。最后，他心一横："罢了，怕什么！倘若不能达到目的，不再回家去就是了，就是失了求学的机会也情愿。"

两个月后，父亲因事来到上海。慕诚出校见了父亲，做了一次长谈。他把父母包办婚姻、子女早婚等种种的不好和对于现定婚事的不满，一股脑地道了出来。父亲沉吟半晌说："婚约可以取消，不过你到底心里决定了没有？不要为了一时的血气……要知道，这事不是儿戏，与各方面的名誉都有关系。你未来要好好儿做一番事业，方不愧做了别人不敢做的事情。"慕诚说："我想了半年，不见得结果不好。"

慕诚回到学校后，为表明自己坚定的决心，又给父亲写了一封信。信的末尾写道："我不到经济独立时不结婚！不得一个知书达理知己知彼的女子，宁可独身到老！"

父亲是开明的，女家因与父亲感情很好，婚约总算和平解除了。但慕诚那年放假回家时，乡下的族人都在骂他：父母定好的不要，看今后谁家的女儿肯给你！倘若她是我的女儿，指定把她送到你家里来，看你还有没有权利另娶！慕诚均以沉默表达着自己的抗争。

此后，慕诚专心读书，大学时期从未提及婚事。然而，大学毕业后一走出校门，工作妥定，随着年龄的增长，婚姻问题就成了头等大事。一段时间内，也有人为他提亲，但不是因为人家没相中他，就是他没看上别人。

日子一天天过去，慕诚对理想中的婚姻心里也没了底。就在这时，缘分来了。公司派他到内地一所女医院管理工程，公事之余，常和美籍女院长闲谈，渐渐谈到院中的情形，知道院里有一位青年女医生，刚从大学医科毕业。过几日，也渐渐和她相识，她那庄严大方的态度，使慕诚敬慕非常。

又过了一个月，当得知 27 岁的慕诚尚未成婚时，院长甚为惊异，因为当年这般年龄的男子尚未结婚的确很少见。院长遂向他介绍了那位也未婚配的女医生的情况：她自幼父母双亡，由院长抚养成长，上大学的学费也是医院借给她的。

此后的日子，虽然慕诚与女医生每天都能见面，但限于男女授受不亲的传统观念，不能和她谈天。但慕诚认定她就是“我生平未见过的好女子”。他心想，一定要向她求婚，即使她不答应，也不能错过这个千载难逢的好机会。他写了个人简历交给院长，请她从中作伐。

院长知道慕诚是一个有志的好青年，表示愿意从中做媒，但为慎重起见，让他再写一份包括家庭情况在内更为详细的简历。院长阅后很满意，但仍说，这都是你自己说的，你再介绍一个人给我问问，方为正当办法。慕诚遂请一个朋友写信给院长，告诉她自己的历史，又请了五个朋友证明自己未曾结婚，还寻出与朋友的通信，挑选出几封谈论婚姻话题的信给院长看。终于得到院长的信任。时间不长，院长就恭喜慕诚说：“她已允了！”

次日晚上，他们二人共同来到院长家，三人一起开了一个谈话会，讨论关于婚事上的种种问题，甚为融洽。女医生说，我们双方的父母均已过世，我们自己的年纪也大了，婚事全权都在自己掌中了。慕诚向她正式求婚，她答应了。就这样，他们请院长做证人，写了一张证书，宣布他二人正式订婚。女医生说，她在离开医院前一定要还清学费。慕诚问："我可以帮你还学费吗？早些还清了，你可以早些自由。"她答道："可以，不过，我将来定要还你，我不愿自己用了的钱，连累到别人身上。"慕诚说："这也好。但是到了那时，这钱到底是谁的，你也不知道了。"她听后微微一笑，脸颊泛起了红晕。她说："不过，我在这里至少还要两年，可以多得些经验。就是将来也要出去做事，不然，读了五年书做什么？"慕诚极赞成她的志向，他说："这也是我的希望，一个人能为社会服务，为什么要死守在家里？"

此后，他们在院长家经常见面，彼此更加了解，也更加满意。在当年男女有别的社会里，忽然有了一个异性知己，慕诚感到平生未曾有过的愉快和幸福。但是，除院长和一两个朋友支持他们外，其他人都对他们投来异样的眼光。未婚男女有如此频繁的接触，竟使整个医院的人都惊慌起来，不是议论，便是妒忌，甚至一些曾经让他们敬慕的人，也把他们的行为看作是大逆不道的。在这些人眼中，仿佛婚姻自主、男女的正常社交都是极大的罪恶。

面对这样残酷的现实，慕诚坚信，要改变旧的传统观念，就要付出牺牲，只要坚定信念，勇敢抗争，这样落后的意识和现象就不会长久了！慕诚说："从君主国改革为民主国时，流了许多志士的热血，做改造政体的代价。那么，从代定婚制改革为自主婚制的过渡时代，新制度的优点没有给他们信仰之前（即尚未被大家认识之前），普通人难免有种种怀疑，就发出许多议论来。实际上，和我们的人格是毫无关系的。就算是吃亏，也是我们做先锋的人应当承担的。"

这或许只是一位作家撰写的一段文学故事，但文学作品来源于现实生活，也是当时社会的真实写照。我们通过这些个案也可管窥当年实现婚姻自主的艰难之路。

民国明星的秘密订婚

民国时期男女订婚，不但要有父母同意，而且还要登报广而告之，但当年许多影星、歌星、舞星却选择秘密订婚。原因有三：一是有些明星为人低调，不愿过多地暴露私生活；二是担心粉丝因伤心而脱粉；三是一旦公布订婚消息，便会引起各小报的关注，进而造谣中伤，终至尚未步入婚姻殿堂便分道扬镳。秘密订婚后，他们丝毫不露声色，别人问起，一律摇头否认。条件酝酿成熟后，突然宣告结婚，等到关心他们的人们知晓时，他们已安度蜜月生活去了。

1934 年第 3 卷第 3 期《电声》画报中的《谈瑛否认订婚》一文，披露了影星谈瑛的订婚秘闻。1932 年，影星谈瑛主演《失足恨》，因剧本就是依照她的人生经历而量身定制的，导演但杜宇为增加票房，遂让谈瑛在影片放映前控告之前的男友顾宝森诱奸。涉讼期间，谈瑛的名字连同她的风流韵事曾在各报纸上喧腾一时。后来，虽然谈瑛败诉，但换得《失足恨》的热映和谈瑛浪漫事迹的广泛传播，谈瑛从此红极一时。外间认为，谈瑛通过此事会遭受打击而一蹶不振，更会抱定独身主义的想法。但实际却不然。据说，谈瑛自与顾宝森的诉讼结束后，马上便寻到了新的目标，迅速与一位叫王率真的男士恋爱，而且已经订婚，但订婚是秘密进行的，外间很少有人知道。有人向谈瑛问起此事，她总是极力否认。新闻记者见从她身上打探不到什么消息，便转而打起了王宰真的主意。起初，王宰真也是含含糊糊地不肯直说，经过记者再三的追问，他才说出了实情。原来，他俩订婚后的第二天，谈瑛就跑来和他商量，问他是否可以将这件事对外保守秘密。王宰真认为他二人订婚原本就是自己的私事，也没有必要让外人知道，随即同意了。此后，谈瑛无论对什么人都说没有订婚。通过这件事可以晓得，通过与顾宝森的纠纷，谈瑛得到不少经验，也聪明了许多，已成长为情场上的一位老手了。

1937 年第 6 卷第 11 期《电声》画报中的《白杨已与人秘密订婚》一文，记叙了影星白杨与姚莘农的一段浪漫故事。1931 年，影星白杨来到上海后迅速走红，引得许多少年竭力追求。1937 年春，人们来到白杨的寓所，便可见到花瓶里、桌上、床上、地上到处堆满了各种名贵的鲜花。走进她的卧室就如同到了香雪海，扑鼻的花香，令人陶醉。

人们不禁要问，白杨哪里来这许多闲钱把房间布置得如此花团锦簇呢？据说，这是一位豪华追求者的赠予，此人就是"英文天下月刊编者，明星编剧副主任"姚莘农。姚莘农每日早晨穿着笔挺的西装，双手捧着鲜花，亲自送到白杨房中，真比"朝山进香"还要虔诚。他二人的感情也随着日益增加的花香浓度而逐渐升温。有消息灵通人士称，白杨和姚莘农事实上已经秘密订婚，白杨卧室里供着的那只富丽堂皇的大花篮，就是姚莘农在订婚时送给她的。

但事实证明，无论是谈瑛和王宰真，还是白杨与姚莘农，最终并没有成为夫妻。这两段秘密订婚的消息或许是记者们捕风捉影的花边新闻。

1946 年第 56 期《海潮周报》中的《碧瑛秘密订婚》一文称，歌女碧瑛的离家出走，实际上是在秘密订婚后，与未婚夫唐某私奔了。高乐歌女碧瑛突然丢弃了养母而离家出走的消息一经披露，给社会各界人士留下两个大大的谜团：她为什么出走？她跟谁出走了？

在高乐歌场的游客们看来，碧瑛还只是一个涉世未深的小孩子。但该文称，这完全是误测，碧瑛早已瞒着养母与人订婚了，而且此次出走就是与未婚夫私奔。

早在两年前，碧瑛就看中了一个姓唐的舞客。唐某有着十分漂亮的外貌与渊博的才识，在舞客中可谓鹤立鸡群。碧瑛早已厌倦了乌烟瘴气的歌场和那些逢场作戏的人们，时时物色着理想中的情人而想脱离苦海。他二人相遇时，几乎是一见钟情。当时唐某的家里根本不知道碧瑛是歌女，只是尊重儿子的选择，认为既然双方相爱，就应该有合法的手续。碧瑛的养母善交际，口快心直，碧瑛生怕订婚的事告诉她，她便会四处张扬，坏了自己的好事。于是，碧瑛便瞒住了养母，与唐某半公开地订婚了。订婚宴上吃喜酒的只有男方的九个人和他们二人。订婚后，碧瑛还托名“蓝青”在报上刊登了订婚广告，外界很少有人知道“蓝青”便是碧瑛。订婚后，唐某给了碧瑛一枚订婚戒指。就是这枚戒指却着实让碧瑛为难了，戴在手上不行，放在家里也不行，放在舞场更不行。迫不得已，这只戒指就一直戴在高乐舞场的另一位歌女的手上。

知道碧瑛出走的内情后，为表示自己的愤慨，养母正式向法院提起诉讼，坚决不承认他们的秘密订婚，控告唐某拐带人口。这样一来，事情可就闹大了。唐某家里也知道了自己儿子的订婚对象原来是一个歌女，于是，也提出解除婚约。一段美好姻缘就这样一拍两散。

1948 年第 16 卷第 30 期《青青电影》中的《韦伟秘密飞港订婚》一文，记录了影星韦伟的秘密订婚。韦伟在情场中是个谈恋爱的专家，她在香港与人订婚的消息一经披露，即使她的稔友也为之一震。10 月 13 日，韦伟在斜土路第二制片厂拍了一通宵的《大团圆》，早晨 6 时，戏已赶完，全体演职人员送她上飞机，她只说是赴香港旅行。韦伟此次香港之行，一不拍戏二非经商，行踪确实有些神秘。但去一次香港，对她也不算什么豪华之举。因此，许多人都忽视了这消息的重要性，岂知却是她终身大事的前奏。那么，韦伟的未婚夫到底是谁呢？这个谜团犹如当年张群赴日本时的任务一样神秘。记者经过严密分析后得出的结论是：此人应该是一位叫谭阿溎的胖子。

陈嘉震与貂斑华订婚风波

订婚本是两相情愿、皆大欢喜的一幕喜剧，但民国摄影家陈嘉震与电影明星貂斑华的订婚，却先是演绎成一场笔战闹剧，终至对簿公堂，掀起轩然大波。全国数十家报刊推波助澜，花边新闻层出不穷，他二人在精神上深受伤害。没过几年，双双因肺病撒手人寰，演成一部令人扼腕痛惜的悲剧。

◀ 陈貂二人 ▶

陈嘉震（1912—1936），浙江绍兴人，父亲曾任县令，母亲早年病逝。其父希望他在商业方面有所成就，遂将其送进一家绸缎庄习业。而他人虽小，却有自己的主张，不愿做一个庸碌的商人。父子二人意见不一，加之继母从中挑拨，他们的感情陷入窘境，终至陈嘉震 15 岁时即离家出走，不再返乡。

离家后，陈嘉震到了济南，开始了他的半工半读生活。后肄业于齐鲁大学，同时兼任《大公报》体育记者，读书费用完全自给。他的老师是老舍先生，他当时的理想是成为一名作家，所以除了研究摄影技术外，对于文艺也甚是努力。

1932年“一·二八”淞沪抗战爆发后不久，陈嘉震来到上海，曾在天一、明星两家电影公司担任摄影，作品散见于全国各家报刊，在摄影界闻名一时，许多女明星以得到他的摄影为荣。在天一公司时，他与刚刚出道的袁美云相识，喜其天真，尽力提携。时值良友图书公司出版一套《中国电影女明星照相集》，陈嘉震担任摄影编辑。第一辑为王人美、阮玲玉、胡蝶、徐来、袁美云、陈燕燕、叶秋云、黎明晖等八大明星的影集。袁美云之所以能够名列其中，完全是陈嘉震一手促成。明星影集出版后，袁美云由此成名，他二人也因此坠入爱河。但后因有人从中作梗，袁美云态度突变，两人因此分道扬镳。这次失恋对陈嘉震刺激很大，从此脱离影业，以投稿为职业，历任各画报、杂志的编辑和摄影记者。

貂斑华（1916—1941），原名吴明香，自幼生长在山明水秀的杭州，在校时被誉为校花，丽影刊遍沪杭。父亲供职于辣斐德路克雷蒙外国公寓，父母对她宠爱有加，从不束缚。1933年，在摄影家徐雁影的指引下，吴明香来到上海发展。当时，联华影业公司正在发掘新人，吴明香便改名貂斑华，由吴邦藩介绍加入联华。由于她兼具胡蝶和徐来的美貌，又有丰润优美的体态，而且对摄影记者来者不拒，不提任何条件，拿了网拍便是网球家，穿了泳衣便成游泳家，下了舞池就是舞蹈家，因此，尚未与公司正式签订合同，刊载电影消息的各家画报杂志，已是疯狂竞刊她的玉照了。正所谓未做明星，已成封面女郎。

1935年7月，应《妇人画报》编辑郭建英之邀，陈嘉震为貂斑华拍摄照片。在两周的相处时间里，他们成为朋友，时常交谈至深夜。8月7日午夜12时，二人跳舞后回到愚园路庆云里1号的貂宅。刚进门，女佣就告诉貂，有人在敲她的房门。貂不胜惊异，半夜还有人敲门？她叫陈嘉震在黑暗的灶间里等着，自己去应付来人。开门一看，原来是相识的周先生，周先生邀请她到圣爱娜花园去跳舞。她嗅到周先生身上刺鼻的酒气，知道他醉了，但恐怕拒绝了会获罪，便交了钥匙给陈嘉震，吩咐他在家等她，然后便随周先生而去。当貂从圣爱娜舞罢归来时，已是凌晨二时有半。就在这个夜晚，陈貂二人竟发生了一场订婚风波。

◀ 订婚演成笔战 ▶

1935 年 8 月 8 日，上海《申报》馆广告部有人送来陈嘉震、貂斑华的订婚启事一则，文曰："陈嘉震、貂斑华订婚启事，我俩由友谊而相爱，并得家长同意，决定于今日（9 日）实行订婚。恐外界不明，特此奉闻。"启事系钢笔所书，盖有貂斑华正刻印，嘉震、明香私章。但 8 月 9 日《申报》的广告栏却未见这则启事刊出。据外界透露，启事系被人当天抽回。因貂父得知陈貂私自订婚后，坚决不同意，嘱貂必须设法撤回，貂遂亲赴报馆。但启事上有陈貂两人图章，馆方不允许貂独自撤回。貂复急赴陈家，陈不在家，貂留下一封短信："嘉震君：订约事，适才家父得知，竟在发脾气，谓此严重事件，决勿可妄自行之，立逼我前来解约。您回来后，速去报馆勿使登出，免受他之累。斑华重言　三时半。"陈回家见信后，立即赴报馆撤回启事。

但此后，貂斑华在《上海晨报》刊登启事，否认曾与陈嘉震订婚，并于《时代日报》发表自白，隐指陈嘉震故意在外散布与其订婚之谣言。陈嘉震也在《东方日报》发表文章称，订婚一事，人证物证，应有尽有。9 月 11 日，貂在《社会日报》发表《扫除》一文，称陈为"寄生虫""缩头龟"而应加以扫除："对于这些寄生者，个人'受惠'实已不少了。譬如那位'多情好意'的陈先生吧，他替我拍照，原不过是为了自己的稿费，正如'寄生细菌'，一有根据地，即将繁殖起来一样，稍加以颜色，即误认我是'感德以身相许'，后见狡计不售，即四出流言，说什么'尚望朽木可雕'，既有'人证物证'，何不挺身而出……"

陈嘉震看到此文，遂在 9 月 12 日的《大晚报》上，把貂斑华的亲笔订婚启事草稿，用锌版刊出。原文曰："双方由友谊而相爱，并得家长同意，决于今日实行订婚，恐外界不明，特此（貂斑华签字）。”一时间，全国各家报刊竞相转载双方争辩文字，一场桃色喜剧终于演变成激烈的笔战。

◀ 各执一词 ▶

1935 年第 1 卷第 11 期《影舞新闻》刊发了《陈嘉震给貂斑华的公开信》。信中称貂颠倒是非，想把铁一般的事实抹杀，而达到“自己是好人，别人是坏蛋”的自我宣传目的。尤其称貂在自白里“曲笔太多，离事实太远了，或者竟完全与事实相反”，披露了一些鲜为人知的真相。

貂曾经要求陈“牺牲到底，不要把订婚的真相公开”“不要和小报界接近”。陈因为相信貂，所以半个月来，“许多人攻击我，讥笑我，误解我，我都默然忍受，而且闭门家中坐，不敢和报界的朋友来往，因为我尊重你的要求。可是，你最近的大作，每一篇都是在攻击我，把我当成一个仇人，我真不解而且伤心”。

陈嘉震称：“回想我们认识的开始，是《妇人画报》编辑郭建英君要我拍你的照片，仅仅两个礼拜的相交，双方的感情也不过如此。谁料，8 月 7 日晚上，你突然向我提起，有人想把你推进做舞女的陷阱里去。又说，许多无谓的应酬，使你感到十分厌倦，名誉方面受到很多损失。你自以为唯与人订婚，方可摆脱一切。当时，我对你当然十分同情，很诚恳地对你说，外面传说你和姜克尼关系密切，那么你就和他订婚不是很好吗？那时，你听了我的话立刻板起脸孔，说姜克尼虽然热烈地追求过你，但是你对他的印象很坏，并且你气愤地还要把姜克尼寄给你的信拿来给我看，表示对姜克尼已经决裂。因为我信任你说的话是真情，我就阻止你不必拿出。你不是还告诉我，姜克尼已有一个姓什么的女人，要和他结婚了吗？于是，我又替你找出一个姓徐的，你苦笑地摇摇头。最后我说，你交际非常广阔，朋友很多，不能没有一个理想当中的人物。但是，你却坚决地说，没有！一个都没有！眼尽是钉住了我说，人虽是找着了，只是恐怕对方不肯为我牺牲！说完，你笑了，笑得多么迷人呵！你说出你找着的对象是我！是我？我自己那时也有些不相信，惊奇和怀疑一起袭上了我的心头。我重复地问你，是当真的？你回答，真的，只要你肯为我牺牲！于是，为了保护你的前途，解除你身心的痛苦，我便勇敢地答应了你，担任了这个丑角。当晚，我没有回家，我跟你一直畅谈到了天亮。我向你提出了三个条件：第一要你谢绝那些无谓的应酬，第二搬回你母亲家住，第三好好地去努力于电影艺术。你满口答应了。之后，你从衣箱里拿出两颗印子来给我，一是'明香'金质的，一是'貂斑华'木刻的，要我去各报上刊登订婚启事的广告。那时，我又踌躇起来，因为你未满法定年龄。你立刻说，如果有人问起来，说我已经 20 岁就妥当了。我还是没有答应你，因为还没有得到你父母的认可。你又说，母亲准能答应。当晚，我就以等待你母亲的答复为由，没有拟写订婚广告。

"第二天（8 月 8 日）一早，你就跑到我家，在我桌上亲拟了一则订婚启事的稿子，由我誊写好。最后，你我都在稿末盖了章。你着急与母亲商量就走了，嘱咐我 12 点钟打电话问你，如果你母亲答应便立刻把广告送去登。后来，12 点钟快到的时候，你自己先打电话来了，说你母亲答应了。这样，我就把这条广告送去登报了。

"我不想再多说，以后许多的事，你自己明白好了。你问问你自己的良心，你为什么要陷害我？你所做的事，对得住你自己的良心吗？订婚还是要我承认下来，我真太傻，同时我也太信任了你！于是，造成了大大的笑话。

"等到我明白了你的种种行为，来找你解约时，你还装出不愿意的模样。第二天你却在《申报》上刊出了一篇否认订婚的启事，同日的某报上又用'貂斑华'的名字来了一篇毫无情理的自白，把铁一般的订婚事实都推翻了，而在我面前又苦苦地要我不把这事实公开。本来我和你订婚是幕滑稽剧，既然到了这样的田地，我除了懊伤以外，还有什么呢？

"'不了了之'，我是抱着这样的希望。你对我的要求，我都干脆地给了你一个满意的答复，'不写自白''不和小报界接近'等等口约，这些话都是过去的事实，我没有一丝捏造，我可以对天发誓。

“高贵的小姐，你太残忍了吧！如果是这些物证都操在你那儿，我相信你一定会把陈嘉震置于死地的。因此，我不得不坦白地写这样一封公开信。”

陈嘉震的公开信发表后，《小晨报》记者采访了貂斑华，问她对于那封公开信有何意见。貂也陈述了事件的整个过程：

“我和陈嘉震相识，是因为他来为良友公司拍照，第一次来没有拍成功，第二次拍了几张之后，他就每天从5点钟坐到8点钟，东谈谈，西讲讲，但我又不好意思推他走。以后，他愈来愈恶劣了，每天晚上非到夜深不走。我虽然请了房东家的小姐来陪伴，但他仍是莫名其妙地纠缠不清。真是事有凑巧，那晚有人请我出去跳舞，到夜深二时回来。谁知一走进房间，他又坐在我房里了。我因为精神很疲倦，加以看他一坐便是三四个钟头这种举动更加难受，当时我很气愤。于是，他便问我道，你这样下去真不是好现象，不过法子是有的，可是要有个人为你牺牲才行。于是，我问他有什么法子，他便告诉了我什么假订婚的事。当时，他说如果这样一来，至少你可以减少许多麻烦。他说着便写出订婚启事的草稿，送给我看。天哪！他那稿子叫人看了真好笑，写得真不像样。他说拟得不好，还是你来起草吧！我一时兴起，便照他的意思写了几张，乱画乱涂地丢在字纸篓中。谁知那字纸篓中的东西却到了他的手里，而且还要登在报上，我真是做梦也想不到的。

“撤回订婚广告当天的晚上，他到我家里来，在门口叫着‘明香姐姐，明香姐姐！’这样叫了一两个钟点。我实在有些可怜他，于是开了门让他进来。他进来之后，就向我讨回他送给我的一张照片，而且态度非常傲慢，口吻更使人难堪。于是，我一时气愤，更想到他种种不良之情形，便在他嘴巴上‘辣辣交’两记。”

对于陈嘉震拿出的最有力的证据——貂斑华亲笔所拟的订婚启事稿，貂斑华则称，那晚的锌版是他自己拼凑而成的，换句话说，陈嘉震是假造文书！

貂斑华所说曾赐陈两记耳光和陈伪造文书，陈嘉震认为毁坏了他的名誉。为了避免外界误会，维护自己的名誉，他遂延请王传璧律师向特一区法院以“公然侮辱”罪提起诉讼。

10 月 12 日，上海地方法庭开庭审理了此案。最终判决：“吴明香（即貂斑华）公然侮辱人，处罪金 50 元，如易服劳役以 2 元折算一日，缓刑二年。”一场订婚风波就此收场。

◀ 悲惨结局 ▶

树欲静而风不止，陈貂二人的订婚诉讼虽已尘埃落定，但各报刊对此风波的探秘、追问、算账仍未停歇。纵览数十篇文章，当年的新闻舆论对貂斑华指责略多，对陈嘉震更多是同情，更得出如下结论：

一是订婚确有其事。因貂斑华曾赴报馆撤回广告。如未订婚，何来广告？

二是广告撤回系姜克尼主张。据 1941 年第 2 卷第 11 期《中外影讯》载称，貂与陈订婚原是出于本心，然而姜克尼知道后就来劝说：“你是有身份、有前程的人，陈嘉震是不是有娶你的资格和条件？婚后能不能为你创造一个理想的环境？何况一个明星婚后是不是能够保持影迷的拥趸？”姜克尼还在《社会日报》撰文大骂陈嘉震。此后，貂才下决心撤回订婚启事。所谓父亲反对，实系推辞而已。

三是貂斑华说订婚稿系一时兴起的乱画乱涂显然不当。订婚对人生来说是何等重要的大事，岂可儿戏？

四是貂先于陈下手，登报不认，将订婚之事一手推翻，陈是被动的。

五是陈既自称与貂“双方感情不过如此”，又为什么因貂“眼睛钉住”“笑得迷人”而答应与她订婚？只能说明，陈对貂确有爱慕之心。

总之，此案的两个主角，一个是狡猾，一个是糊涂。

这场讼事，陈嘉震虽然胜诉了，但他在精神上的损失是无可弥补的。1935 年秋，他的项间生出一核，初时疑为瘰疬，只是休养一段时间。至 1936 年春，病渐加剧，但因生计问题，他仍扶病为良友公司编辑电影画报。

7 月 1 日，始入浏阳太保加医院治疗。一个月后，病势愈重。8 月 1 日改入虹桥疗养院，时双肺尽腐，挽救乏术，终于 8 月 16 日病逝，年仅 24 岁。

如果说貂斑华与陈嘉震订婚是缘于一时兴起而产生的冲动，对于婚姻大事太过草率的话，那么，在与陈嘉震诉讼结束后，貂斑华即与姜克尼同居，就说明了她对于感情有些儿戏。不幸的是，貂与姜同居未及一年，即被姜遗弃。当时因为貂尚在缓刑期内，不能有所发作，加之人言可畏，闹起来舆论也不会谅解她。于是在痛心之余，貂便发表了一个“专心艺术”的宣言，下决心努力于银幕事业。不幸的是，“八一三”的炮火又击碎了她的梦想。她不得不避居香港。在香港，她曾一度嫁给在海关任职的某君，但不久又离婚。最后与某人同居，也终是劳燕分飞，形只影单的她只得回到上海。先加入新华影业公司，即又转为艺华公司，曾在《王宝钏》《阎惜姣》《观世音》等影片中扮演角色。

1940 年，貂因身体染病不能工作，艺华公司即与其解除合同。此后处境困难，生活艰辛，居所也是越搬越小，终日郁郁寡欢，肺病遂乘虚而入。生命的最后时刻，她的肺部烂了四个洞，于 1941 年 8 月 15 日不治身亡，年仅 25 岁。

津门才女包经第订婚记

包经第自幼性情开朗、聪慧活泼，尤在体育、文艺、演讲等方面极富天分，曾为南开女中女子排球、垒球健将。在20世纪30年代，她曾与严修的孙子、“海怪”严仁颖齐名，其大幅玉照屡次登上《北洋画报》的封面。因此，1935年9月3日，她与吴秋尘侄子的订婚仪式也就格外引人注目。《北洋画报》曾以《记吴京包经第订婚》一文，报道了他们二人的恋爱经过和订婚盛况。

包经第生于天津，早年在南开女中就读。在校期间，她的学业成绩出类拔萃，先为该校女子垒球队中坚，后任女子排球队主攻。1933年代表天津女子排球队征战青岛华北运动会，取得优异成绩，声名大噪。与此同时，她还兼任着体育新闻记者的角色，撰写了大量的报道文章。1933年南开学校举办演讲大赛，包经第杀出重围，击败各路高手，荣获冠军。每至学校的游艺会时，她便与同学合作编演节目，擅演四簧，倾倒众人。1934年5月15日，南开女中举办欢送毕业同学游艺会，包经第充任大会主席，她与其他三名同学合演《寄生草》。她在剧中饰演包先生，栩栩如生，声情并茂，令人折服。《北洋画报》曾授予她“天津体育家”“排球健将”“津门才女”

等头衔。

包经第擅长写作，在校期间，她就已是《益世报》《北洋画报》《玫瑰画报》的特约撰稿人了。时常有新闻报道、随笔、游记等作品刊发于报端。在南开女中的信箱里，她的来信最多，多为倾慕她的粉丝们的求爱信。其中有一位最为忠实，每日一封，词句极为肉麻，连篇累牍，喋喋不休，致使包经第曾一度厌而搁笔。

1934 年 6 月，于南开女中毕业后，包经第考入北平民国大学中国文学系，攻读甚勤。在平期间，经著名报人吴秋尘之介，与时在北平工学院织学系求学的吴京相识。吴京为吴秋尘的侄子，才识超群，英俊潇洒，颇具艺术才能，模仿北平各种叫卖市声惟妙惟肖，更善学著名影星王人美的《桃花江》，声音娇嫩欲滴，如其演唱影片插曲，闻者几疑置身银幕前。只是他发稀露顶，略显老成，算是一个“缺陷美”吧。年龄相仿，加之有共同的文艺爱好，他俩迅速走到一起。如当年的恋人们一样，他俩也经历了看电影、遛马路、口角、道歉、和好、缔约、谈婚论嫁等过程。

1935 年夏，吴京毕业后来津谋职。包经第深恐负笈故都，两地分飞，影响感情，遂于暑假期间回津投考天津女师学院。同年 9 月 3 日，二人在东兴楼饭庄举行了简单的订婚仪式。据说，他们缔结的订婚书，系吴京从其原籍吴县购来的龙凤帖，古香古色，为新式订婚中罕见。数日后，天津女师学院发榜，包经第名列前茅。这样的双喜临门，似乎预示着他们幸福美满生活的开始。

林庚白、林北丽订婚记

1937 年 3 月 7 日，40 岁的民国著名诗人、政治家林庚白与小他 19 岁的才女林北丽，在上海国际饭店摩天楼举行了盛大的订婚仪式。作为林北丽父执辈的林庚白，因一段失败的婚姻而一度对婚姻失去信心，甚至坚决反对婚姻制度，自称“摩登和尚”。但他又是因何迷恋上好友的女儿而改弦更张，与林北丽步入婚姻殿堂的呢？同年 3 月 20 日第 37 期上海《天文台半周评论》中的《林庚白订婚追记》一文，详尽地报道了他们订婚的盛况，读者或许能够从中找到答案。

◀ 神童、诗人、政客林庚白 ▶

据 1933 年第 1 卷第 1 期《文艺春秋》中的《林庚白自传》一文，我们可以对林庚白有一个清晰的认识。

林庚白（1897—1941），原名学衡，字凌南，又字众难，自号摩登和尚。1897 年出生于福建省闽侯县螺洲镇（今福州市仓山区螺洲镇洲尾村）的一个士绅家庭。祖父与清同治帝的师傅林天龄是连襟，伯父和父亲与陈太傅、许臬台是郎舅、儿女亲家。林庚白自幼聪慧，4 岁能文，7 岁能诗，一时有“神童”之称。喜读义侠小说，一心想做超人，七八岁时最崇拜的人是诸葛亮，立志将来一定要成为他那样的人物。

林庚白 5 岁失怙，跟着嫡堂伯父过活。伯父母待他极为慈祥，姨母对他也很好。姨母去世后，慈母般的端仪姐姐对林庚白倾注心血，教养提携，无微不至，在学问、事业、思想诸方面均给予很大帮助。

1904 年春，伯父到河南候补，林庚白随之来到河南。1907 年，与三位哥哥一起来到北平，入顺天中学堂读书。不满半年即迁居天津，先在译学馆就学，但因写文章骂孔子、周公，并屡次在课堂上质问教员而被开除。1908 年下半年考入北洋客籍学堂。投考时，他注意到校章载有“学生满 18 岁者，得充学长或班长”条款。基于做超人的欲求，一进学校，他就以 12 岁的实际年龄冒报为 18 岁。这么一来，他的欲求终于实现。入学的第一年，他先后充任法文班班长和乙级学长。1911 年后，他开始大张旗鼓搞起学生运动，召集天津各中学以上的全体学校开会，第一次在燕报馆，第二次在普育女学。从北洋大学到各中学悉数派代表参加，天津咨议局的王法勤、孙洪伊、温世霖、刘孟扬等人也来参会。通过三次选举，林庚白当选为全体学生的总代表，算是他年轻时风头最健的时期，但也为此再次遭到学校的开除。此后，他以第一名的成绩考入京师大学（即后来的北京大学）。在校期间，他常与孙炳文、张竞生、陈和铁等较有思想的同学在一起讨论革命话题。后经孙炳文介绍结识了田桐、赵铁桥，开始为《国光新闻》撰写小说。他也标榜旧文学，与梁鸿志、黄浚、胡先骕、黄有书、汪辟疆等多有来往。在校外，则与陈石遗、王贡南、沈太侔等结诗社，敲诗钟，以附庸风雅为乐。

辛亥革命爆发后，林庚白加入京津同盟会，孙炳文充文牍部部长，他任副部长，参加了许多秘密工作。同年在上海，他认识了柳亚子，二人一见如故，并经柳之介加入南社。南京政府成立后，在汪精卫的推荐下，林庚白做了一个月的内务部参事。但因对官吏生活不感兴趣，加之恋爱原因，他遂于 1912 年回到福建。

回到福建后，林庚白在政治上争取议员未获成功，恋爱也宣告幻灭。他遂与陈子范、林瑞珍等秘密组织起了铁血铲除团，暗杀北洋官僚和变节的军阀党人。同时又与吕志伊、邵元冲等办起了《民国新闻》，也在于右任、邵力子创办的《民立报》上投稿。嗣后，他再回北平，与汤漪共同主持北方国民党的唯一机关报——《民国报》。他的文章得到吴稚辉、林长民等人的赏识，梁启超先生也给他写信称“奉读大著，五体投地”。因此，他更为国民党人所推重，做了宪法起草委员会的秘书长，兼任众议院秘书长。自此，他的政治仕途一日千里。

1931年“九一八”事变后，林庚白坚信“不打倭寇，中国的命运一定就完了”。抗战全面爆发后，他夜以继日地撰写《抗日罪言》，对抗战前途充满胜利信心。与此同时，他看到了中国共产党在抗战中的作用与希望，曾赋诗《书〈中国共产党宣言〉后》七律一首。在1938年写的一首名为《寄延安毛泽东先生》的七律中，认定毛泽东是最能够拯救中国的伟大人物。

林庚白的个性始终充满着矛盾，一方面他的反抗性很强，另一方面又对现实妥协。不过，他对重要的问题绝不妥协，他自认为“哪怕是全世界反对，我一个人也要坚持”。然而，面对“九一八”事变后乱象丛生的中国政坛，林庚白深感失望。他开始怀疑中国革命和国民党的前途，这让他灰色的人生更加模糊起来，转而发愤为诗。1933年创办诗刊《长风》时，他曾自诩“诗狂”，并曾放言“十年前论今人诗，郑孝胥第一，我第二。倘现在以古今人来比论，那么我第一，杜甫第二，孝胥还谈不上”。其诗作甚众，编校《庚白诗存》《庚白诗词集》，著有《孑楼随笔》《孑楼诗词话》等。

林庚白还精通星相学，经常给人算命。1931年，他曾精准预言诗人徐志摩将死于非命，该年11月19日，徐志摩因飞机失事而罹难。1937年，他算出国民党政客黄秋岳必有大凶，“七七事变”后，黄秋岳因汉奸罪而伏法。

林庚白风流倜傥，先后追求过张荔英、陆小曼、唐瑛等诸多女性，但均以失败告终。面对残酷的政治现实和情场上的失意，林庚白在消沉中寻求刺激、麻醉，来替代幻想中的慰安。此时，他“遇着了一位我的主观认为很美，很聪明，很柔和而且可以训练出来的安慰者”，她就是他的原配妻子许今心。但 1931 年，他们终因感情不和而仳离。面对这段不堪回首的感情，林庚白曾写道 :“遵着现代资本社会的道德律，而和彼此同居都感着痛苦的名义上妻子离了婚，还有许多写不出来，也写不完的爱之创痕。我相信，我对于她‘情至义尽’。”

◀ 才女林北丽 ▶

林北丽（1916—2006），原名隐，室名丽白楼、博丽轩，祖籍福建，与林庚白同为闽侯林姓，但并不同宗，是林徽因的堂妹。其父林寒碧时任《时事新报》总编辑，因赴友人梁启超之约，在上海马霍路出车祸而不幸去世，时林北丽仅出生 18 天。其母徐小淑（徐蕴华）因忙于诉讼，遂将其送至崇福外婆家抚养。1916 年冬，其母带着大女儿林惠也回到崇福，母女三人相依为命。

提起父亲，母亲总要说一句“他真聪明，自幼便被地方上尊称作神童了”。这样，“神童”两个字，便在林北丽的脑海中留下极为深刻的印迹，甚至有些向往。一次，她问母亲 :“神童到底是怎么一回事？现在世界上还找得到么？”母亲笑着说 :“傻孩子，这不过是说他特别聪明罢了。你要看看到底怎么样的么？等有机会我介绍一个给你看。这个人不但幼年时代也是神童，而且还是和你爸爸同一时期被这样尊称的呢！那时候福建有三个神童，现在还活着的只有他一人了！他非但是你爸爸的同乡、一姓，而且还是好朋友。我和他也是很熟悉的。他名叫庚白，文学在今天还是极其有名呢！”自此，“林庚白”这个名字便印在林北丽幼小的头脑里了。

也许是因为对神童林庚白的神往，林北丽长大后也酷爱诗歌、文艺。诗画琴棋，皆有心得，尤善诗词，为南社诗人，时为一代才女。在《近代诗钞》上读到林庚白的旧体诗，她便开始想象林庚白大概是“状元郑孝胥之流的文人”模样吧。1927年后，林北丽偶然也看到林庚白的白话诗、语体文、政论以及渐由古人境界里脱胎出来的旧体诗。虽然对这个由神童成长起来的文学家极为崇拜，但依旧没有机会谋面。

林北丽在自传中记叙了她早期的感情经历，贫穷曾经夺去了她的初恋男友。失去他后的数年里，林北丽一直紧锁爱的大门。1931年在考入金陵大学图书馆系后的一段时期，她却渐渐陷入了爱的追逐和包围之中。追求她的分别是V先生、Z先生和X先生。V与她原是亲戚，是母亲眼中最理想的女婿。他是独生子，有着富足的家产，高贵的门第，极具文学天赋，可以说各项条件均极完备。何况他那文雅的姿态、温厚的天性和不浮夸的私生活，也深得林北丽的赏识。然而，林北丽却莫名地厌恶他那些优越的条件，自认为他们不是同一个方向的人。Z先生是农科大学的学生，曾是林北丽的同学，也同样具有充裕的经济条件，为人更为淳朴，自然科学的根基打得很好，仪表既温和又帅气，是大姐夫颂赞的“美男子”“好学生”。Z先生总是心甘情愿地替别人做事，忠厚老实。但他只希望有一个美丽的妻子，几个活泼的孩子，一份如意的职业和一个称心的小家庭，根本不懂得林北丽需要怎样的生活，更不理解林北丽头脑中的所思所想。这样一个只以完美的小圈子为满足的男人，又怎能成为林北丽的终身之伴呢？最为滑稽的是X先生，他是一个领公费的好学生，常穿一身绿色西装。他从第一次见到林北丽，就不断地给她写信、访问和献殷勤。虽然从来没有收到过复信，也从未受到接见，但他仍锲而不舍，永不厌倦和怨恨。林北丽始终没有弄明白，他到底为什么爱自己。

◀ 从神交到相恋 ▶

1948年第2期《子曰丛刊》中刊发了林北丽的《我与庚白》一文，详细记述了他们二人从相识到相恋的全过程。

自从母亲口中听到神童林庚白的名字后，林北丽就一直对此人心驰神往。但这个愿望直到她1931年进入金陵大学后才得以实现。当时，她寄宿在大姐陈绵祥家中。“九一八”事变后，举国上下沉浸在迷惘与愤懑之中。由于苦闷和烦恼，林北丽也曾与朋友到命相馆占卜。一次正好碰上大姐。大姐说：“我下次介绍一个中国第一的命相家给你。他不是算命先生，哲理倒是很高的。”后来知道要介绍的是林庚白时，林北丽不禁大笑，原来这位神童竟然还是一位鼎鼎大名的星相家啊！好奇心驱使林北丽愈加想见见此人的庐山真面目。但因他二人彼此的时间总不凑巧，约了几次都没能见面。此后，林庚白去了广州，见面之事遂告搁浅。

1931年初秋的一个黄昏，林北丽正坐在南京秋元坊的楼隅和表兄同阅一册日记，突然一位不速之客闯了进来。“他穿着浅橙色的西服上装，银灰哔叽的裤子，黑漆漆的跳舞皮鞋，不戴帽子，均分两边的乌发，夜晚看来，显得格外光亮。过重的脚步里，还不时流露出他书生气的温雅。”从这段文字的描述可以看出，林北丽对林庚白的初次印象是极为深刻的。林北丽站起身来，他就问道：“你，是北丽吗？绵祥说过，你想找我呢！啊，真真是太像你爸爸了！哈哈！孩子长得这么大了！”林北丽正被这位生客搅得有些迷茫，幸好大姐回来了，一经介绍，恍然大悟，原来他便是神交已久、久慕大名的林庚白先生！再一打量，“眼前的他，比起我过去所想象的他来，那真是太年轻、太漂亮了！除了有一个中国旧念书人的骆驼的背（不细看，不觉得），小小的嘴，高高的鼻子，简直还有西方美呢！”

当时国家正处于生死存亡的动荡时期，他们每次见面，除了极少时间谈谈诗歌、文艺，跑跑戏院、展览会，换换自己小圈子里的空气外，大部分的光阴都消磨在讨论时事中了。他们远自世界的演变，近至国家的存亡，真可以说“上下五千年，纵横千万里”，无所不谈，无所不论。林庚白谈至兴高采烈处常常手舞足蹈，说到痛心疾首处更是长歌带泣。即使在菜馆、咖啡馆里，他也会忘情地泪滴盈樽。这样，他二人交往久了，不但相互了解了彼此个性，而且越来越发现彼此的抱负理想日益接近起来。

1936年初冬，为了应对一次重要的考试，林北丽搬出大姐家，和一名女同学单独租了一间环境幽静的民房。她二人约法三章，不许在新居内招待朋友，以便全身心地埋头于书本。那些日子，她与林庚白几乎没有时间见面。林庚白在来信中屡屡对她的“隐蔽生活”不以为然，并且一日一信。信的内容除谈论世界形势的发展和国家民族的存亡，竟然偶尔也大胆倾吐对林北丽的爱慕之情。而林北丽终日忙于考试计划，很少复信。

又是一个黄昏，已是落叶萧萧北风飒飒的冬夜，林庚白突然造访林北丽的小屋。为了打听这间不为人知的小屋，林庚白煞费苦心，东探西访，最终从一个送煤炭的小伙计口中得到了准确地址。此后，林庚白虽然也偶尔过来，但很识相，每次坐上一小会儿便走。而信还是照例一日一封，有时甚至两封。

1936 年的寒假后，林北丽日夜筹划出国留学事宜。事前，她也与林庚白一再商议，林庚白给了她很大的鼓励。但是林北丽明白，母亲这一关很难通过，因为母亲只有她一个女儿。后来，林庚白建议她先去日本东京然后再赴欧洲，毕竟日本东京相隔不远，母亲也可以接受。

1937 年的 3 月 1 日，办好了出国手续，林北丽准备告别南京，回杭州与母亲住些日子，暑假后再东渡日本。林庚白同车送她到上海。为了一些杂务，林北丽预备在上海停留三五天。岂料，林庚白突然向她求爱。林北丽回忆两人相识以来，虽然彼此都不曾谈及爱情，尤其她本人更没有想过去爱一个几乎是自己年龄两倍的男人，但是两人的人生观和理想抱负，无一不趋向于一致。当然，林庚白的语气和眼神也不容许林北丽拒绝。就这样，在两人向同一目标共同奋斗的大原则下，林北丽匆忙决定了自己的终身大事。

事后，林北丽回忆说，有一件事让她坚定了嫁给林庚白的决心。那还是林北丽在南京的时候，林庚白经常来往于京沪两地，在南京就住在励志社宿舍。那里禁止女宾进入卧房，但他的房间在会客室隔壁，所以不受此禁。当年，励志社有一个大花园，绿荫草毡，使人流连。他俩经常在此谈天散步。有时也到励志社的会客室去茗茶小坐，但是林北丽从未踏进过林庚白的卧房。原来，林北丽有一个怪癖，极端厌恶进抽烟人的房间。而林庚白正是个大炮台、小炮台不离嘴的人。

毫不知情的林庚白多次邀请林北丽均遭婉拒。他不禁问道：“我看你不是个拘束的孩子，为什么不进去呢？”林北丽率真地告诉了他不进去的理由。当时，林北丽还觉得自己有欠礼貌。但一个月后，他们又在会客室见面时，林庚白十分诚恳地说：“请你到我那打扫过的屋内去坐坐吧！你那厌恶之气已经完全被驱除了呢！你那一次的话，我很同意，我也觉得吸烟并不必要。三个星期来，我已绝对戒除了。谢谢你启示，我很成功，一点儿也不苦恼。”当时，林北丽非常感动。由此证明，林庚白是一个很有毅力和忍耐力的人，更是一个有责任感的人。

然而，林北丽嫁给一个离过婚、有了几个孩子、比她大 19 岁的男子，免不得挨母亲的一通唠叨。但在他二人的坚持下，母亲最终还是同意了。

◀ 订婚盛典 ▶

1937 年 3 月 7 日，林庚白与林北丽的订婚盛典在上海国际饭店摩天楼举行。来宾均为社会名流，有介绍人司法院副院长覃振，中央委员张知本、王法勤、柳亚子，立法委员吴经熊，前善后会议副议长汤漪，上海著名律师陈志皋等，济济数十人。柳亚子且携其女柳无垢，郁华则偕其女郁风同来。

下午 5 时宾主入席，新郎笑逐颜开，新娘光彩照人。贺客之间谈笑风生，雅谑备至。仪式即将开始时，陈志皋夫人王梦兰（黄慕兰）、李公朴太太张君璧（张曼筠），翩然莅止。王女士为当年妇女界翘楚，与林庚白的交谊更有一段佳话。据说，林庚白离婚后，曾有一段时期无家可归，常寄居陈志皋寓所。王女士对其关怀备至，故林常说，陈太太是他的半个爱人！

订婚仪式开始后，覃振请新郎发表恋爱经过。新郎起立称：“本人本来反对有形式的婚姻制度，今竟亲自接受，由恋爱而订婚而准备结婚，岂非行动与思想背道而驰？但以中国社会处处充满矛盾现象，本人只是其代表型中一个小泡沫……离婚后，向光明的前路追求凡八九年，中间曾遭遇到一个很大的挫折，叫我竟疑天下的女性尽是从‘虚伪’的摇篮中褓养长成。自己又不能决然效太上之无情，因之，事业荒废，神志不清。彼时，本人曾采用‘摩登和尚’的笔名，实在是彼时意识形态的整个表现。最近在某处遇见林女士，我们一谈之下，感觉有契合之点，亦即本人再造光明之一线微曦。本人对林女士，在旧的宗法社会中说，该是父执辈。因鉴于社会中不少事实爱上了，却均因闪避社会而偷偷摸摸地含混过去。所以，决定以身作则，来打断此封建的绳索，以表现我们行动的光明正大！”

继之，新娘起立称："所有的话，林先生都说过了。林先生系一个有思想的人。我只是一个念头，就是愿意跟他，助成他思想的实现！”

覃振意兴极佳，闻此语后率先起立做来宾发言。他完全同意林先生反对形式的主张，敬佩林女士的勇气。最后他感慨道，中国数千年以来，结婚的男女得到真实幸福的不过十之一二，婚姻变成名词，夫妻变成器械，实在可怜之至。

在众人推请下，王梦兰女士起立致辞。其中最让人记忆深刻的是，回忆起林庚白做单身汉时，常苦闷地喊“怎样办呢？怎样办呢？”语气表情惟妙惟肖，引得众人一片笑声。她接着说："现在大概不要喊了。至于林女士未必无此苦闷的呻吟，不过女性总不会爽直地说出而已。现在好了，怎样办？已经有办法了。况且，林女士很有学问，订婚后即东渡扶桑，将来带许多东西回来为社会服务，意中事也。”

最后，李公朴太太张君璧给大家讲了一个笑话，以作尾声。说从前有一对新人结婚，牧师为他们证婚。问新娘，你爱他吗？你愿嫁给他吗？新娘一一点头。最后牧师问，那么，你也已经学会骑脚踏车了？因为新郎是一个骑脚踏车的邮差。

当日，林北丽即兴作诗两首，很可以表露她当时的幸福心情：

曾俱持论废婚姻，积重终难返此身；
为有神州携手意，一觞同酹自由神。

两世相交更结缡，史妻欧母略堪思；

春申他日搜遗事，此亦南都掌故诗。

“七七事变”爆发后，林庚白迁居南京。同年8月，二人在战火中的南京仓促举行了婚礼。

“金嗓子”歌后周璇的“订婚热”

民国时期，影星的婚恋问题，既是影迷们关注的焦点，也是大小报刊炒作的热点。1941 年与严华离婚后，“金嗓子”歌后周璇的感情归宿就成了新闻界的噱头。各报刊分别爆料，她与“过房爷”（即干爹）柳中浩、柳中浩的儿子柳和锵、绯闻男友影星韩非、“话剧皇帝”石挥等先后订婚，以致出现了“周璇订婚热”。

周璇曾是国华电影公司的签约演员，该公司的老板柳中浩是她的过房爷。与严华离婚时，周璇就一直寄居在柳家；离婚后因一时找不到合适的住处，仍住在柳家。柳中浩有个儿子叫柳和锵，占了近水楼台的优势，一个多月的朝夕相处，他二人不免产生友情。于是，小报消息先传周璇与柳中浩有暧昧关系，后又说周璇与柳和锵发生了爱情，并且正在酝酿订婚，只因柳中浩反对，并且对柳和锵实行了经济封锁，才让他二人不得不放弃爱情。

为此，1945 年《青青电影》《上海影坛》的记者分别采访了周璇，求证此事——

记者问：你是否与柳中浩闹过恋爱？

周璇说：那根本就是无稽之谈！我跟干爸爸认识还是在歌舞团里，他一向很喜欢小孩子的，所以他也一向把我当作女儿看待。就是那年我跟严华婚变，从家里闹了出来，住在他家里，他也待我很好。至于外界说我们父女俩发生了暧昧，我们当初并没有出来辩白，事实胜于雄辩，现在想起来真正觉得可笑！

记者问：那么，现在盛传你跟柳和锵呢？

周璇说：到现在为止，我们还是朋友。不过，我们是从小就在一块儿的。近来，我也没有多少朋友，他又时常到我这儿来玩，因此，比较亲密一点。至于结婚，倒不是报上说的他家不答应，而是我嫌他年纪小，只有21岁，比我小5岁呢！我完全把他看作一个小孩儿似的，况且他还不能自立。你想，假使我们就这样永远交个朋友，不也好吗？何必要谈婚姻。

记者问：请问你将来的归宿？

周璇说：总之，我不想当尼姑。将来准定请你吃喜酒就是了，你又何必敲碎砂锅问到底呢？

记者问：你能不能告诉我你理想丈夫怎样？

周璇说：第一应该能够自立，第二有高尚人格，第三性情温和。

嗣后，小报又开始盛传周璇与韩非的绯闻，声称在与周璇拍摄《夜深沉》时，韩非就曾对周璇极有好感，只是囿于周璇已为人妇，才将感情藏于心底。周璇与严华婚变时，又说他是第三者。因此，即使周璇离婚后，韩非仍需暂避风头。待风声过后，韩非便对周璇发动攻势。但因周璇仍耽溺于旧情苦恼之中不能自拔，对韩非不冷不热。最终，他俩的感情尚未正式开始就已宣告结束了。

1946年第2卷第2期《国风画报》刊载的《石挥写信报告老母“订婚经过”》一文，则爆料周璇与“话剧皇帝”石挥订婚了。周璇自从和严华离婚后，追逐她的人前赴后继。周璇与石挥热恋的消息风行一时，甚嚣尘上。

他俩一个是“金嗓子”歌后，一个是“话剧皇帝”，年龄相当，地位匹配，要说确是天造地设的一对。不过，他二人都极力否认正在恋爱。但据确实消息，石挥前几天来信给住在北平的母亲，说他和周璇已经订婚了，只是为了避免外界的纷扰，才极端保守秘密。该报保证这段新闻是一百二十分的可靠。最后还感慨道：周璇和石挥终于永结白首了，真是天下有情人终成眷属！

为此，《秋海棠》记者曾专程采访石挥。但石挥当时正忙于拍摄《苦干》，记者几次登门都扑了空，众人皆以为他正在筹备与周璇的婚事呢。而当终于采访到他时，石挥却说，与周璇“订婚”和“同居”之说完全是造谣，他仅承认周璇曾到辣斐大戏院看过他的戏，他也到周璇家里去白相过几次。但记者仍认为无风不起浪，预料“皇帝”与“歌后”一定会演绎出一段浪漫故事。

明访暗查周璇的记者更是数不胜数。在接受《戏世界》专访，谈及与石挥的关系时，周璇说：“石挥对我的确很好，而在我的印象中，也觉得他为人很不错。不过在目前，我们纯粹是友谊关系，谈不到婚姻。我可以坦白地说，我对于男女间的需要是淡薄得很。虽则在年龄上是应该有归宿了，但是我倒也无所谓了。再说，我对于这第二次婚事，更应慎重些好，免得日后被人贻笑。”1946年新2期《星光》的消息称，当时，周璇和石挥二人对当时的传闻既不承认也不否认，但据二人友人称，他二人确实已有近一个月没有会晤了。如果是热恋中的情人，似乎不应该这么久不见面。更让人觉得不可思议的是，某天，周璇在某戏院参加一场歌唱会，适逢石挥在该戏院演毕《雷雨》于后台卸妆，但周璇来去匆匆，竟然也没有打个招呼。

1947年革新号第5期《上海滩》则明确表示周璇拒绝了石挥的求婚。1946年，周璇与石挥在上海演出，时共游宴，两人的情感因而日深，只是仍停留于纯洁自守。1947年周璇去香港前，石挥曾一度与周璇探讨未来婚姻之事，石挥后来又给周璇写信提及他二人的婚姻之事，却被周璇婉拒了，回信称，待日后回沪后再谈。

1947年革新号第18期《沪光》杂志则发表文章称，周璇已与石挥闹翻。周璇当时曾在公开场合大骂石挥“失去人格”，原因是有小报消息称，石挥时常出入风月场所。后来，周璇又几次提及此事，时时刻刻地刺激石挥。

事实上，与严华离婚后，周璇一方面深受创伤而精神不振，一方面对待婚姻更为谨慎小心。她当时虽是当红的明星，却生活简单，衣着朴素，很长一段时间都是独自一人生活。1946年初，她与石挥在上海的一家绸布店开业时相遇，因二人对对方慕名已久，惺惺相惜，不久，便开始正式交往。周璇时常往返于上海与香港之间，他二人便鸿雁传书，同诉相思之苦。去港时，她还嘱咐石挥照顾养母。周璇曾在日记中如此写道：“对这段感情既兴奋又恐惧，但心里知道这是个能够托付的男人。”正是由于这种心有余悸和犹豫不决，在接受采访时，周璇总是闪烁其词。周璇去港频繁，他二人聚少离多，小报记者便乘虚而入。在香港时，周璇就经常听到石挥的花边新闻。于是，二人由猜忌而产生隔阂。一年后，周璇从香港重回上海时，他二人的感情已归于平淡。据说，最后一次见面时，两人经过了一阵尴尬而长久的沉默，石挥长叹一声，转身而去。

面对新闻界捕风捉影的绯闻，面对时常骚扰她的小报记者，周璇也是苦不堪言。有一次，在接受记者采访时，她不免也要责怪几句，但尝试过舆论厉害的她，又很谨慎小心。她说：“从抗战胜利到现在，外面传说我的绯闻究竟有多少，我自己也不知道。他们写到我，自然是关心我。不过，一个人的感情好恶，难道能在不到一年的时间里如何变化无穷吗？我又不是水性杨花的女人，今天一个明天一个。难道说他们嫌我过去受的刺激还不够吗？当然，我并不怪外界人如何诽论我。我知道，也是因为我身体好了，往外跑的次数太多的缘故。我以为，要是有一日我的婚事成功了，用不到别人替我着急说出我的罗曼史，我一定会自己说出我们的恋爱经过。”这或许也代表了那个时代所有明星的困惑与无奈吧！

▷駐德公使蔣作賓返國抵瀋時參觀馮庸大學・「清」

瀋水之菊界珍聞

一鷗

坤伶小生銀娃娃。現隸城內會仙第一台。藝雖中平。而姿容秀麗。捧之者遂不乏人。其夫王賓亭。習老生。兼演老旦及花面。昔為硬裏子。近則藝大進。漸露頭角。惜為羅刹海市中人。故銀娃娃之適彼。人多以彩鳳隨鴉目之。第彼伉儷之篤愛綦為。並未因人言而稍殊也。昨夕銀娃娃偕富貴紅往胡蝶影戲院。觀汪優游主演之神仙棒。遇有字幕。則由銀伶講釋。且將劇情之優劣。加以月旦。均極貼切。伊之學業。亦可藉以窺其涯涘。故隣座咸傾耳以聽。較伊奏技于紅氍毹上。尤為注意也。

票友徐季芳。為開濼國劇社之中堅分子。曩肆業于上海復旦大學。成績極佳。以性喜舊劇。嘗隨荀慧生游。得荀伶之薪傳。能戲頗多。平時由李國清合演之美龍鎮汾河灣武家坡諸劇。珠聯璧合。蜚聲遐邇。日前來瀋。經會仙第一台。邀演兩日。五月二日夕。與幻影合演玉堂春。三日晨演女起解。夕演六月雪。座賓驟增。觀者仍不稍衰。四日卽起程回平矣。

▷上海兩江女子籃球隊由中華體育協進會介紹遠征扶桑在長崎丸船上留影・「中」◁

▷遼寧省城女子師範學校參觀團抵滬之留影・「琦」

二張之新紀錄

朱琦

此次上海市中等學校聯合運動會中。獲得女子個人總分第一之張蘋先女士。五十米決賽第一。成績為七秒八。百米決賽亦第一。成績為十五秒四。跳遠又第一。成績為四米三〇。造成全國新紀錄。即女子個人總分第六之張寶瑾女士。跳高第一。成績一米二六。亦造成全國新紀錄云。

女子個人總分第一張蘋先女士跳遠造成全國新紀錄「琦」

▷上海市中等學校聯合運動會女子百米決賽至終點時・「琦」◁

吳吳訂婚記

谷聲

東北同姓結儷。聞人中已數見不鮮。如張大元帥之女公子與張勳公子結婚。如朱光沐處長與朱啟鈐之四女公子結婚。此尤為稱道人口者。不圖張張氏朱朱氏之後。又有吳吳氏締婚之事發生於瀋陽也。已故黑督吳與權之女公子。映麗婉貞。婚事物色多年未洽。上年識南通吳普謦君於松江舞場。相與愛慕。吳君富於經濟。遊美歸來。充任交通銀行要職。友朋咸以俊士目之。向抱獨身主義。故年逾而惑尚潔玉自守。此次竟以女士之故。犧牲主義。茲聞已由朱子樵將軍介紹。於上月十日訂婚。吳君為余之舊友。昨謁之於大和旅館二百零一號。據云方物色商埠地巨邸。以備金屋之藏嬌也。按同姓不婚之說。古說泥之甚力。余則以為同姓不同宗。實無碍於血統

▷上海市中等學校聯合運動會中跳高第一造成全國新紀錄之張寶瑾女士・「琦」◁

△王漢倫女士創立美容院於滬上為程啟新女士施手術之姿式▽

集[illegible]新聞

棠賀熊謀殺張麗卿案。鬨動社會。上月三十日。張麗卿由其姊陪同到瀋。寓大陸飯店。當日即在法院過堂。有見之者。身披奶粉呢歐色外衣。內御青物華葛旗袍。面龐憔悴。當晚即乘零點四十分車赴平。一般欲覘麗卿顏色者。次日咸趨大陸訪問。均敗興而返。

瀋陽電影院。前晚有三屯裡人。坐後排觀影。傻態可掬。入場見椅。攀弄甚久。乃曰。「此地凳子是活的。」又仰看屋頂電燈。曰。「這個房頂是亮的。」復四矚。壁上油畫。相顧謂「怪不得這裡暖。花草巳開了。」或謂此是畫。非眞花。復不信。一人趨貓下。用手撫摸半響。全院觀客。為之閧堂。

班禪啟錫誌

一粟

班禪額爾德尼。于一日午後六時〇五分。乘北寧專車晉京。屆時赴站歡送者。不下五百人。警備森嚴。樂聲聒耳。班禪曾作謝詞曰。承諸君歡送。不勝感謝。鄙人此次晉京。係準備出席國民會議。並與中央各當局商榷蒙藏大計。約在本月下旬。即可返瀋。屆時再與諸君聚晤也。言畢登車。時有蒙古王公數人。登車求見。跪拜甚恭。班禪授以哈達一方。圍諸項間。其餘喇嘛。則隔車窗。以首觸車身。表示敬意。計專車九輛。連機車為十輛云。按蒙藏屬域。關係國防。時有侵略之虞。中央以郢治甫竣。鞭長莫及。惟有期之於班禪。希望以宗教勢力。團結民衆。而鞏固國防也。

▷上海市長張岳軍與其夫人在江灣葉園舉行春會時與工部局董事長麥克那登(右立者)合影・「中」◁

▷漢口市中小學校舞蹈體操比賽會中之看護舞・「舒」◁

▷來滬觀光德國兵艦愛姆登號停泊於虹口碼頭・「中」◁

▷漢口市中小學校舞蹈體操比賽會中之[illegible]舞・「舒」◁

上海畫報

甲種每張大洋五分乙種二分八釐
◀每五日出一張▶

◘女詩人虞岫雲女士最近與新華銀行陳憲謨先生訂婚◘

第八〇九期

▲廣告刊例
新聞欄中(面■)中縫欄內分四格每格每次八元半格起碼
封面廣告每格每次六元計十五字高十九字闊半格起碼

▲本報價目
甲種十期連郵費大洋四角五分三十期大洋一元二角五分六十期二元五角百二十期大洋五元乙種六十期一元百二十期二元郵票以一分為限以上不收九五折算
館址上海望平街二七九號

…致詞，其旁為孫連仲夫人羅毓鳳女士。

等六十四人，天津方面張劉淑鈞李鳳影等三十二人；同時選出常務理事，平津兩方共二十三人，另在全體理事中，選出監事十二人。旋由王子文太太代表北平會員致詞，略謂：「婦女界每人應站在崗位上發揮其能力，願能任勞任怨，多作小事。」孫家玉女士代表天津會員致詞謂：聯誼會組成共有三點：一、爲去冬李夫人去津時即有此意，是即聯誼會之萌芽，二、爲平津兩地相距最近，且全爲華北之都市，實有聯繫之必要。三、爲兩地婦女之責任及意志相同，今日吾人最大之責任爲改善婦女教育，婦女本身應有其特殊的美的教育，如全世界無婦女，即無美麗。五時許，此一幕盛大聯誼會，始行告終。（李堯生攝寄）

李宗仁夫人郭德潔女士赴會。

家庭紀事

奚府一門三慶

金婚・結婚・訂婚

上海社會傳爲佳話

紀念，暨奚氏長女公子慧小姐（本刊本期封面）與貝季瑤君舉行結婚典禮，三女公子耀小姐與虞積榕君舉行訂婚儀式。一日之間，三大喜慶，集於一門，傳爲佳話。

是日下午風輕日和，江南的十月，美麗猶同陽春。三大慶典，分別由外交耆宿顏惠慶，黨國老吳稚暉，財界領袖孔祥熙三位爲證明人。來賓計到軍政長官，各界領袖，地方父老，社會賢達，吳市長，潘公展，杜月笙，馮有眞，李登輝，徐寄廎，王曉籟，查良鑑等二千餘人，貴賓雲集，車水馬龍，可謂盛極一時。儀式交替相承，禮堂音樂錯雜交鳴，賓客擁前道賀，奚玉書夫婦精神飽滿，容光煥發，週旋於衆賓之間，整個禮堂，揚溢喜氣，來賓參與這一個盛禮，都覺得無限的欣美。

…府一門三慶，於國慶日同時舉行，奚氏父載明先生金婚紀念，長女奚慧
…瑤君結婚，三女公子奚耀與虞積榕君訂婚典禮。上爲禮堂上人物：左起
…書夫人金振玉，奚母，顏惠慶夫婦，查良鑑，奚父戴明先生，奚玉書。

奚耀小姐與虞積榕君訂婚，孔祥熙任證明人。

貝季瑤與奚慧小姐結婚，吳稚暉證婚。

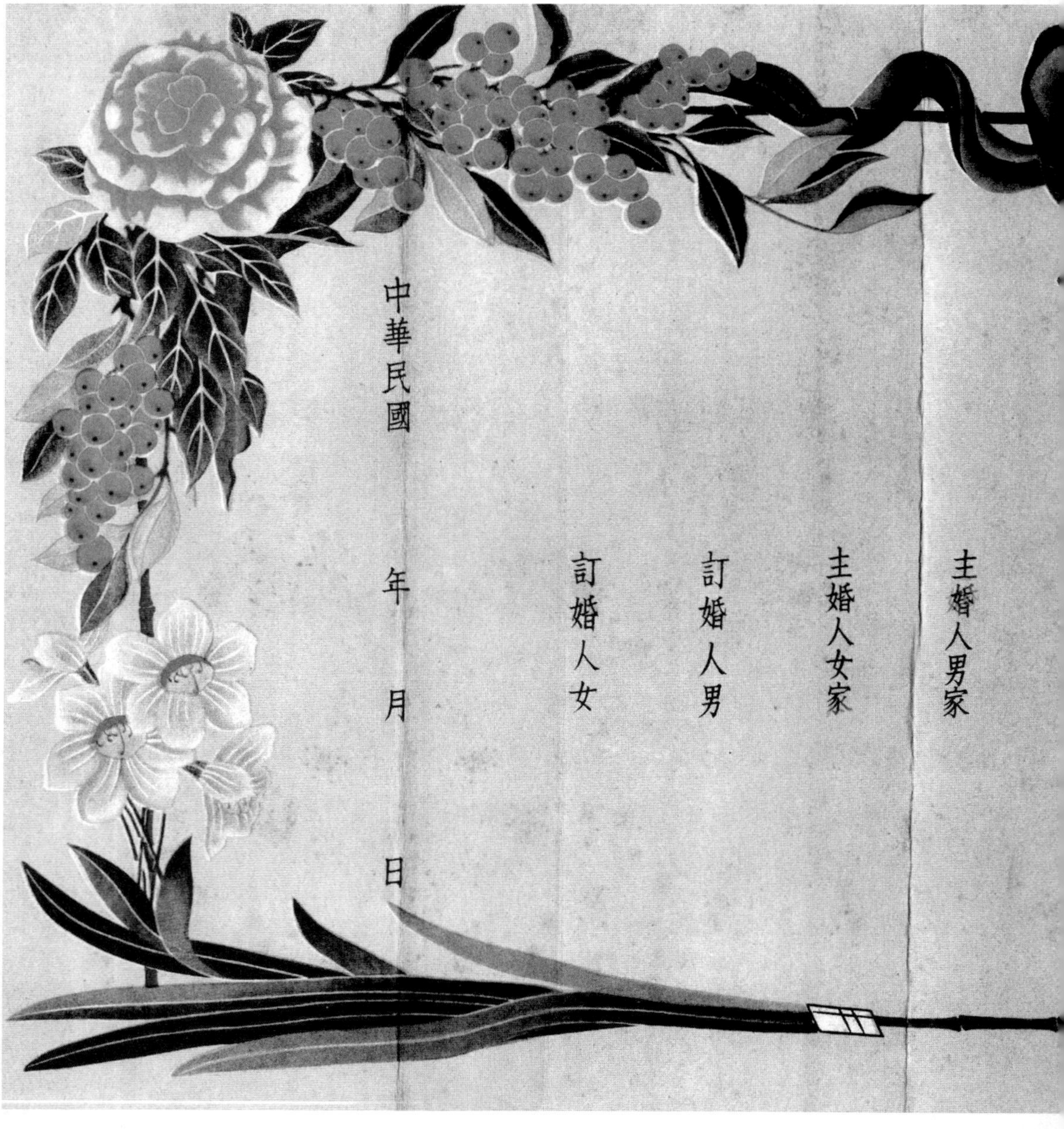
主婚人男家
主婚人女家
訂婚人男
訂婚人女
中華民國 年 月 日

▶ 民国时期的订婚证书

訂婚證書

字第　　號

訂婚人　男字　　省　　市縣人

年　　歲　　年　　月

日　　時生

三代列左

曾祖父母　　祖父母　　父母

訂婚人　女字　　省　　市縣人

年　　歲　　年　　月

日　　時生

三代列左

曾祖父母　　祖父母　　父母

電影

Screen

第五十四期

上海友利公司發行 Published By UNION & CO.

• 談瑛小姐 •

523 電聲週刊

精趣短訊

白楊已與人秘密訂婚

姚莘農每天送花比朝山進香還要虔誠

白楊來上海後，很是走紅，既然走了紅，當然有人向她竭力追求，最近白楊的寓所忽然堆滿了鮮花，花瓶裏插滿了花自不必說，甚至於桌上牀上地上都用價錢很貴的花點綴着，走進她的臥房如同到了香雪海中，撲鼻的花香，令人陶醉。

白楊那裏來這許多閒錢把房間布置得這樣花團錦簇呢？據說這是一個豪華的追求者的贈與，此人非別，即國際飯店長房間寓客，指甲寇丹的「英文天下月刊編者，明星編劇副主任」姚莘農是也。姚公每日早晨穿着筆挺的西裝，雙手捧着鮮花，親自送到白楊房裏，眞是比「朝山進香」更虔誠，怪不得白楊和他打得火熱哩。

風聞白楊和姚莘農最近已經祕密訂婚，白楊臥室裏供着一只富麗的大花籃，據說就是姚莘農在訂婚時送她的，這樣看起來，他們二人的「花燭之夜」大概就要公映了吧？

× × ×

環龍路星光燦爛

環龍路近已成電影界從業員住宅區，如李琳，沈茜苓，藍蘋，王爲一，伊明，應雲衛，白楊，魏鶴齡，劉莉影，趙慧深，袁牧之，趙丹，葉露茜，徐韜，陳思白，呂班，王琪，均住在這一條路上，星光燦爛，盛極一時。

·宗由的書獃子氣·

新華公司演員宗由，據說來頭很大，乃來自莫斯科影場，曾在夏伯陽中露頭角，惟此公書獃子氣甚重，嘗於舞場中語一舞女曰：請問女士對於鄙人演技有何批評？舞女瞠目不知所對，蓋在彼輩心目中除對韓蘭根印象甚深外餘則一無所知，况宗由剛自蘇俄歸來，根本不爲若輩所諗也。

「委屈娥眉」攝竣後 紫羅蘭將攜片出國

南國影星紫羅蘭，去年於某要人南遊之時，曾以舊交情誼，提出請予資助出洋，俾往考察藝術藉求深造的要求。當時某要人雖曾欣然相諾，允予幫忙，但在離粵返京以後，音信杳然，終於口惠而不實行，使她感到極大的失望。最近，紫羅蘭方在香港自備資本，從事攝製「委屈娥眉」，而不久便可告竣了。據她對人表示：此片經攝竣後，擬即攜帶出國，遍歷南洋各地，並作歐美之遊。她除借此一償夙願外，大概也就是落伍影星們「隨片登台，用資號召。」的那一套老玩藝了。

新加入聯華的小生李清與黎莉莉發生戀愛

黎莉莉，今年是二十五歲了，但是現今還過着孤獨的處女生活，像正當這樣青春少女時間，自然很急於需要愛的歸宿的，然而爲了對象選擇不易，所以她的芳華，就這樣的虛度着：

本來，黎莉莉曾有一個意中人的，那就是傳說已久的朱文極，她們開始締交，還早在明月社在北平公演的時代，它倆據說已私訂終身，但是因爲朱文極的家長，封建思想甚深，極端反對他們的婚姻，並制止朱文極與黎莉莉往還，莉莉因此是失望了。

以後，有人傳說孫瑜愛上了莉莉，可是我們知道孫瑜已是一個哀樂中年的人，他的女兒就有莉莉那麼大，這實在是絕對不可能的事。

但是，到了現在，這位幾年來陷入少女的苦悶的環境中的黎莉莉小姐，畢竟已獲得愛的對象了，這就是最近與白楊脫離關係的李清，李清與白楊的發生戀愛關係，是在李清未脫離明星的時候，現在李清加入了聯華，近水樓台，他們兩人便因形迹上的接近而互相熱戀起來了。

▶ 1937年第6卷第11期《电声》中对白杨的报道

本刊特訊

貂斑華訂婚眞相

訂婚啓事因父親反對臨時抽回

影探

電影界新聞甚多，最近貂斑華訂婚一事尤覺突然，而對方又爲向與袁美雲甚爲相得之陳嘉震此消息遂幾至使人不敢信爲事實，陳嘉震既與袁美雲相得，是以貂斑華與陳訂婚事，亦不得不自袁美雲述起。

貂斑華在閔行橋上之留影（森攝）

陳袁感情

陳嘉震識袁時，袁尚在天一，其後袁進藝華，陳嘉震力捧成名，袁美雲心存感激，二人感情乃進一步，袁父因陳爲人尚忠厚，頗信任，遂得出入袁家，甚爲方便，且常偕美雲同看電影，於美雲生活方面亦頗有餽贈，袁美雲自與王引赴塞北拍攝外景後，對於陳之感情似稍低減，「情歌非寄意」事發，二人不歡，陳絕跡不至袁家者甚久，袁父以美雲之有今日，陳嘉震不無吹噓之功，常以電話相招，事實上陳雖不至袁家心仍常念美雲。故戶袁父數度以電話相招，即應召而往，與袁美雲恢復邦交，然於感情上，猶未完全恢復，而適於此時、陳開始與貂斑華相識。

識陳經過

貂初晤陳氏係姜克尼所介紹，在先，陳以爲貂乃一行爲放縱之交際女郎，見面後發現其尚未染有時下習氣，所得印象極佳，貂耳陳氏攝影之名，今見其人亦覺其不失爲一忠厚少年，遂亦以另眼相看。其後，陳約貂赴戚家墩攝影貂即欣然同往，自後交往稍密，漸生友誼。

訂婚動機

一夕夜深陳送貂斑華歸去，入後門，前門有人叫門請貂游舞塲，貂堅持不獲。遂與同去，臨行以鑰匙交陳囑其稍候。一小時方歸，頗覺疲憊，尤因夜半歸家猶有人登門邀游，不勝麻煩，對於陳燕燕之有黃紹芬，胡蝶有之潘有

表示羨慕之意。繼與陳嘉震燈下暢談。月色如水，談至投機，一爲單身少年，一爲未婚女子，身世飄零，又復相，

保障之苦，是時陳與貂談興正濃遂語貂曰然則我倆訂婚如何貂聞言頗興奮立允之。

草擬婚約

奮過甚，當卽一口答應，由陳擬訂婚啓事經貂修改，並蓋圖章，以示愼重，啓事原文如左：

陳嘉震 貂斑華 訂婚啓事

我倆由友誼而相愛並得家長同意決於今日（九日）實行訂婚恐外界不明特此奉聞

嘉震（紅印）
貂斑華（正楷印）
明香（紅印）

陳嘉震在戚家墩海灘爲影星攝影

廣告擬就後，貂對陳曰，待我明日徵得母氏同意後以電話通知，即請送登申報，是晚陳與貂談至極遲方返。

抽回廣告

次日貂以電話達陳，謂已得母氏同意，請送登廣告可也，陳遂將廣告送出，廣告送出後，貂復問其父，父大怒，堅令撤回，貂以未滿法定年齡，不敢有違，遂至申報欲將廣告抽回，申報因廣告係廣告公司送來，囑先與廣告公司交涉，廣告公司見廣告上有二人蓋章不允，貂遂尋陳，其時陳適與袁美雲在南京觀「速成戀愛」，貂遍覓不得，乃於陳之寓所中留一字條而去，大意謂訂婚事家父大發脾氣，囑令解約，並禁登報，請將廣告抽回，陳返寓已逾晚間八時，見條即趕將廣告抽去，於是次日報上遂未有貂之訂婚啓事刊出。

將來結果

是日貂愚園路新居卽遷回拉都路母氏家，關於訂婚事雙方口頭上均已承認不諱，惟二人自相識以至訂婚，時間不足一月，初則僅有好感，愛情之成分極微，且雙方各有避免麻煩及向人示威之作用在其意義並不嚴重，惟自訂婚以後，二人感情日深，交誼漸篤，電影院中儷影成雙，繾綣甚殷，意者有情人終將成爲眷屬也。

陳嘉震訴貂斑華誹謗罪於法庭十月十二日在地方法院開庭結果貂罰金五十元，是日傍聽者甚衆，左圖爲貂出堂門前之留影右即爲其所乘之汽車（倪武林攝）

陳嘉震出院留影

陳嘉震與律師王傳壁蔡肇璜兩律師入法庭，（陳韻璜攝）

▶ 1935 年第 2 卷第 9 期《青青电影》记录了陈貂诉讼当日法庭门前的情景

廿四年 八月 六日 星期二
第一千二百七十九期【第廿六卷】

No. 1279 (Vol. 26)
Tuesday Aug. 6 1935

北洋畫報

THE PEI-YANG PICTORIAL NEWS, TIENTSIN

前南開女中排球健將包經第女士。北平攝影研究室C.C.贈。

林庚白訂婚追紀

佚工

月之七日，前衆議院秘書長，現立法院委員林庚白先生，假座國際飯店之摩天樓中，與林北麗女士訂婚。林氏以舊詩人兼新學者，早登仕途，（林任秘書長時年甫弱冠）服官北京，仍與黨密切聯繫，故訂交甚廣。過渡之時代，新舊思想之交戰，行動與意識之矛盾，數種原因，造成林先生決然與老妻仳離之事實，由此更形成數年來以性問題為中心之顛連的生活，識者或同情，或譏諷，在林固漠然無視，而社會之傳說遍矣。今者生命重造，友輩咸為之慶，特泚筆以紀之。

到會人物

是日到會者，除介紹人司法院副院長覃振，中委張知本，滬名律師陳志皋，潘公展因臨時赴京外，中委王法勤，柳亞子，立委吳經熊，前善後會議副議長，湯漪等濟濟數十人，柳且挈其女公子無垢，郁華偕其女郁風俱來。新郎笑逐顏開，新娘亦容光煥發，五時入席，因多當代知名之士，故談笑風生，雅謔備至，旋而陳志皋夫人王夢蘭女士，與現在獄中之李公樸太太，翩然蒞止，王女士為婦女界翹楚，林陳之交誼，尤稱二而一而無愧，開林無家可歸，度其單身漢之生活時，林常寄居陳寓，故林常謂陳太太係我之半個愛人，語摯而誠，林之性格可知。王到，所謂噱頭便爾開始，由覃振起請林氏發表

戀愛經過

林逐起立宣稱：『……本人本來反對有形式的婚姻制度，今竟親自接受，而戀愛而訂婚而準備結婚。豈非行動與思想，背道而馳。但以現中國社會，處處充滿矛盾現象，本人祇是其代表型中一個小泡沫。……離婚後，向光明的前路追求，凡八九年，中間曾遭遇到一個很大的挫折，叫我竟疑天下的女性，盡是從『虛偽』的搖籃中褓養長成，自已又不能決然效太上之無情，因之，事業荒廢，神志不清，彼時，本人曾採用『摩登和尚』的筆名，實在是彼時意識形態的整個表現。最近在某處遇見林女士，我們一談之下，感覺有契合之點，本人亦即本人再造光明之一線微曦。本人對林女士，在舊的宗法社會中說，該是父執輩，卻因嚮于社會中不少事實愛上了，因閃避社會而偷偷摸摸地含混過去，所以決定以身作則，來打斷此封建的繩索，以表現我們行動的光明正大……』繼之林女士起立稱：『……所有底話，林先生都說過了，林先生係一個有思想的人，我祇是一個念頭，就是願意跟他，助成他思想的實現。並感謝諸位來賓。……』覃副院長是日意興極佳，聞此語即自動起立作

來賓發言

大意同情林氏反對形式的主張，敬佩林氏的勇氣。末謂中國數千年來，結合男女，得到真實的十中一二，結婚變成名辭，夫妻變成器械。實在可憐之至！覃氏說完，王女士乃在衆人推請之下，起立致辭，其最引人入勝者：『……林先生居常很苦悶的喊：「怎樣辦呢？怎樣辦呢？」現在，大概不要喊了，至于林女士未必無此苦悶的呻吟，不過女性總不會爽直地說出而已。現在好了，怎麼辦，已經有辦法了，況且林女士很有學問，訂婚後即東渡扶桑，將來帶許多東西回來，為社會服務，意中事也。……』最後由李公樸太太張君璧說一笑話

以作尾聲

張女士祇眉頭一攢，開始發言，謂從前有一對人結婚，牧師証婚，問女的曰，你愛他嗎？你很愛他嗎？女的一一點頭，最終牧師說，那麼你也已經練習得騎腳踏車了，因為男的是郵差。按新娘林北麗，係前進步黨中堅，黨人林寒碧之女公子，林主時事新報編政，言論一時風靡，後死于市虎，知者惜之。遺族僦居嘉興，女已卒業金陵大學圖書館學系，且能詩，洵一對璧人也。

天津「庸報」奴化矣

佚之

以短小精悍，獨樹一幟之天津「庸報」，蜚聲北地日久。自華北淪為所謂特殊化後，為韓人所收買，聘何海鳴主筆政。近因言論奴化太甚，滬同業爭為文以諷之，言下，尤有「卿本佳人，奈何作賊」之慨。因而憶及何之為人，一生吃才幹過足之虧，文人，英雄，政客一切性格，叢集一身，因而養成目空餘子，與剛愎自用之劣根性，昔當彼投張宗昌為宣傳隊長時，嘗曰「國民黨子孫們既不認祖」，「我總要站在它的對頭！」其倔強可知，迨任直魯軍預備軍長復著「毅威救國論」于報端，（張當時係毅威將軍銜）論者且目之為曾為某世子作頌之樊樊山也。何有晚泊詩云「漁家有女濕輕鬟，學繡紅羅對晚窗．忽地停針問阿母：鴛鴦底事總成雙？」其綺妮處，直使人有不知其出于剛性人之手之慨。才不善用，本人之過半，社會之責半，甚願有心人三加意焉！

莫里哀喜劇本事之一　情仇（六）

紫羅蘭

他們情話綿綿，依依不捨，忽然想到愛拉斯特去了已好久了，所以勒奈不得不把他的愛人送出樹林，而他自己急急忙忙地去追趕他的主人。

三

愛拉斯特走出了樹林，經過教堂前面將到市場那裡，忽然遇見華烈，他很得意，因為他的愛情剛才得着了勝利，所以就問道：『喂！先生，人是盡善盡美的，而對他的愛情也是更深了。他自己呢？也以為是個最有恒心的人，所以能得到這滿意的報答。

愛拉斯特就誇耀他的愛情是何等的鞏固，綠西所愛的只是他，在她心靈中也只有他的地位，他好笑人家為什麼只要一個女子多看看你幾眼，就很得意，這真是一種沒興趣的愛情，愛情是要雙方的，不然就很容易上當。他勸華烈還得仔細的調查綠西所愛的到底是誰？說罷！就把綠西給

社會怪現象之一

夜明珠

前天的晚上，記得是在九龍彌敦道上一個公共汽車，由某站上來了四個乘客，大家坐定了，你也取荷包，我亦拿銀錢，某甲嚷着「我這裡有」，某乙叫着：「讓我來買」，某丙好像穿手入衫袋想拿錢的樣子，嘴裡嚷着：「你們不要客氣，得我買票」，但是始終沒有看見他的手從袋裡重行伸出來，結果，還是某丁不開口，不藏假面具，爽爽快快的付錢購好車票，這一齣「假惺惺」總算完場，但是冷眼旁觀，又好笑又悲觀，這的確是表現社會人士的虛偽，無論什麼事都得假，都要藏上假面具來掩飾一切，其實這種人只是會說大話，連正直的小事都幹不成，但是處於這種黑暗，欺騙，與及需要藏假面具的社會裡，偏偏是這種人比較活動，而素性豪爽的人到底要吃虧，這一段的記載，不過是現今社

▶ 1946 年第 4 期《海潮周报》对周璇“订婚热”的报道

辑三 结婚

……的終身伴侶，無奈自愧沒有這一種資格，也只好蘇此一生而已。然而徵婚的先生們，或者未必眞有他所說的標準資格，不過要投她們的私好，而故意懸出這種假招牌吧！還望應徵的女同志們，仔細一下方好。

細草幽花自獻酬

巴黎舊皇宮之大客廳

鐵頭僧

（胡）

塞假無事，晉與老客閒話共話，各道趣事。撥就其較有價值者，先錄一則，俟有暇當陸續供獻以饗閱者：　方清光緒年間，舊都北京，有金川者，旗族人也，長於武技，力大如虎，背折鐵條爲二，故城中人鮮有不知其名者，居恆以力凌人，包娼聚賭，睚眦尋仇，無惡不作，有司屢欲治之法，而又苦其無顯著之罪名，且其時旗族勢盛，讀官老勿敢攖，故只有置之於不顧而已。金川有友王某者，四川人，亦略諳武技，惟不甚精，常請教於金川，故相過甚密，及後金川因事赴豫，適王亦旋里，遂約同行，沿途留連名勝，聯玩風景，飲酒作歌，樂乃無藝，路過河南少林寺，王謂金曰，夙聞少林之名，而未親領教，今便道何不探訪，且其中定多武術高人，或可與吾兄一試，金笑諾之，遂赴寺中，院宇軒敞，僧徒繁衆，俱筋強力壯，迥非城市中人，王謂金曰：可謂名不虛傳矣，有僧迎二人，直入內院，問其長老，則答以大師父上山未歸，二師父在內參禪，請兩位稍坐，即當出陪，方獻茗間，則一老僧已自內出，形貌高古，鬚髮皆白，雙眸閃爍，目光射人，問其壽則已八旬有餘矣，王乘……，遂笑謂……金曰：今日非請老兄與老方丈一較不可，金笑應之，老僧仍堅辭且曰：大師兄若未下山或可與金大人領教，若……曰，此王君戲言耳，我雖習知一二，但不敢向老方丈獻醜，老僧合曰　金大人定然清高，貧僧山中老朽，固本不敢言技藝，金曰：試試何妨，老僧曰：貧僧雖略習武術，不過爲鍛鍊身體，驅除病魔，實不敢言技藝，金又請之，老僧躊躇半晌，始曰：金大人必欲一觀薄技，貧僧一人獻拙可矣，不能與金大人比量，旋邀二人入後園林中，古木參天，均大可數抱，枝幹橫斜，濃陰滿地，老僧上前以手拍樹，一指謂之曰：此樹爲某時所植，至今已百餘歲矣，此樹……其樹將老僧拍者，則一一偏斜，行過林中，則諸樹東倒西歪，不復直立，王驚訝之，金亦嘆稱高藝，老僧仍極謙遜，相將請出，復至院中，王因知金雖長於技藝　惟造詣非深，僅得皮毛耳，妥是稿欲藉此以……

明教孔德女生籃球隊比賽情形

（致泉攝）

都市寫真

——日本近代名作——

巴拉猛新進明星 Edna ... 之舞姿（建興）

圓錢第十九

奇葩婚礼各不同

图文报道结婚仪式是民国画报的一项重要内容，这些婚礼的男主角多为社会各界名流，女主角多为闺秀名媛。婚礼有盛大隆重的，有简约质朴的，还有一些让人忍俊不禁堪称奇葩的婚礼。

1927 年 12 月 4 日《星期画报》第 110 期，报道了南开大学国文教师杨鸿烈与万家淑女士的结婚庆典。11 月 13 日，仪式在南开女子中学礼堂静思堂举行，该校礼堂承办婚礼尚属第一次。

杨鸿烈，字宪武，云南晋宁人。早年毕业于北京师范大学外文系，后入清华大学国学研究院，师从梁启超、王国维。1927 年，经梁启超介绍，就职于南开大学。万家淑，字孟婉，湖北人，为女界名流。婚礼的证婚人是重量级人物梁启超和张伯苓，司仪刘柏年，傧相有李良庆、黄肇年、孙增敏、郑汝铨和指导员凌冰夫人。仪式上有两事甚趣，一是新郎忘携婚书，二是新娘忘带结婚戒指。只得临时各自派人驱车去取，可算中国婚史上破天荒的妙闻了。

1934 年 5 月 26 日《天津商报画刊》中的《新娘权当押品》一文，记录了新婚典礼后一新娘的不幸遭遇。时在上海法租界爱多亚路郑家木桥大方饭店举行了一场婚礼，新娘温柔美丽，新郎英俊潇洒，宾朋咸来，贺客盈门。

仪式后，来宾觥筹交错，推杯换盏，盛极一时。岂料，酒足饭饱，礼成人散后，新郎家与饭店结账时，才发现所带现款不足以结账，意欲临时拆借，却是人去屋空，新郎当时手中更无物可押。饭店为生意计，不肯轻率放人，经理称如欠款不能付清，须将新娘扣留以作质押。新郎无法，只得让新娘留住店内，出外筹款。及至第二天近午，新郎方才付清欠款领回了新娘。可怜的新娘在新婚之夜没有在洞房花烛中陪伴新郎春宵一刻，却是凄风苦雨地在阴冷小屋内独自一人和衣而坐，挨到天明。这也算是当时人们街谈巷议的一大趣闻了。

1935 年 1 月 17 日《北洋画报》中张聊公的《漫画家王石之结婚记》一文，记述了王石之与日本媳妇的一场没有仪式的婚礼。

王石之，北平人，因在《晨报》连续发表漫画而闻名画坛。1930 年，离华赴日本学习工艺美术。1934 年归国返平后，国立北平艺专即下聘书，约往授课。与此同时，他的同学储小石应河南教育厅聘请，正在筹办河南工艺专科学校，亦约王石之前往襄助。王石之权衡再三，以河南的工作较合理想而赴河南就职。1935 年元旦刚过，张聊公忽得王石之的请柬，请张于 10 日到中央饭店晚餐，请柬落款处除王石之外还有岩崎喜美子。

岩崎喜美子，日本人，张聊公曾在储小石宅中见过一面。储也是留日的工艺美术家，曾在北平大学艺术学院任教，其夫人为日本人岩崎初平，系在日时结得的良伴。异国通婚中，此一双夫妇素有美满之号。岩崎喜美子为岩崎初平的妹妹，当时尚不知她与王石之有何关系。忽然接到他二人的联名请柬，张聊公不禁纳闷，但仍未多想，遂如期赴宴。到了中央饭店，见王石之身着西装，岩崎喜美子身着旗袍、头戴花冠，来宾们方知当日竟为他二人的结婚佳期。他们解释说，因不想让友人送礼，故请柬未书结婚字样。

是日，到场友人约 50 人，多为艺术界、新闻界、教育界中人，由留日老工艺美术家费怀英证婚，但实际上全场并未举行任何结婚仪式。

席间，众人以王石之此举出人意料，于是群起要求他报告恋爱经过。王石之初时不肯，众人鼓掌之声经久不息，无奈，只得起立说：“我五年前认识她，三年前通信，一年前订婚，今天结婚。”言极简短明了，语毕即就座。来宾当然不满意，转而要求新娘补充报告。新娘初来中国，不谙华语，乃由王悦之等人任翻译。新娘听明白后，只是含羞低头不语，众人一再相强，但仍不肯。于是，众人又将新娘的姐姐作为进攻目标，要求大姨代为报告。因众人深知，岩崎初平来华既久，华语已甚熟谙之故也。但储夫人亦坚辞不肯。众人再度转回进攻新娘。当时喜宴已上至第三道菜，来宾遂以罢食相要挟，且有人出为监督。于是，阖座 50 余人，一齐住手。无奈，新娘只得起立，略致日语，由王悦之翻译，意谓由王石之代述。王石之遂二度起立报告说：“我们今天结婚，一年前订婚，三年前通信，五年前相识。”巧妙地将第一次的报告完全颠倒重述一遍。众人不禁为他的设思精巧、才思敏捷而叹服。只得再改其他题目，请王石之变戏法，因平素王石之曾有此技艺，屡试身手。来宾中更有借题发挥的促狭者喊道：“请他两个人变三个人！”语义双关，众皆附和。时证婚之黄夫人笑说：“两人变三人，那也要等一年后才能变出啊！”新娘不解众人何意，有人为之译出。她未理解其意，连连摇头说：“不会变！不会变！”从她一脸茫然的神情上看，恐怕她还没有领会到另一层含义。喜宴在热闹喜庆的气氛中宣告结束，众人散去，王石之与喜美子则赴该饭店三楼的洞房，演练“两人变三人”戏法去了。

中国最早的空中婚礼

19 世纪末，随着中国社会的发展和西风东渐的影响，沿袭了数千年的“纳采、问名、纳吉、纳征、请期、亲迎”传统六礼婚仪，发生了根本改变。一些知识分子和追求时尚的国人开始接纳西式的婚仪，从凤冠霞帔到洁白婚纱，从六礼之仪到教堂神父，从父母之命、媒妁之言到男女平等、婚姻自主。而 1929 年圣诞节，国民革命军第十路航空司令刘沛泉与南京女子中学女教师王素贞，在上海虹桥机场乘坐沪蓉航线民用第一号飞机，在空中举行的浪漫而刺激的婚礼，则成为中国的第一场空中婚礼。一时报章胜载，传为美谈，盛赞他们是“名副其实的‘在天愿作比翼鸟’”。

刘沛泉（1893—1940），字毅夫，1893 年生于广东南海县联镳村（今松岗），毕业于南苑航空学校。1922 年，受云南省都督唐继尧之命充任云南航空处处长。1923 年，任云南航空学校校长兼第十路航空司令，云南政变后遂被解职。北伐战争爆发，革命军到达浙江后，曾派他赴上海策动上海航空界人士起义。事成后南京政府任命他为东路航空司令，但因他不是蒋介石的嫡系，时间不长即被解职。1928 年，开始创办滇粤商团航空，并受云南当局之聘筹办云南民用航空公司。其间，购买了“昆明”“金马”“碧鸡”三架美制客机。1929年秋，公司开辟京滇、粤滇两条航线。

当年，由于飞机事故率很高，人们多将航空视作畏途。在云南开辟民用航线时，一是为了试航，二是为了广泛宣传，消除民众的恐怖心理，从1929年6月至12月，刘沛泉偕飞行队长陈栖霞、队副李嘉明和机械长方敦信等人，多次在云南、南京、广州、上海之间试飞。

8月3日晨6时20分，他们在广州乘“金马”号飞机做第一次京粤飞行，用时整整7小时，于下午1时20分安抵南京，创造了中国航空史上的新纪录。8日清晨8时飞机抵达杭州时，适逢西湖举行盛大的博览会。刘沛泉认为这是一个宣传的大好时机，飞机遂在博览会上空绕越一周，再由城内经过，视察钱塘江上指定闸口等地，于11时半缓缓降落于钱塘江码头的水面，受到地面上2000余人的热烈欢迎。

其时，张发奎的部队正在桂林，陈济棠遂派刘沛泉偕同飞行队长陈栖霞等乘“金马”号，前往张发奎军所在地实施侦察，第八路总参议陈章甫随行。10月初，刘沛泉一行乘“金马”号飞往广西。因陈栖霞当日生病，飞机由另一名机师驾驶试航，更因梧州机场过小，飞机降落时机翼轻微折伤，刘沛泉的腰部也在事故中稍受轻伤。嗣后转至福州市立医院休养，三日后康复，遂乘“珠江”号飞机返回广州。

王素贞自幼失怙，为美国传教士抚养长大，毕业于沪江大学教育科，时任南京女子中学教员，英语极佳。据说，在购买美国飞机时，王素贞曾充任翻译。他二人一见钟情，在合作中进一步增进感情，确立恋爱关系。因二人以飞机而结缘，遂定于1929年圣诞节当日乘坐飞机举行空中婚礼。20日，刘沛泉由广州乘坐“俄罗斯”号邮轮抵达上海，筹备婚礼事宜。王素贞也于24日乘火车抵达上海。

《申报》《益世报》《良友》等报刊，以图文的形式分别记录了这场别开生面的婚礼。25日午后1时许，上海虹桥机场已是车水马龙，人头攒动。双方亲友、贺客达200余人。机场停机坪上是沪蓉航线上的两架红色新飞机——沪蓉五号和六号。迨至3时许，其中一架较小的沪蓉五号先行起飞，绕场数匝。一对新人和证婚人沪江大学校长刘湛恩博士、介绍人军政部航空署飞机师权基玉女士，相继登上较大的沪蓉六号飞机。飞机起飞后在空中略做盘旋便直冲云霄。当飞机抵达一定高度飞行平稳后，结婚仪式开始。一对新人宣读结婚证书，互换结婚戒指，证婚人、介绍人在婚书上盖章，宣告礼成。4时许，飞机缓缓降落。大家走出飞机合影留念，一对新人向亲友致谢后乘坐汽车至沧州饭店。值得一提的是，这场婚礼还有一架摄像机全程摄影，一部名为《航空大家刘沛泉飞机师与黄（王）素贞女士空中结婚》的新闻纪录片，在27日至翌年2月期间，在上海各大影院、戏院热播。

刘沛泉在接受记者采访时说，其近期所筹建的京滇、粤滇两条民用航空飞行线，计划业已妥定，但因经费关系未能着手举办。今后的工作，一是集得巨大股款，二是加大航空宣传，此次空中结婚即为宣传航空之一部。婚后，拟赴日本度蜜月，并考察东京至大连民用航线及其运营状况，以为筹办京滇、粤滇民用航空之镜鉴。

由此可见，这场名动一时的空中婚礼，不只是一对新人追求浪漫时尚，也是为筹办京滇、粤滇航线做广告，更是以他们的行动证明航空的安全，让航空飞行深入人心。

便衣队暴乱中的两场婚礼

1931 年的 11 月 8 日，在旧历的历本上是最宜婚嫁的大好日子。天津的很多人家于当日下午娶亲嫁女，热闹非常。其中最著名的是张学良的三弟张学曾与蔡绍基之十三女、段祺瑞的侄子段茂瀚与张国淦之女张傅珍的两场婚礼。但这样一个黄道吉日，却在当晚 8 时发生了便衣队暴乱（史称“天津事变”），连珠般的枪炮声彻夜未息，道路戒严，房屋被炸，很多无辜百姓丢了性命。市区的居民大多彻夜未眠。洞房花烛夜原是人生中最快乐、最美好的一夜，但这晚的新婚小夫妻也都是和衣而坐、胆战心惊地挨至天明。难怪第二天，新婚之家都骂便衣队“太缺德了”！

据 1931 年 11 月 19 日《北洋画报》的《张段婚礼补述》一文记叙，张家和段家是当年天津最阔绰、最有名的两个家族，这两场婚礼也是入秋以来津门稀有的盛事。

张学曾与蔡绍基女儿的婚礼，假英租界工部局大楼——戈登堂举行，此为当年天津各界人士公认的最华贵之结婚胜地，但这里循例只对外国人开放。因新郎的两个哥哥均非等闲之辈：张学良是中华民国海陆空副司令，张学铭是天津市市长。所以，英国人也以“联络华英感情”为由而网开一面。

是日，特许嘉宾可假道英国花园，以直达戈登堂正门。婚礼前一日，即已布置停当，堂中摆放鲜花，满缀彩纸带，华贵中寓肃穆之象。

婚礼于11月8日下午2时正式举行，天津社会名流、政界闻人几无不到场。在悠扬的音乐声中，蔡绍基携新娘缓缓步入礼堂。蔡令仪、蔡令谦、李律阁之女、吴光新之女和新娘之妹，四位伴娘和一名总伴娘在前引路。五位伴娘个个天生丽质，长裙高履，短发金冠（其实非冠，头上插有金或银缎制的西班牙式大扇形高梳），粉白黛绿，亭亭玉立，婀娜多姿，尽态极妍。其惊艳程度甚至抢了新娘的风头，使观礼者情不自禁地移目于她们。一旁有人小声窃语道："彼等今正当练习为新人时也。"

仪式总指挥是市政府秘书长邹尚友，伴郎是张学曾好友宁向南，证婚人为前国务总理靳云鹏，他与张家为儿女亲家。男方的主婚人为张学铭，他有三重身份：一是新郎之兄，二是天津市市长，三是代表张学良。介绍人为青岛市市长胡若愚，因故未到，由天津市财政局局长张国忱代表他。嘉宾中尚有北平市市长周大文、真正老牌之沈阳市市长李德新和前天津市市长崔廷献等。众人不禁感叹道："今日盛会，洵不啻为华北各市长之大会也！"

3时25分，靳云鹏宣读证书。婚礼仪式甚为简单，新郎新娘互赠信物后行三鞠躬礼，对来宾三鞠躬，礼毕。张学铭致辞说，正当国难未已时，本不应举行此种典礼，唯以早已择定日期，不获更改；即便招待亦甚简陋，请来宾原谅云云。此刻，礼堂上悬挂着的一个大花钟微微旋动，花瓣纷飞，来宾欢呼鼓掌。一对新人下台后，手切"大喜饼"分与贺客，来宾中的几个外国人争先取之。

因正值国难之时，张宅未设晚宴招待，来宾多就茶桌品茗，唯女家亲友为贵宾，不可免宴。原定在蔡家经营的熙来饭店备有西餐，但因事先得到消息，便衣队已在此埋伏，伺机滋事，乃将宴席移至朱家胡同的蔡宅。但晚宴尚未结束已闻枪炮之声，众人在惊恐之余不禁庆幸均得安然无恙。

段宅的婚礼在永安大饭店举行，仪式与普通婚礼无异。所不同的是，礼堂上所悬巨型红色电管双喜字，极为壮观，吸引不少路人围观。且因张国淦与新郎的哥哥段茂澜均为政学两界社会名流，交游甚广，因此贺客如云。

张国淦（1876—1959），字乾若、仲嘉，号石公，湖北蒲圻（今赤壁市）人。自幼随父居安徽，1902 年中举人，1906 年任宪政编查馆馆员，1907 年任黑龙江省抚院秘书官、调查局总办、财政局会办等职。黎元洪执政时深受重用，历任总统府秘书长、国务院秘书长、农商总长、司法总长、水利局总裁。1926 年国民革命军北伐时，去职居津，来往于北京和东北之间，潜心史地调查。

段茂澜（1899—1980），字观海，安徽合肥人，段祺瑞的远房侄子。从天津南开中学毕业后考入清华大学，再赴美国留学，先后在威斯康星大学、纽约大学及哥伦比亚大学研修西洋文学及经济学，获博士学位。后赴法国，在巴黎大学及法国文学院进修。精通英、法、德、西班牙等多国语言。1928 年回国，任天津电话局局长兼南开大学教授。他既为南开校长张伯苓的学生又是南开的员工，为此，张伯苓风尘仆仆地刚从太平洋会议归来即受邀做了证婚人。

婚礼原定 2 时举行，延至 4 时进行，皆因等待一位重量级人物的出现，他也是这场婚礼的最大看点。男方的主婚人不是新郎之兄，而为近年来少在公开场合露面的前执政段祺瑞。因新郎是他的远房侄子，他遂破例出席，闪亮登场。据说他已久不出门，唯闻侄子大婚后，兴致勃发，自告奋勇，亲来主婚。事先得到消息的人们，均欲瞻仰段祺瑞的尊容以及他头上的特式小帽翅，故于午后即将永安饭店礼堂围得水泄不通。女家主婚人为前总长张国淦，介绍人是王揖唐和朱庆澜，均当年闻人。朱庆澜未能出席，派其公子作为代表。

除各界社会名流外，最多的来宾当数电话局的工友，皆为局长段茂澜捧场而来。他们肩负着招待职责，前后忙碌，向来宾逐一鞠躬。晚宴时，未得饱餐，送走来宾后，他们才得饱啖西餐。但归去时正值便衣队与保安队激战，他们只得困守危局，在饭店中躲了一夜，饱尝一场虚惊。

事变后，市区百姓皆以为大难将至，大户人家首先想到的就是搬家，搬进英法租界为首选。有的投亲靠友，有的租房迁居，一时租不到房子的唯有入住旅馆。而一些既没门路又没钱的平民百姓则是清理人口，特别是家中有适龄之女的，已经有了人家尚未过门的，父母即以一乘小轿鼓乐齐鸣地赶紧送至夫家，六礼不具，嫁妆一概免除。于是，街头时见小轿来往，唯送亲人眉宇之间少了点喜气，多了些愁绪。为此有人赠诗云："满城飞炮火，比户有鸳鸯。"其事甚奇，其情却惨。

轰动一时的蒋陶婚姻

1932年7月16日出版的《生活画报》第2期，曾以《轰动一时的蒋陶婚姻》为题，图文报道了蒋梦麟与陶曾谷结婚的消息。为什么他们的结合轰动一时呢？原因有三：一是他二人皆为再婚，且时任北京大学校长的蒋梦麟，为了迎娶陶曾谷决然地与前妻离婚；二是陶曾谷的亡夫高仁山，不仅是北京大学教育系的创始人，而且还与蒋梦麟是莫逆之交；三是一向怕老婆的胡适先生为了做证婚人，不惜忤逆妻子不许出门之命而爬窗逃脱，完成证婚使命。

陶曾谷的前夫高仁山，先后执教北京大学、北京师范大学，是北大教育系的创立者。1925年春，与陈翰笙、查良钊、胡适等人一起创办了私立艺文中学。1927年，在北京建立统战组织“北方国民党左派大联盟”，自任主席。同年9月28日，由于在政治上惹嫌犯忌，被奉系军阀张作霖逮捕。1928年1月15日，在北京天桥刑场被戕杀。

陶曾谷与高仁山感情甚笃，这从1928年3月9日，陶曾谷在《申报》刊登《征求高仁山先生文札》启事中可见一斑：“先夫仁山于1928年1月15日在北京惨遭不幸，曾谷抢地呼天，已绝生志。徒以雏孤在抱，先夫一生从事教育又多未竟之志，不得已苟延喘息，慰藉先夫在天之灵于万一。海内知交如存有先夫遗文或讨论学术函札，万乞检点迅寄北京内务部街47号，以便整理，纂为丛著，毋任铭感。未亡人高陶曾谷启。”

高仁山的追悼会延至1928年5月24日始在南京举行。5月25日的《申报》，刊发了高仁山的遗照和遗稿，纪实报道了追悼会情景。24日下午4时，全国教育界人士500余人齐聚中央大学体育馆，为前北大教育系主任、艺文中学校长高仁山举行追悼会。到会来宾千余人，蔡元培任大会主席。奏哀乐，行礼毕，蔡元培致辞称，高仁山君为本党忠实同志，又为教育专家，主行道尔顿制（教学的一种方法，又称契约式教育），对于教育界极有贡献。此次开会之重要意义，在追悼高君，并欲继续高君之志，恢复高君精神，所寄之艺文中学。次由赵述度介绍高仁山生平，继由孟宪承、周鲠生、陶行知、朱经农、杨杏佛、王云五等相继发言，语皆沉痛。末由高夫人陶曾谷致谢词，声泪俱下，全场顿呈惨淡之色。但在追悼会上，最为陶曾谷担忧的当数高仁山的至交蒋梦麟了。

追悼会后，蒋梦麟非常同情陶曾谷的凄凉处境，对她呵护有加，关怀备至。同年，蒋梦麟出任国民政府首任教育部部长，即聘陶曾谷为秘书。由于工作中的频繁接触，蒋梦麟对陶曾谷的感情由最初的同情转变成了爱情，双双坠入爱河。一个使君有妇，一个空闺守寡，最终蒋梦麟不顾友人的劝说和责难，毅然与老家的发妻孙玉书仳离。

1932年6月19日的《申报》报道了蒋陶结婚的消息。18日晚，时任北京大学校长的蒋梦麟与陶曾谷女士在北平德国饭店结婚，胡适为证婚人。胡适的致辞颇为感慨，尤为佩服蒋梦麟先生的勇敢，称这个婚礼“可代表一个时代变迁的象征”。此种语气，颇可玩味。新郎蒋梦麟答谢宾客时称，他与陶曾谷是“从爱情的义务中奋斗出来的一条生路”。他动情地说：“我一生最敬爱高仁山兄，所以我愿意继续他的志愿去从事教育。因为爱高兄，所以我更爱他爱过的人，且更加倍地爱她，这样才对得起亡友。”为了祝贺蒋陶联姻，教育家朱经农先生还写了一首诗：“人间从此得知音，司马梁园一曲琴。千古奇缘称两绝，男儿肝胆美人心。”

据说，思想传统的胡适夫人江冬秀，极端反对胡适为蒋陶证婚，婚礼当日把家门上锁，不许胡适参加。为了履行诺言完成使命，胡适只能跳窗“脱逃”，成其美事。

婚后，蒋陶的感情很好，生活也很美满。据《申报》报道，蒋梦麟每及外出，陶曾谷都要在车站送行。在北京的北海公园，人们也经常能够看到他二人悠闲惬意地泛舟湖心。

画家童漪珊婚礼花絮

1932 年 11 月 12 日上午，著名画家童漪珊与上海姑娘沈慧华在天津维斯理堂举行婚礼。同年 11 月 15 日《北洋画报》刊登了报人吴秋尘的《童漪珊好梦初圆》一文，记录了这场婚礼的盛况和花絮。

童漪珊是 20 世纪二三十年代的著名漫画家，早年毕业于北平国立艺专，学习国画，与李苦禅同窗。擅长针砭时弊的讽刺画和人物速写，曾为国民时期许多政界、军界要人画过速写。1927 年开始投身报业，首履《北洋画报》。1928 年后脱离《北洋画报》，开始漫游越中（今绍兴市及杭州市萧山区等地）。1931 年重回天津，仍在《北洋画报》任编辑，发表过许多漫画作品。

新娘沈慧华居住在上海，从小喜爱绘画，因而与童漪珊相识、相恋，并且学会了人物速写，也曾在《北洋画报》上发表过作品。当时供职于上海特区法院。由于事务繁忙，不能提前来津，直到婚礼当日一早，始乘津浦快车匆匆赶到，“可谓善守法定时间”，“童子鸡”（童漪珊的外号）则早已望穿秋水。新娘为人干练，下车后便直奔婚礼现场，立即投入筹备大典工作，礼单即其亲手所书。观者不禁赞叹：“好一笔《灵飞经》（小楷字帖）！”

来宾百余人，多为新闻界朋友，典礼隆重且有个性。不用带杀伐之音的军乐，而以钢琴代之。奏琴者为胡世荣夫人、钢琴名家沈佩芬女士。

以新郎童漪珊的身高，极难寻得比他矮一头的夫人，而新娘与其比肩，免于“地压天”之虞，可谓天生一对。新娘御蓝地杏黄花礼服，罩雪纱，戴花冠，幽静婉约，妙不可言。新郎身穿蓝色礼服，白色衬衣，打红色领结，精悍英俊。

司仪由南开校父严修之孙、“海怪”严仁颖担任。纠仪原为体育界名人赵泉，赵临时有事，改托“陆怪”（张伯苓之子张希陆），但因其“长身玉立”，“高于电杆”，与新郎站在一起极不协调，最终敲定左与谌。伴郎王世瑞，神采飘逸；伴娘是南开女中毕业的包经第，朱衣银履，富丽庄严，从其衣着完全看不出她是津城著名运动家。散花者冯健凰，衣着锦绣，活泼美妍；牵纱者冯健麟，颇娴礼节。冯家这对小兄妹年龄虽小，但此组合已参加过若干婚礼，时为天津婚俗界唯一一对喜礼小名人。

证婚人为著名教育家张伯苓，他的训词风趣幽默。以“手携手儿行冰上”比喻夫妇之互助，以“如履薄冰”描画人生之艰苦。他说：“人多自私，爱其伴侣者必能爱人。欲察人之有无公德心，当以夫妇之和美与否为断。”最后，他环顾台下观礼者说：“童沈两人婚姻，可以给参礼而未婚者作一模范。”来宾多为他的学生，闻听此言，不禁哄堂大笑。仪式遂在这欢笑声中宣告完成。

来宾贺礼极富文化特色，尤以孙之俊所绘漫画最为特别。新郎现场为新娘作的速写尤觉神似。摄影名家林汝福、王墨林全程摄影，各抱像盒，争先取影。新娘亲书的礼单为近水楼台的司仪严仁颖和纠仪左与谌所得，视若珍宝，怀之而归。

喜宴设在英租界三多里童宅中，宾客如云，喜气洋洋。宴毕，由新郎友人临时组织滑稽游艺会。来宾各显神通，异彩纷呈。严仁颖、左与谌、包经第、左小蘧四人合演的《童家乐》四簧像模像样；张希陆的边歌边舞尽显其身体的柔韧；海、陆两怪合作的魔术让人看得目瞪口呆；画家孙之俊客串全本带走场的《鸿鸾禧》（一人兼演三角）和《璇宫艳史》颇具功底；著名报人、名票张聊公的《黄鹤楼》字正腔圆、有板有眼；王炳南的《连环套》和李信甫的《八大锤》展示了他们的武生功底；体育名家李世琦连演的梆子、蹦蹦两个剧种尤具专业水准；江文兰女士的《毛毛雨》情意缠绵；而著名画家赵望云自始至终担任操琴手，可谓最卖力者。

游艺会结束后，来宾仍不肯放过一对新人。闹洞房本拟作通宵达旦之计，但因新郎新娘表现异常大方，拥抱、亲吻不在话下，就连最令人难堪的吃香蕉表演（即香蕉一枚，新夫妇各含一端，食尽为止），他们也是欣然接受、表演到位，最终，无计可施的来宾们不能不抱头鼠窜而去。钟鸣 11 响，新郎新娘即已登榻就睡，好梦初圆。

据天津文史专家侯福志先生文字所载，有意思的是，童漪珊夫人于新婚第二天早晨，入浴室更衣，误将卧室门倒锁，将钥匙忘在房中。因锁系暗锁，以致不能进入卧室，殊为焦灼。童漪珊只得向邻居借来高梯，命仆人攀缘而上，剪破纱窗，钻入高楼，从内部将门打开。这则趣闻曾作为花边新闻刊登于当年的报纸上，成为文人婚礼的一段佳话。

管洛声为谭林北证婚

1926 年 7 月 7 日，著名报人冯武越、谭林北在津创办《北洋画报》。该画报内容包括时事、美术、科学、戏剧、电影、体育、风景名胜等方面，图文并茂，印刷精美，版面主要采用不易翻版的蓝黑色调。20 世纪 20 年代前，天津人多读上海画报，《北洋画报》问世后，立即成为天津乃至整个华北地区的热销画报，之后出版的《天津商报画刊》《中华画报》《银镫画报》，在编辑形式、版式设计上对其竞相模仿。因东北局势急剧变化，报业受挫，加之冯武越肺病复发，遂于 1933 年 3 月 1 日将《北洋画报》兑与谭林北。

谭林北有个哥哥叫谭林吉，是天津同生照相馆老板。谭林北大学毕业后，接任一家分店的经理。但时间不长就因经营不善而倒闭。谭林北接办《北洋画报》后尽心尽力，倾注了全部的心血。他虽不善经营，但社会交际广泛，加之有同生照相馆提供图片和资金支持，《北洋画报》做得顺风顺水。

郑慧瑚为天津名闺，热爱体育，擅长篮球，善交际，喜跳舞，在娱乐场所时常能够见到她的身影，在一次舞会上与谭林北相遇而结缘。1934 年 10 月 9 日《北洋画报》中的《谭郑婚礼》一文，介绍了婚礼的趣闻轶事。

10 月 6 日晚 7 时，谭郑婚礼在国民饭店举行，因谭林北善交友，故当晚来宾多达一百数十人。因他日常公私事务繁忙，事先根本没有时间筹备婚礼，也因他的思想新潮，崇尚俭朴之风，婚礼仪式极为简单。为避免亲朋好友馈赠，在先期发出的请柬中并未讲明是婚宴，除少数几位亲友知晓内情，大多数来宾到场后才恍然大悟。

一对新人在谭家祭告祖先后，双方签署婚书，随即乘车来到国民饭店。晚上 7 点，来宾入座。新郎新娘致辞后，继由证婚人管洛声登台讲话。管洛声，名凤和，又字洛生，曾在袁世凯的北洋常备军中任文案。民国建立后来津，1921 年加盟城南诗社，与严修等社会名流以诗会友相互唱和。

管洛声首先简单介绍一对新人的个人情况，报告二人恋爱、结婚的经过。对谭郑从简举办婚礼给予了极大肯定，称赞他二人既能尊重礼教精神，又能废除礼教缛节，并希望在座的青年人和社会各界人士都来效法这对新人，新事新办。最后，他向一对新人送上美好的祝福。来宾代表吴秋尘和王伯龙先后发言，风趣幽默，博得阵阵笑声和掌声。从头至尾，双方父母并未做任何发言。仪式尾声，管洛声赠送一对新人一首五言贺诗，由城南诗社成员吴子通（字寿贤）撰写、管洛声亲书。

仪式结束，婚宴开始，觥筹交错，欢声笑语。席散前，有人临时提议请来宾签名留念，遂于大门处摆放桌案，铺设一张红纸。但因准备稍晚，近一半的人已经打道回府了。最后留下的五十余人合影后陆续散去。

从危文绣改嫁风波看
中国妇女解放的艰辛历程

1935 年 1 月 9 日，危文绣与王葵轩在青岛国敦酒店举行婚礼。看似一场极其普通的婚礼，却在全国掀起了轩然大波。原因有二：一是危文绣为已故大总统黎元洪生前宠爱的小妾；二是新娘时年 43 岁，新郎却仅 30 岁出头。但这仅是表面现象，其本质则是民国法律与旧礼教之间的激烈碰撞。当年的《申报》《北洋画报》《论语半月刊》《玲珑》《女声》《妇女共鸣》等报刊，发表了近百篇报道、评论、争鸣。这些文字不仅记叙了整个事件的始末，而且也再现了孀妇再婚的艰难与困苦，更表达了社会各界所形成的两种迥然不同的观点。

◀ 出身卑微　总统宠爱 ▶

危文绣，江西人，原名危红宝。幼年家乡遭灾，父母双亡，流落至汉口烟花柳巷，凭其天生丽质与婉转的歌喉，成为红极一时的名妓。1905 年，清廷钦差大臣、兵部侍郎铁良赴湖北巡察，湖广总督张之洞派时任湖北新军第二镇协统兼护统领的黎元洪负责接待。公务之余，黎元洪陪铁良到书寓冶游，由此与危红宝相识并生情。不久，黎元洪为危红宝赎身，将其纳为小妾，并为其更名为黎本危。

黎元洪的原配吴敬君，9 岁便到黎家做童养媳。自黎本危进门后，二人倒也相安无事，一个主内一个主外。黎元洪的侧室只有黎本危一人，黎府上下皆称之为“姨太太”。1911 年武昌起义后，黎元洪为都督，革命军与清廷鏖战正酣之时，黎本危曾代表黎元洪亲往前敌慰问伤兵，激励将士，当年报纸对她一片誉扬之声。从此，黎府上下均以黎夫人称之。嗣后，黎元洪当选副总统、大总统，每与外宾宴会，多携黎本危出席，樽俎之间，俨然正夫人。黎元洪二次出山后，只有黎本危一人随侍左右。

1923 年 6 月，黎元洪在直系军阀的逼迫下通电离京，乘坐专车赴天津途中，被直系军阀王承斌拦截并索要中华民国国玺和大总统印信。黎元洪说，印信均由其妾黎本危保管。黎本危时已成为中华民国的掌印夫人，其为黎元洪所信任，由此可见一斑。

嗣后，黎元洪被逼下台，蛰居津门。在黎元洪身边朝夕侍奉者，也只有黎本危一人，益擅专宠。黎元洪在天津置有两处房产，一在英租界伦敦道（今常德道），一在德租界威尔逊路（今解放南路）。黎本危嫌威尔逊路上的楼房稍显腐旧，黎元洪立即依其意愿重新翻盖，耗资甚巨。

◀ 脱离黎家　青岛再婚 ▶

1928 年夏，黎元洪在津病逝。由于黎元洪生前对遗产分析甚清，尤其优遇黎本危一人，因此，黎本危生活优裕，而黎夫人吴敬君深受打击，1930 年遂郁闷而亡。据《北洋画报》中的《危文绣再嫁少年婿》一文称：“危（文绣）于黎氏故后，即游行平津沪汉各地，萍踪不定。时黎宅每月供给生活费五百元，无论行至何处，准即如期汇寄。直迄民廿三（1934）年秋，危氏返津，寓英租界福善里内，意欲脱离黎氏家庭。其时黎氏在津亲友，百方劝慰无效，乃允如所求，并由黎家给予赡养费二万元（《申报》消息称二万五千元），唯黄陂（黎元洪）处置遗产之遗嘱则须废除。盖危本人既声明要脱离，自无享得遗产权利也。”而据《论语半月刊》中《湖北同乡组织义愤团讨危王》一文称：“黎公先前为本危终身计，于天津德租界特置住宅外，更给赀巨万，以资维持。黎死未久，本危竟向法院控诉黎公子遗弃，经法院判决，黎子给予养赡费若干。当涉讼之时，舆论多谓本危侍候总统有年，黎子总应特别优待，以终余年。”虽然两段文字记载不甚相同，但可以确定的是，黎本危曾由于与黎家子女发生矛盾而对簿公堂，于 1934 年秋经法院判决脱离黎家。但双方的交换条件即为黎本危获得一笔赡养费而放弃遗嘱中的各项继承权，并发表声明称：“前黎大总统给予文绣个人之遗嘱（关于遗产之处置问题者），自登报日起废除，以后不生效力。”黎本危脱离黎家后更名为危文绣。

据史料记载，在脱离黎家前，危文绣依据遗嘱获得黎家在津的大部分房产，并将德租界的房产租与天津东兴楼饭庄。她还投资 10 万元与商人王葵轩开办了一家绸缎商铺。王葵轩长袖善舞，生意做得风生水起，三年后即在青岛开设了分店，置办了房产，成为青岛颇有名气的绸缎商。尽管王葵轩比危文绣小十余岁，但在合作中，两人产生了感情。加之此时危文绣与黎家关系不睦，让她与黎家渐行渐远，从而坚定了改嫁的信念。

黎氏家族多生活在北平和天津。与黎家脱离关系确定改嫁后，危文绣担心黎家获悉后会出面干涉，遂选择在青岛国敦酒店举行婚礼。婚后，危文绣还在平津各报纸刊发结婚启事。岂料，一石激起千层浪，此事竟成了 1935 年的一个社会焦点。

◀ 封建礼教　根深蒂固 ▶

当时，废除纳妾、婚姻自由、男女平等均已写进民国的法律，但“从一而终”“烈女不事二夫”“嫁鸡随鸡，嫁狗随狗”“饿死事小，失节事大”等封建礼教思想，仍是妇女婚姻观念的金科玉律。现实中的妇女即使对自己的婚姻不满，也极少有勇气主动提出离婚，死了丈夫的妇女更不敢再嫁。当年的社会舆论歧视离婚妇女，更歧视改嫁妇女，让她们在人前抬不起头，因此，大多数丧夫妇女只得孀居一生。

危文绣改嫁后，黎府中人皆认为是黎家的奇耻大辱，既辱没了黎家，又辱没了中国大总统在国际上的形象。而旅青的湖北同乡组织更是激于义愤，公开发表《湖北同乡组织义愤团讨危王》宣言，声讨危文绣和王葵轩："近日青岛上海各报，迭载黎前大总统之妾黎本危改嫁一事，深为黎公叹息。此等丑事，何忍多提，以污我笔墨。唯改嫁地点，适在青岛，旁观者对于鄂人置之不理，颇引为怪，同人等激于义愤，未便缄默……查（危氏）改嫁原不足计较，惟其事于国际体面攸关，于黎公身价有损，更于礼教风俗有妨。"

危文绣也不甘示弱，发表了一篇公开信予以回击："人之爱情，受命于天，其进行亦无止境。当此文明世界，新道德盛兴之际，孀者再嫁，礼所不禁；居孀守节，苦度岁月，乃愚妇所为。君等责我不应再作冯妇，此正智者见智，仁者见仁，吾亦深谢君之隆情。黎公待我虽厚，然二十年来尽心侍奉，虽不敢谓报答厚恩，亦无亏妇道。乃黎尸骨未寒，既不能相容于其后人，再不自谋相依，焉能图存？君达人鉴我环境之艰难，或亦相谅。纵人或不谅，但求我心之所安，更曷所顾乎？"言辞中颇具反抗意味。

1935年1月21日《申报》中的《危文绣再嫁王葵轩》一文，在分析了他二人结婚的目的后，更想充当和事佬，从中调解。文章称，妇女再醮的原因不外三点：一性欲冲动，二经济压迫，三为家庭所不容。危文绣侍奉黎元洪20余载，经济压迫当可无虑。但危文绣年已43岁，而再醮一个30余岁的丈夫，其性欲冲动或所难免。王葵轩娶大自己十余岁的老女人的理由有三：一是为危的金钱所诱惑；二是以为危系大总统之妾，娶危则可附骥尾而行益显；三是出于好奇，认为总统之妾与寻常之妾毕竟不同。

黎元洪虽曾一度为大总统，但卸职后的他也与平民无异。当时的法律明文规定不准纳妾，小老婆即使有不轨行动，就是本夫尚在也无法告诉。何况当时黎氏已故，危已脱离黎家，因此，危再嫁王乃是很普通、极平常的事。“天要落雨乌云起，娘要嫁人横心起”，危欲琵琶别抱，也只得随她去吧！这只是危自身的人格问题，与黎氏家风绝没有任何关系。

危文绣曾声明，她为黎家所不容，改嫁纯属被逼无奈。这样看来，危文绣再醮，实属两全其美、皆大欢喜。对于黎氏家族可去除一颗眼中钉，对于危文绣更是后半生有所寄托。双方各取所需，何乐而不为呢?

“沈鸿烈以故黎大总统之下堂妾危文绣，在青与商人王葵轩结婚，有玷黎氏名誉，特令公安局将危王驱逐出境。”1935 年 1 月 23 日刊登在《申报》上的这则消息无异于火上浇油，将矛盾进一步激化。

◀ 社会争鸣　女界声援 ▶

1935 年 2 月初，危文绣专程来到《申报》报馆申述冤苦，请求救济。适逢该报《妇女园地》专栏开办一周年，为此，该专栏遂以危文绣再嫁为题发表了十几篇文章，社会各界以此为阵地展开激烈争鸣。

《危文绣再醮的法律根据》一文从法律角度论述了危文绣再婚的合法性。1934 年司法院对于妾与人通奸告诉权解释：“妾与人通奸，丈夫无告诉权。”丈夫对妾通奸尚无告诉权，遗妾为什么不能再醮呢?《民法》第 972 条规定：“婚约应由男女当事人自行订定。”司法院 1931 年解释院字第 49 号称：“孀妇再醮法所不禁。”《民法》第 987 条：“女子自婚姻关系消灭后，非逾 6 个月不得再行结婚，但于 6 个月内已分娩者不在此限。”这条规定原是为避免所生子女血统的混乱，换句话说，孀妇如欲再醮，也不过最多受着 6 个月的限制，何况无婚姻关系的危文绣呢? 旅青湖北同乡组织声讨函中称，如危文绣改嫁，则黎元洪所有给资及判决后的赡养费在法律上自有追还之必要。这显然违背了 1932 年司法院解释第 780 号：“配偶之一方继承他方遗产时，无论为全部或一部，因以取得该产之所有权，则再嫁再娶与既得权无影响。”

而《再娶与改嫁》一文则道出了当年残酷的现实：在国家法律没有明确规定之前，男子死了妻子既可以再娶，女人丧了丈夫当然也可以改嫁。然而，现实生活却是两样，只准死了妻子的男子再娶，而不许丧了丈夫的女人改嫁。因为中国礼教有“不孝有三，无后为大”之说，负有传宗接代使命的男子，死了妻子不再娶一个接替，试问祖宗的香火如何传承下去？至于女人则有“饿死事小，失节事大”之说，丧了丈夫的妻子，如不去上吊殉节就已不是巾帼完人了，还允许你改嫁？改嫁不仅辱没家门，更是糟蹋固有的道德！

人们很喜欢拿当时中国社会上发生的两件事来做对照，继而加以批评，借以攻击旧礼教之不合理。一件是轰动上海社会、传为佳话的熊毛结婚，另一件是惊动天津社会、流为笑谈的危王结婚。这两桩婚事之所以备受关注，就因为前者是死了妻子的男子再娶，后者是丧了丈夫的女人改嫁。不然，若仅仅是两件平常的婚姻，是不会这般惹人注意的。

一些为危文绣抱不平的人，至多也只能抬出中国的法律来护符，说中华民国的法律并没有禁止孀妇改嫁，故危改嫁实为国法所容许。况危与黎结合仅居妾之身份，废妾后，危改嫁更是自己应有的权力和自由，并不受法律束缚。婚姻乃私人行为，又岂容他人置喙呢？但在国家有形的法律之外，尚有无形的道德。危改嫁，即使法律所许，也不能逃脱社会道德的裁制，社会舆论会质问你：“女人改嫁，贞节二字如何保存呢？”

《我们所更应努力的》一文强调要想妇女得到真正的解放，必须彻底铲除根深蒂固的封建思想。如果要求女子守节的只是男人，倒也情有可原，让人不可思议的是，深受旧礼教压迫的女人们自己，也时常会用极严酷的态度来摧残讥讽不幸的同性。难道自己做养媳妇时被婆婆苛待，不得自由，得不到性的满足，就一定要在做婆婆后向下一代报仇吗？在过去，她们已经被逼迫成若干个危文绣遁入空门或愤世自杀，难道今后还要让成千上万个危文绣再步后尘吗？危文绣被青岛市府驱逐离开青岛，还可以到其他城市居住。但如果走到哪里都被社会歧视和舆论谴责，那么她就无处可逃、无路可走了！所以，有觉悟的姊妹们，除了反抗那些压迫妇女的明令之外，更应该努力去铲除存留在人们头脑中的封建思想，那些更基本、更普遍的桎梏，我们必须设法挣脱它，才能得到真正的解放。

据 1935 年出版的《妇女共鸣》第 4 卷第 2 期、第 3 期中《南京市妇女文化促进会电慰危文绣》《上海市各妇女团援助危文绣》两文称，为危文绣再婚横遭封建社会责难、青岛市当局非法驱逐一事，上海妇女运动同盟会、妇女协进会、妇女节制会和中华妇女社等团体，召开紧急会议，共谋应对措施。陈令仪、王瑞竹、温嗣、杨志豪、史良、刘寄尘、陈凤兮、郭箴一等妇女代表，一致决议致函慰问危文绣女士，必要时可集体晋京请愿。

3 月 3 日，南京市妇女文化促进会向危文绣致慰问电称：

青岛探投危文绣女士鉴：

报载女士因再婚，横受无理指责及非法干涉，敝会同人异常愤慨，特电慰问。尚希女士鼓起勇气，与此万恶之宗法社会相搏斗。敝会同人愿协助女士，为无量数丧偶之妇女开辟一条光明大路。

◀ 众叛亲离　孑然一身 ▶

1935 年 1 月 30 日《申报》消息称，接到青岛市府限期出境通知后，危文绣甚为不安，曾请人向青岛当局试图疏通，但无任何效果。公安局抓捕了王葵轩，查封了他在青岛的绸缎铺。被逼无奈，危文绣拟移居北平。28 日，她曾函致其北平亲属，申述嫁王苦衷，拟只身来平寄居，暂避社会舆论之攻击，并恳请亲属在北平代觅房屋。但其亲属严词拒绝，并且断绝了与她的书信往来。

无家可归的危文绣孤身一人辗转来到杭州，尚未寻到落脚之所，却收到了王葵轩托友人从天津转来的一封信。信中称，他纵然是一个卖油郎，也不该有独占花魁之念。为此，他已答应沈鸿烈开具的出狱条件：今后不再与危文绣有任何往来。危文绣捧读书信，双手颤抖，涕泪交流。万念俱灰的她意欲在西湖附近某禅寺内敲木鱼度过残生。

就在此时，66岁的熊希龄与33岁（实为39岁）的毛彦文在上海慕尔堂隆重举行婚礼，举国一片赞美和艳羡之声。熊希龄还写了一首定情诗词《贺新郎》，一时传为佳话。同样是再婚，舆论的声音竟有天壤之别，社会的礼遇却是冰火两重天！危文绣感慨万千，她也用《贺新郎》的词牌，挥笔写下一首哀怨悲情而又充满抗争的诗词："往事嗟回首，叹年来，惨遭忧患，病容消瘦。欲树女权新生命，唯有精神奋斗。黎公去，谁怜蒲柳。天赋人权本自由，乞针神别把鸳鸯绣。青岛上，得相守。　琵琶更将新声奏。虽不是，齐眉举案，糟糠箕帚，相印两心同契合，恍似昔日年幼。个中情，况自浓厚。礼教吃人议沸腾，薄海滨无端起顽沤。干卿事，春水绉。"

不久，这首诗词在《申报》的《妇女园地》栏目公开发表，引起广泛关注。孙黻章以《男女对照表》为题在《申报》上刊发一副对联："黎本危再嫁王葵轩，新故交谪，逐出青岛；熊希龄续娶毛彦文，宾客趋贺，欢腾歇浦。"

据同年2月18日《申报》消息称，危文绣于16日晚抵达北平，17日重返天津，自称其此行纯系访友。当记者问其婚后感想时，危文绣置之不答。

遍查民国时期各种报刊，唯在1936年5月13日《申报》的一则天津专电中，找到些许危文绣的消息。消息称，在天津特一区12号路上的日本浪人和白俄人合资开设的某娱乐社中，警察局发现在野军政界人员、名媛等数十人，在此聚众轮盘赌。12日凌晨，警方突击行动，捕获男女赌徒30余名，押送公安局。其中即有危文绣。从此，危文绣就像人间蒸发一样，杳无音讯。

◀ 结语 ▶

从整个事件看，危文绣是一个敢于抗争、不轻言放弃的叛逆女性。黎元洪去世后，她不甘后半生孀居、孤独终老，而毅然放弃家产，脱离黎家，选择新生；她与王葵轩再婚后，在报纸上高调刊登启事，昭告天下；她撰写公开信与以黎氏家族为代表的封建卫道士针锋相对，据理力争；她勇敢地拿起法律的武器，奔赴上海《申报》寻求舆论上的声援。也正是她叛逆的性格与封建礼教格格不入，才导致了她的悲剧结局。

危文绣自幼父母双亡，沦落风尘，卖笑为生。幸运的是，她遇到了民国大总统黎元洪，让她从人生的谷底触底反弹，一跃成为“民国第一夫人”，成为人上人。然而，风光一时的华丽转身，犹如水中月、镜中花，随着黎元洪的离世，没有任何社会地位和背景的她失去了依附和靠山，不得不重回家庭妇女的本色，但仍能安有所居、衣食无忧。黎元洪原配的子女出国留学后渐渐成人，成为有知识、有思想的民国达人，与尚未及时转换角色的危文绣发生矛盾在所难免。黎氏家族的不容与她巨大的心理落差，热热闹闹的黎氏大家族与她内心的孤寂，让她不得不抛弃家产，顶住封建礼教的压力，寻求自己的新生活，改嫁王葵轩。为了证明小她十几岁的丈夫选择她的正确性，为了让自己像个正常人一样地度过余生，甚至带有对封建礼教的蔑视和挑战，危文绣将她的改嫁大胆地昭告天下。这一举动引来黎氏家族和封建卫道士的一片指责，青岛市市长沈鸿烈下令逮捕王葵轩、驱逐危文绣。尽管她使出浑身解数予以反击，四处奔走，寻求救济，但迫于淫威的丈夫无奈地选择了放弃，昔日的亲朋好友宣告断绝一切往来，数千年来根深蒂固的封建礼教将她重新打回到了社会底层，使她成为无家可归的孤家寡人。在一切努力均告失败后，她沦为了一个自暴自弃的赌徒。危文绣大起大落、过山车般的跌宕人生，终以悲剧收场。这正是她所处时代妇女生活的真实写照，更是时代悲剧的缩影。

尽管如此，危文绣的改嫁事件在中国妇女解放的漫长征程中仍具有重要意义。从原始社会后期开始，妇女只是男人的附属品，在丈夫去世后，妻子为了表明自己只属于丈夫而殉节，由此产生了妇女殉节、守贞的观念。为了颂扬贞节烈女，民间盛行立贞节牌坊，地方修志便有贞女、烈女的章节，贞节烈女成了文学、戏剧、曲艺等艺术作品的主角。在这种封建礼教的驱使下，许多妇女因丈夫去世，或殉节陪葬，或守寡大半生，更有众多童养媳尚未过门即因丈夫去世而守节，终身不嫁。而因有“不孝有三，无后为大”的封建礼教，男人可以堂而皇之地再娶。皇帝有三宫六院，官宦家妻妾成群。更由于娼妓合法化，妇女又成为男人的玩物，男人出入烟花柳巷，被称为附庸风雅，甚至可以随意纳妓女为妾。1919 年“五四运动”后，传统的婚姻观念发生动摇，以知识分子为代表的青年人主张“打破一切旧道德、恶习惯，打破一切非人道的不自然的机械婚姻制度，建立起平等、自由，以恋爱为基础的男女结合，使男女当事人成为婚姻的主体”。1930 年，国民政府颁行的《中华民国民法》，确定了一夫一妻制的原则，禁止纳妾，妾制遂在法律上正式废除。长期处于婚姻被动地位的妇女开始觉醒，她们不再默默忍受男性的虐待和顺从父母之命而奋起抗争。但男可以再娶、女不能再嫁的思想仍然禁锢着孀妇的改嫁步伐。作为公众人物，危文绣的改嫁，无疑是对旧中国封建礼教的挑战，更为铲除妇女“从一而终”“烈女不事二夫”“饿死事小，失节事大”等封建礼教思想打响了第一枪。我们也应该给她一个“孀妇改嫁先行者”地位。同时，危文绣的悲剧，也昭示着当时要实现妇女解放、男女平等，还有很长一段路要走。

熊希龄与毛彦文的老少恋

1935年2月9日，66岁的熊希龄与39岁的毛彦文在上海慕尔堂举行婚礼。婚礼上，遵新夫人之嘱，剃掉蓄养十余年长须的熊希龄，老当益壮，毫无暮气。曾留学美国的教育学硕士毛彦文，时尚摩登，粉面羞红。一个白首，一个红颜，喧腾沪上，轰动全国，街谈巷议，众口乐道。《申报》《大公报》《益世报》《北洋画报》等全国各大报刊竞相报道。

◀ 熊希龄两度丧妻 ▶

熊希龄（1870—1937），字秉三，别号明志阁主人、双清居士，湖南沅州府凤凰厅（今凤凰县沱江镇）人，时人称之为“熊凤凰”。15岁中秀才，22岁中举人，25岁中进士，后点翰林。1913年任中华民国国务总理，翌年退出政坛，致力慈善事业。1928年任国民政府赈务委员会委员，1932年任世界红十字会中华总会会长。在北平创办香山慈幼院，收养孤寒。他的原籍虽为凤凰县，但在湖南芷江县居住数十年，对该县怀有深情，故将其芷江的房地产捐办学校，由香山慈幼院学生主持。

在与毛彦文结婚前，熊希龄曾有两次婚姻。原配廖氏于清末即在湖南芷江县病故。继室朱其慧，是沅州府太守朱其懿（江苏宝山县人）的妹妹。朱氏才貌双全，精通诗词歌赋。婚后，他二人感情甚笃，吟诗作对，志趣相投。1931 年 8 月下旬，朱氏在北平不幸病逝。熊希龄悲恸欲绝，挽联曰："以同德同心同情同志誓同患难，生死相期，三十六年如一日，谁知垂老分飞，事业未终难瞑目；舍爱儿爱女爱婿爱孙及爱屋乌，教养诸孤，千百余人将何依，那堪环境变异，触观无物不伤心。"

熊希龄一度茹佛念经，修养身心，后在北平石驸马大街和天津英租界设立昭慧幼稚园，以垂念爱妻。1934 年初，他先后到青岛、上海疗养，北平香山慈幼院的工作无暇顾及，遂有续弦之意。同年 8 月下旬，他赴上海创办中华慈幼协会及处理湘赈事宜，寄居内侄女婿、时任财政部盐务署长朱庭祺的私邸中。朱庭祺的夫人朱曦为朱其慧的侄女，毛彦文与朱其慧亦为故友。毛氏喜爱儿童，热爱教育事业，甚得朱氏钟爱，曾经往来如一家。此次，朱曦与熊希龄的长女熊芷从中作伐，极力鼓动熊希龄向毛彦文求婚。熊希龄早已认识毛彦文，曾称之为"民国奇女子"，遂鼓起勇气，发起爱情攻势。

◀ 毛彦文也曾有过婚约 ▶

毛彦文（1897—1999），浙江江山县人，曾在北京女子高等师范学校、金陵女子大学等校就读。1929 年赴美国密歇根大学攻读教育行政与社会学，两年后获教育学硕士学位。回国后在暨南大学、复旦大学任教。

毛彦文少时由父母之命，聘与某钱庄的少东为室，但她坚决不从而逃脱。后与其表哥、东南大学的教授朱君毅有十几年的婚约，但朱竟毁约。毛彦文遂在感情上深受打击。她在回忆录《往事》中写道："我自幼至青年，二十余年来只爱你一人，不，只认识一个男人。这个人是我的上帝，我的生命，我的一切。现在你竟如此无情，所有对你美丽的幻想完全毁灭。我感到自身已无存在的必要，我全部身心崩溃了……有了这个惨酷的经验，我对于婚事具有极大戒心，遗志久延不决。青春逝去，年越三十许，不能不找一归宿。”

当听到朱曦要介绍熊希龄给自己时，毛彦文甚为犹豫，毕竟年龄差距悬殊。在她心目中，熊希龄是一位慈祥、博学、儒雅的长辈。遭到拒绝后，熊希龄并未灰心，而是发动情书、情诗攻势。情意真挚且恳切，既有少年的激情，又有长者的持重。熊希龄的女儿熊芷也曾代父上门求婚。面对熊希龄两个多月的爱情攻势，毛彦文枯井复波，在征得了母亲同意后，以性情职业相合，与熊希龄遂定白头之约。唯一的要求就是，请熊希龄剃掉蓄留多年的长髯。

毛彦文在回忆录中记述了她当时朴素而真诚的想法：“当时反常心理告诉我：长我几乎一倍的长者，将永不变心……况且熊公慈祥体贴，托以终身，不致有中途仳离的危险。”

◀ 婚前花絮 ▶

得到毛彦文的答复后，熊希龄如获圣旨，立刻去髯换少年装。兴奋之余，他还填写了一阕定情词，调寄《贺新郎》：“世事嗟回首，觉年来饱经忧患，病容消瘦。我欲寻求新生命，惟有精神奋斗。渐运转，春回枯柳。楼外江山如此好，有神针细把鸳鸯绣。黄歇浦，共携手。　　求凰乐谱新声奏，敢夸云老莱北郭，隐耕箕帚。教育生涯同偕老，吾幼及人之幼。更不止家庭浓厚。五百婴儿勤护念，众摇篮在在需慈母。天作合，得佳偶。”只是略感其中的“慈母”句韵脚不协，或为传者之误，倘将“母”改为“佑”字，似为更好。他的好友、教育家朱经农和词一阕：“佳话今稀古有，听天边哕声嘹亮，管弦齐奏。六出花飞天降瑞，梅与海棠同茂。似海燕，双栖春柳。歇浦潮催花信早，试猜谁把这鸳鸯绣。曦与芷，真能手。　　凤凰生就天然偶，喜相逢和鸣声叶，翱翔厮守。依得两家儿女意，鸿案风光依旧。画眉尖，春山争秀。楼上江山今应好，率儿曹熏沐祈天佑。月长满，人长寿。”

其中“曦与芷，真能手”，即指二位介绍人。

因对西式婚礼不甚谙熟，更为追求仪式的完美，婚礼前一日，即1935年2月8日下午2时半，熊希龄偕毛彦文专程赴上海西藏路上的慕尔堂（今沐恩堂）进行结婚演习。同往者还有朱庭祺和上海盐务稽核所长秘书等十五六人，陪同毛彦文左右的另有三位女宾。熊希龄身着蓝袍黑褂，外御大衣，剃须后英姿勃勃，若五十许。毛彦文外着大衣，足蹬花绒鞋，颇为朴素。证婚牧师朱葆元亲加训练，为时近一个小时始退。熊希龄透露说，明日下午3时在此举行婚礼后，稍事休息，即赴新亚酒楼宴客。婚帖早于前数日发出，其词甚简单：“谨于国历2月9日（星期六）午后3时，行结婚典礼，敬请观礼。熊希龄、毛彦文谨订。”下款注明礼堂设于西藏路慕尔堂，喜宴设于北四川路新亚酒楼（午后6时入席）。据毛彦文称，已向其供职的暨南、复旦两所大学请假数日，俾可于新婚后赴杭州共度蜜月生活。

◀ 简肃的西式婚礼 ▶

1935年2月9日午后2时许，慕尔堂门前车水马龙，贺客盈门。该教堂壮丽雄伟，时为上海各教堂之冠，讲坛呈半圆形，共有三级。其正中镶嵌中国传统的大红“囍”字，两旁及楼上走廊处满列各界人士所赠花篮，群芳吐艳，宛若花阵，总计百余个。尤以冯玉祥、梅兰芳所致送者最为引人注目。最高处为奏乐之所，厅内、门首及室内椅柱等处，均缠以冬青翠柏，衬以红墙碧窗，颇觉庄严富丽。

来宾有上海市市长吴铁城，国民政府中委李石曾，以及覃振、章士钊、张公权、陈光甫、张元济、梅兰芳等各界名流千余人，由董显光、郭德华、赵叔雍等分任招待。

2时30分，新郎熊希龄先于新娘莅临礼堂，就座于观礼席第一排第一位，身着蓝袍黑褂，与道贺来宾殷勤握手为礼，容光焕发，精神矍铄，远远望去，不啻四十岁许。3时整，新娘毛彦文偕女傧相等翩翩步入礼堂。只见她头御珠冠，身披白纱，衣白缎服，穿银灰色高跟鞋，架金丝眼镜，薄施脂粉，仪态万千，时尚摩登，妙龄女子无其风度。音乐响起，琴声悠扬，仪式开始。证婚牧师朱葆元背讲坛中立，新郎新娘并立坛前。男傧相为新娘堂弟毛仿梅，女傧相为朱曦。奏乐毕，牧师宣诵《圣经》。因受教堂礼节所限，不得鼓掌欢呼，故一对鸳鸯以及贺客，咸于平心静气之中，敬聆诵词。词毕，音乐复起，一对新人合手对面而立。首先由牧师宣读结婚证书，继之祝词，最后交换饰物，新郎新娘互相鞠躬。新婚夫妇挽手同退，来宾随之徐徐而散。仪式简单而庄严，仅15分钟即告礼成。

◀ 热闹的婚宴 ▶

仪式后，新郎新娘径往辣斐德路477号朱庭祺宅休息，6时前赴新亚酒楼。宴席为中餐，每席20元，共设26席，在新亚酒楼中菜部摆成一个大圆形，中间另设长方桌，为新婚夫妇座席。室内四壁高悬百余副贺联，诙谐幽默，颇见工巧。最妙者为刘辅宜以“梦熊梦熊，男子之祥”典故所作的诗经联，将熊、毛二字嵌入句中：“凤凰于飞，祥兆熊梦；琴瑟静好，乐谱毛诗。”其余如九六叟马相伯的“艳福晚年多，人成佳偶；春光先日到，天结良缘”和章士钊的“几峰苍洞求凰意，万里丹山引凤声”亦佳。自署七十二不老叟崔通约之联更为简洁直白：“老夫六六，新妻三三，老夫新妻九十九；白发双双，红颜对对，白发红颜眉齐眉。”另有“以还古稀之年，奏凤求凰之曲，九九月成，恰好三三行满；探朱其慧之慧，睹毛彦文之文，双双如愿，谁云六六无能”“清词亲制贺新郎，出口三言不离行；可喜香山慈幼院，从今赤子有恩娘”“花甲周来近古稀，堪夸不惑尚芳姿；何期马齿加长日，正是熊毛好合时”“婆娑老子兴犹豪，剃却胡须着锦袍；白发红妆谁不羡，鸾胶续倩蜜丝毛”等，颇为耐人寻味。

宾主入席后，酒过一巡，众宾先是推举朱庭祺代表晋祝词，旋要求新郎说明剃须原因、报告恋爱经过。熊公虽称资格老道，但在众声附和中，竟亦蠕蠕不前。后因被催促不过，只得挺身而起："吾听了朱先生一大篇说话，总括所说，无非说吾已老。但是殊不知吾在近数年来，非但不觉得老，反而感到一年比一年年轻，就是新娘亦并未嫌吾老，所以老字实在不是问题。至于朱先生为吾剃去髯髯长须而可惜，但是吾认无所谓可惜，盖一个人仅此一些胡须而不能牺牲，则何能为国家为社会做事？所以，吾毅然牺牲此随吾十数年的长须，而与毛女士结婚！"

熊公言毕，将思坐下，但众宾仍坚请他复起，讲述与毛女士恋爱经过。不得已，熊公再度起身："毛女士与吾亡室朱氏本为旧日同学，所以吾与毛女士相识已经有十数年。不过吾第一次去信向她求爱，不料她回信竟称吾为老伯父！致吾追求毛女士的心，几为吓退一半。但是吾以为追求女性，贵于真挚，所以仍旧继续地追求。后来毛女士第二次回信的称呼已改称吾为伯父，将老字除去。吾认为尚有一线希望，遂更加一心专意地向前直进。而毛女士回信亦渐渐改变，所以方有今日大功告成的结婚。此乃吾与毛女士恋爱期中值得纪念者。至于详细经过，因事历多年，实无从说起，再请诸位原谅。不过，吾与毛女士之结婚，吾可有一比，如刘备求诸葛亮三顾茅庐得贤一般，只不过，吾求得的是一个贤内而已。"

熊公言罢，众宾又要求新娘报告恋爱经过。新娘初时忸怩坚持不肯，终因掌声不绝而起立略谓："余实在拙于才，不善说话，况且所有一切，已由新郎说过，还请诸君原谅。"言毕，即告坐下。但众宾兴致勃勃，不肯罢休，且多离开原座，几将新郎新娘团团包围。见此情景，总招待郭德华急请众宾暂行归座，因为新郎新娘将向来宾敬酒。众宾闻听此言，兴致大增，开玩笑的机会又来了，要求新郎于每桌前饮酒一杯！新郎连连摆手声明："众位来宾要吾饮酒，本当领情。但是吾向不善饮，且此次与毛女士结婚，信约中又订定不得饮酒，故实难应命，再请诸君原谅。"但是众宾仍旧掌声如雷。新郎见势难却，遂破例答应饮酒一杯。言毕，即自行斟酒一杯，直饮而下。其时，新郎的儿孙女婿均环绕左右，恐熊公多饮伤身，遂悄悄然将新郎新娘大衣取来，为之披上。熊公向众宾再三拱手，偕新娘跄跄逃席，出门登车而去。一席喜宴，遂于众宾欢笑声中告散。

悲剧结局

一对新人的洞房设于上海辣斐德路1331号花旗公寓三楼36号，计一间会客室，两间卧室，一个厨房，一个浴室，月租约二百余元。当《申报》记者前来采访时，一个男仆出迎。他介绍说，屋中器具均系房主所备，其他什物皆亲友所赠或借给者。室内墙壁上，除高挂着九六叟马相伯对联及熊希龄之内侄朱经农等的喜词外，尚有恽寿平题吴门女史范雪仪的工笔人物画《才媛著书》《彩笔画眉》《吹箫引凤》《蓝桥仙侣》四幅，尤见名贵，并有两张西洋名画。一对新人已于9日晚在新亚酒楼稍事陪客后，即同乘夜车赴杭州欢度蜜月去了。

当年各报刊对熊毛老少恋的报道文字颇多，有批评，有艳羡，更有佩服。民国著名小品文作家江寄萍曾在《申报》撰文《熊毛新婚琐话》中称："我与毛女士素稔，曾谈及中国今日的教育问题、妇女问题，以至于新闻事业，深佩她过人的思想与卓越的学识。而今嫁得如意郎君，甚望于相夫育子之余，为教育与慈善事业多多贡献，这才是先觉女子的天职。当下，国内白发红颜的结合确属稀罕，故而引起上海群众的注目。熊公不但无暮气，而且壮志焕发，大有老当益壮的神情。遵新夫人之嘱，竟把二十年蓄养的长须付之并州，引起一些人的疵议。我却佩服他的思想，是站在时代的前面，不顾一切封建残余的观念，与流俗不彻底的见解。这副精神，比胡适之称赞蒋梦麟娶陶曾谷时的所谓'勇气'，更有意义。因蒋是重婚，熊是续弦。"

署名"易生"的《夫妻老少纵横谈》一文说：夫妇配合，若能年龄相仿，在生理和日常生活上都得旗鼓相当的调和。但因爱力的驱使或其他特殊关系，两性间的年龄大相悬殊得成配偶，也在情理之中。史上就有晋文公娶齐姜，刘备入赘东吴的先例。在民间，这种事情更属家常便饭。因此，熊毛之婚，本不足大惊小怪。

熊毛结婚的消息通过新闻媒体传遍了全国，意想不到地起到了示范作用。一个多月后，57岁的张海若与30岁出头的杨嗣馨、56岁的齐燮元与41岁华泽愉相继结婚，更是引起轰动，新闻界戏称1935年为“老人结缡年”。这恐怕也是熊毛始料不及的意外效果吧！

熊毛婚后相亲相爱，夫唱妇随。从熊公婚后写的若干诗词中可以看出，他对妻子十分宠爱。毛氏辞去了两校教职，迁居北平，专心辅助丈夫经营香山慈幼院。从毛氏的回忆录中可以知道：毛氏以为找到了归宿，熊公亦思“长久享清福”，他二人一直憧憬着美满的幸福生活。岂料，他们的幸福生活却随着1937年熊希龄在香港突然病逝而戛然而止。或许是对熊公的追思，或许是对婚姻的绝望，或许是对命运多舛的无奈，时乖运蹇、年仅41岁的毛氏没有再婚。她继承了熊公的慈善事业，在战争动乱年代四处奔走，艰难维持香山慈幼院的运作。

张海若割须求爱记

继66岁的熊希龄与39岁的毛彦文在上海结婚后，1935年2月20日，57岁的颖拓专家张海若也步其后尘，与33岁的齐白石女弟子杨嗣馨在北平成婚。这两桩婚姻有诸多相似之处：新郎新娘均是老夫少妻，新娘同为女界翘楚，从中作伐的均为侄子，新郎都割掉了蓄养十余年的长须。不同之处是：熊是在求爱成功后、举行婚礼前割掉了胡须，而张是在求爱前即先行一步割掉了；熊显达，新娘毛彦文是新学领袖，为留美硕士；张韬晦，新娘杨嗣馨旧学湛深，为著名画家、女词人。1935年2月26日《天津商报画刊》中刊登的《张翰林割须求爱结缡始末记》一文，记叙了张海若从求爱到结婚的全过程。

张海若（1877—1943），原名国溶、国蓉，号修丞、侑丞，湖北蒲圻（今湖北江陵）人。光绪三十年（1904）中进士，曾任翰林，故人称“张翰林”。但他不善做官，以书画、篆刻、颖拓为生。其书法以善书汉隶闻名于时，其颖拓作品与众不同。一般传拓是先在待拓原物上均匀地涂墨铺纸，后以软布在纸上轻轻拂按；而他的颖拓则是将待拓原物置于一旁，依照原物，蘸墨在纸上画、抹、点、拓。其作品与原物在似与不似之间，因此有着很高的艺术价值。

张海若早年丧偶，后改号“独园”。平生最爱饮酒，倘有酒会，招之即来，每饮辄醉，醉而沉沉大睡，醒则不知何年何月。岁月无情，进入 1935 年后，他已是发微花白的老者，右耳失聪，言语时耳、目、口、鼻皆飞动，极具滑稽之态。唯有参胸的长须，为他增添了艺术家风范。

随着年龄的增长，张海若愈感孤衾难温，更念垂暮之年，需人相伴。纵使有旁人照料，也多感不便，遂动续弦之念。1934 年腊月二十八，从其侄子之介，得晤画家杨嗣馨女士于来今雨轩。是日，凌晨即起入澡堂，斋戒沐浴，熏香更衣，推学士之头，割胸前之须，衣履从新，装束入时。若在灯下远观，仿佛 20 岁出头的美少年。

杨嗣馨，1902 年生于贵州镇远，曾师从国画大师齐白石先生，擅画梅花。旧学深厚，也是民国著名女词人。

张海若随其侄子步入茶社，与杨女士握手后，开口便是湖北调的官话。杨女士嫣然一笑，点头称是，情意确立。此后，征得双方家长同意，定下良辰吉日。美满姻缘眼看即成，岂料又节外生枝。自定情后，张海若欣喜若狂，终日大饮，加之心火如炽，遂得热病，呕血盈斗，急忙延医救治。医者除诊脉开方外，再三叮嘱，近期最忌房事与饮酒。见此情景，双方家人皆主延期，唯张海若在病榻之上辗转反侧，对家人说：“须嗣馨女士亲临相商。”

杨嗣馨得知张海若突患重疾，急火攻心，也是卧病在床。当听说张海若传话过来时，竟然霍然而起，急至张宅。屏退左右，密语良久，方案遂成。杨女士的条件是，婚后百日内不得行房，半年内不准饮酒。张海若闻言雀跃以起，大声疾呼：“愿承教焉！”婚礼遂得如期举行。

1935 年 2 月 20 日下午，张杨婚礼在北平西长安街大陆春饭庄隆重举行。饭庄门前车水马龙，来宾盈庭，其中三分之二者皓首苍苍，长髯飘飘。3 时整，婚礼仪式开始。介绍人为吕仰南、李公朴，证婚人是李子芝、贺履之，主婚人为张乾若、杨国栋，男傧相为赵国琛，司仪为彭某。礼成后宾主摄影留念。《天津商报画刊》记者吴迪生乘机趋前与张海若握手，请其珍重。

但张海若听后，颇为不悦，不服老地说："十余年来，养精蓄锐，一片精诚，恐金石为之开也！"

婚礼即成，喜宴开席，贺履之特赠一联，其中"期止酒半年，漫以颠狂呼草圣；后结缡百日，谅能解渴慰文园"之句，既是调侃也是写实。

熊毛、张杨的婚事在当年轰动一时。其实，此前许多男人也娶小老婆，甚至几个、十几个，但都没有引起社会如此的关注。究其原因，是因为婚姻制度变革使然。民国成立后，随着女权运动的开展，社会各界要求废除妾制的呼声日益高涨。1930 年，国民政府颁行的《中华民国民法》确定了一夫一妻制的原则，禁止纳妾，妾制遂在法律上正式废除。有了法律的束缚，男人们只准讨大，不准讨小。于是，老头们也只好做起了新倌人。为了做新郎，还不得不牺牲自己的五绺长髯。这也并不是说此前的老头们有志气，此后的老头们无志气。只能说，儿女情长能使英雄气短。

齐燮元曾是华世奎的女婿

1935 年 2 月，66 岁的熊希龄与 39 岁的毛彦文、57 岁的张海若与 33 岁的杨嗣馨相继结婚，曾在当年引起轰动。据《天津商报画刊》中的《沽上耆老华璧臣女公子于归志喜》一文记载，时在津隐居、56 岁的齐燮元，就是受了他们的鼓舞而续弦小他 15 岁的华泽愉为妻的。故而，新闻界戏称 1935 年为“老人结缡年”。

齐燮元（1879—1946），字抚万，河北宁河人，北洋陆军学堂炮科毕业，曾任江苏军务督办、苏皖赣巡阅副使。1930 年，随着阎锡山战败而卸释兵柄，息影津门，不问国事，以读书研艺为乐，蛰居英租界红墙道（今新华路）。在华泽愉之前，他曾先后娶了郑氏、舒氏和陆氏三任妻子。陆氏于 1934 年突患疾病逝去，年仅 34 岁。遗有两个儿子，时长子 21 岁，次子仅 5 岁。失偶后，齐燮元终日郁郁寡欢，更因家事繁多，深感不便。后经北平政务整理委员张志谭、前北平宪兵司令秦华从中作伐，介绍津门耆老华世奎的次女华泽愉与他。

华泽愉（1895—1948），天津人，津门四大书法家华世奎的二女儿，人称“十三姑”。时年已 76 岁的华世奎，最钟爱次女，素日授之读习。而华泽愉天资聪颖，精通文学，家学承来，长于书画，为女界所罕见，虽已四十余岁，但华世奎仍视之如宝，不肯轻易字人。华泽愉也是恃才傲物，一般男子均不得入其法眼。

也是良缘天定，当介绍人到华家提亲时，一拍即合，华世奎甚为满意，华泽愉也点头称是。齐燮元正在犹豫迎娶之事，忽见报端熊毛、张杨结婚的消息，齐氏为之一振，遂下定决心。于是，一对老“新人”成就了津门一段韵事。

齐燮元于同年夏历正月二十日下聘礼后，定于3月1日举行婚礼。前一日，天津英租界齐公馆张灯结彩，喜气盈门。齐燮元也为抱得美人归而割去胡须，年轻不少。是日上午10时，结婚仪式在英租界齐氏私邸如期举行，采用传统中国式，证婚人为前国务总理高凌霨，江朝宗、吴佩孚、王怀庆、曹锟等平津名流积极筹办贺礼，悉数出席，恭贺新禧。来宾对这对新人赞不绝口，连称“英雄才女，珠联璧合”。仪式后，齐宅大排宴席。席间，华世奎向来宾致谢，白发飘拂，仙风道骨，精神矍铄，怡然自得。

但好景不长，1937年7月全面抗战爆发后，齐燮元与王克敏、王揖唐等，在北平组织伪政府筹备处，策划成立伪华北临时政府。1940年3月出任华北政务委员会委员兼治安总署督办、伪华北绥靖总司令，推行治安强化运动。华泽愉也曾多次劝说他不要做汉奸，但未获效果。为此，1945年8月抗战胜利后，齐燮元被国民政府逮捕，1946年在南京雨花台以汉奸罪被处决。最终，华泽愉不堪背负汉奸家属的恶名而于1948年服毒自杀。

王君异的“三无”婚礼

王君异，本名王才倪，别名王惕，号廖廖居士、婉云山人等，1895年生于四川宣汉县桃花乡，因排行老大，故人称“大王先生”。1902年入父亲创办的广智小学读书，1908年转入宋更新的私家学馆，翌年复转清溪川东两等学堂（今宏文学校）。校长王佐卿擅长国画，该校专设绘画课程，王君异由此开始接触并喜欢上了绘画。1919年秋考入国立北京美术学校，师承国画大师王梦白、齐白石、姚茫父等，尤受王梦白的艺术影响最大。

王君异擅长国画，花鸟画更是独树一帜，独具特色。他的花鸟画广泛吸收西方绘画优点，用笔奇古，魄力浑厚，自称生平作画，毫无所本，完全随兴所至。因而，其画作创新泼辣，笔墨精妙，造型隽永，各臻其神，探索出花鸟画的一条新途径。他与同一师承的著名画家王雪涛并驾齐驱，平分秋色，并誉为“画坛瑜亮”。王君异还精通漫画，在20世纪30年代有大量漫画作品发表于《世界日报》《东方周报》《华北日报》《北平日报》和《北平晚报》等报刊。他与同学王石之并称“北平漫画二王”。1928年“五三惨案”后，王君异与同学孙之俊等六人取“国耻之日”为名成立“五三漫画会”。1936年他与叶浅予、丰子恺、赵望云、冯棣（老夫子）一起被推荐为第一届全国漫画展筹备委员。

1935年6月13日《北洋画报》署名“无聊”的《王君异结婚记》一文，记叙了王君异婚礼上几段令人忍俊不禁的趣事。

人如其画，王君异率真通达、恣情任性、不拘小节的性格在他的婚礼上得到了充分体现。他与黄雪影的婚礼订于1935年6月4日下午5点在北平新丰楼举行，却迟迟未见新郎官的身影，直至5点吉时已到，方见他夹杂在来宾中优哉游哉踱入新丰楼。这可把帮忙的朋友们急坏了，赶紧把他捉住换上新郎的礼服，嘴里埋怨道：“你能没有忘记来已经是很好了！”

最为了解他的朋友赶紧问王君异，今天预备了多少钱开销？王摇头说，一块钱也没有！朋友立刻抓狂了，但也拿他没辙，只得临时找人凑钱。幸亏有志成中学校长吴葆三和山东中学校长郝圣符慷慨相助，钱的问题总算解决了。朋友见客人们都是站着并无落脚之地，就问王君异，今日来宾有多少人，订了多少桌喜宴？王说，我还没有定桌，不知道要来多少客人。朋友问，十桌总能够了吧？王答，差不多。但十桌开出后，客人仍不断涌入，只得一桌桌地开，最终竟然开了二十余桌！

结婚仪式开始，某附中教员李澄之任司仪。首由“通俗文学大师”张恨水登台致辞道，王先生向来是抱定“多交朋友不结婚”主义的人，今天居然结婚了，大约是英雄难过美人关的缘故吧，由此也可以想见新娘黄雪影把关之紧啊！最后，张恨水以章回小说惯用的结尾收场：“至于这关是否可以通过，欲知后事如何，且听下回分解。”在全场哄堂大笑中溜了下来。此时台下有人喊：“让王君异报告与黄雪影恋爱经过，李先生，这关可要把紧些呀！”王君异听后却来了个打死也不说，坚决不开口。司仪无法，只得宣告：“礼成！”

此婚礼最为新潮的是，仪式上并没有新人的双方家长，且无装饰，无婚书，无礼金，直截了当，一吃而散，完全如朋友聚餐。整个仪式可称“三无”婚礼。当日收到的礼品五花八门，美不胜收，除书画和摄影作品外，比较特别的礼物有：女生线云平赠送的糖花一朵，上嵌乌龟一枚；线云平男友刘先生的礼品是一对糖制蘑菇。画家徐操则送了一双糖兔子，礼盒旁还配有一张名片。有人拿起来看了看上面的文字，似乎没大弄懂，只是说，如果仔细读，也是大有文章。

席散后，或许对王君异没有老实交代恋爱经过耿耿于怀，有人带着队伍从饭店又杀至王君异的洞房。在责令王君异执行了抱新娘、吃苹果等节目后，众人才算放过他们，各自打道回府。

京剧名伶余叔岩再婚花絮

1933 年，京剧名伶、须生余派创始人余叔岩的原配夫人陈淑铭因病去世。1935 年 7 月 6 日，他在北平同兴堂续弦名医姚文卿之女姚淑敏为继室。当时的《北洋画报》《体育世界》《益世报》等报刊图文报道了婚礼的花絮。

婚礼原定于 6 月 27 日举行，因新娘方面原因而延至 7 月 6 日下午。婚礼当日，同兴堂饭庄大厅临时改设结婚礼堂，正中门楣上悬挂一个茉莉花牌，中缀五色双喜字，四角的“继续延宗”四字直截了当地说明了结婚之意义。内部装饰富丽堂皇，悬灯结彩，喜气洋洋，鲜花盈室，香气袭人。礼堂中央摆放三张桌台，均围以绣花红缎。前列两桌上放置婚书，婚书中夹一张红纸条，上书“请行鞠躬礼”五个大字，但仍有贺客视而不见而行叩头礼。贺客赠送的银鼎、银盾、银屏、喜幛、喜联等各种礼品，五光十色，琳琅满目。褚民谊、曾仲鸣、何其巩、傅增湘、潘复等所赠的银鼎、银屏较为贵重。潘复所赠银鼎上书“叔岩艺士”，曾仲鸣所赠银屏题写“陶写赖丝竹，和谐鼓瑟琴”，朱庆澜赠亲笔匾联“天台仙侣”。而余叔岩最喜爱的则是汪霭士所绘梅花中堂和白某所赠两盆兰花。盐业银行董事长张伯驹系张镇芳之子，与余叔岩最为友善，出手阔绰，赠礼金 2000 元。

来宾从上午11时许陆续到来。上午多为梨园中人，如杨小楼、程砚秋、谭小培、谭富英、陆素娟等。杨小楼以刘宗年随侍。程砚秋偕戏曲学校副校长同来，他身着雪灰长衫、青色马褂，举止儒雅。谭小培前后奔忙，最为活跃。75岁的老伶工钱金福，为久不登台的鲜见人物，自诩耳不聋、眼不花。伴郎张伯驹到时，余叔岩连呼"希忒拉到啦！希忒拉到啦！"想必是张伯驹的佳诨。下午多为军政界人士，近500人。

午后2时，余叔岩步入礼堂，只见他着蓝色单衫，青色马褂，黑漆皮鞋，架茶色金丝眼镜，因前段时间患病而面部略显清癯，但神采奕奕，笑逐颜开，频频向来宾拱手致谢。3时许，男家彩车出发，由乐队引导，出取灯胡同，经廊房头条、前门大街，至西珠市口天寿堂饭庄迎新。迎亲大宾由陈鹤荪、李雅斋、刘振海、樊润元四人组成。

4时许，彩车载新娘而归，余叔岩亲往出迎，男傧相张伯驹陪同至门外。新娘缓步出降彩舆，只见她身穿粉红色纱礼服，披粉红薄纱，银色皮鞋，仪态温婉，相美貌丽。音乐即起，鞭炮齐鸣，彩纸纷飞。抛掷纸屑最卖力者均为余叔岩高足，南楼王少楼，北楼杨宝忠。余叔岩迎于过厅前，扶着新娘徐徐步入礼堂。由女傧相白三小姐扶新娘至休息室略事休整。4时半，结婚典礼开始。音乐声中，新郎新娘并肩步至礼堂中央。司仪白受之是盐业银行文书科长，证婚人岳乾斋系盐业银行北平分行经理，介绍人陈鹤荪为盐业银行会计科长。证婚人宣读婚书，一对新人交换饰物，共同在婚书上盖章。

礼毕后，岳乾斋致辞谓，新娘为一明礼教知诗书之温柔女子，必能相夫治家，克尽妇职，希望新夫妇此后举案齐眉、相敬如宾。来宾谭庆林致辞颇为滑稽："从前女子以夫为天，现在潮流变迁，妇为丈夫之天，凡事须遵妇意。故希望新婚夫妇本相敬相爱之旨，永谐和好！至于谁为谁之天，须新夫妇自行规定。"

礼毕，一对新人与主婚人、证婚人等在礼堂外摄影。因见余叔岩太过拘谨，身旁的张伯驹遂执余之右手，伸于新娘肘下，使二人呈挽臂状。余叔岩虽显局促，但也乐得听其摆布。看着自己的"杰作"，张伯驹一边频摇牙股洒金小扇，一边向新娘作促侠笑。余叔岩以窘笑报之，新娘已是双颊羞红。摄影后，来宾分别入席。稍事休息后的一对新人，敬酒谢客。一时间，大堂猜拳行令，欢声震耳，直至下午6时许。

宁园的第二场集体婚礼

清末，基督教青年会将西方文明引入中国，1935 年 6 月、10 月先后在宁园举办了天津最早的两次集体婚礼，轰动一时，成为人们街谈巷议的热门话题。1935 年 10 月 15 日的《北洋画报》图文并茂地报道了第二次集体婚礼盛况。

1935 年 10 月 12 日，由天津基督教青年会举办的第二届集体婚礼在宁园礼堂举行，新人共有 6 对，较第一届少了 3 对，据说是因为限制较为严格之故。他们分别是：申作槐、李芝英，吴世昌、李淑敏，盖运兴、杨凌霄，黄眉、陈式昭，徐永宽、李爱华，赵哲琳、董嘉福。然而，与此同时，在上海举行的集体婚礼却有 148 对。从中可以看出，当年天津的适龄男女对这种婚礼形式尚不甚认同。

由于缺乏组织经验，第一次集体婚礼人员庞杂，现场混乱。第二次的筹备人青年会总干事陈锡三不但进行了多次现场彩排，而且改善了仪式的秩序：一是减少了现场人员；二是在来宾的请帖上均写明“6 岁以下儿童谢绝入内”的字样，故而，礼堂内未见儿童，会场内的喧哗之声也就较上次略有减小；三是童子军严格把关，遇有头戴帽子的来宾，童子军均鞠躬致意，客气地说：“请你脱帽。”效果很好，大家也多乐于接受。当时无论是在戏院还是影院，戴帽而坐的观众实不在少数。号称中国第二大商埠的天津尚且如此，可见国人入门脱帽的习惯亟须养成。

下午2时许，新人们在东马路青年会统一梳妆打扮后，分乘花车途经大经路（今中山路）抵达宁园。新郎着天蓝色长袍、黑色马褂，新娘穿米色礼服旗袍，披西式白色头纱。约3时许，证婚人、天津市市长程克的代表市府秘书长孙润宇莅园后，仪式即行开始。新人由原系球房的休息室缓行而出，沿廊步入礼堂旁门。是时，无请帖的人遂将该廊包围，新人行至礼堂台阶时，摄影记者早已在此迎候。本来观众们一双双犀利的目光，犹如枪弹向面部打来，已让新娘感到心跳加速，更因所过之处与观众的距离仅有一二尺远，大家有如鉴赏古玩一般，细细地端详她们，新娘个个面红低首，新郎也是热汗直淌。及至礼堂时，来宾亦集于中间走道，大瞪其眼。新人行走过程又需按照音乐的节拍举步，不能擅自提速。好在前面的引领人曹、潘二位甚是美丽，替新娘们分去了不少目光。观众们议论说：“两位引导姑娘要比新娘们都漂亮！”

秘书长孙润宇、社会局长邓澄波、青年会会长雍剑秋分别致辞，均是言简意赅。孙、邓二人皆勉励新人们互助互爱，容让谅解，争做模范夫妻。而雍剑秋除祝福外，还表明了此次集体婚礼的意义在于：“你们是为国家民族而结婚，不是为自己结婚！”听了三人的致辞后，《北洋画报》的记者不禁感慨道：“忆有西友结婚，其证婚人有‘将来若是美满，不必骄傲；若是不合适，不必太灰心’之语，言外则有‘合则留，不合则去’之意，此乃中西民族性不同之点。”

婚礼现场本来安装有扩音器，但不知是设备出了问题，还是因为来宾太过拥挤把电线扯断，扩音器完全失去了功效，尽管致辞人已经用了最大的气力，也只有前几排的人能够听到。不过，这不打紧，多数观众对致辞内容并不甚留意，他们的焦点皆在对新郎新娘品头论足上。有人小声议论说：“这个胖新娘要是配这个胖新郎，那个高新郎配那个高新娘，他们互换一下岂不是更般配？”

证婚人孙润宇将婚书逐一授予新人，夫妻双方退后一步行鞠躬礼。宁园礼堂见证了这一庄严而又喜庆的难忘时刻。直到婚礼仪式完毕，曲终人散之时，那些没有请帖的观众仍等在礼堂外，再探新郎新娘的庐山真面目。

徐卓呆与孙漱石的儿女婚姻纠纷

“五四运动”后，妇女解放的呼声甚嚣尘上。冰心、丁玲、凌叔华等一批女性知识分子通过文艺作品，宣扬婚姻自主、恋爱自由，至20世纪30年代初，自由恋爱结婚的现象在大城市中屡见不鲜。1930年12月，国民政府颁布的《中华民国民法·亲属编》，首次从法律上承认男女在婚姻中享有平等权利，改变了主婚权归父母的传统，但仍规定结婚须经父母允许。法律的纠结，使得妇女在现实生活中争取婚姻自主的过程充满坎坷，一些因纯粹自由恋爱而最终步入婚姻殿堂的男女甚至要付出惨重的代价。1935年10月，发生在上海的徐卓呆与孙漱石的儿女婚姻纠纷案便是其中一例。

两位上海名流

徐卓呆（1881—1958），原名徐傅霖，号筑岩，别号半梅，江苏吴县人。7岁丧父，由祖母和母亲抚育成人。早年东渡日本，攻读体育，因爱好文艺而加入春柳社。归国后创办中国体操学校，自任校长。曾在《时报》开辟专栏，宣扬改良旧剧，编写剧本，演出新剧。后曾致力小说写作，发表讽刺小说《头发换长生果》《急性的元旦》《时髦税》《往哪里逃》等，有“小说界的卓别林”之称。先后主编《时事新报》《笑画》《新上海》等报刊。20世纪20年代初，开始涉足电影，并在电影理论方面颇有建树，编写的《影戏学》是中国第一部电影理论著作。1925年，与汪仲贤合作创办开心影业公司，亲自参与各部影片的创作，或编或导，或兼而有之，先后拍摄了《雄媳妇》《临时公馆》《济公活佛》等10余部喜剧、闹剧。1934年，在《新夜报》主持“李阿毛信箱”，任艺华影业公司演员，参演《新婚的前夜》。

他是当年上海滩著名的滑稽明星，在多部电影中饰演滑稽角色，得“滑稽博士”美誉，他的《笑话三千篇》在当年畅销一时。

孙家振（1862—1939），字玉声，号漱石，别署海上漱石生，室名退醒庐，上海人。清光绪二十四年（1898）自办《采风报》，光绪二十七年（1901）后，先后主办《新世界报》《大世界报》《繁华杂志》《梨园公报》《七天》《俱乐部》等报刊。宣统二年（1910），曾在《图画日报》连载《三十年来上海伶界之拿手戏》。1912年上海伶界联合会成立，任教育部主任，后又经办新新舞台、乾坤大剧场等。1916年，在上海创办求声诗社，后改称鸣社。

他稔熟上海风物民俗掌故，时常混迹梨园、流连娼门，是个有名的“上海通”，所著《海上繁华梦》“远胜《孽海花》”。另著有《三十年来上海剧界见闻录》《上海戏院变迁志》《梨园旧事鳞爪录》等。郑逸梅在《老上海孙玉声》中记述道：“他又著《上海沿革考》，我主《金刚钻报》笔政，承他为撰《沪壖话旧录》，举凡上海的名胜古迹、剧院歌场、衙署官舍、迎神赛会、男女服饰、四时食品、节令习俗、书画名家、高僧才媛、豪商富贾、交通建筑、学艺娱乐、金融概况、军警法令等，包罗万象，连登一二年始辍。可是，这部遗著没有汇刊成册，凡谈上海掌故者，无不引为遗憾。”

他是20世纪二三十年代的武侠小说家，其武侠作品主要连载于《新闻报》。著有《九仙剑》《金陵双女侠》《嵩山拳叟》《呆侠》《夫妻侠》《金钟罩》《一线天》《飞仙剑侠》《风尘剑侠》等十余部武侠小说。

他酷爱戏剧，更钟情昆曲。1928年主编《梨园公报》。1931年，倪传钺、周传瑛、施传镇、赵传珺、王传淞等传字辈昆曲名角合股筹资组班。他借李商隐诗“众仙同日咏霓裳”之句取名“仙霓社”。此后，他利用在《大世界报》做编辑之便，为该社做了许多宣传和介绍。

徐卓呆与孙漱石虽在年龄上相差近20岁，但因同为上海文人，故时有往来，而徐的女儿徐綦与孙的儿子孙志超更是从相识到相爱。

◀ 两位摩登青年 ▶

徐綦是徐卓呆的三女儿，时年24岁，既具南国少女光滑细腻的皮肤，又有北国姑娘清秀靓丽的容貌。自幼酷爱运动，又攻书法。毕业于中国女子体育师范学院，是一名体育运动健将，各项运动无所不精，曾获得全国女子竞走冠军，与其妹徐絜多次参加上海业余登高竞赛，均名列前茅。曾以艺名殷虚与影星阮玲玉合演《新女性》，1935年与其父同台演出《桃花梦》。徐綦性格开朗，思想激进，追求时尚，是上海著名的交际明星。她喜爱游泳和骑马，时为俄国骑马会的会员。1934年，她在虹口别廉车行购得一辆拿登牌马达机车（即摩托车），经该行经理指导，熟练掌握驾驶技术。她称此车轻便快捷，极省汽油，尤其适合郊外旅行，令人身心愉悦、乐而忘返，呆笨的汽车不可与其相提并论。她是在公共租界工部局领取驾照的第一位女性驾驶员，当时上海领此驾照者只有五人，其中三个是外国人。

孙志超，名骧，是孙漱石的独生子，中学未毕业即到公共租界工部局任职，月薪40元。身材不高，但很强健，性情幽默，语言风趣，很讨女孩欢心。

他二人初次相识是在1934年旧历七月间。初时，他们并没有什么感觉，也没有过多的交往。直到8月27日，因双方父亲为故交，孙志超搬到位于江湾的徐家后，他们才有了进一步接触的机会。二人年龄相仿，有着共同的爱好，性情也合得来，感情自然加深了许多。尤其徐綦买了摩托车后，机器经常发生故障，她又不懂修理，而孙志超在工部局的工作就是组装摩托车，修理自然不在话下。此后，每逢星期六星期日，他二人经常驾车到吴淞、罗店、南翔等地游玩，由此感情逐渐升温，进入热恋，二人每天都要聊到深夜。徐綦曾开玩笑说："机器脚踏车可说是我们的媒人了！"

孙志超刚搬进徐家时，徐卓呆对他很好，后来发现他竟然和自己女儿谈起了恋爱。徐父认为他俩学识相差甚远，便极力阻止他们的亲近，借故让徐綦到南京中央摄影场去住了一个多月。回来后，徐卓呆见仍拆不散他们，便筹划着送徐綦赴日本留学。徐卓呆也曾向孙志超明确提出学成后再订婚的要求，而孙家则表示，订婚后心定而可求学。于是，双方发生争执，加之徐卓呆屡次阻挠，徐綦精神上极受刺激，差不多每天都要哭上两次，茶饭不思；即使在父母的逼迫下勉强吃下饭去，不久也要呕吐出来，整个人一下子消瘦憔悴了很多。为了追求幸福，在各种抗争失败后，徐綦最后选择了离家出走，匿居于德邻公寓。

◀ 一场广告栏里的战争 ▶

徐綦离家出走后，徐卓呆派人四处寻找无着，遂于1935年10月28日在《新夜报》广告栏刊登了《徐卓呆为第三女徐綦失踪，对于孙志超警告》："查孙志超即孙骧，为孙玉声（即海上漱石生）之子，供职公共租界工部局。曾欲与余第三女綦订婚，经余拒绝后，綦无故失踪。孙志超乘余外出，竟至余家任意翻寻綦物，显系知綦下落。倘不立刻放綦归家，不论暧昧同居，或私擅行何仪式，概不承认。余与孙漱石旧交，发生此等不幸事件，甚为遗憾。唯有与孙志超绝交，并因綦违训，连夜不归，嗣后断绝父女关系。特此一并警告。"这则"警告"的出现，宣告了这场婚姻纠纷案的开始。

29日，《申报》《益世报》等数家报刊转载了这则"警告"。30日，在《申报》的广告栏又赫然出现了《律师沙训义代表徐綦女士声明》《孙骧、徐綦订婚启事》和《孙志超启事》。

《律师沙训义代表徐綦女士声明》:“本律师据徐綦女士来所声称，见报载家长徐卓呆为徐綦失踪对于孙志超警告广告一则，委为将经过情形声明等情，前来。查徐綦女士年已二十有四，依照民法规定自有订婚主权，况对于孙志超之婚约虽未取得家长正式同意，然已取得有不反对之表示。不料家长临时变更主张，突然反对，置本人之意思于不顾。日前，徐綦一再请求家长同意，不独严词拒绝并声言如欲与孙君订婚即以断绝父女关系。”

《孙骧、徐綦订婚启事》:“我俩均已成年，婚约主张自由，现得双方本人同意，业于本月 26 日订立婚约，恐未周知，特此启事。”

《孙志超启事》:“见报载徐卓呆警告启事一则，查志超与徐綦女士因从友谊而订为婚约，出于双方本人之自愿。按现行民法规定，成年人婚姻自主，本非家长同意为必要条件。况志超与徐綦女士交友业已一载有余，素常往来，尤为徐女士家长所不反对，此观其警告上‘绝交’二字足以证明。不料，近来突然干涉，发生事变，贸然以徐綦失踪为由，登此警告。诸承亲友见此，函电详询。特将经过情形合为启事。”

31 日的《申报》刊登了《徐卓呆为孙骧徐綦订婚启事向沙训义律师质问》:“贵律师称徐綦失踪非事实而不能举其踪迹所在，须知脱离家庭任意出走与见逐出外情事各别。今阅其订婚启事，无双方家长更无媒妁或何人在场，亦未交换礼物。尤可怪者，并无地点，即不以订婚为要式行为，亦不应如此儿戏。鄙人已与此女脱离，无须根究其所在，但徐綦不啻自认尚在失踪中耳。贵律师以为如何？”

11 月 1 日，《律师沙训义对于徐卓呆先生质问之解答》:“查律师代表当事人之职务，应依法委任权限为范围，本律师受徐綦女士之委任，范围以代表徐女士敬告亲友为度，并非代表徐女士与孙骧订婚之证明，情事各别，岂容混为一谈。素仰先生为文坛名宿，所载广告当能鉴此。至其能有何媒妁，有何交换礼物等情，则先生为徐女士之家长，尚不能知之，况论在委任范围以外之事而见质耶！至于徐女士是否失踪，本律师在法言法，须知关于失踪宣告，应由法院之公示，尤非任凭个人登报为有效。即使先生受有感触，气愤难平，亦为人所谅解。但贸然登报，脱离父女关系，恐与现行法律亦有未合。未审徐先生认为然否？既承见询，合为解答如上。嗣后如再有此项野战方法之质问，概不解答，合并声明。”

11 月 2 日，《徐卓呆对沙训义律师解答之解答》：“缘大律师代表徐綦登报称失踪非事实，故以‘不能举其踪迹所在’‘脱离家庭任意出走’及‘订婚无地点’‘尚在失踪中’等语，向大律师举种种事实，乃不注意质问范围而别曰委任范围，岂大律师所称‘失踪非事实’并非徐綦本意耶？于质问不能举其踪迹一语而不答，大律师亦认失踪为事实矣。大律师称失踪应由法院宣告，但鄙人并未质问宣告手续。查声请宣告依法有失踪十年五年三年为宣告死亡等规定，徐綦离家旬日，且委任大律师登报，断非生死不明，此真大律师所称野战也。答非所问，皆为野战，事实上徐綦尚在失踪中无疑也。大律师如有事实之答复，则无任欢迎。”

同年 11 月 5 日《北洋画报》上的《徐卓呆与孙漱石的儿女婚姻纠纷》一文，详细解读了上面这几则“趣料”：

第一，孙志超和徐綦的订婚启事，已是别开生面，头一句就是“我俩均已成年”，在发言者虽然是表示自己站稳了脚，取得民法保障，以防家庭的干涉；然而在别人看来，却与张君瑞向崔莺莺自诉“小生二十三岁，不曾娶妻”，是一样地使人发笑。下文中还有“现得双方本人同意，业于本月 26 日订立婚约”一语，这里的“得”字，似乎也用得不甚恰当。好像这订婚还有第三者在内，不然是谁得到他们双方本人同意的呢？

第二，《徐卓呆为第三女徐綦失踪，对于孙志超警告》中又有妙语。徐卓呆因为拒绝徐綦订婚，以致徐綦出走，却说“无故失踪”，这或者是小说家的幽默，不能认为不通。至于女儿在外私擅行何仪式，泰山是可不承认的。但是女儿与人暧昧同居，泰山也不承认，不知不承认的是什么？如果承认的话，又怎样的承认法？这又是一种幽默。

第三，孙志超咬文嚼字的本领却也不弱，似乎已不必再求学深造，或者也正要在泰山前露一手，所以抓住了徐卓呆警告启事中的“绝交”二字，在他的启事中说："志超与徐女士交友业已一载有余，素常往来，尤为徐女士家长所不反对，此观其警告上'绝交'二字，足以证明。"这话是合逻辑的，当然先前有"交"，以后才可以"绝"，确是吹毛的好手！

第四，又因为徐卓呆说徐蓁失踪，接着徐蓁请律师代表声明，说是见逐出外，并非失踪，所以徐卓呆又向徐蓁委托的律师质问称："鄙人已与此女脱离，无须根究其所在，但徐蓁不啻自认尚在失踪中耳。贵律师以为如何？"自认失踪，却是怪事，但也不是绝无仅有，只记得包袱、雨伞，而忘了我的人，就是自认失踪的。

这场婚姻纠纷案被媒体炒得沸沸扬扬，当事人双方你来我往，互不相让，一时间，成为街谈巷议的热门话题。

结局圆满　前景堪忧

11 月 27 日的《益世报》刊登了徐蓁、孙志超将于 12 月 7 日下午 3 时，在上海第六号渡轮上举行水上婚礼的消息。上海空中结婚始于航空司令刘沛泉，而水上结婚实为徐孙首创。

12 月 8 日的《申报》报道了孙徐水上婚礼的盛况。水上婚礼于 12 月 7 日下午 3 时如期举行。孙徐二宅亲友 500 余人参加婚礼，年迈的孙玉声老人也扶杖登轮招待来宾，遗憾的是徐蓁家人无一出现。轮船之上满扎花彩，高悬各色旗帜，一派喜庆气氛。汽笛长鸣，轮船启碇，缓缓驶向庆宁寺。3 时 10 分，轮船抵达庆宁寺并靠岸。在清心堂牧师金武周博士的主持下，新郎新娘举行西方宗教仪式。在来宾的一片祝福声中，一对幸福的新人手挽手再返外滩双层码头。晚间，在九江路太和园宴请来宾。

一场两代人之间的婚姻纠纷，以一对新人步入婚姻殿堂而宣告结束。但读了《益世报》上的《徐蓁、孙志超畅谈试婚经过》一文，读者或许会对他们的未来产生几分担忧。

11 月 1 日《益世报》记者曾专程采访过这对恋人。记者面前的徐蓁很健美，披着长长的卷发，上身穿一件样子很别致的青色西装，内穿黄色绒线衫，下身是一条近乎西装的长裤，但裤脚管很大，足下为一双平底黑皮鞋、一双白袜子，手指上戴着一枚式样很奇特的戒指，左手手腕上戴一只翡翠镯子。她大方且直率，一点没有一般女性的娇羞造作。说到情绪激动时，喜欢把两只手臂撑在腰间，露出那一块黄色绒线衫的胸脯。孙志超要比徐綦矮一点，头发也是卷曲的，上身穿一件深咖啡色的皮短大衣，黑色的衬衫，一条鲜明触目的领带，下身是淡色法兰绒的裤子，裤腰很长，足下蹬一双黑白的网线皮鞋，手上戴着与徐綦款式一样的情侣戒指。

这对充满热情的恋人很兴奋地与记者谈了两个小时。先是甜蜜地回忆了相识相恋的过程，后又情绪激愤地控诉了徐綦父亲的各种刁难。说到孙志超到徐家翻东西时，他自己辩解说，他是去拿自己的两个四行储蓄会四块钱的折子，当时有徐綦的弟弟与别人在旁边，他们也帮着找，但始终没有找到。

记者问他们，结婚后预备怎样生活呢？徐綦答，他们结婚后，打算一起到孙家城里的老屋去住，她可以和志超的父母住在一起。好在是自己的房子，开销是很省的，志超虽然只赚40多块钱，但两个人的零用钱总够了。何况志超的父亲与母亲都很喜欢她，他们二老会把她当作亲生女儿看待的。再问，结婚以后有什么计划吗？两人都摇摇头说，没有。徐綦最后说，虽然父亲和她脱离了关系，但她永远都是他的女儿，他也永远都是她的父亲。说这话时，不免流露出黯然惆怅。

徐綦的妹妹徐絮看到这篇专访后，撰写了《噫，没有什么》一文，一是为父亲的行为做了解释，二是表达了对姐姐婚姻未来的担忧——

家父对于这桩婚事并未干涉（并且也无权干涉），不过是反对，反对是任何人都有的权力。何况反对也不是他一个人的意思，家父也曾征求了几位见过孙君的亲友们的意见，他们对他也都没有好的评价。至于最近的争执焦点，发生在孙君的求学问题上。家父主张学成后订婚，孙家主张订婚后求学。家父唯恐订婚后无法使孙君求学，所以把求学作为订婚的条件。家父对孙君说，你等二人既已各自心许，我当然无权将她另配，所以，即使时日稍久，你也大可放心。而孙家却说，孙君订婚则心定而可求学，否则心不定，怎能读书？家父说，烧了饭才能吃饭，断没有吃了饭再烧饭的！为了这个问题，我姊也曾很担心，而向孙玉老当面谈判过。据她说，孙玉老亲口担保，如能订婚，必能负责让孙君读书。她也曾对家父说，孙玉老愿意出资送他二人赴日留学。当时家父和我听后将信将疑，因为孙玉老的姨太太（即孙君生母）曾在我家中对我姊说："你爸爸要你去留学，我劝你不要去，三四年毕业回来，人不是都老了吗？"现在可好了，什么都没有拘束了，一切都强硬地干了，是祸是福，我年纪小，不懂得。

但读了昨天某报一篇关于他们二人的谈话，却被我发现了一个大大的毛病。记者问，结婚以后有什么计划吗？我姊和孙君都摇摇头说，没有什么。唉，两个将来可以有所作为的青年男女，就此步入坟墓吗？我认为"非常人"的我姊就此被"没有什么"葬送了吗？完了！完了！不出我父所料，订婚后是不会求学的，要求先订婚而再求学，原来是哄小孩子的。我姊虽执迷不悟，我父反对这婚姻的原因，倒又证实了。

从当年的文字报道上看，支持徐綦的舆论无疑占了大多数，但也有人说她结婚太过轻率，也有人在肯定她"为了自身的终身幸福，对家庭反抗，那是极合理的"的同时，也"希望徐小姐不要做恋爱至上之梦耳！"

据说，孙徐举行水上婚礼后，徐卓呆逢人便要哭诉自己的哀伤。孙玉声与徐卓呆本为故交，不忍过度伤害徐卓呆。因此，一对新人婚后不久，孙玉声便亲自带着儿子、儿媳拜见徐卓呆，以弥裂痕，还请上海中西大药房的经理周邦俊同去斡旋。周邦俊进了徐卓呆的办公室说明来意，请求徐卓呆既往不咎，接见他们。徐卓呆一口回绝："我没有那个女儿，也就没有了那个女婿，所以不必见面了。孙玉声是我的老朋友，而且是个有学问的人，不妨请他进来谈谈。”孙玉声进来后，没说几句话，徐卓呆竟然扑通一声跪倒在地。年迈的孙玉声也不得不跪了下来，两人相拥而泣。

笔者查阅此后的报刊资料，没有找到徐綦、孙志超婚后的文字记载，两人的结局也就不得而知。可以判断的是，上海滩当年一个叫徐綦的交际明星从此销声匿迹了。

电影皇后胡蝶的盛大婚礼

在中国婚姻史上，1935 年之所以留下了浓墨重彩的一笔，不仅是因为 66 岁的熊希龄迎娶了 39 岁的毛文彦，引发了 57 岁张海若与 33 岁杨嗣馨、56 岁齐燮元与 41 岁华泽愉相继结婚，因此，新闻界戏称 1935 年为“老人结缡年”；也因为民国总统黎元洪年逾四旬的孀妾再嫁 30 岁出头的王葵轩，引起了孀妇能否再婚的激烈争鸣，推进了中国妇女解放的步伐；更因为“电影皇后”胡蝶与潘有声在上海举行的盛大婚礼，引起全国乃至西方国家蝶迷的普遍关注，数十家报纸杂志做了整版、数版的图文报道，明星影片公司摄像师全程录像，轰动一时。

事业辉煌 感情挫折

胡蝶（1908—1989），原名胡瑞华，生于上海。少年时，曾在天津居住，在圣功女学初级班读书。16 岁时，全家返回上海。1924 年进入中华电影学校学习。1925 年，应邀拍摄无声片《战功》，从此开始了她的电影生涯。后与天一电影公司签约，拍摄了《白蛇传》《孟姜女》《珍珠塔》《儿女英雄传》

等十余部影片。1928 年，进入明星影片公司后，得到郑正秋、张石川的赏识，有专人为她撰写剧本。她主演的《火烧红莲寺》广受影迷青睐，一时红遍大江南北。1931 年，因主演中国第一部有声电影《歌女红牡丹》而轰动国内外。1933 年元旦，在上海《明星日报》发起的“电影皇后”评选中，胡蝶高票当选。1934 年春节期间，她主演的《姊妹花》上映后，受到观众热烈追捧，连映两月有余，场场爆满，创造了当时国产片的最高票房纪录。

1925 年公映的影片《秋扇怨》，是胡蝶第一次担任女主角。在这部电影的拍摄过程中，17 岁的胡蝶品尝到了初恋的味道。在才子佳人的爱情戏里，她与清秀潇洒的林雪怀相恋了。1926 年，他们在上海北四川路月宫跳舞场的开幕日高调订婚。然而，在胡蝶拍摄《歌女红牡丹》前后，他俩却发生了矛盾，从此，两人渐行渐远。据 1935 年 11 月 23 日《益世报》中《潘胡结婚前奏曲》一文称：“那时，胡蝶在电影界已有相当地位，收入很可观。她供给他（林雪怀）物质方面的不足。不料，他却去用作和别的女人厮混的资本。她年轻，火性一起，就当机立断地对林提起解约的要求。林也知道错在自己，所以，也并不反对。”为了解除一纸婚约，胡蝶与林雪怀在一年里八次对簿公堂，终于 1931 年底彻底了结。“林雪怀虽然因此在北平吃了些亏，胡蝶精神上也够痛苦”，可谓两败俱伤。

◀ 堂妹做媒　潘胡相恋 ▶

潘有声，生于 1902 年，福建榕城人。自幼在福州读书，家有兄弟 4 人。其父在福州开办福胜香茶行，潘有声在福州青年会中学毕业后，遂与其父来到上海经商。18 岁时，曾入南洋公学（即后来的上海交通大学）学习铁路管理专业。但未及毕业，便和友人合伙创办远东公司，后到英商谦信洋行、法商永兴洋行、礼和洋行任职。经过数年的打拼与历练，终至德兴洋行总经理。该行以经营纸、茶叶等大宗货物为主。

1929 年后，明星影片公司的所有用纸悉由德兴洋行供应，潘有声时常到明星公司来谈业务，遂与胡蝶相识，但仅为一般的朋友。1931 年底，与林雪怀解除婚约后，胡蝶一度情绪低落。经胡蝶的堂妹胡姗之介，潘有声时常来胡蝶家安慰她。潘有声长胡蝶 6 岁，他为人真诚、做事踏实、细致体贴，让胡蝶那颗受伤的心得到了很大的抚慰。胡蝶也很赏识他忠实守信、勤奋钻研的经营之道。于是，胡蝶再次坠入爱河。但因有前车之鉴，胡蝶对感情慎之又慎，他们甚至从不曾在公开场合双双露面。

原本极善交际的潘有声，在与胡蝶确立恋爱关系后，绝少参加各种交际，一心只在胡蝶身上。每天办公完毕后，他便到法租界亨利路永利邨 29 号胡蝶的寓所去报到。假如胡蝶没有外出拍戏，他们便谈谈天或是出去看电影。好在潘有声有自己的汽车，出入一是方便，二是隐蔽。到了星期六，他们有时也会一同去跳舞场，偶尔一起参加私密的宴会。假如胡蝶在公司拍戏，他便安心等候，直到她回去后才回到自己的寓所——法租界西爱威斯路 459 弄 5 号。

◀ 婚前财力 ▶

胡蝶是个聪明人，当时正处于艺术的最高峰，她很想继续电影事业。她深知，演电影便不适宜结婚。上一段失败的恋情，更让她心有余悸。因此，最初她与潘有声约定，只谈恋爱，不议婚嫁。但精诚所至，金石为开。在潘有声的执着追求下，从欧洲归来后，胡蝶终于答应了潘有声的求婚。

消息传出后，社会各界都在猜测他们婚礼的规模和样式，更有许多人关心他俩当时究竟有多少钱。为此，《益世报》记者特意给他俩的收入算了一笔账。

当时人们对他俩财力的估量数字，有数十万、百余万、数百万之说，听起来有些骇人。先说胡蝶，依她历年的收入计算，即使一文不用，怕也不满 20 万元。她在明星公司的月薪是 1300 元，逐年按比例增加。片酬方面，无声片三五百元不定，有声片可达 1000 元。她主演的各个影片中以《姊妹花》最为卖座，所以，酬劳也最多，可达万元。她主演《啼笑因缘》后，声誉突飞猛进，用她的照片做商标、做广告的商号有数家，她所抽年税也不少。但“九一八”事变后，因市况关系，这项收入已减至最低。胡蝶虽然日用很节俭，在家里只着和普通妇女一样的衣服，但出门时却非得打扮得富丽堂皇不可，就这一笔开销已很可观。她现在和父母同住，房租和日用两项开支，每月要在三五百元。所以，这样算来，她的全部财产约有 10 万元。

潘有声方面，他经理的德兴洋行专营进口，货品大约以棉织物、化妆品、钟表等为大宗，不需要投入太多资本就可以赚得相当的利润，收入相当可观，但起伏较大，每月尚无定数。他住的法租界是上海最新型的房屋，月租近 200 元，汽车、佣仆以及个人的交际费用约 500 元。

◀ 婚前演习 ▶

婚礼的前两天即 1935 年 11 月 21 日下午 5 时，为使现场婚礼进行得顺畅娴熟，潘有声和胡蝶特意先期秘密来到上海江西路基督教堂演习。这座教堂历史悠久，气势雄伟，庄严肃穆，大厅上方七八盏顶灯静静地照在一排排空座位上，偶有几只蝙蝠吱的一声在阴暗处飞掠而过。

到场的除潘胡两位当事人外，还有证婚人特维特牧师和男女傧相各两人。林楚楚带着她的爱子黎铿，龚秋霞带着她的小姑胡蓉蓉也来了。还有潘胡的亲戚、几个外国朋友及几名记者，一起不到 20 人。

之前有消息称，男傧相四人：外交部驻沪办事处处长余铭、长跑健将周余愚、李祖冰和一位姓张的男士。女傧相也是四人：艺华影片公司影星袁美云、明星影片公司影星顾兰君，以及梁忆芳和张慧。文化影片公司的童星胡蓉蓉和艺华影片公司的童星陈娟娟负责提花篮，联华影片公司的童星黎铿捧饰盘，一位姓胡的小姑娘负责拉纱。他们都是上海社交界最为光鲜亮丽的人物。但就在婚期的前几天，余铭因婶母和兄弟突然去世而不能参加。一时又寻不到适当的人替补，最后只得减员，男傧相为李祖冰、周余愚，女傧相为袁美云、顾兰君。

中央社记者张常人坐在钢琴旁临时配合牧师奏起结婚进行曲，引导着新郎新娘和男女傧相进入教堂。那位牧师动作夸张、诙谐，有些像幼稚园里的阿姨教一群孩子做游戏。他不会说中国话，一面用英语对潘有声解说，由潘译述给胡蝶听；一面扮演着各种角色，站在什么地方，步伐如何，姿势怎样，什么时候握手，什么时候要说“I will”。他可说是胡蝶的第一个特别导演了。全场气氛轻松欢快，很像是一场令人发笑的滑稽剧。

在演习现场虽然没有见到胡蝶的结婚礼服，但她高兴地透露说：“我和女傧相的礼服都是纯白色的，我的是鸿翔公司为我特别打样裁制的，婚纱把头面都兜没了，有15码长，上面停着一只只的蝴蝶。女傧相也有兜纱，但没有那么长。我在苏州订的红缎绣裙之类，是预备在婚宴时候穿着的。母亲要我这么打扮。”说这话时，胡蝶的脸上洋溢着幸福的微笑。

胡蝶还对记者说，他们婚后将有一次历时三个星期的蜜月旅行，归来后仍回明星公司工作，她还要履行两年半合同的义务。婚后他们计划在上海法租界买一块小小的地基，营造一所小小的洋房，用以安置他们这样一个美满的小家庭。据说，有人曾鼓励她自己创办影片公司，肯出巨资助她成功。胡蝶虽然对记者否认，但记者肯定地说“事情却是有的”。

◀ 婚礼盛况 ▶

1935年11月23日上午11时，潘胡的婚礼在上海江西路基督教堂隆重举行。潘胡喜事招待处特在前三日的《申报》上刊登启事：“参加潘有声胡蝶结婚典礼来宾公鉴：23日潘有声先生与胡蝶女士结婚，来宾惠临，请由三马路大门进，九江路大门退。深恐届时拥挤，招待不周，特此奉告。”因为预计前来观礼的人会很多，恐难以维持秩序，遂和教堂方面商议决定婚礼当日教堂10时才开门纳客。但大多数来宾和前来看热闹的人事先并不知道，一大早教堂门前已是人头攒动、车水马龙了。教堂只得提前至9点半开放。

时至深秋，北国或许已经飞雪，但江南的气候依然燥热。婚礼当天阴天无雨，天色灰暗。人们先是来到教堂前的一个小院子里，院中是四株银杏树，隔夜的落叶刚有人扫清，不一会儿却又铺了厚厚的一层。秋风过处，一片片小圆叶兀自在枝头上挣扎，似乎想争着飞下来一吻电影皇后的新靴。

明星影片公司的摄影师全部出动，入口、出口，高的、低的，早已架好了摄影机、摄像机。一旦有社会知名人物、影星、美丽的太太小姐们，摇呀摇或者扭呀扭地进入院中，这些家伙便“嚓嚓”地低唱起来。明星公司预想在教堂内拍摄专题影片和现场照片，几经交涉，终被教堂方面拒绝。有一位摄影师藏了一架微型照相机，想偷拍照片，人虽进去了，但照相机刚一举起便被牧师发现并制止。

女宾显然要比男宾多，国民政府时期的上海女性最爱追求时尚、追逐明星。她们有些想乘机在这种社交场合露露脸，有些除观看婚礼现场外，更想一睹来宾中大人物、明星们的庐山真面目。许多西洋太太也混杂在人群里，最引人注目的是红绸包头的福理采夫人，她是上海国际戏剧协会的首脑，曾经主持过欢迎胡蝶、梅兰芳欧游归国的园游会。到场的不仅有电影、戏剧明星、名伶之类，政府官员、银行家、艺术家也不在少数，其中就有《渔光曲》的作者任光和夫人安娥。时至 10 点半，整个教堂已是座无虚席。正式收到邀请的来宾计有 2000 人以上。

潘胡先在沪江照相馆拍摄结婚照，再来教堂举行仪式。潘有声和男傧相率先来到教堂，站在礼坛前向来宾挥手致意。十分钟后，胡蝶和袁美云、顾兰君、胡蓉蓉、黎铿等分坐两辆汽车也到了。“武侠女明星”徐琴芳暂时做了胡蝶的“保镖”。

《婚礼进行曲》在教堂内柔和地响起，伴随着音乐，胡蓉蓉和一位姓陈的小姑娘撒着五颜六色的花瓣出来了，紧随其后的是身着上白下黑缎制童装的黎铿。再后是袁美云和顾兰君两位女傧相闪亮登场，她们戴着浅紫色边帽，头上披着短纱，袁的衣裳为粉红色，顾是紫罗兰色，均为国产无光丝裁制，下摆很宽，像“一口钟”样的在地上拖过。

这一行人的后面便是由父亲伴送的新娘胡蝶了。她的礼服用纯白色中国丝绸裁制，裙盖上绣着和合花纹，婚纱为“古代面红式”，长三丈，上缀大小丝绒蝴蝶。纱罩遮盖头部，里面的妩媚脸庞若隐若现，使人有种雾里看花的神秘感。这件礼服为上海鸿翔时装公司设计裁制，约值1500元，精明的鸿翔主人把它当作礼物送给了胡蝶，省却了一大笔广告费。

琴声稍歇，身着大红教袍的特维特牧师开始主持结婚仪式。方才还是一片喧嚣的教堂顿时变得鸦雀无声，只听见牧师带着祈祷的声调宣读着婚词。与前天演习的一样，潘胡都用“I will”回答了他的问题。一对新人交换结婚戒指，双双跪在耶稣前面，聆听牧师的祈祷。在牧师宣告礼成后，全场爆发出一阵热烈的掌声和欢呼声。不到一点钟，结婚的仪式便完成了。

走出教堂才发现，外面还有里三层外三层的观礼者。教堂背西向东而建，前面有一片小园林，三面均为四五层高的住宅楼，每幢楼的窗口满是伸长脖子的人头，有的还特备了望远镜，能够居高临下地瞭望教堂外的一切。

当一对新人走出教堂时，纸带、纸屑和米粒，从许多来宾的手里、从不同方向集中地抛撒过来，潘胡的头上顿时五彩缤纷，女傧相袁美云、顾兰君同受池鱼之殃，“女镖师”徐琴芳忙着为他们开路解围。数十架照相机和五六架摄影机同时把黑眼睛对准他们。20分钟后，他们才在招待员、牧师和西方巡捕的解救下杀出重围，钻进汽车，急驶而去。

◀ 喜宴花絮 ▶

婚礼仪式结束后，潘胡即乘坐汽车回到法租界西爱威斯路459弄5号潘寓休息。众宾客则陆续转移至英华街上的永安公司三楼的大东酒楼。

进入酒楼大厅的门禁极为严格。来宾需先签名，再向招待员出示类于“饭票”的观礼券，方可进入。观礼券也分若干种，招待员会依据观礼券的类别将来宾带入相应的座位。一些没有观礼券者不得不大窘而退，但也有一些有来头的人无须观礼券便可大摇大摆地进入贵宾席。客既坐定，有多名不速女客仍在门前徘徊不去，原来她们是地道的影迷，来自全国不同的城市，她们到了酒店，先将手提箱安放在衣帽间里，带了小册子专门寻找各位明星签名。直到席终，她们仍饿着肚子、伸着脖子苦苦寻觅自己的猎物，一旦发现目标，便奋不顾身地冲将过去，追着要求签名。

自下午5时开始，张冶儿带着他的戏班子便在宴会厅开演了《滑稽红鸾禧》。喜宴客厅内有一个特别的立轴，系漫画家叶浅予的手笔，泥金上画着一位闻名全国的“王先生”送子图，预祝一对新人早生贵子。

7点半，潘胡和袁美云、顾兰君等在雷鸣般的掌声中走进宴厅。潘衣蓝袍黑褂，胡着古装对襟黑缎上衣，大袖长及腕，长约3尺，下衣红缎长裙，衣裙上均以银线盘成大小不等的蝴蝶，鬓边排插着一列红花，伴着她那端整秀丽的面庞，好像从古画中走出来的美人。明星公司早已把聚光灯和摄影机安置好，一声“开灯”，几千支烛光顿时把整个喜宴厅照得通明。他们先在“首席”上坐了一些时候，便和潘有声的哥哥、胡蝶的父母一起走上舞台去，一字排开，向来宾举杯答谢。明星公司的同仁们齐声唱响了周剑云为胡蝶所作的《胡蝶新婚歌》。亦舞亦星的上海梁家三姝，在10时许也赶来赴宴。她们和几个西洋先生、太太们大猜其拳，一个个喝得人仰马翻。

明星公司在此拍摄了300尺新闻片，连同白日拍摄的合计七八百尺。公司负责人称，不久，这部潘胡婚礼专题片便可与全国观众见面。

席间，潘胡二人退入大东旅馆316号，门外探望者望眼欲穿。稍后，胡改穿银丝阔边的大红绸旗袍复出，向来宾说：“我很懒，招待不周，请原谅。”有记者问道：“感觉怎样？”胡支吾着没有作答。问及婚后安排，她说：“看船期吧，我们要到福州去。”

喜宴后的堂会异彩纷呈，最精彩的是五岁的胡蓉蓉表演的单人舞，她像秀兰·邓波儿一样可爱，舞跳得也好，赢得观众阵阵喝彩。压轴的是被袁良市长赶出北平城的蹦蹦戏女伶白玉霜的落子戏。

据记者统计，潘胡喜宴全日共开席84桌，每席大洋17元，共1428元。教堂场地费50元，外加房间费用、酒水、车辆及其他开销，约近3000元。

洞房巡礼

潘胡婚后,《益世报》《天津商报画刊》的记者曾在他们的洞房做了专题采访。

潘胡的新家在上海一条极华贵的里弄，一幢幢的黄色小洋房，一方方的小花圃，充满了静谧的情调。门前一棵垂杨下面是各种花卉，高台阶两旁逐级放着几盆秋菊。

记者与胡蝶见面后，刚想叫“胡小姐”，但立刻又咽了回去，忙笑着改口呼了一声潘太太。她害羞极了，脸上浮起两朵桃花来。常言道习惯成自然，喊惯了的“胡小姐”，竟成了一个过去名词。

在一间美丽而带新房气味的客室内，进门向左，是一间精致的会客室，三面布置了一堂布艺沙发，当中设一张圆桌，墙壁上挂着胡蝶与潘有声的合影，室内点缀的各种饰物相映成趣。在这个房间内，潘有声、胡蝶和胡蝶的母亲一起接待了记者。

走出会客室再往后便是饭堂，一张餐桌上摆放着程步高、欧阳予倩等赠送的一个硕大的金鱼缸，内有十几尾金鱼沉浮于绿色的萍藻中，自然安谧的情调，正象征着新夫妇婚后的愉快。朝外的一只柜子上放着一个银制的蝴蝶式果盒，盛满了红绿色的糖果，玻璃柜内摆满了中西餐具。

在上楼的扶梯处挂着一张“胡蝶骑马图”，胡蝶身着一身戎装，英姿飒爽，颇有巾帼英雄的气概。

洞房在二楼，共两个房间。南边一间布置既简单又华贵：中央是一张大床；床的对面有一面五尺直径的大圆镜，从中可以看到全室的景物；窗口放着两张安乐椅。这里布置的中心当然是床了，床头壁上挂了一张胡蝶小影，掀开绣满花蝴蝶的缎底被面，下面是一条绒毯，再下面是两条黑底印花鸭绒被。洞房附设一间浴室和一个衣橱。衣橱内挂满了胡蝶的旗袍，数一数12件，真是五光十色。另有一件紫绿色的缎子浴衣。这一间所有用具均为金黄色。里面一间布置大致相仿，全部为湖绿色调，绣枕上安放着一个大洋团，想是讨个“早生贵子”的吉兆吧！梳妆台上有一座秀兰·邓波儿的石膏像。由此可见，民国影星在记者面前真是一点隐私也没有啊！

为了不消耗新婚夫妻宝贵而甜蜜的光阴，记者在表示祝贺后便开始为他们拍照，请他们三位坐在沙发上拍了一张合照。胡蝶说，这是她婚后蜜月期中的第一张照片。她说：“你来的恰巧，我有几件最可爱的礼品，请拍两张照，因为今天天气太好。”说着站了起来，领导着记者指向一只玉雕蝴蝶：“这是市府李大超先生送给我的，这玉是云南产，又白又腻，你看它的光多么柔和而美丽呀！”一转身又指着壁上镜框中镶着的一幅合欢偕老图，下款是“梅兰芳”三个字。踱入寝室，胡蝶拿起梳妆台上的一只手镜，镂银的边缘，背面用五色绒屑堆成蝴蝶一只，栩栩如生，像要展翅飞去。她说：“这是丽琳·哈蕙在巴黎寄来赠给我的。”拍完后，她侧身倚在绣满蝴蝶的枕头上，望着挂在卧榻上面的一架金边镜、大红缎子镶裱的一张画儿。记者一眼便认出是自己东家《天津商报画刊》主编王伯龙夫人增丹玲女士画的5只蝴蝶，并有天津名士方地山的题词。胡蝶主动提出与这幅画合拍一照。

记者向胡蝶转达了观众的心声，祝福她与潘郎“白头到老，子孙满堂”，希望婚后的她不要离开银幕，“抛下数千万拜倒在酒窝儿下的观众”，让她的“一双酒窝儿，装满几千万人的热与爱”。

曹禺两次为陆以洪做伴郎

1936 年第 11 期《玫瑰画报》和第 1380 期《北洋画报》，同时报道了在天津永安饭店举行的一场别开生面的婚礼，婚礼的主角是南开中学才子陆以洪与天津女子师范学校才女董芝如。在以父母之命、媒妁之言的“六礼”婚仪为主流的民国时代，读者也可从中管窥到在男女平等、婚姻自主新思潮推动下的民国知识界的新式婚礼。

陆以洪是南开中学的高才生，不仅学习成绩优异，而且英俊潇洒，风度翩翩，是该校有名的帅哥。他与著名剧作家曹禺为同班同学，关系甚好。据说，曹禺的代表作《雷雨》中的繁漪即以陆的嫂子为原型。董芝如为女子师范学校文学正系、艺术副系的毕业生，长于绘画，《北洋画报》《天津商报画刊》均刊登过她的作品。他二人毕业后，先后到市立师范学校执教，同攻文学，皆好皮黄，在学校的活动中时常粉墨登场。共同的事业、相同的爱好，让他们彼此产生了好感。在绿蕖美术会会长、女子师范学校图画教师苏吉亨的介绍下，他二人遂水到渠成、共浴爱河。

1936 年 3 月 29 日下午 3 时，陆以洪与董芝如在永安饭店举行婚礼。南开、女师、市立师范三校师生百余人前来祝贺，一时颇为热闹。但眼见吉时已到，仍未见新娘登场，急得新郎一遍遍地打电话给女家。3时许，新娘姗姗来迟，从花车上下来时，头上沁着香汗，但见其手臂上部竟未敷粉，大小臂黑白分明，判若两人。来宾不禁揣测，恐系新郎打电话催促过紧的缘故吧！伴娘为南开大学傅毓芬女士，是新娘的得意门生。伴郎是曹禺，寻常的伴郎多与新郎同行，而曹禺却总是躲在新郎背后。有人问他为什么羞于见人，曹禺才红着脸说："真没办法，要不是老陆，我真不干，这恐怕是我一生最后一次了！"有知情人透露，陆以洪今天的婚礼实为再婚，他与前妻举办婚礼时，也是在永安饭店，伴郎也是曹禺。这下来宾明白了，难怪曹禺会如此尴尬呢！相对曹禺的焦躁不安而言，众人皆为新郎的沉着淡定所折服。陆以洪在结婚仪式、应对嘉宾提问和发表新婚感言时，均表现出超凡的自信和从容，在婚后的喜宴上更是开怀畅饮，毫不畏醉。

是日，来宾极为踊跃，以新郎新娘之门墙桃李为多，市立师范的同学们还别出心裁地临时组建了一支啦啦队，为婚礼助兴。只听啦啦队有节奏地喊着："董先生，嘻嘻嘻，哈哈哈，哎呀！""董小姐，哈哈哈，嘻嘻嘻，哎哟！"在场的人无不为之绝倒。啦啦队不仅给婚礼增添了喜庆气氛，更让这场婚礼与众不同。

鲍贵卿与李律阁联姻

民国时期，以蒋、宋、孔、陈四大家族为典型代表的家族联姻现象屡见不鲜，成为一道奇特的政治风景。两个或多个家族之间利用子孙辈联姻，以达到增强势力、笼络对手的政治、经济目的，但这种联姻多以牺牲子孙辈幸福为代价。曾任黑龙江督军的鲍贵卿，先是让长子鲍英麟与张作霖之女张首芳成婚，而 1936 年 6 月 16 日《北洋画报》中的《鲍李联婚盛况》一文，则记录了鲍贵卿的三子鲍成麟与平津闻人李律阁小女儿李柝珠的婚礼盛况。

鲍贵卿（1867—1934），字廷九、霆九，辽宁省海城县人，天津北洋武备学堂工程科毕业，曾任黑龙江、吉林督军，陆军总长等职。1928 年 6 月，在张作霖皇姑屯遇害后下野，寓居天津意租界（今平安街 81 号），曾任天津仁义地产公司董事长。因熟悉工程学，他的多处住宅，均由其亲自设计、监修。

李律阁，早年留学日本，学习电气专业，结识王克敏。回国后在北平定居，住东城史家胡同 47 号。在王克敏的介绍下，出任电业公司、三新公司董事。1921 年在天津与日本人合资创办利中公司，在英租界马厂道（今马场道）、德租界威廉路（今解放南路）购买多处土地，成为平津巨富。曾任北京交通局局长、财政厅厅长、北京联合准备银行董事等职。

李律阁有两大爱好，一是京剧，与梅兰芳过从甚密；二是围棋，与吴清源关系甚好。1926年8月，日本名伶守田戡弥（一称守田勘弥）首途来华。因此前梅兰芳东渡日本时，守田戡弥尤相钦重，招待至殷，故其来华后，与梅兰芳合演数日，演出地点即在李律阁的方家胡同私邸。1931年2月，梅兰芳的好友、美国著名影星道格拉斯·范朋克来华时，仍住方家胡同李律阁宅。李律阁酷爱围棋，多次资助围棋活动。1927年，他约请日本棋手井上来华，与年仅14岁的吴清源对弈三盘。其中第二盘之弈即在李律阁家，吴清源中盘取胜。

李律阁有两个女儿，当年都住在天津。大女李燕文，嫁给了开设大星牧场的李大星，住天津英租界佟楼大街119号；小女李柝珠，天生丽质，自幼聪慧，擅长交际，经媒人张作相介绍，与鲍贵卿三子鲍成麟择日成婚。

1936年6月13日下午，鲍成麟与李柝珠的婚礼在国民饭店隆重举行。因鲍李两家交游素广，故而虽然是日甚为炎热，但来宾亦皆踊跃。数百名来宾中多为知名人士，如潘复、马占山、张作相、胡若愚等。新娘芳名早已蜚声津城交际界，欲一睹芳容者纷至沓来。大婚之日，新娘装束更是精心打理，即使是一花一鞋的细节，也要颇费斟酌。据闻，新郎的领带即为新娘在某著名成衣店私人订制的。

婚礼的亮点还在于两位著名交际花作为伴娘的友情助阵，她们就是声闻平津的北洋大学首任校长蔡绍基之十七女、二十女两位小姐。她们不但身材健美，且着装新潮时尚，素日即为众多青年追逐的对象。故而，婚礼当日慕名而来争睹其风姿者，除津门名闺名媛、太太小姐外，各界男士更是络绎不绝。

仪式采用西式，新娘于琴声悠扬中款款步入礼堂，新郎在伴郎的陪伴下紧随其后。伴郎一为新郎之弟，一为朱文楷先生。证婚人为前两广总督张鸣锜。婚礼简短庄重，证婚人、来宾致辞后，新郎新娘宣读结婚证书，最后向亲朋好友致谢。约30分钟，婚礼告成。因天气炎热，婚礼现场的温度高达30多度，来宾个个挥汗如雨，洵为不易。

晚间，复于国民饭店大张宴席，款待来宾。一对新人衣晚礼服到场，举酒致谢。亲朋好友多向新郎劝酒，但以千金一刻之夜，虽强之再三，亦不肯饮。据闻，新婚夫妇拟于7月1日赴青岛度蜜月。

据资料记载，1940年前后，李律阁将天津德租界房产变卖抵债，李柝珠因婚姻不幸，与其父移居北京。1946年1月，因巨奸王克敏的关系，李律阁以汉奸罪被捕，被北京法院判刑两年，后因病保外就医。

张伯苓促成伉乃如续弦

1936 年 7 月 24 日《玫瑰画报》中著名报人吴秋尘的《伉阎婚礼记琐》一文，记叙了南开大学教授伉乃如与南开校友会主席阎子亨之妹阎书玉的结婚过程。

7 月 20 日下午，46 岁的伉乃如与 33 岁的阎书玉在南开女中礼堂举行了一场简单的婚礼。参加婚礼的人不多，均为南开学校成员。证婚人为校长张伯苓，介绍人有会计主任华午晴，庶务主任孟琴襄，校友会委员王明甫、李新慧四人，司仪是英文教员刘百高、著名导演吕仰平二人，伴郎为校医景绍薪，伴娘为南开女中教员沈希咏。

吉期时值溽暑，来宾个个汗流浃背。午后，快雨淋漓，积暑全消，众人皆喜，连称新夫妇福气不小。新娘阎书玉在上妆时也对旁边的人说："这两天天太热，我就盼望下雨，喜欢下雨，果然就下雨了！"喜形于色。来宾所送礼物五花八门，鼎章照相馆的喜礼为伉阎订婚时的放大合影一幅，一对新人比肩微笑，呼之欲出，为礼物中最精彩者。

婚礼仪式极为简单，只有宣读结婚证书、交换戒指、证婚人演讲等环节，就连新人行交拜礼也省略了。来宾中不免有人议论，张伯苓遂在讲演中特意解释说："新郎不主张交拜礼，是因为向来新郎深深鞠躬，而新娘至多不过点头，未免吃亏之故。"据伉先生后人说，同年1月伉乃如的原配妻子邢钟秀刚刚因病去世，他们的五男二女七个孩子均已成年，对父亲在短时间内再婚皆不支持。为此，校长张伯苓、华午晴等人数次亲往伉家劝说，促成这桩婚事。婚礼现场，伉乃如唯恐场面过大刺激到几个孩子，遂低调举办婚礼。张伯苓校长的一番话其实是在为伉乃如打圆场。

婚宴时，对戏剧颇有研究的王守媛女士兴奋地说："我恨不能天天有这样的盛会！"张伯苓校长说："可不能为着你高兴，先生们就人人、天天续弦！"语罢，举座哄然大笑。有人提议席散后，在新房会集校友王守媛、缪雪亚、陆济恭诸人排演《得意缘》，以志庆祝。唯因时间仓促未及筹备，只在伉宅中有一二人清唱数段代之。夜色已深，一对新人在笑声伴着雨声中送走了来宾。

吴云心的速成婚礼

20 世纪二三十年代，恋爱自由、婚姻自主的观念已在文人圈内蔚然成风，五花八门的婚礼更让人忍俊不禁。1936 年 10 月 12 日《北洋画报》中吴云心的《婚后小记》一文，记叙了他本人速成婚礼的一段趣闻轶事。

吴云心（1906—1989），名堉威，字吉如，自号云心，浙江嘉兴人，生于直隶（河北）威县（今在山东境内）。其父吴杰，曾被海宁查氏聘为幕友，多年奔波于晋、冀、鲁之间。1920 年，吴云心随父母移居天津，考入南开中学，师从罗常培、范文澜等。1925 年文科毕业后，即以笔名“云心”在《妇女杂志》发表处女作《论祭祖》。1926 年经查良钊介绍，考取《东方时报》英文版校对，由此投身于报界。先后任《商报》《益世报》记者、编辑，《益世晚报》主编，《益世报》副刊《语林》主编，《北洋画报》撰稿人等，直至抗战爆发。

1931 年东北沦陷后，许多东北流亡学生来到天津，在南开、耀华等中学继续求学。孙秀兰时在南开女中读书。吴云心与孙秀兰的第一次相遇就是在南开学校的一次聚会中。当时，大家或跳舞或聊天，唯有孙秀兰一个人面带惆怅孤独地坐在角落里。以校友身份出席聚会的吴云心，上前问她为何不去跳舞。孙秀兰说，自己的东北老家被日军占领了，独自一个人沦落到津，举目无亲，无所依靠，哪有心思跳舞啊！出于同情，更是对日本侵略者的共同仇恨，他们从相识走到了相恋。

1936年秋，吴云心的好友郭君客死天津，年仅29岁。吴云心悲伤之余更为之憬然，感慨道："人生朝露耳，及时而不行乐，一旦奄然，悔何如之。余今年三十有一，壮年将逝，耄耋且来，必待白发再侣红颜，亦何愚耶！"他第一次意识到自己该结婚了。

同年旧历八月十五，孙秀兰到吴云心家共度中秋。晚饭后，二人相依而坐，静静地看着房中的什物发呆。吴秋心的书斋为一幢小楼，面南而建。当窗有一株紫藤，窗外是一轮明月，月华入窗，如水银般泻在地上，洒落在书案上，案上杂置书籍、稿纸、笔墨，微风过处，翻书展卷。书案的一头，书籍与稿纸相揉，积久如丘。书案旁是一个书架，架小放不了多少书，报纸、杂志堆积墙隅，一片纷乱。孙秀兰轻声问道："是纷然者，不知何年可以整齐也？"答："待婚后！"这或许就是吴云心的求婚了吧！孙秀兰仰视明月，颊带红晕，会心一笑。

月隐入云，秋风入窗，微觉寒意。他二人关上窗子，捩转电灯，满室盎然，如有春意。身处此情此景，乃知"情以物迁"之说殊谬。倘新婚燕尔，虽在深秋，也绝不会有肃杀凄凉之感。马上结婚的念头在两人心头同时萌生。于是，他们迫不及待地选定了良辰吉日。

初时，他们一致认为在10月10日国庆日结婚为宜。于是，争翻壁间日历，但见10月10日注有"诸事不宜"四字。加之结婚心切，遂提前至8日。只是时间太过迫促，距婚期仅隔一日了！

但此议既决，说干就干。第二天，他们便开工粉饰屋宇。孙秀兰先将报纸、文稿移置屋外。吴云心恐将书稿弄乱，急忙上前拦阻，但大半已经次序纷乱，只好待用时再做整理。

8日晨，他二人始购梳妆台、衣橱等物。运至家中，橱内空空如也，无什物可以填充，即将报纸、书稿等物塞入。经过一番折腾，室内居然焕然一新。是日下午，新娘发现自己仅有一袭红袍，还是原为参加友人婚礼而制。低头再看自己脚下的一双旧履，正如电影中的卓别林一样滑稽。新郎不经意瞥见镜子里的自己，却被这个囚首垢面的家伙吓了一跳！正要修整，忽然想起，给报纸的一篇双十节文稿已至交稿期限，立刻伏案疾书。傍晚，新娘购鞋袜、化妆品而归，并略卷其发，颇有新意。新郎跑出房门，交了稿子，直奔理发店修面剪发。

婚礼虽然仓促，但喜宴一定要摆，不然，文友岂肯放过？6时许，一对新人现身饭庄，报界大咖罗隆基为证婚人。婚仪喜庆热闹，大餐中西合璧，来宾酒足饭饱而散，新人相携微醺而归。速成婚礼，圆满礼成！

奉祀官孔德成婚礼志盛

衍圣公是孔子嫡长子孙的世袭封号，直至1935年国民政府改衍圣公孔德成为大成至圣先师奉祀官。为此，1936年12月，孔子第77代嫡长孙、17岁的孔德成，在山东曲阜举行的婚礼，十分引人注目。当时各大新闻媒体争相报道，同年12月24日的《北洋画报》以图文记录了这一盛况。

据1936年8月29日《申报》载，记者曾对孔德成做了一次专访。孔德成称，日常生活除读书外殆无所事，近因天气炎热，每日只读6小时。所读书目除《春秋》和经书外，还有算术、历史、地理等。他对山东省政府主席韩复榘倡立孔教甚为感激，称当此孔道衰微，实有提倡亟谋恢复之必要。谈及婚礼时，他说："余与孙琪芳结婚，纯系按照旧礼，悉凭媒妁。前报载民国十七年（1928）张宗昌督鲁时，其女公子曾向余求婚，确非事实。盖彼时余仅7岁，尚谈不到婚姻问题。现定于废历十一月间举行结婚，但地点在济南或曲阜，现尚未定。"

1936年12月16日，山东曲阜的孔府正门大开，门前搭建红牌坊，府内各门悬灯挂彩，一派喜庆气氛。大门至后堂，所有院落均设彩棚。后堂楼东为新房，前上房是礼堂。国民政府代表、各省党政军长官和全国社会各界代表，以及孔氏各支代表咸集孔府，共同庆贺第一代奉祀官孔德成与前清状元孙家鼐之孙女孙琪芳女士的结婚大典。孙琪芳时年 18 岁，为中国实业银行经理孙多烇之女。嘉宾有中央代表兼山东省政府主席韩复榘代表、教育厅厅长何思源，教育部代表钟灵秀，内政部代表陈念中，财政部代表李青选，河北省政府代表孙翌云，江苏省政府代表苏浣秋，驻兖州二十师师长孙桐萱等，到场不下万余人。致贺电、贺函的有国民党中央执行委员会，韩复榘、张绍堂、宋哲元、孔祥熙、薛笃弼、王世杰，以及驻济日本领事有野学等，函电多达数百件。青岛时代摄影公司全程摄影，摄影师名为傅定谋。

孙琪芳娘家陪嫁甚多，金银珠宝，绚烂夺目。社会各界送来的礼品更是堆积如山，中央党部送来的礼品摆放在最显著的位置，一轴真金线织成二丈长的双幅缎幛，缀以“庆衍襄成”四个金字，旁边是一座二尺余高的银鼎，中镶贺词。

婚礼原定上午 10 时举行，但因一早阴雨不止，遂不得不将典礼礼堂移设孔府前账房内。布置费时甚久，乃改于下午举行。也有资料称，原定国民政府军事委员会委员长蒋介石出席，但一直等到中午也未见人来，亦无消息，只得延至下午。后来才得知，蒋介石当时在“西安事变”中被扣留了。

婚礼前，孙琪芳即被从北京接到曲阜，安置在孔府的四府内，设临时孙宅。按照孔家婚俗，应由新郎亲往迎亲。孔德成身着礼服，胸前缀花，先行告庙礼，在崇圣祠、家庙行一跪三叩头礼，复回至报本堂行四拜礼。随后，新郎在六厅升轿。绿轿行前，彩轿随后，彩轿内有压轿家人；轿前有仪仗队，全队军乐，提炉童子 32 名；轿后为披红饰花迎亲汽车，马队 40 名，步兵 40 名，警察 20 名；队尾是鼓乐、西乐各 16 人，扶轿 8 人，跟马 12 人。迎娶队伍浩浩荡荡，出鼓楼门，经南门大街至五马祠街向东，止于孙宅门首，时为下午 1 时。承启员投迎亲礼帖二式：“馆甥孔德成顿首福”“子婿孔德成顿首福”。孙宅出迎，鞠躬答礼，新郎先行奠雁礼，再向孙家鞠躬，孙宅以两鹅代两雁，礼毕。新郎坐于正堂，孙宅献茶、献菜，女傧相引新娘而出。新娘着白纱长裙礼服，两位女傧相前导，出堂升坐彩轿。新郎向彩轿鞠躬后升轿，迎新礼毕。其间，伴随新郎左右的男傧相为孔德高、孔静江，伴随新娘身边的女傧相为孙琪芳之姊孙连芳、孔德成之姊孔德懋。

下午2时，结婚典礼正式开始。仪式完全采用新式，由王文夫司仪，王小隐纠仪。奏乐后，司仪人、纠仪人、男女双方家族、主婚人、介绍人、证婚人依次入席。证婚人原为韩复榘，但其因故未到，即由何思源代表。介绍人原为两人：一为何思源，一为山东民政厅厅长李树春，但因李亦未到，即由何思源一人代表。据《申报》载，傅增湘才是他二人的真正介绍人。

在男女傧相的引导下，一对新人登场，音乐再起，新郎新娘互换饰物后相对三鞠躬。证婚人宣读结婚证书后，新郎新娘在证书上用印，主婚人、介绍人依次用印。先由何思源代表韩复榘宣读祝词，钟灵秀、陈念中、孙桐萱多人继后致辞。致辞言简意赅，以孙桐萱最为滑稽突梯，至为可笑。辞毕，新郎新娘分别向证婚人、介绍人、主婚人和双方家长、男女来宾等依次致谢。之后，在男女傧相引导下共入洞房。孔氏家族和至亲友人随之拥入闹房，但也只是象征性的，最为“出格”的是让新娘罚站片时，令人忍俊不禁。

嘉礼告成后，即由山东省立剧院学生演剧，以娱来宾。是时，鼓乐喧天，万头攒动，圣地庄严，气象热烈，盛况空前。

“海怪”严仁颖婚礼

严仁颖是“南开校父”严修的嫡孙，排行老十。他天资聪颖，精力充沛，爱好广泛，多才多艺。他是南开学子，是张伯苓的学生，毕业后任校长室秘书，继任张伯苓弟弟张彭春的秘书，后任《大公报》记者，为20世纪三四十年代著名的社会活动家。他曾是南开话剧团的佼佼者，高超的表演才能深得观众青睐，因演出《谁的罪恶》而得名“海怪”。

1937年3月22日，严仁颖与同出书香门第的李若兰女士在天津永安饭店举行婚礼，南开大学校长张伯苓先生为证婚人。3月23日的《北洋画报》和27日的《玫瑰画报》，分别刊发了署名“如愚”的《“海怪”婚礼》和吴秋尘的《记严李之婚》两文，对婚礼现场均做了图文报道。

22日下午3时，严仁颖、李若兰的婚礼在永安饭店举行。伴郎为新郎的十二弟严仁驹，伴娘为新娘的二妹李珠兰。婚礼仪式新旧结合、中西合璧，演奏钢琴者为杨瑞麟太太，小提琴伴奏者则为名手杨天一。新娘所着白色婚纱系紫房子代办，薄若蝉翼，白若积雪，其长及地。之前的婚礼在新郎、新娘交换结婚戒指环节，多假手伴郎伴娘代为传递，而严李则完全亲力亲为。新郎先授，新娘出玉指受之；新娘后与，新郎受之。礼毕，新娘换上一袭朱红长袍，前后各绣彩凤一只，华贵艳丽，前所未有。据说，此图案为新郎的十一弟亲手设计并缝制，极具匠心。

证婚人张伯苓校长已经见证过许多对美满伉俪的结合，他的致辞既热情洋溢又意味深长。他说："今日证婚与往日不同，新郎、新娘既皆为我之学生，两方尊人又皆出我门下（按严仁颖的父亲严持约、李若兰的父亲李伯涑皆为南开学生），欣慰可知。新夫妇均为诗礼人家，先行旧式之订婚，继以新式之恋爱，今日婚礼又复半新半旧，所谓新思想、旧道德两者有之。严君毕业之后，曾从事报业，颇具成绩。近为张彭春君秘书，亦极称成。以前为张君任秘书者三人，现皆在国府各部任职，将来严君发展正未可限。李女士崇拜'回到厨房主义'，年来颇留心家事研究，曾有意到寒舍见习。今日内人同来观礼，正可商定受训办法也。国家之建设，应以家庭为单位，严李结婚后，自当共同研究家庭组织法，至应如何组织，可待彼二人回家商量。"此一席幽默风趣的训词，引来在场嘉宾的阵阵笑声，更为婚礼增光添彩。

礼成后，来宾入席欢宴。严仁颖的各界友好特组织了一个闹房团，晚宴后，护送一对新人回到严府，可以想象，一对新人一定度过了一个难忘的良宵。

备受谴责的1947年空中婚礼

1929年圣诞节，云南航空处处长刘沛泉与南京女子中学女教师王素贞，在上海虹桥机场举行的空中婚礼，得到了社会的认可、亲友的祝福和民众的艳羡。时隔18年，上海中泰纱号经理蒋仁山与上海大华医院护士李淡如，在上海龙华机场举行的空中婚礼，却因当时中国正处于战乱频仍、物价飞涨、物资匮乏、民不聊生的困难时期，而引来了《大公报》等新闻媒体的一片谴责之声。更为出人意料的是，新娘的母亲事先并不知晓，事后竟在报纸上刊登声明，与女儿脱离母女关系。1947年12月6日，上海《申报》以《比翼双飞——半空里结婚　飞机做礼堂》为题，报道了这场轰动一时的空中婚礼。

◀ 浪漫的空中婚礼 ▶

新郎蒋仁山，浙江余姚人，时年43岁，是前国民政府行政院秘书长蒋梦麟的堂侄，时为上海江西路121号中泰纱号的经理。此次结婚是他的续弦再娶。新娘李淡如，江苏丹徒人，时年26岁，为上海西门红房子医院附设协和护士学校毕业的护士。她于婚礼前一日晚入住百乐门旅馆，凌晨3时即将紫罗兰美容院的理发师请来做头发，至早晨7点钟始行完成。此时，蒋仁山已来旅馆，一对新人共同乘车驶向机场。

9时45分，新郎新娘抵达上海龙华机场。新郎着长袍马褂，胸前佩缀鲜花；新娘穿白色婚纱，外披灰色大衣。他们出现在机场候机室时，引得众人竞相趋前围观。

中央航空公司上海站的蔡主任指挥着职员的布置工作。机舱门口和机舱内的座位顶上扎满了柏枝鲜花，门旁贴了一张红纸，上方是一个大大的“囍”字，下书“蒋李府喜事”，舷梯下面的地上铺了一方小小的红毯。飞机旁另设一张铺有红绸的方桌，桌上放置两篮淡红色菖兰花和一幅写有“鸾凤和鸣”的红绸，专为新郎新娘登机时签字所置。

10时整，随着播音机传出“请新郎新娘上机”的呼声，一对新人伴随着欢快的婚礼进行曲，从候机室缓步走向飞机。他们先在红绸上签名，后在舷梯上和机舱门口合影，空中小姐作为女傧相也一起被摄入镜头。在一片恭喜声中，新郎连连拱手致谢，在冷风中的新娘则因脱去大衣仅着单薄的婚纱而急忙走进机舱。

10点30分，中央航空公司XTT39号沪平线客机升空。据说，该机此次飞行为处女航，本应于早晨6点多钟从龙华机场起飞，为了他们的婚礼，特意延迟了3个小时。该机经停南京，但当天已来不及从北平折返了。此机并非他们的包机，一对新人也像普通旅客一样买票登机，另外请了18位亲友随机同行，其中包括证婚人华茂行经理沈保年和一位摄影师。

飞机升至4000米后，内部特设的无线电收音机中再次响起婚礼进行曲。新郎新娘相向而立，宣读结婚证书，交换结婚戒指，向亲友致谢，证婚人致辞祝贺，在掌声中，简单而又浪漫的婚礼遂告礼成。机上7位空中小姐合送了一个大蛋糕，新郎新娘将蛋糕切开，分赠机上的亲友和乘客。

◀ 社会质疑　不合时宜 ▶

午后 1 时，飞机在南京机场缓缓降落，一对新人携手走出机舱。据新郎称，他们在南京下机后，将以中央饭店为临时洞房，两三天后返回上海，准备在百乐门设宴请客。在谈及此次空中结婚的原因时，他说是为了“简省一些”，但全部费用应在 3000 万元以上。中央航空公司的蔡主任在飞机上笑着对记者说：“愿意到飞机上来结婚的，我们非常欢迎！”

在一场浪漫而富于激情的空中婚礼中，一对新人本该得到双方父母的祝福，但新娘方面却没有父母出席，让人觉察到一丝不祥。

12 月 9 日《大公报》刊发的《有感于空中结婚》一文，首先对这场奢华的婚礼提出了质疑：“报载某君假中央航空公司沪京班机空中举行婚礼，某君事先并约请友好 40 余人，届时前往空中观礼。据悉，该航班客机全部座位均由某君定约，需费一亿三千万元，抵京后招待及宴会费用，尚不计在内。回想今冬上海登记灾民为数已颇可观，而冬令救济款项，尤属寥寥无几。未悉，该君对此将又作何感想？”

12 月 11 日，新郎蒋仁山即在《大公报》发表了回函：“径启者，今阅贵报读者之页栏内有某君投稿，谓鄙人空中结婚，所费一亿三千万元云云，实与事实不符。鄙人此次结婚费用尚未满三千万元，况且乘坐亦系普通客机，并未全部包定。特此具函贵报，请予更正为荷。此致《大公报》读者。”

从《申报》对婚礼的纪实报道和蒋仁山发表的回函，可以知道《有感于空中结婚》一文中记叙的婚礼费用和亲友人数，与事实是有出入的。但其指责这场婚礼的不合时宜，确实代表了民众的心声。

◀ 母亲反对　引起纠纷 ▶

12 月 15 日《大公报》第四版的《空中结婚引起纠纷》一文，则爆出了更令人瞠目结舌的新闻。新娘李淡如的母亲李朱氏，在事前并不知道，直到看了报纸方知自己女儿“偷偷摸摸”所嫁的丈夫，原来是自家开设的德大钱庄的学徒蒋仁山，并且蒋“已有发妻，李淡如嫁给他已是做妾了”。李朱氏说：“我一见了报，便找女儿，她已经避不见面。找蒋仁山，更是找不到。现在，我已准备和我女儿脱离母女关系。至于他们重婚的法律问题，我不去检举，蒋仁山的发妻吴氏也会从乡下出来控告他们。蒋仁山包的是客机全部座位，要一亿多元。他不肯承认是因为在去年他和朋友开了一家企业公司，他当总经理，不久便亏空倒闭。当时，股东间很有许多不好听的闲话。现在他这样阔绰，以前股东一定要再与他纠缠。所以，他不敢承认用掉这许多钱，以免引起其他事情。”

同日《大公报》第七版的广告栏刊登了《李朱亚男及家属为蒋仁山、李淡如空中结婚重要启事》：“日前，报载蒋仁山、李淡如空中结婚消息，骤闻之下，不胜惊讶。缘李淡如系亚男亲生第三小女，于上月 23 日自思南路 78 号家中出外，即不知去向。蒋仁山为昔年我家所开德大钱庄之学徒，先夫在日，以为其人诚实可靠，时加青睐，亲同子侄。先夫去世后，我家地产、财物仍有托其代为经手者，故彼常来我家走动，不疑有他。其本人早已娶妻吴氏，现住绍兴，还生有二子，已届成年。数月前，忽传闻蒋仁山登报与发妻离婚，颇为诧异。事后调查，据吴氏娘家人云，实乃（蒋）仁山以威吓利诱之手段，骗彼穷愚，假作离异，借以欺蒙社会。更不意女方即为李淡如。当我等偶有所闻，即一面托人诘问蒋仁山，彼坚不承认；一面劝阻李淡如务必顾及李家颜面，切勿自贬身份。讵料，彼二人竟不顾一切，贸然行动，异想天开，空中结婚。当时我等亲友并无一人在场，而所谓主婚者更不知为谁。蒋仁山此种卑鄙欺骗之行为，令人发指，初非我等梦想所及。于今，小女无知，竟被其蛊惑。似此忘恩负义之徒，何异衣冠禽兽？既骗娶良家女子，复抛弃结发妻室，实为社会之蠡贼、人群之败类，诚堪痛恨。此乖情蔑理之婚姻，我等誓不承认！李淡如不受劝告，甘居下流，无异自绝于家庭，我等与之脱离一切关系！专此。郑重声明。诚恐社会人士不明真相，特为公告，即希亮察。”

由此可知，一是蒋仁山是离异后再娶，二是蒋仁山有两个快成年的儿子，三是蒋仁山曾经是李家的伙计。虽然蒋仁山后来发达了，当上了经理，但也没有让李朱氏相中。为此，李朱氏并不同意他们的婚事，甚至事先也不知道他们举行婚礼。为了表达对自己女儿离家出走、私自与蒋结婚的愤怒，她不免也有些夸大其词，甚至说了一些过头的话。

1948 年 1 月 6 日《益世报》中的《有感于“空中结婚”》一文，也是有感而发，揭露了当时社会“朱门酒肉臭，路有冻死骨”的黑暗现实：“坐飞机，已是平民百姓的痴心妄想了，在飞机上结婚更是一种天方夜谭。如果讲给在粥厂喝粥、住窝铺的难民们听，该是一件比原子弹爆炸还要轰动的新闻吧！前些天，北洋大学的一位教授在乘坐三轮车时摔伤了腿，居然没有钱治疗。试想，在这样的社会里，身为国立最高学府的教授竟然穷困潦倒至此！谁能相信在这样一个艰难的年月里，‘空中结婚’却是个事实！在空中，机厢内部扎有花彩，婚礼进行时，有音乐伴奏，有蛋糕分享。而与此同时，在地面，冰天雪地笼罩下的荒郊野外，寒风怒吼的穷乡僻壤，又有多少无人认领的‘冻死骨’呢？这是一幅反差多么巨大的社会现实画面啊！”

1948 年出版的《女声》第四卷第十期《妇女与社会》专栏发表了《空中结婚演出丑剧》一文，在佩服李朱氏“大义灭亲”之举的同时，也对蒋仁山提出了谴责：“在令人艳羡的空中结婚背后岂料隐藏着一幕丑剧，却被新娘的母亲揭穿了。原来，新郎是位有妇之夫。新娘的母亲以女儿破坏别人的家庭而认为可耻，公然在报端声明脱离母女关系。这种行动真够得上‘大义灭亲’了，使我们非常佩服。把自己的快乐建筑在别人的痛苦上，本来是最要不得的。可是，时下有许多摩登的妇女为满足自己一时的情欲和虚荣心，不惜破坏别人的家庭，夺取别人的丈夫，甚至用卑鄙的手段怂恿对方虐待发妻，置之死地而后已。这种损人利己的行动，在一个正常的社会里本该受到舆论谴责。然而，在这个趋炎附势的社会里，个人主义已达白热化，谁抢了谁的丈夫，已被认为是‘不干我事’的事了。只要这位小姐夺取的对象有财有势，吃喜酒的一天，照样会贺客盈门，甚至被弃的发妻的戚友也会老着脸皮、昧着良心来捧场。于是，一些虚荣的小姐们看准了这种情形，觉得抢夺别人丈夫是一笔值得做的好买卖，因之越夺越起劲，家庭悲剧便在不断地上演。”

蒋仁山与其发妻离异的原因、蒋仁山与李淡如的恋爱经过以及他们结合的真相，没有史料可以考证，我们姑且不去追究。但当年发表在报章上的议论文字，道出的社会两极分化和一些摩登女郎为了满足私欲而罔顾道德的残酷现实，也从一个侧面昭示了国民党政府的大陆统治走向灭亡的必然。

天津市市长杜建时在北平结婚

1947 年 6 月 17 日，天津市市长杜建时与留美女学生曾洛生在北平协和医院礼堂举行了一场极为简单的婚礼。那么，身为天津市市长的杜建时，为什么要在北平举行婚礼？新娘曾洛生又是何许人也？他们婚后的生活如何？读者或许能够从《大公报》《益世报》《民国日报画刊》的新闻报道和《益世报》记者对曾洛生的专访中找到答案。

◀ 学业优异　蒋介石赏识 ▶

杜建时（1906—1989），号际平，天津武清县杨村人。父亲早逝，叔叔将其抚养成人。7 岁开始在武清县杨村模范小学读书，13 岁入天津南开中学，17 岁考入北京大学政法预科班，19 岁考入东北讲武堂北京分校。后随学校迁到沈阳，任东北军炮兵团连长、黑河炮兵营营长。1931 年，以第一名的成绩考入南京陆军大学，深得蒋介石赏识。三年后，赴美国雷文沃滋军事学院攻读炮兵军事学科，后入加州大学国际政治研究生班，获得博士学位。

1939年杜建时回国后，曾任中央军校江西分校主任、第九战区高级参谋、南京陆军大学教务长等职。1943年随蒋介石参加中美英联合召开的开罗会议。1944年分别随宋子文、孔祥熙赴美国与罗斯福总统会晤，商谈军事援助问题。抗战胜利后，历任十一战区驻津、唐、榆代表，北宁护路司令，天津市市长等职。

◀ 留学美国　宋美龄的秘书 ▶

曾洛生，福建长乐人。其父曾国麟曾在盐务管理机构担任要职，其母为北平协和医院医生，育有三个子女。曾洛生为长女，出生于河南洛阳，弟弟安生出生于陕西西安，妹妹珲生出生于东北瑷珲（今黑龙江），均因出生地而得名。由此可知曾家当年的人生轨迹。

曾洛生早年在北平慕贞女中读书，1936年考入山东齐鲁大学，攻读社会学。1937年全面抗战爆发后，身在湖南的曾家意欲移居大后方。同年深秋，曾国麟携夫人和儿子珲生先行，联系子女上学事宜。他们从湖南零陵乘船横渡湘江入桂林，途中轮船不幸倾覆，曾氏夫妇双双遇难，仅曾珲生得以生还。此后，三个孩子相依为命，曾洛生更以大姐姐的身份细心呵护弟弟妹妹。1940年，曾洛生在北平燕京大学借读一年。1941年太平洋战争爆发后，转入金陵大学社会系。毕业后，先后服务于重庆战时儿童保育院和重庆妇女指导委员会，吃苦耐劳，曾任宋美龄的秘书。

1944年，曾洛生飞过驼峰，经印度转道赴美国留学，先入宾夕法尼亚大学攻读社会学，后转哈佛大学，仍读社会学，获硕士学位。

◀ 简约的婚礼 ▶

1941年，杜建时与其前妻离异。同年在重庆，他与曾洛生相识，并相互萌生好感。1944年曾洛生赴美留学期间，杜建时也被蒋介石派往旧金山参加联合国首次制宪会议，二人再次在异国相遇。他乡遇故知的喜悦，迅速转化为爱情的火花，二人从此确立了恋爱关系。杜建时回国后，他二人时常鸿雁传书，情意缠绵。情书中，曾洛生除介绍自己的近况和对恋人的思念之情外，还时常附上几张生活照。因此，杜建时寓所的案头床边随处可见曾洛生的玉照。

抗战胜利后，杜建时任天津市市长，一个偌大的市长官邸，更显形单影只，中馈久虚。即使出席各种社会活动，他也是孑然一身，身旁缺少一位贤内助，成家之心日渐强烈。1947 年 6 月初，曾洛生突患眼疾，视力模糊，医生劝其暂停学业，休养一段时间。杜建时得到消息后，遂多次致电催促其回国休养，并借此机会完婚。6 月 14 日，曾洛生回国，暂居北平。

当时正处内战时期，社会动荡，经济匮乏，杜建时在天津正在推行节约政策。考虑到一是曾洛生的母亲生前曾在北平协和医院任职，二是避免婚礼铺张，遂严守秘密，以防各行政机关送礼祝贺，因此，二人选择在北平协和医院礼堂举行婚礼仪式。

6 月 17 日下午 5 时，婚礼仪式正式开始，贺客有北平行辕主任李宗仁、教育部长朱家骅、天津警备总司令陈长捷、天津参议会议长时子周等嘉宾，连同双方亲友共计 20 余人。仪式完全采用西式，极其简单，且规模颇小。新娘手持鲜花步入礼堂，牧师证婚，一对新人交换信物，礼成。喜宴中，新郎新娘向来宾分送喜糕，共举酒盏向来宾敬酒。尽管婚礼没有对外宣传，但嗅觉敏感的新闻记者还是得到了消息，并用镜头记录下了婚礼的多个美好瞬间。

18 日下午 6 时半，杜建时夫妇乘车返津。为避免靡费，他们谢绝一切僚属、市民的祝贺，故 19 日晚前往市长官邸祝贺者甚少，仅市政府秘书长梁子青等数人。

杜夫人接受专访

作为天津第一夫人的曾洛生，在与杜建时结婚前，天津各界竟没有听说过这个名字，更不消说了解她这个人了。为了满足大家的好奇心，《益世报》记者专程采访了她，并于1947年8月22日刊发了专访《斯蒂夫与露茜》。

迎接记者的曾洛生依然保持着留学生的风度，给人一种亲切之感。黑黑的卷发，高高地梳起后又披了下来，两只明眸仿佛正在对记者说话，一件红绿大花交错的旗袍得体地陪衬桃红的面颊，两耳上的玉坠与她的牙齿一样洁白无瑕，脚下是一双黑色高跟鞋、尼龙丝袜。据说，婚礼时她曾不慎崴了脚，尚未痊愈，丝袜内仍露出一块药布的边缘。

杜夫人和她的弟弟曾安生接待了记者。大约聊了一个多小时，三个人从国内说到国外，从家庭谈到社会。杜夫人优雅健谈而有修养，采访全程从未看过一次手表。

杜夫人说："这次回来，是因为念书太过了，视神经受了伤。读书超过两小时，便会视力模糊，看不清了。医生劝我休息一段时间，我也便趁此机会，回国看看。"她对回国的理由说得很轻松，然而，据记者了解，杜建时可是一封电报接一封电报地催她回国结婚的！她说，未来还没有计划好做什么工作，只是想先休息，把眼睛养好。有消息称，南开中学已经正式聘请她担任教师了。

杜夫人非常喜欢读书，在美国留学时经常泡在图书馆。她认为，美国国会图书馆藏书很多，当为世界之冠，馆藏的中国古籍甚至比中国本土的都要多。那里还有为个人提供的研读小屋，随便一个读者都可以申请借用。她有一个朋友在里面研读了整整七年。她建议初到美国的留学生还是不要到哈佛这样的大学校，先到规模小一点的学校比较好，因为在那里可以和美国人在一起，真正认识美国的学生生活。在谈到对美国的印象时，她说，她感觉美国的生活未必如想象的那样好，一件东西往往从远处看更为美好。

她对记者详细介绍了她的弟弟妹妹。弟弟安生，时年21岁，毕业于国立中央大学电机系，成绩优异，毕业后供职于天津大王庄发电所。他责任感很强，1947年春，发电所发生故障，他奋力抢修，不幸烧伤了手。同年，在下班途中，突见一名男子投河自尽，岸上的人皆袖手旁观，他奋不顾身地跃入水中，将人救起。上岸后，当他将落水人交给赶来的一名警察时，警察却说："有人投河，应该由水上警察负责，我只管陆地。"不得已，安生只好叫了一辆三轮车，把落水人拉到一家澡堂，让他洗了热水澡，烘干了衣服。澡堂老板并不管他是否救人，坚持要他付钱，他付了洗澡钱才得脱身。妹妹珲生自幼深得姐姐哥哥宠爱，其时正在美国读书。因当年在湖南读书时，当地的同学常把她叫成"粪生"，于是，她自行更名。曾洛生说，由于父母教育得当，他们两个都有较强的自立能力，然而不管他们多么独立，无论多么大了，也仍是她的弟弟妹妹啊。

采访结束时，记者向杜夫人索要两张她的照片。她走上楼去，拿下来两张说："这都是从前的，新的放在回国的行李里，还没有到。"其中一张的背面用英文写道："To my honey darling Steve, Love, Lucy. Christmas 1946."（给我甜蜜亲爱的斯蒂夫，爱，露茜。1946年圣诞节。）记者想，斯蒂夫一定是杜市长的英文名字，而露茜则是新市长夫人了。

据史料记载，由于时局的原因，他们的幸福生活并没有维持多长时间。有人想将杜建时从天津市市长的位置上拉下来，便造谣说曾洛生是共产党安排在他身边的中共地下党，其浴室里还装有无线电台。国民党曾专派一个特务小组来津调查，结果根本无此事。随着国民党大陆统治的岌岌可危，杜建时认为还是让曾洛生出国最为稳妥。据1948年4月30日《益世报》载，29日下午2时40分，在杜建时陪同下，曾洛生乘车先是到了北平，预计将经北平搭乘飞机前往上海，最后从上海乘坐轮船再赴美国。

1949年1月15日天津解放后，杜建时被俘入狱，与曾洛生从此失去联系。

首都女子法政講習所籃球隊（左爲指導王健吾）。

論上海發現瓦斯井

華東社通訊，上海最近在盧家灣新橋路台州會館內發現火井一座。本來這地方開設有鼎豐肥皂廠，民國九年，開鑿水井一口，深十餘丈，水源甚旺，到十五年，井水忽涸，就把他用煤灰墳平了。直到大前年，這地點時常發生小震動，並有聲響如雷，最後，有時噴出火餘來。該廠就再把井挖開幾尺，索性安上一條鐵管，把井下發火的氣體引出地面，點起來當燃料用。據年老的人說，靜安寺路第一湧泉，有水泡，疑亦類此。憶定盤路中西女塾及虹橋路某宅中，也有同樣的火井發現過，如果這話確實，那麼上海的火井將有更多發現的希望，豈不與四川自流井的情形差不多了嗎？然而自流井是在內地，物質不發達的地方，不能盡量利用，而上海就大大不同。近世物質文明的根本是動力，而瓦斯是發生動力的最直接的燃料；珠寶金銀，只算得個人的財富，唯動力的來源，才算得是人類眞正的富源，這一個發現恰巧是在工業發達的上海，大則可以磨電，小亦足供一方燈火爐灶之用，是不可等閑看待的。上海是工科人才的淵藪，自然會有人知道如何來測量這瓦斯噴出的速量，或由噴出的壓力去估計地下藏量的充足與否，或在左近的地點打鑽試探，以便設計利用。據記者猜測，這氣體多分是Methane Ethane，因爲我曾知道另一個地方地裏冒上的餘火，取其氣體分析的結果，百分之……

無聊寄。

▷最近與王石之結婚之岩崎喜美子◁

劉蕊芳近影　謝天。

「要人利用煙幕彈防止新聞記者攝影」。妙作。

△妙聯選▽

三女成姦，幼女總由長女誘。

漫畫家王石之結婚記

·無聊·

北平以在舊晨報逐日發表漫畫出名之王石之，五年前離華赴日習工藝美術，年前始返。返平後，國立北平藝專即下聘書，約往授課。同時其舊同學儲小石以應河南敎廳聘，籌辦河南工藝專科學校，亦約王前往。石經一再之考慮，以河南工作較合理想，因赴河南。最近記者忽得王請柬一，請記者於十日在中央飯店晚餐，與王同列名者，尚有喜美子。喜美子者，記者最近曾在儲小石宅中一度晤面。蓋喜美子乃儲之姊妹也。儲亦爲留日工藝美術家，曾在北平大學藝術學院任敎。其夫人爲岩崎初平，係儲在日時結得之良伴。異國通婚中，此一雙夫婦素有美滿之號。記者最近雖知儲夫人之妹來平，但不知彼與王石之有何關係。今忽接兩人聯名之請柬，不禁納悶。屆時赴宴，始知是日覺爲兩人結婚佳期。因不欲友人送禮，故請柬未書結婚字樣。是日到場友人，多爲藝術界新聞界敎育界中人。由留日老工藝美術家費懷英証婚，但實並無儀式。新房亦卽設於中央飯店三樓。新娘着旗袍，頭上束一花冠而巳。席間衆人以王石之此舉出人意外，於是乃譁起要求彼報告戀愛經過。王初不肯，衆鼓掌之聲不息。無巳，王遂起立曰：「我五年前認識她，三年前通信，一年前訂婚，今天結婚。」言畢，卽就坐。衆未滿意，乃再改爲要求新娘報告戀愛經過。新娘初來中國，不諳華語，乃由王悅之等任翻譯。新娘聞後，含羞低頭不語，一再相強仍不肯。於是衆乃轉向其姊進攻。要求大姨代爲報告，蓋以儲夫人來華巳久，華語巳甚熟諳之故也。儲夫人亦不肯。衆再轉回攻新娘，時桌上菜第三道，遂以罷食爲要挾；且有人出爲監督。於是闔座五十人，一齊住手。新娘無巳，只得起立，略致日語。由王悅之譯出，意謂由王石之代述。王以聞命不可違，遂又站起報告，其詞曰：「我們今天結婚，一年前訂婚，三年前通信，五年前認識。」完全顛倒其原來之報告重述一次。設思甚巧。衆只得再改其他題目，請王變戲法。蓋平日王固能變幾手也。時來賓更有起來者曰：請其變「二個人變三個人」。語旣含混而雙關，衆皆附和……

由飛機上鳥瞰陝西層巒疊障中之防匪小城，此城高出海面八千公尺，居民甚少，夏酷熱，冬酷塞，且乏水源。

參加青島冬季競賽會之國術選手欒秀雲女士旗裝像。陳紹文贈。

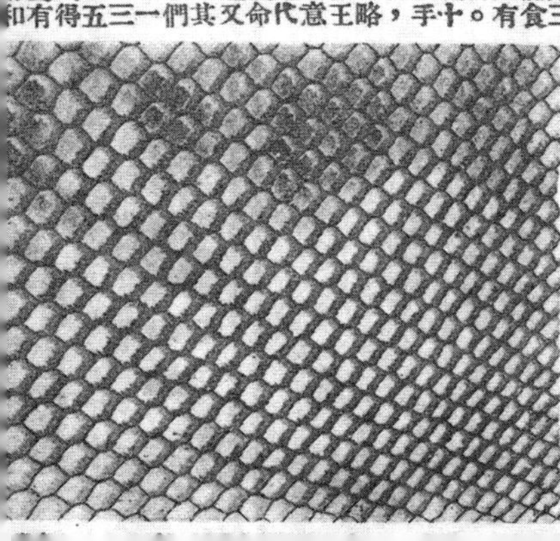

連日空中水分飽和，氣寂靜，而又嚴寒，遂成霧凝。凡物體之呈露空間者，無不若霜雪，豈僅草木皆冰而巳。遠望烟霧迷濛，近視粟花片。左影宛若蜂窩者，球塢絲網也。網上綠光閃爍，可天然圖案觀。（網裳識）

今日平安上演西席地密爾導演古裝歷史名片「傾國傾城」

洛陽紙貴

環球畫報

梅蘭芳

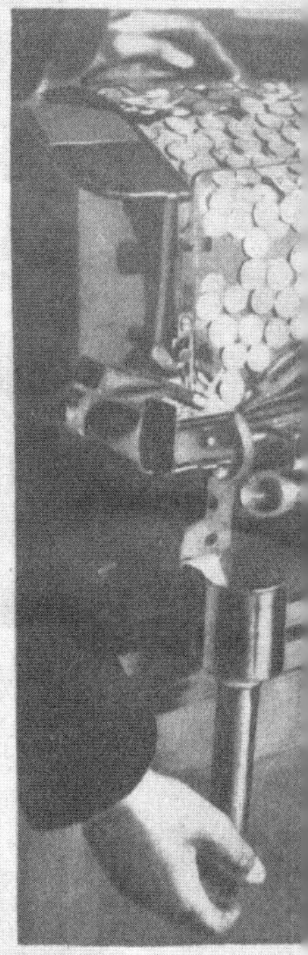

New invention for cou
any size very

環球畫報
梅蘭芳時將游美
一九·一，十·

羅諾達大學
寫國外學校

Dr. Chu T
Chinese lady
mathmatics
University

暹羅公使偕其家屬至柏林時之攝影

Prince von Kambaeny of Siam, the minister to Germany, left for Berlin with his family.

今日起程赴美攷察西洋
藝術之梅蘭芳
美人酷嗜藝術梅君此行必將受
彼邦人士之熱烈歡迎

Mei Lan-fang starts for America to-day. As we know that American people love arts so much they will give him a very warm welcome.

雲南航空司令劉沛泉將軍開吾國航空結婚之新紀元

General Liu Pei-chuan the commander of Yuen-nan air-troop celebrated his matrimony in the air at Shanghai.

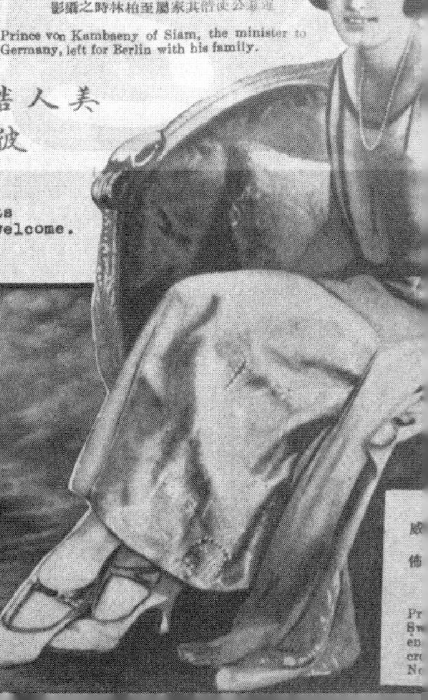

威
佛

Pr
Sw
en
cr
No

上海 空中結婚之創舉（飛昌攝）

CHINA'S FIRST AIR MARRIAGE

空中婚禮完成飛機降下之後新人出而見客時之情形

新娘王淑貞女士——滬江大學畢業生

新郎劉沛泉君——第二路航空司令

飛翔空際之小禮堂

右影新娘男女儐相及證婚人同乘飛機在空中行禮

The first air marriage in China took place recently in the Hungjao Aerodrome, Shanghai. Gen. Liu Pei-chuan, commander of the Yunnan Air Forces, is the bridegroom, and Miss Wang Soo-chun, graduate of Shanghai College, is the bride.

時事述要

自十二月一日起至一月十日止

□最近各方面之時局　臘底年頭。各方面之時局較有變化。除中俄問題。雙方協議草約。告一段落外。其他可得而述者如次。（一）唐生智下野後。其軍隊退集西平以北。停止軍事行動。聽候中央處置。所部各隊由劉興統率。蔣主席於一月七日電劉峙。嘉獎第二路軍。（二）閻錫山電京。待討唐軍事完竣後。再對西北軍進攻。但西北方面糧秣斷絕。已失作戰能力。其北路在新安以西。南路在內鄉以東之軍隊並未移動。（三）廣西方面。張發奎軍敗退賀縣後。已潰不成軍。殘部除繳械外。一部份流爲散兵。分竄於富賀平昭一帶。是以桂局不日卽可解決。

□中俄雙方商定草約　蘇俄實行武力侵吾邊彊。雙方相持。於茲數月。東北將士。併力抵禦。殊屬難能。惟俄人狡詭百出。不戰不和。希遂其侵略之野心。中央爲解除東北民衆痛苦起見。令張學良和機與俄方談判。以貫徹吾國和平之主旨。十二日吾方代表蔡運升。與俄代表在伯力會議。商定草約。其中主要各款如次。（一）正式會議。須在一個月內。按照一九二四年俄奉協定之條款召集。並於召集後六個月內蕆事。（二）中東路須恢復原狀。恢復後當視爲共同商業事務。照常開車。（三）雙方無一可取任何敵意行動。對待對方。（四）雙方俘擄須無條件釋放。（五）遼寗政府允止壓迫蘇俄僑民或機關。（六）雙方領事署與商務委員均須恢復。（七）派同委員會估計雙方於失和期內所受之損失。此事當由中俄直接談判。正式會議將移至莫斯科舉行。

□全國農政會議開幕　吾國以農立國。國內生產關

訂婚人 袁克 祝静貞
證婚人 龔心湛
介紹人 王天偉 袁懷珍
主婚人 袁克端 祝占俊
中華民國二十三年十二月　日訂

▶ 民国时期的结婚证书

袁克捷甲寅年六月十三日丑時生

河南省項城縣人

祝靜貞癸丑年七月二十六日未時生

山東省掖縣人

今由

王天偉
袁懷珍兩先生介紹訂為夫婦謹詹於中華民國

二十三年十二月二十四日下午二時在

永安飯店結婚恭請

轟動一時的蔣陶婚姻

前年九月十三日蔣在南京任教長時與陶同乘飛機時留影（李尊庸攝）↓

蔣陶在北平結婚蔣左爲證婚人胡適詳見本刊廿六期信箱（同生攝）↓

李頓與→顧代表遊泰山（王問津攝）

孫之俊送童漪珊的一

▷下禮與進禮堂之童沈婚禮一幕◁　。大華攝贈。

童漪珊好夢初圓

秋塵

畫家童漪珊與沈慧華女士之婚禮，於十二日上午在維斯理堂舉行，新娘家在上海，且服務於特區法院，事忙不能早來，直至結婚之晨，始由津浦快車趕到，可謂善守「法」定時間，而童子雞（童君綽號）早望穿秋水矣。新娘來，下車便參加籌備大典「工作」，禮單即新娘所寫，好一筆「靈飛經」。該單爲司儀海怪及糾儀左與詎君所得，視若珍寶，懷之而歸。糾儀原爲體育界名人趙泉，趙臨時有事，改請陸怪，陸以「長身玉立」高於電杆，却之，始轉託左君代任。証婚人爲張伯苓博士，其所致訓詞，頗饒風趣。以「攜手兒行冰上」喩夫婦之互助，以「如履薄冰」描畫人生之艱苦。並謂「人多自私，愛其伴侶者必能愛人，欲察人之有無公德心，當以夫婦之和美與否爲斷」。又謂「童沈兩人婚姻，可以給參禮而未婚者作一模範」。言時環顧台下，台下本多張氏桃李，聞者乃不禁閧堂。伴郎王世瑞，神采飄逸。伴娘包經第，朱衣銀嚴，極富麗。非嚴，人不知其爲運動家也。散花者，馮健凰，衣錦繡，活潑而美。牽紗者馮健麟，頗嫻禮節。馮家小兄妹，固天津市上唯一之喜禮小名人也。以童氏不滿六尺之軀，極難得比他「矮一頭」之夫人；而沈女士却正與童比肩，免於「地壓天」，可謂天生一對。新娘御藍地杏黃花禮服，罩雪紗，幽靜婉約，妙不可言。來賓百餘人，新聞界朋友爲多。典禮極隆重，不用帶殺伐之音之軍樂，而以鋼琴代之。奏琴者爲胡世榮夫人，亦即以奏琴名之沈佩芬女士也。喜筵設三多里本宅中，賓客如雲。筵畢，由友人臨時組織滑稽遊藝會，爲鬧房之別開生面者。最精彩之項目，有海怪，左與謎，包經第，左小逃之「童家樂」四賓，陸怪之歌舞，海陸兩怪之魔術，畫家孫之俊之全本帶走塲之鴻鸞喜（一人兼飾三角）及璇宮艷史，名票張爾公之黃鶴樓，王炳南之連環套，李信市之八大鍾，體育家李世琦之梆子，蹦蹦，江文闠女士之毛毛雨，五花八門，十分熱鬧，而畫家趙望雲，自始至終擔任操琴，自二黃梆子蹦蹦以至毛毛雨，皆出其手，尤爲賣力中之賣力者。賀禮中以孫之俊所繪漫畫爲最特別。新郎爲新娘之速寫，尤覺神似。攝影名家林汝編，王墨林兩君，於禮畢時各抱像盒，事先取影，大似要人到站之勢，而本報又獨先得之，則尤爲快事也。鬧房者本擬作通宵達旦之計，因新郎新娘接受吃香蕉之條件，（香蕉一枚，新夫婦各含一端，食盡爲止。）乃不能不抱頭鼠竄而去。鐘鳴十一下，新夫婦已登榻就睡，好夢初圓矣。

童漪珊爲其新夫人速寫象

「一對新伉儷」（畫家童漪珊與其新夫人沈慧華女士）。志同攝贈。

曲線新聞

（本市）畫家趙望雲，近集其作品二十餘幅，刊印單行本一冊，定名「田園集」，由北洋美術印刷所承印，異常精美，封面爲漫畫家孫之俊所繪。每冊定價大洋五角，現已出版。

（本市）童漪珊夫人於新婚後第二日晨，入浴室更衣，誤將臥室門倒鎖，將鑰匙忘置房中，鎖又係暗鎖，以致不能回房，殊爲焦灼。幸由童君向隣家借來高梯，命僕人攀援而上，剪破紗窗，鑽入高樓，始由內部開放，通行無阻。

（本市）陳文婦女士自半月前赴濟訪晤王小隱氏，息養湖山，身體日健。王氏定不日來津，將遍柬友好，與陳女士訂定白首之約。

（本市）聯華影片火山情血，自今日起在光明影院開映，此爲黎莉莉跳上銀幕之處女作。黎現得一徽號曰：「甜小姐」，與克拉寶之「熱女郎」，恰恰相對。

（本市）粵東收藏家宋竹軒君，定十九廿日，在永安飯店，展覽其收藏之古代名貴書畫多件，門票價洋五角。

（本市）廣東音樂會定廿八在春和舉行彩排，主劇爲「白金龍」，現正日夜排演中。

香港發現裸體運動

漢忠•自港寄

自德國提倡裸體運動，主張人類宜回復原始時代之習慣，赤裸裸天化日下度其生活之後，各國裸體運動，風行一時，但均未能普遍。吾國，則尚無實行者。香港的「化外」之地，非復吾「禮義之邦」之疆域。即有裸體運動，詎足爲奇耶？發起者爲俄人連伯，年近不惑，現任裸會長。據連談稱：現在會員人數已達百名、華人男女僅占十分之一，盡爲西人、倭人。會員年齡不加限制：但未有超過六十以外或未成年者（會員以二十至三十者爲最多數）。會無定址，僅設通信處。會員年費五元，其運動塲在新界沙田大圍村之香粉寮，舟車往來之費由會員担負。此會性質公開，歡迎參加，絕非秘密；惟外界人，不得閱進塲中，或偷視竊笑，否則提將官裏去，將罰款廿五元。香港記者其初既知裸運會之組織，即往訪問，因悉上年年底，即有人至其地勘視，其後即向地主駱某租得山坑不田八畝，每年租金四十五元，以十五年爲期，今年六月開始運動。該田地附近有坑，水清似鏡，四面有山包圍，在外不易望見，誠所謂別有天地者。坑中有大石，石前水深可丈餘，爲一天然之游泳池。將來會務發達，擬就其地建設會址，並闢馬路，以通汽車。惟是坑水直流而下，以達村中，居民灌溉飲食，

▷烟台北山雪景◁　。陸怪贈刊。

▷本報社長譚林北與鄭慧瑚女士（前排中坐者）於本月六日結婚在國民飯店歡宴來賓之一部◁

天津同生美術部攝。

譚鄭婚禮

記者

本報社長譚林北與鄭慧瑚女士於六日結婚，是晚七時在國民飯店歡讌親友，到來賓百數十人，濟濟一堂，允稱盛況。譚君以日常公私萘繁，不暇預為籌備，僅舉行一極簡單之儀式，在寓所祭告祖先，簽署婚書。因欲避免親朋餽贈，先期發出之請柬，亦未載明為喜筵，故來賓多到場後始悉。七時餘入座，由新郎新娘先後致詞後，繼為證婚人管洛聲先生演說，並報告譚鄭結婚經過。管君對此種儀式從簡之婚禮，備極稱贊，謂譚鄭能尊重禮教精神，磨除禮敎縟節，足資社會效法。末致頌禱之辭。後由吳秋塵王伯龍君演說，言簡意永，謔不傷雅，博得掌聲雷動。席終，於當門處設紙一張，來賓各簽名其上，惟因事先行者甚夥，多數未及簽署。簽名後復留一影，遂各盡歡而散。李直繩王誠齋方地山三先生共贈一聯致賀。聯中將新郎新娘名字嵌入互對，誠巧不可及。茲錄於後：

把臂入璵「林」，地「北」天南偕老。
雙修圓福「慧」，珊「瑚」玉樹交枝。

曲線新聞

（本市）聯青社定於今晚在西湖飯店舉行化裝跳舞會。所有游藝，備極新奇。並有西班牙回力球員八人，表演驚人技藝助興。各地閨秀，亦於是晚開時裝競美大會云。

（平）侯喜瑞加入慶勝社，雙十節在華樂與高慶奎等出演。

本屆華北運動會河北隊百公尺代表戴荃莉女士。源贈。

近年每屆國慶，有謂宜慶祝者，有謂不宜慶祝者。蓋持前說者為樂天派，無論在或種環境，大都笑臉常開，一如「紅樓夢」中之傻大姐；持後說者，謂國難未已，慶祝無心，儼然師取「子於是日哭則不歌」之意。民國肇造，發群於廿三年前之十月十日，是烏可不慶？故是日宜笑。外侮侵凌，內憂切迫，撫今追昔，是烏可不傷？故是日宜哭；總之，哭亦宜，笑亦宜，哭笑齊作，亦宜，要不可無動於衷。無動於衷者，是其人已自除國籍，無與國事，一具活動人體標本而已。本報廿四審卷首之習日，適為雙十節，因致吾說於卷頭，余顯與哭者同哭笑者同笑。

▷譚鄭婚禮來賓簽名之一部◁

十月五日平市國民軍事訓練委員會委員宣誓就職（右至左：孫世慶，李亞雄，白雄遠，周景唐，李洲）。李堯生攝。

民族的「朝」氣

湘如

我國在清室統治的時代，已經被嘲作「老大帝國」了。但是咱們能夠自認民族是衰老了嗎？不，絕對不；廿三年前十月十日，武昌起義，光復共和，這証明了我民族除舊布新的新生機，正在「萌」芽滋長。即是這廿三年來苦力掙扎，禍亂相乘，除了少數腐化的外，大體上都具有前進的意識。也正是民族的朝氣表現。你看見過蠶嗎？蠶當每次脫皮時，都要有一天不吃東西，不能爬動，看來是很痛苦的；我們民族從舊社會蛻變到新社會，相當的痛苦，也是不可免的。這幾年來，因為國土失了一大片，民族遭到空前未有的危機，大家也就把國慶的意義看小了！亡國無日，慶於何有？但這意見是錯的，但看清室遺孽的甘於為人作傀儡，就知道武昌起義更可慶了。歷年來的內戰，其實都是帝國主義者從中作祟，有心摧殘我們新長的萌芽，我們應該更好好地培養朝氣，努力更生。所以我特別拈出「朝」「萌」二字來慶祝今天的國慶。雖則帶點測字先生的油嘴，然而不可以人廢言，這

▷本屆華北運動會河北省籃球選手史瑞華女士◁
。毓源贈刊。

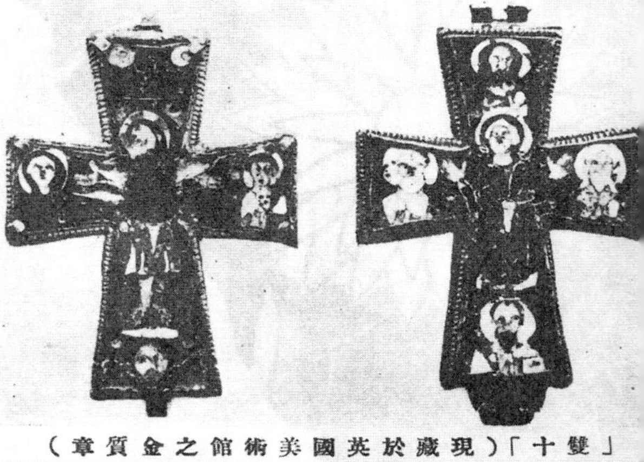

「雙十」（現藏於英國美術館之金質章）

▶ 1935 年第 10 卷第 9 期《社会新闻》中关于危文绣的漫画

▶ 民国时期一对双胞胎兄弟同时结婚

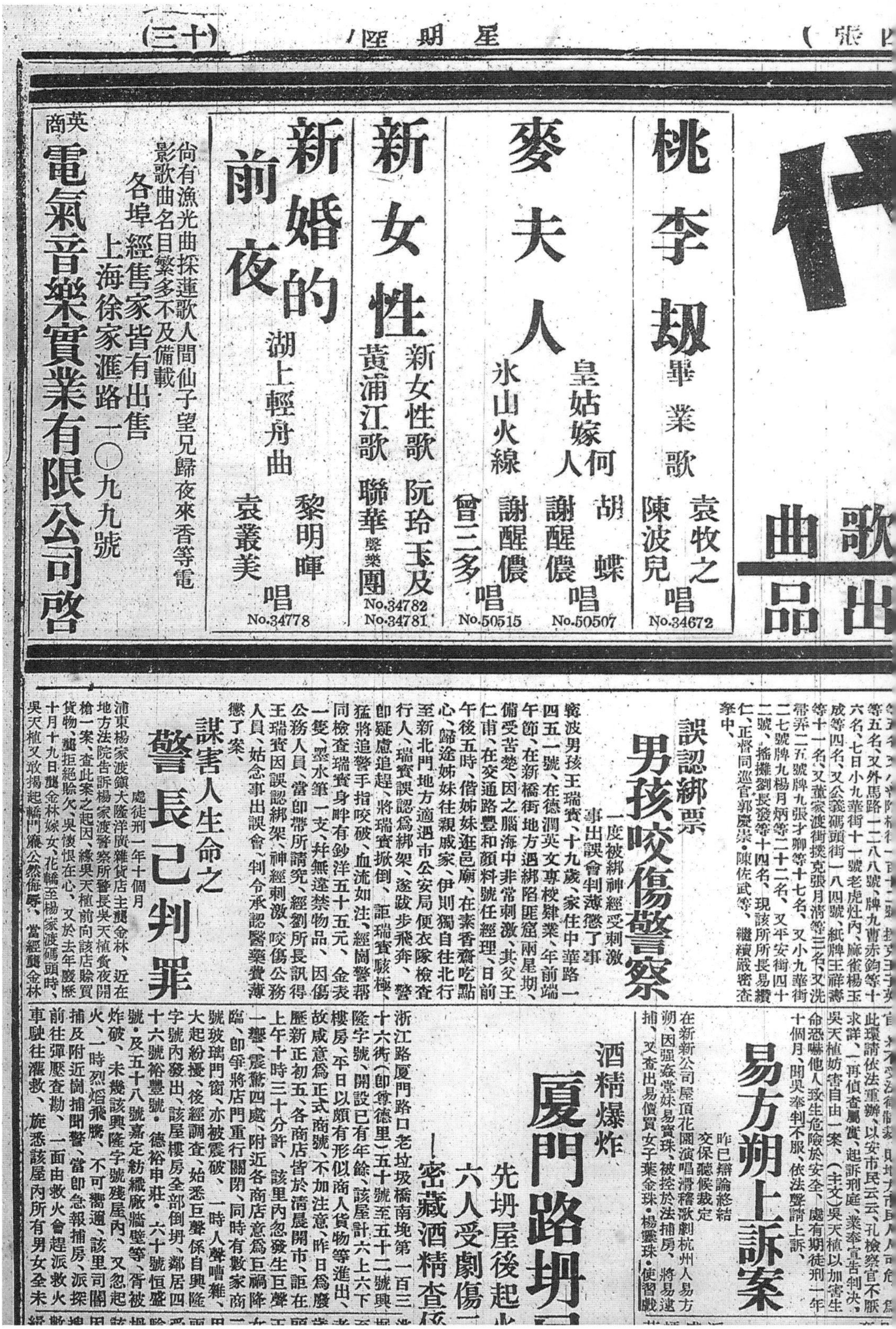

歌曲出品

桃李刧 畢業歌 袁牧之 陳波兒 唱 No.34672

麥夫人 皇姑嫁何人 胡蝶 謝醒儂 唱 No.50507

冰山火線 謝醒儂 曾三多 唱 No.50515

新女性 新女性歌 黃浦江歌 阮玲玉及聯華聲樂團 No.34782 No.34781

新婚的前夜 湖上輕舟曲 黎明暉 袁叢美 唱 No.34778

尚有漁光曲採蓮歌人間仙子望兒歸夜來香等電影歌曲名目繁多不及備載

各埠經售家皆有出售

上海徐家滙路一〇九九號

英商電氣音樂實業有限公司啓

等五名、又外馬路一二八八號、牌九曹赤鈞等十六名、七日小九華街十一號老虎灶內、麻雀楊玉成等四名、又公義碼頭街一八四號、紙牌王祥壽等十一名、又董家渡街撲克張月濤等三名、又洗帚弄二五號牌九張才卿等十七名、又小九華街二七號牌九楊月炳等二十二名、又平安街四十二號、攤攤劉長發等十四名、現該所所長易纘仁、正督同巡官郭慶棠・陳佐武等、繼續嚴密查拏中、

誤認綁票 男孩咬傷警察

一度被綁神經受刺激

事出誤會判薄懲了事

寗波男孩王瑞賓、十九歲、家住中華路一四五一號、在德潤英文專校肄業、年前端午節、在新橋街地方遇綁陷匪窟兩星期、備受苦楚、因之腦海中非常刺激、其父王仁甫、在交通路豐和顏料號任經理、日前午後五時、偕姊妹逛邑廟、在素香齋吃點心、歸途姊妹往親戚家、伊則獨自往北行至新北門地方適遇市公安局便衣隊檢查行人、瑞賓誤認爲綁架、遂跋步飛奔、警即疑慮追趕、將瑞賓掀倒、詎瑞賓駭極、猛將追警手指咬破、血流如注、經鬧警帮同檢查瑞賓身畔有鈔洋五十五元、金表一隻、墨水筆一支、并無違禁物品、因傷公務人員、當即帶所講究、經劉所長訊得王瑞賓因誤認綁架、神經刺激、咬傷公務人員、姑念事出誤會、判令承認醫藥費薄懲了案、

謀害人生命之 警長已判罪

處徒刑一年十個月

浦東楊家渡鎮大隆洋廣雜貨店主龔金林、近在地方法院告訴楊家渡警察所警長吳天植貪夜開槍一案、查此案之起因、緣吳天植前向該店賒買貨物、龔拒絕賒欠、吳懷恨在心、又於去年廢歷十月十九日龔金林嫁女、花轎至楊家渡碼頭時、吳天植又敢揭起轎門簾公然侮辱、當經龔金林

此環請依法重辦、以安市民云云、孔檢察官不服求詳、一再偵查屬實、起訴刑庭、業奉宣告判決、吳天植妨害自由一案、(主文)吳天植以加害生命恐嚇他人致生危險於安全、處有期徒刑一年十個月、聞吳奉判不服、依法聲請上訴、

易方朔上訴案

昨已辯論終結

交保聽候裁定

在新新公司屋頂花園演唱滑稽歌劇杭州人易方朔、因强姦堂妹易寶珠、被控於法捕房、將易逮捕、又查出易價買女子葉金珠・楊靈珠・使習戲

廈門路坍屋

酒精爆炸

先坍屋後起火

六人受劇傷

—密藏酒精查係

浙江路廈門路口老垃圾橋南堍第一百三十六街(即尊德里)五十號至五十二號興隆字號、開設已有年餘、該屋計六上六下樓房、平日以頗有形似商人貨物等進出、故咸意爲正式商號、不加注意、昨日爲廢歷新正初五、各商店皆於淸晨開市、詎在上午十時三十分許、該里內忽發生巨聲一響、震驚四處、附近各商店意爲巨禍降臨、即爭將店門重行關閉、同時有數家商號玻璃門窗、亦被震破、一時人聲嘈雜、大起紛擾、後經調査、始悉巨聲係自興隆字號內發出、該屋樓房全部倒坍、鄰居四十六號裕豐號・德裕申莊・六十號恒盛號・及五十八號嘉定紡織廠牆壁等、胥被炸破、未幾該興隆字號殘屋內、又忽起火、一時烈焰飛騰、不可嚮邇、該里司閽捕及附近崗捕聞警、當即急報捕房、派探前往彈壓查勘、一面由救火會趕派救火車駛往灌救、旋悉該屋內所有男女全未

▶ 1935年2月9日《申报》对熊毛结婚的报道

熊希齡今日結婚

熊氏剃鬚作新郎一時稱為佳話
黃歇浦共攜手求凰樂譜新聲奏

熊希齡・毛彥文・兩氏、定於今日下午四時、在慕爾堂舉行結婚禮、申時社記者特由各方面探得其戀愛經過如下、

戀愛經過

熊氏自其髮妻朱其慧夫人、於前四年病故後、熊氏深感內助無人、近一年來養疴青島・上海、事務多難料理、始有續絃之意、因其內姪女之介紹、遂與毛女士彥文締盟、毛女士在美國密西根大學教育學院畢業、歷任復旦・大夏・暨南・各大學教授、現兼任復旦大學訓育主任、學識經驗俱富、尤其擊愛兒童、與熊氏內姪女等同學、熊朱其慧夫人極鍾愛之、往來如一家、此次經熊氏數度之懇求、毛女士以性情職業相合、乃允許焉、記者按宋名人歐陽修之父、年齡大於其母二十九歲、今熊氏與毛女士尚較歐陽少二、三人結婚之事、醞釀頗久、且有一趣史、熊年邁、頷下鬍鬚頗長、幾及尺許、毛雅不願此于思于思之物、熊即遵囑剃去、亦佳話也、

昨日練習

昨日午後二時半、熊氏偕其毛女士、同赴慕爾堂練習結婚、因在教室中之婚禮不甚諳悉、故特赴慕爾堂事先演習、而為今日行結婚禮之準備、昨日與之同往者、有鹽務稽核所長朱庭琪・該所秘書等十五六人、女客之陪毛同往者則有三人、證婚牧師朱葆元亦往、親加訓練、為時可一小時始退、是日熊衣藍袍黑褂、外御大衣、豐姿較前為美、若五十許人、毛外御大衣、穿花絨鞋、頗為樸素、

今日結婚

今日在慕爾堂行結婚禮、時為下午三時、禮畢稍事休息、即赴新亞酒店宴客、其婚帖早於前數日發出、詞甚簡單、原文云、謹於國歷二月九日（星期六）午後三時行結婚典禮、敬請觀禮、熊希齡毛彥文謹訂、下並訂明、禮堂設西藏路慕爾堂、喜筵設北四川路新亞酒樓、（午後六時入席）等詞、又毛已向其服務之暨南・復旦・兩大學請假若干日、俾可於新婚後度其蜜月生活、

定情詞曲

世事嘵回首、覺年年飽經憂患、病容消瘦、我欲尋求新生命、惟有精神奮鬥、漸運轉春回枯柳、樓外江山如此好、有針神細把鴛鴦綉、黃歇浦、共攜手、求凰樂譜新聲奏、敢誇云老萊北郭、隱耕箕帚、教育生涯同偕老、幼及人之幼、更不止家庭濃厚五百嬰兒勤護念、衆搖籃、在在需慈母、天作合、得佳偶、

廢歷新年賭案

祇就董家渡警察所一處而論
四日之間共獲一百四十一人

廢歷新年、一般無知市民、仍狃於舊時惡習、蜂聚賭博、市公安局長文朝籍有鑒於此、特於廢歷除夕日訓令所屬各分局警察所、一體嚴禁、因之日來各地破獲賭案不少、祇就南市董家渡警察所一處而論、自本月四日起至七日止、四日之間、[illegible]破獲者共十六起、向獲者共達一百四十一

向之交涉、吳理屈詞窮、惱羞成怒、竟於同月廿八日深夜二時許、持梯置於該店牆邊、龔金林在睡中驚醒、喝問為誰、詎吳即開槍兩響、鄰右共聞、左近崗警周某當來查勘、並見其持梯而去、龔金林不欲多事、當時並未告發、不料事越多日、吳在外揚言、定將龔金林置之死地、龔因思吳天植身任警長、手槍隨身佩帶、既有殺人之蓄意、時時足以致死、龔情急據實告發、當經孔祥麟檢察官將吳天植傳案訊押、並飭傳該所巡官孫[illegible]

七日北平香山慈幼院第一次「回家節」校友聚餐會上長熊希齡與其夫人毛彥文女士。李堯生攝。

曲線新聞

（本市）相聲大家張壽臣，係天主教徒，居於西開教堂旁之慕果里。每逢星期，必赴教堂禮拜。

（本市）名坤伶胡碧蘭之父胡子榮，於本月五日因病逝世，九日移靈於極樂園公墓暫厝。日內即將在津開弔。

（本市）本市市立師範學校校友會孤松劇團團員，均係服務本市教育界，近校已放暑假，團員每日多暇，決即利用時間加緊工作。已選定劇本「毋寧死」世界名劇，由呂仰平導演，田少琳等主演，不久即可演出。該團繼續此劇後，即排演「雷雨」一云。

中國女子圖畫刺繡研究社於本月八日舉行畢業禮。天津同生攝

前排右至左：龔禮田，水鈞韶，本市財政局長陳祖同，社長龔陳樂如。後排：倪晉芬，李隆懸，潘夢湘，潘世章，陳國平，潘艷篤，倪晉鳴，傅我雛。

（本市）名票夏山樓主，月前偕其如夫人赴滬，並去杭州小住。聞係與長城影片公司有所接洽，現已返津云。

（本市）以老妖著名之某女士，近喜穿西裝，時與西國少年出沒於各游藝塲，人多呼之爲「科學怪人」。

（本市）以豔聞名之高女士，近出關省視田園，交際塲不見芳蹤。

（本市）某七爺被瘋狗咬後，每日打針消毒，日前復發，終日在家呻吟，恐將不治。

（本市）中華廣播電台因舊址不敷應用，故於日前遷至特別三區二馬路，新址甚爲寬闊。並將內部整理，又添各樣雜技甚多云。

載譽離津之中國旅行劇團團員白楊女士。楊語村攝。

上海北火車站爲便利行旅，並杜絕人力車夫爭取生意勒索車價情事起見，特在站內設立送客人力車售票房，圖爲旅客購票情形。 國際社攝。

慈幼院「回家節」回家男女校友之一部。堯生攝。

前往與賀，爰將其禮堂中花架花架，未見於日報者，寫實北晝。叔岩久未出台，外間於其一切，言人人殊。叔岩是日二時蒞止，着藍單衫，青馬褂，架茶色眼鏡，面雖清燿，而神采奕奕，喜氣洋洋，形成賀客視線集中點。不佞詢其婚後是否將公演，彼謂「此問題言之嫌早，蓋鄙人身體及其他關係，對舞台生活，尚不允許輕一嘗試」。

禮堂設同興堂中院北樓下，中室後列三桌，陳銀質禮品：盃，瓶，盾等十餘事。以潘復之銀鼎爲最巨，上銜「叔岩藝士」，頗稱別緻。前列二桌，陳婚書，中隙夾紅紙條，書「請行鞠躬禮」五大字，其腔復古標榜一時，其上懸一茉莉花牌，中婚所爲，昭示與人。士所繪之梅花中堂，賀客二百餘人，小培老板爲最活潑。

，乃偏有叩頭者，其介弟勝蓀是。勝蓀嘗以程行動言談，忙忙叨叨，新郎似頗不耐。正中門楣綴雙喜字，四角的「繼縉延宗」四字，彷彿以結兩廂上下，過廳內外，滿懸屏聯鏡幛。以汪靄白某所贈之盆蘭花，最爲新郎注意。外行多於內行，外行以譚慶林將軍，內行以譚人多誤以譚將軍爲齊如山，亦趣事也。楊小樓

六日在北平與同堂結婚之名伶余叔岩與姚淑敏女士。樂詠西攝贈。

以劉宗年隨侍，未見劉硯芳。程硯秋偕戲曲學校副校長君同來。程衣隽灰長衫，青馬褂，長身碩碩，所謂儒佮「，眞名下不虛。老廢之錢金福先生，亦爲少之人物，與同行攀談，輙自詡其耳不聾，眼不花，「老壽高已七十五奕。伴郎張伯駒到時，叔岩連呼「式拉到啦！希式拉到啦！「未悉張君何以博此佳評新娘降彩輿後，叔岩迎於過廳前，拋擲紙屑最者，南樓爲其高足王少樓，北樓爲其高足楊賓忠。攝新郎新婦合影時，由張伯駒執叔岩之右手，

於新娘左肘下，叔岩甚侶促不安，然亦樂聽擺佈。新娘則羞紅雙頰。張復頻揮牙股灑金小扇，向新娘作促狹笑，叔岩亦以不自然笑臉報之。拍攝後，新娘自除其花冠，退入西廂休息室中，叔岩遂向來賓拱手道謝。

廣西梧州市因受西江水患，全市馬路，頓成澤國，圖爲

二屆全國鐵路職員網球比賽大會於七月七日在青島體

◇張若翩 楊藹海 結婚儷影◇迪生贈刊◇

張樵野畫

張樵野侍郎，蔭桓，起家承尉，德有幹客，爲時流中不可多得之才，人但知其善詩書，善騈散文，而不知其善畫，會有人於其友處，見一便面，濕雲卬鬱，作欲雨狀，雲氣中露紙嶌角，一童子牽其線：立危石上，自題曰，天邊任爾風雲變，握定絲綸總不驚，頗肯房山烟雨氣勢，實則詩多寓意，蓋此時適翁常熟出國，侍郎亦因以揭參，賴榮相力得免，故云然也。

燈官

上元鬧燈，荊楚有記，而唐宋元宵，亦多遺製，不謂自古相沿，邊人獨異，往往塞外風俗，上元賽神，比戶結彩，洵即立角燈官，所謂燈官著，蓋即闡居倫之有名者，於神前拈之，封印後，一方之事，皆失所上，文書可達將軍，揭示可出，當途，細事鞭朴惟章，出必鳴金，市璧閉之肅然官亦避道，閉印之亦夕，乃自匿去，可謂俗異，不與中原同者。

張翰林……末記（吳迪生）

張翰林，不善做官，惟以碑拓粥書爲生，芳年九十有七，早喪偶，號曰獨園，倘有酒會，必有翰林，歎輒醉，醉而沉沉大睡，睡則不知甲子不知年矣，髮微花白，然長鬚已多胸，右耳失聽，言語，耳目口鼻皆飛動，待人接物，即具滑稽之態，年來感孤衾難溫，色（食諸音～指思勸吏念垂慕之年，需人扶持，一切起居，旁人照料，實不大方之便，近聞熊鳳風在過結禍，乃性急頭開裂，去年蠟月卅八日，從其妊公了之介，得晒楊嗣鬢女士於來今雨軒，是日，翰林凌長即起，入溧堂，齋戒沐浴，蕭香史衣，推學士之頭，劉胸前之鬚，衣履從新，裝束入時，若在電炬之下，遠遠觀之，若二十許之美年也，頭入茶社，與女士一握手，即說湖北調之官話，女士嫣然一笑，事即譜矣，此後彼倆之是否往還，記者實不得而知，微聞翰林自定情以後，終日大飲，心火如熾，漸正即得熱疾，嘔血盈斗，禑醫者言，最忌房事與飲酒，雙方家人皆主延期，翰林展轉反側，語家人日，「須嗣醫女士親臨相商，」女士本病，聞斯語，儀然起，至張宅，屏退左右，密語良久，條件維苛，百日後房事，半年千准喝酒，翰林雀躪以起，大聲疾呼曰，願承教焉，乃那天日（二十號）爲佳期，賀先生一履之）特贈一聯，故有「期止酒半年，漫以顛狂呼草聖，」「後結禱百日」諒能解渴」尉文園」句，一時後，來賓盈庭，三之二，皆有鬚者，均喜氣益然，三時行禮，介紹人爲呂仰南李公僕，證婚爲李子芝賀履之，主婚爲張乾若楊國棟，男償相爲趙國踩，惜襄禮彰某無鬚，餘則均皓首蒼蒼，禮成即播影，記者乘機趙和握手，謹請共珍重，翰林意不慨，自正十餘年來，養精蓄銳，一片精誠，恐金石爲之開也，未入席前，履之先生，所逃以上如此，執弟子禮如吳炎，實不敢唐突獨園師，興嗣醫師媽也，敬爲之記。

◇美人魚商標之浴衣◇

北平新生活二週紀念大會
參要邵凱擴方積良元鏡●許蔭
加人文情顯袁蔡鮑麟●祖擽

世界運動會場之美人魚

自我國美人魚之小影，揭載西方各報，偶，即成「美人金魚」之稱，同時德國碼川郵，金魚牌離水卸乾之結線浴衣製造廠，瓊女士赴柏林，參加第十一屆運動大會之牌之上品浴衣相贈，從此美人金魚之名，一流製造廠之出品牌號，壹聲於全世界，動史之一段舊聞，而將於第十一屆之世界大放光采者焉。（附圖爲金魚牌商標及其[illegible]

介紹濟南作家的小品「烟」（續）（翁仲）

一位朋友，知道了我還種性情，很誠懇的勸我吸烟，並且告訴我說，「許多文人都是嗜烟如命的，像大偵探禍爾摩司，每逢着疑難的時候，是狂吸其烟的，還有都達夫，手中有了些錢，便肖許多慣錢低廉的烟，作文章的時候，把牠築在一塊兒燒起來，還有，量自，英國的大文豪迭更司，法國的波特萊耳，是吸鴉片烟的：：，所以他們的文章做的那們好」！他唯悉我信意不堅，又用着冗長而沉重的聲音補充了末後一句。經過了他的還番諄勸，自己也頗疑惑起來，像我還樣缺乏天才，而又無後天聖感稍忙的人，自不出來文章，也許是不吸烟之故，於是也要開始吸烟了。雅片烟呢，持鎗對燈的姿勢，打烟泡的技巧，事先既沒有下功夫研究過，臨時向老鑿們討教，也不是一蹤而成的，並且當你吞雲吐霧，靈感剛要來到時，屋門兒一個沒關好，提將官裹去，不是玩芍！雖然知道牠的功效宏大，成續昭著，也只好割愛了，還是香烟能，費用既省，吸食也方便，我便選購了一罐漂亮而富於詩意的「紅唇牌」香烟」」烟的一端包裹着紅的綿紙，又找了一匣無壽質的黑頭火柴，用很輕逸的姿勢把烟黝着，閉上眼睛，等

天津◇唐山校友會◇新春聯歡會，一月十日

▷女生之拔河遊戲◁ 。鈞攝。

▽▽▽▽曲線新聞△△△△

（本市）常去某國理髮館之某三小姐，近與某國籍理髮師跳舞於巴黎舞場。

（本市）新得遺產之某三爺，近攜L氏雙姝遊平，艷福不淺。

（本市）近來巴黎與福樂麗舞場之舞女，大着洋裝，頗有非洋貨不能過癮之勢。

九日北平軍訓會考察全市各校女生衛生教育，參加者廿四校，共七人。上爲檢閱時情形，下爲北師女生表演戰地救護。李堯生攝。

鹿篤花女士近影。王健攝

最近製造之警備汽車。車四週均裝槍枝，如（↓所示）。聖時。

「大學畢業生，安得不失業！」 。孫之儁作。

誌　無聊

王夢白高足王君異，道位名士風味十足的畫家，最近和黃售影女士在新豐樓結婚了。趣事太多，不可不記。結婚時間定的是五點，王君異也和朋友一樣五點才到新豐樓。爲他辦事的朋友們都急壞了。有人說，他能沒有忘記來巳經是很好了。進門後有人問他預備了多少錢開銷？他搖頭說：一塊錢也沒有。他的朋友當然更抓了，幸虧是志成中學校長吳傑三，和山東中學校長郝聖符，爲他臨時設法，才算有了錢。事前王也沒定多少桌菜，臨時問，請了多少客，他自己也不知道。說十桌夠了吧？「差不多」，結果是廿桌還不夠。行婚禮時，附中教員李澄之司儀。張恨水以來賓資格致詞說，王先生向來是抱「多交朋友不結婚」主義的。現在居然結婚了，大約是英雄難過美人關。可是黃把關之緊，也可以想見了。至於這關是否可以通過，用欲知後事如何，且聽下回分解！張就這們溜下來。底下有人要求王報告戀愛經過，王不語。李澄之就要向下念「禮成」。一個附中的學生喊了：「李先生這關也要把的緊一點呀！」全堂大笑起來。

是日禮物除一般書畫照像美不勝收外，特別禮品，有女生線雲平送糖花一朶，上嵌烏龜一校。線之男友劉某，則送糖製蘑菇一對。畫家徐操，則送一隻糖兎子，盒旁立一名片。有人讀此名片，謂仔細讀之，亦有意味。是日參加者，並無家長，且無飾物婚書，直接了當，一吃而散。散後又有人殺至王家，直到王遞降表，將抱新娘子等節目執行後，方始允其睡覺云。

日本東京之遊行廣告，背廣告牌人兼奏樂器，以引起行人之注意。盧勢東自日寄。

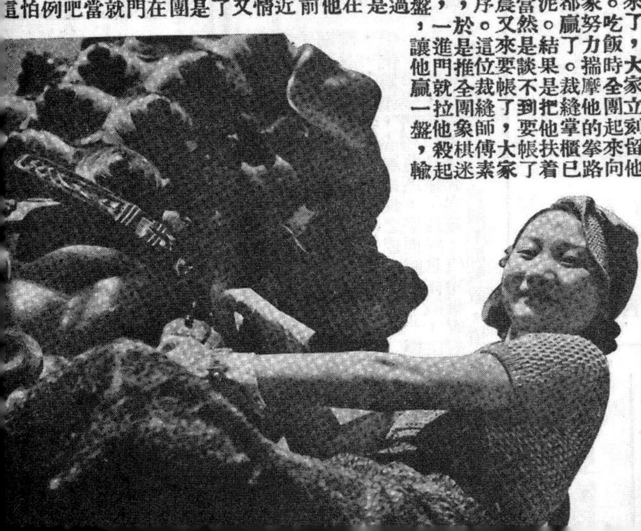

■唐若青的過節談

端午節的第二日，中山公園春明館，過陳綿唐若青唐槐秋夫趙慧深。記者即以在聞該團演茶花女業錢之消息爲問。唐若時作丁以下的答語：

「您是新聞記者，以我不顧意向您說我天怎麼過的節。那才眞好玩呢！我現在姑且爲您舉兩例吧！作衣服的裁在初四晚上來了，大家立刻留他在團裏吃飯。吃飯時全團起來向他豁拳。大家努力揣摩他的拳路，於是大家都贏了。裁縫掌櫃已喝得爛醉如泥。結果是把他扶着送了回去，當然是談不到要帳了！第二天早晨又來要帳了，大家早巳準備就序。這位裁縫師傳素日好下象棋，於是推全團象棋迷兼高手戴涯，一進門就拉他殺起來。共下三盤，讓他贏一盤，輸兩盤。天巳過午，於是又是拉着吃飯。在吃飯時，向他說明團中目前如何苦及最近可以有錢的情形，於是他又連開口都沒有開，就去了。其餘的要帳的，多半是一進來要帳，就由男女團員提上一大堆粽子，擱在他懷裏，然後把他推出門外，不再理他。這樣也就多半嘆一口氣走了。這當然不能是賺了錢的情形吧？」唐若青之所以只舉例而未全告訴我，大約是怕我爲出來，見在只爲出這

天津市第一屆集團結婚全體參加者合影（立於第五對新人新郎身後者為兼代市長商震氏左肩為前市長張廷諤氏）。同生攝贈。

▶ 天津第一届集体婚礼

▶ 天津第二届集体婚礼

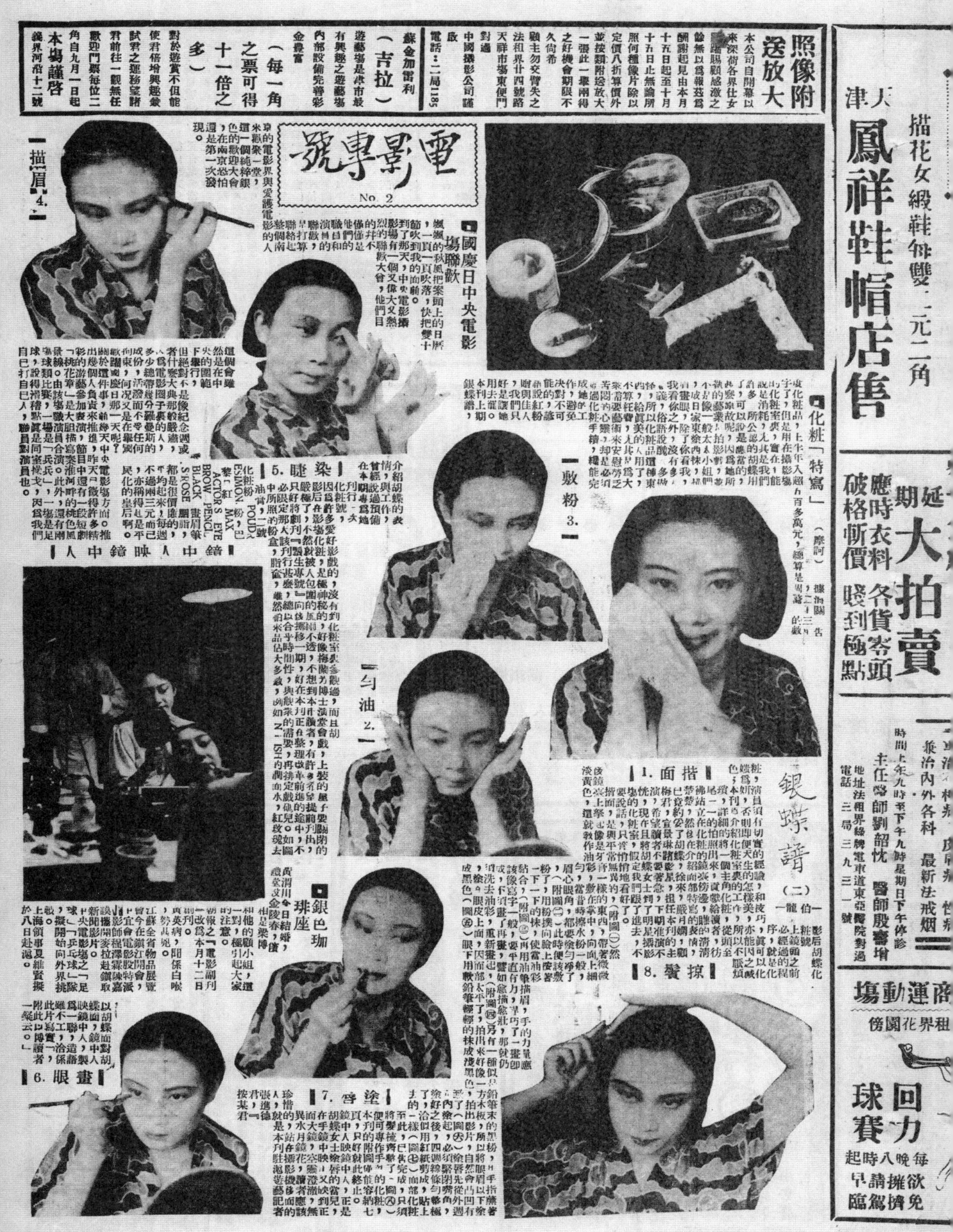

▶《天津商报画刊》中的胡蝶专版

胡蝶與潘有聲結婚前一日合影。張進

妒嫉和懼內

不鳴

如果說吃醋是女人的美德，那麼懼內應當說是男子的美德了吧。相傳女人的妬是個性使然，其實不然，據最近外國的生理學家的試驗，說女人的身體上有一根妬筋，便是使女人妬嫉的原因。這位生理學家還給許多女人把這妬筋割去，於是這些女人的丈夫，雖有外遇，他的太太仍然同她的丈夫很和美的。這一位生理學家給男人作的功德可是不小。至於女人的妬何以是美德呢？在一夫一妻的家庭裏，如果另外一有妾，家庭中便產生許多風波。因爲太太妬嫉，卽能妨止他的丈夫納妾或有外遇，但這也是太太對丈夫愛情專一的緣故，所以妬是女人的美德。許多女人的妬嫉，對她的丈夫都用嚴厲的手段，以幽默談笑出之者，實不可多觀。妬記云：「謝太傅劉夫人，不合公有別房，公既深好聲樂，後遂頗欲立妓妾。兄子外甥等，微達此旨，共問訊劉夫人，因稱，螽斯有不忌之德。夫人知爲諷己，乃問：「誰撰此詩？」答曰：「周公」。夫人曰「周公是男子，當爲爾；若使周姥撰詩，當無此也」女人在妬火高燒的時候，能以這種幽默的態度出之，眞是難得的很。懼內，我也認爲是男子的美德。因爲丈夫能聽太太的話，不在外面胡做非爲，對太太的愛情，不得不專，這樣必有一個和美的家庭。如果家家都如此，則社會上一定不會有傷風敗俗的事。怕太太我想是基於愛情的，或者因爲她貌美，因愛而生懼，不然女子何怕之有？在「御史台記」中有這樣一段：「婦當怕者三：初娶之時，端坐若菩薩；豈有人不怕菩薩耶？既長生男女，如養大虫；豈有人不怕大虫

本月廿三日胡蝶與潘有聲結婚盛況：步入禮堂，前爲儐相袁美雲，胡蝶傍↓處爲其父少貢（上），行禮後步出禮堂（下）。進德攝。

→潘胡婚後合影
←胡蝶之新娘裝
〔張德進攝〕

嘲人的詩聯

未名

文人總好賣弄他的文章罵人，可是粗俗不文的人，却專好同文人往還往還，請他作詩，請他作對聯，這樣一來，那文人便有罵人的機會了。現在我來談談以對聯嘲人的事。紀曉嵐善詼諧，適天津牛太守爲子娶婦，紀送與一聯云：「繡閣團圓同望月，香閨靜好正彈琴。」牛太守初尚不解，繼而紀來賀，問曰：「吾用尊府典故如何？」牛始恍然大悟，方知紀以牛嘲之也。又休邑南鄉三溪，俗稱村人爲牛，村中有一生入泮，一個善於幽默的人送聯云：「頭角崢嶸，異日必爲天下宰；羽毛丰滿，今秋定見月中人。」這也是嘲人作牛的，「宰」不作「宰相」解，而作宰殺解也。這都是文人的捉狹。至於以詩的，却是不勝枚舉了，嘯虹筆記中有頗新穎有趣，云：「一高僧乞大老一大老贊之曰：「一夕靈光透太虛，化去復何如；愁來不用心頭火，練得凡點無。」這詩乍看是多好，眞可以說頌善禱，把一個高僧捧到雲端裏去，這四句詩中却暗嵌着「死禿」二字，前是死字，後兩句是禿字，設自己不知，張之壁間，得意洋洋的，那可眞是笑由此可見文人之筆，眞是厲害的東西非云：「君子避三端：武士之鋒端，之筆端，辯士之舌端。」良有以也。

蝶婚

大白

好是相逢未嫁時，翻書賭茗慰相思。潘車載果傾城妬，今日良緣天作之。

曲線新聞

（本市）市立美術館定於本月三十日至下月九日止，舉行攝影展覽會九天。其中佳作甚多。

（本市）前傳青青劇社殷勤君有不久結婚訊，茲悉殷之對象，係女師學院學生李某，並非該社社員。

（滬訊）上海市況雖甚蕭條，然娛樂塲所則甚發達。據最近調查：計播音台四十二座，電影院三十六家，京戲院四家，粵戲院一家，歌劇塲二家，大書塲六家，遊藝塲六家

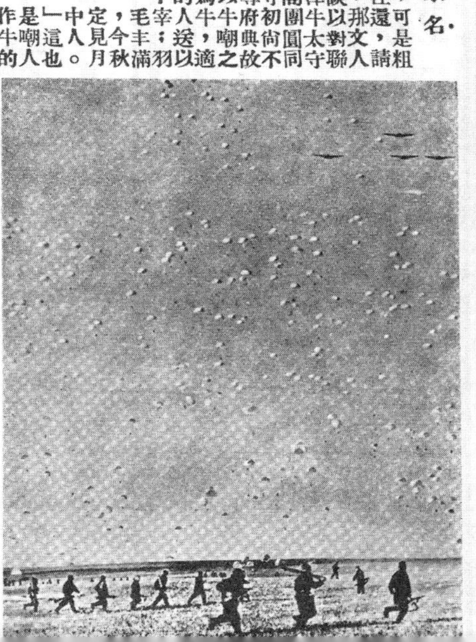

三月二十六日意郵船維多利亞號上大批送客者及乘該號出國之顧維鈞大使（右上）蔣方震將軍夫婦（右下）台維斯杯代表許承基及網球名家林寶華（左下）劉文島大使夫婦（左上）。國際社攝。

莫談國事錄（其四）

王小隱

何爲「呼保義」？

讀過水滸傳的人，大概對於一百單八將的綽號，都會有相當的認識。

綽號，大概是按着貌相（如青面獸），性情（如霹靂火），出身（如船火兒），本領（如神行太保）等等，都能一望而知，不難了解。

惟獨宋江的綽號，除了「及時雨」也一樣容易明白，而「呼保義」三字，却沒有確定的解釋。

可爲呼保義呢？水滸本傳上並沒有加以說明。只不過在第二十六回裏曾經略略提到，「保義」好像是個官職的名目。

本傳上說：「太尉背後轉出一人，乃是衙門防禦保義使，姓宣名贊。」……因此不得不得重用，只做得個兵馬保義使」。據此，則「保義使」是個武職小官。怎麼又叫作「呼保義」呢？或者因爲當時有過一個姓「呼」的「保義使」行俠仗義，濟急扶危，因此把他比爲宋江。猶之乎「小李廣」「賽溫侯」之類。只不過書闕有間，吾不得而加以肯定。

自文學革命以來，水滸一書已列入文學重要位置，此一名詞，却至今無人解釋，亦可怪也。

若能有更可靠的說明，企予望之矣。

首都北伐陣亡將士紀念塔

。國際社攝。

方地山當稱聯聖

聯公

方地山先生，夙工詩文，而晚年以善製聯語，尤負盛譽。其爲所眷名妓來福作一聯云：「人皆惠然肯，我亦自求多，」兩句末尾，隱「來」「福」各一字，最爲膾炙人口。（此種格式，仿彿亦稱「籠紗格」，若以英文例之，則僅能名之曰「Under stood」，并無特別美麗之名稱，即此一點，可見外國文人思想質直，不及中國文人之靈妙（）此外製聯，多不勝舉，而此聯實可爲其代表作。先生製聯，不假思索，脫口而出，皆成妙諦，一時遂有「聯聖」之目。先生之如夫人小鳳，亦北里中人，二十年前艷名甚噪，歸先生後，安貧茹苦，略無怨言，近日以癆瘵逝世，先生哭之慟，老懷抑塞，彌可傷矣。

體育名家孫桂雲女士

。慶鳳贈刊。

浙江各界代表致祭先烈陳英士銅像留影

。國際社攝。

花絮

……於永安飯店，一時頗爲熱鬧，有市立師範同學數十人組織一拉拉隊，祝詞皆頗新穎有趣。戲劇家萬家寶爲伴郎，時隱人後，謂人曰：「真沒辦法，要不是老陸我真不幹，這恐怕是我一生最後一次了！」聞陸與前妻結婚時，亦係萬作伴郎，地點亦在永安飯店、新娘姍姍其來遲，當下花車時，見其手臂上部，竟未敷粉，黑白顯然，恐係陸打電話催得太緊的原故。伴娘爲南開傳鏞芬女士，爲新娘之得意門生。

今晚及五日下午，回力球場將舉行時裝表演大會。參加者均爲中外名媛。中國方面有盧開媛太太，夏戴之太太等三四人。

前中法大學花王齊倫女士，於去年出洋，現在瑞士國際圖書館作職員，每日工作極爲忙碌，惟女士之體格則較前尤爲健美。現在己脫去中服，改着西裝矣。（平）

北平財商校花董世錦女士自臥病後，久未見其芳踪，近來天氣溫暖，女士病體己愈，常與王精嘉男士在街上閒溜。（平）

名伶梅蘭芳博士，對於交際舞頗有研究，海上每逢盛大宴會，博士常與名媛閨秀同舞，博士心寬體胖，面部較前尤見豐富。博士夫人福芝芳女士舞步亦甚佳妙。（申）

海上文人施蟄存近擬辦一刊物名爲『文藝生活，』聞即爲『現代』之替身。（雪）

平市第二屆越野賽跑出發前之情形（參加者共有一七七人）

。李堯生攝。

南京中央醫院高級護士學校學生種牛痘

當家人

大·白·

中國之社會，適宜於大家庭制度，抑小家庭制度，此種問題雖已引起多人之注視，然仍未能得一結論。余嘗為之取譬，謂大家庭如專制國家，主家政者為一人，如治理得當，則閤家融融，未始無幸福也；正如專制國家，有時適逢所謂「有道明君」者，黎庶亦得安居樂業。惟大家庭之艱鉅負担於當家人之一身，一家人之幸福，亦在當家人之能否善於處置。故大家庭中恒以一妥善當家人之亡，而致閱墻門起，家道式徽；所謂君子與小人之澤，均不過五世而斬者，實以此也。如僅就當家人自身言之，則其庶務叢集之繁瑣，經濟出納之思考，在任足以勞苦身心，招人怨尤，甚矣當家人之不可為也。王漁洋會於書肆中，見一老叟牽車圖，上有題詞云：「世事苦天涯，兩輪車兒百舫柳，皮開肉綻作牛馬。兒肥似瓜，女姣如花，娘子鞭還打！勸瓷家，休怪咱，都是老天差。心事亂如蘇，道瓷家却瀟酒，多標多緞多幽雅：瓶見插花，碗見泡茶，為前鷓鴣金籠挂。瘦乾巴，麻纏見四把，拖殺獺蝦蟆。你看我當家人怕不怕」。當家人之困苦，於此可見矣。

本月十三日平市學生大遊行在鼓樓後開會之情形。

曲線新聞

（本市）青年會改裝一較佳之電台，現已工竣，於十六日下午四時至七時，舉行「處女廣播」，節目有柯達公司經理為文輝君之洪羊洞，孫秉衡太太之「南陽關」等項。

名閨李栴珠女士於十三日在國民飯店與鮑成麟君結婚圖，為新娘與伴娘蔡蘭馨（右）蔡蕙馨（左）兩姊妹。天津同生攝。

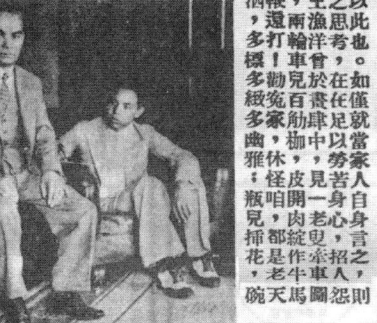

鮑李聯婚盛況

忠·信·

前黑龍江督軍鮑貴卿氏之第三公子成麟君，與津市聞人李律閣君之女公子栴珠女士，於十三日下午假國民飯店舉行結婚禮。鮑李兩家，交遊素廣，故是日雖甚炎熱，來賓亦皆踴躍參加。且新娘平日早已蜚聲交際界，此次之裝飾，籌備頗久，一花一鞋之徵，亦經搦酌。新郎之領帶，郎特製者。加以伴娘為聲開平津之蔡述堂氏之第十七，第二十兩小姐。蔡女士以健美之身材，著新穎之時裝，故津市太太小姐之慕新娘伴娘之名，而往觀禮者，大有人在。婚禮探用西式。新娘於琴聲悠揚中，步入禮堂，由前兩廣總督張鳴錡氏證婚，約三十分鐘，婚禮告成。伴郎一為新郎之令弟，一為朱文楷君。來賓多為知名之士，潘復，馬占山，張作相，胡若愚等，於火傘高張，熱度達一零二之下，揮汗而來，洵為不易。晚間復於該飯店，大張筵席，歡宴親友，新夫婦衣晚禮服到場，舉酒致謝。親友多向新郎勸酒，但以千金一刻之夜，雖强之再三，亦不肯飲。聞新夫婦擬於七月一日赴青島度蜜月云。

新結其褵之鮑成麟君與李栴珠女士。天津同生美術照像部攝。

日外務省東亞局長桑島主計十三日抵平接見新聞界。致

宋哲元在平檢閱駐軍及警察·圖為訓話時情形。致泉攝。

章太炎謝絕哀輓

如愚·

國學大師章太炎頃以疾逝蘇州，噩耗傳來，舉國悲悼。按章氏對國學之造詣至深，為國內有數之人物。近年息影蘇州，講學自遺，雖新文藝界中人不無目之為「老骨董」者，然其革命思想，終始不渝，殊非朝秦暮楚之輩。今玆溘逝，世當有不少人為文哀輓者，惟氏生平則痛詆此舉，曾謂：「靡財於一奠者，此謂賊；端思於祝號者，此謂誣」。蓋氏病為哀輓之文者，每藉死人，以炫己之才學，彰自己之忠學，文對此項文字，深惡痛絕。世

湖北鍾祥之遙堤，關係十餘縣人民生命財產，上月經江漢工程之第五十六，七兩段，在大汛未至即行潰決，人民搶堵情形。

膠濟路以四十五萬元重建之淄河鐵橋十二日舉行通車典禮，上為膠濟路委員宋若愚夫人周淑嫈女士（△）行剪綵禮，×者為該路委員長葛光廷，下為雙機車試行橋上。趙鑫分攝。

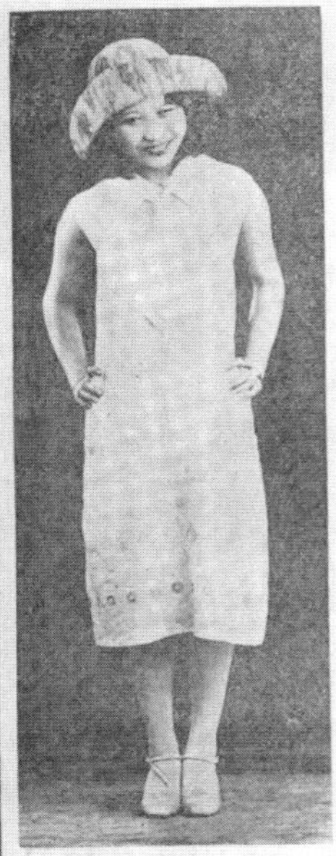

◁本市夏霞女士象▷

。楨贈。

■半玄軍師

•白藕•

凡是一個元帥，必有一個軍師，軍師，在一切人的想像中，自然都應該是戲台上諸葛亮（注意：戲台上的諸葛亮，和眞諸葛亮當然有些不同。）一流人物，這種人自然不應該是凡人，而是非仙即道，然後合格。

陳濟棠這次興動干戈，他幕中的軍師消號「半玄」，光聽這名兒，便眞有飄飄欲仙之勢！袖裏乾坤，論理應該有兩下子，誰知大謬不然，一卦算錯，元帥出走，結果，半玄軍師也就結果了自己，被陳將軍給斃了！

有人說：「半玄」這個名子，就不大吉利，玄就玄好了，「玄」而「半」，他自己就早已表明了他的玄學玄法，不過是個五折對扣，當然可以算得對，也就可以算得不對。他的算不准旂開得勝，還倒罷了，連自己的大限已到，都算不出來，這把鵝毛扇，拿的也就太差事了！

◁「飲 冰」▷ 。李堯生夏季特攝之一。

■婚之種種

•司鐸•

有種人視結婚爲藝術，追求理想的美，經過溫文爾雅的戀愛，美滿，和諧，這是詩婚。，有種人從戀愛至結婚，澈頭澈尾遵守性紀律，專靠理智調和感情，一點也不背着起承轉合的婚姻公式，這是散文婚。有種人從戀愛至結婚，經過各種波折，有愛有恨，矛盾而復統一，像三角戀愛中之兩主角結婚，是劇婚。有種人抱着逢場作戲的態度，結一次婚好像吃一次點心一樣，即所謂露水夫婦，可名之曰小品文婚。有種人，以結婚爲做官，謀利，出風頭的手段，藉此爲進身之階，這是八股文婚。大官富買，吃花酒，打野雞，居然也結起婚來，這種婚姻不成一格，可名之曰雜文婚。至如普通人之婚，則是「等因奉此」的公文婚也。

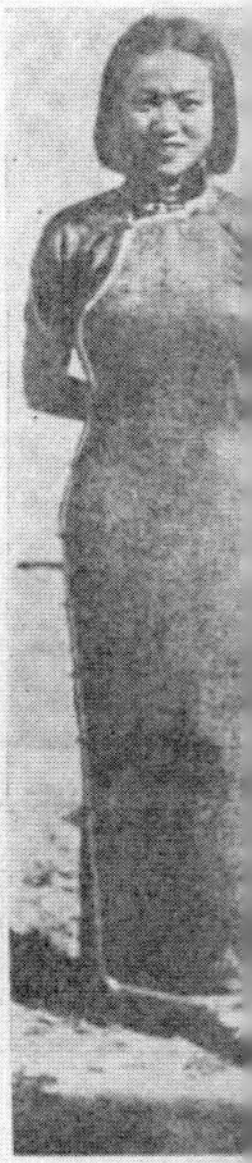

驗劇院吳瑞年 。冰贈。

最近在滬舉行二次旅歐畫展大博好評之名畫家劉海粟及其夫人成家和女士 。楨贈。

記瑣

•秋塵•

南開大學註冊科主任伉乃如，與南開校友會主席閻子亨之妹，於二十日結婚於南開女中禮堂，全班婚禮職員，均係南開名人。証婚者張伯苓校長，介紹人爲會計主任華午晴，齋務主任孟琴襄，校友會委員王明甫，李新慧，司儀爲英文敎員劉百高，名導演呂仰平，伴郎校醫景紹新伴娘女中敎員沈希詠，可謂極珠聯璧合之致。結婚儀式中，將交拜禮一節刪去。據張校長在講演中發表：「新郎不主張交拜禮，是因爲向來新郎深深鞠躬：而新娘至多不過點頭，未免吃虧之故。」吉期下午，快雨淋漓，積暑全消，新夫婦可謂福氣不小。新婦在上妝時，語人曰：「這兩天天太熱，我就盼望下雨，喜歡下雨，果然就下雨了！」喜形於色。對戲劇頗有研究之王守嫒女士，於宴聚時。語人曰：「我恨不能天大有這樣的盛會。」張校長曰：「可不能爲着你高興，先生們就人人，天天續絃！」舉座哄然。鼎章照像館所送喜禮，爲新夫婦訂婚時放大合影一幅，比肩微笑，呼之欲出，爲禮物中最精彩者。歡宴時，有人提議散席後，會集校友王守嫒，繆雪亞，陸濟恭諸人彩排「得意綫」以誌慶祝，因時間匆匆不及籌備，未能實現。只在伉宅中有一二人清唱數段代之。大家在雨聲中送房。

× 人之信神鬼信扶乩（此次廣東出師，乩由後動。」者，看看半玄先生，似乎也可以不必再一勁的破頭禮拜丁罷？

◁「雲繞古城」▷ 。李堯生夏季特攝之三。

◁「白塔遠照」▷ 。李堯生夏季特攝之四。

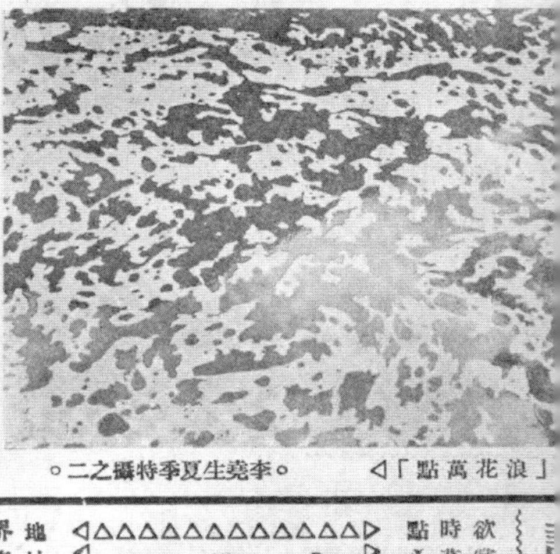

◁「浪花萬點」▷ 。李堯生夏季特攝之二。

北平朝陽大學院之學生迎新會，圖為會後全體女生留影。陳仲昭攝寄。

北平北方中學十三週年紀念會女生之沙利舞

婚後小記

雲心

書齋為一小樓，面南。當窗有紫藤一株，三五之夕，懸明月於其上。月華入窗，可於窗下讀古本書，當窗設書案、案上雜篋書籍稿紙筆墨，每翻書展卷，即不復閣・漸與稿紙相揉，積久如小邱。書架一，架小不能多容書，報紙雜誌紛置牆隅。或以余未婚，倘有胭脂虎在側，當不復如此顢頇也。余亦以為然。去秋，友人郭君客死天津，年二十有九。余為之惘然。時語友人曰：「人生朝露耳，及時而不行樂，一旦奄然、悔何如之。余今年三十有一，壯年將逝，耄耋且來，必待白髮再侶紅顏，亦何愚耶」。中秋之夜，與蘭共倚窗前，默然有所憶。蘭指牆角報紙，曰：「是紛然者，不知何年可以整齊也」。曰：「待婚後。蘭仰視明月而笑。月隱入雲後，秋風入窗。乃閉窗，振轉電燈，滿室盎然如有春意。乃知「情以物遷」之說殊謬。新婚燕爾，雖在深秋，亦不覺肅殺之象為可悲也。

或有於國慶日結婚者，聞之心動。翻壁間日曆，十月十日之下，注有四字曰：「諸事不宜」，乃決在八日舉行結婚。於時距國慶有四天，距婚期僅隔一日也。議既決。先召工粉飾屋宇，報紙文稿，移當屋外，余奩止之・但一半巳次序紛然矣。八日晨，始購粧台衣櫥等物・櫥內空空然，郎以報紙等物實之。室內乃煥然一新。是日下午新娘僅有紅袍一襲、原為參加友人婚禮而製者，履破舊，如賈波林然。新郎蓬首垢面，尚伏案頭寫雙十節文稿一篇。及晚，新娘購鞋襪化裝品歸・並略鬢其髮。新郎出剃面。六時頭即至飯莊，大嚼之後，此速成之婚禮，遂告結束。新郎念念不

十七日揭幕之南開中學嚴範孫先生銅象。敏攝。

梅蘭芳（×）由平來津在車站與送行者留影。堯生。

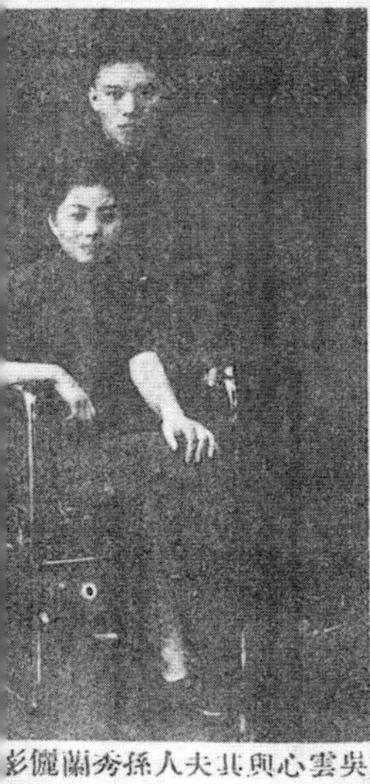

吳雲心與其夫人孫秀蘭儷影

在北平車站歡送梅蘭芳之坤伶陸素娟（左）與其妹叔岩（右）。朱致泉自平攝寄。

天津小姐 ・四・

外僑之選舉「天津小姐」，因與國人無關，故前雖曾舉行，而未為人所注意。杳近幾年來之「國產天津小姐」，一為在國民飯店夢不來分舞場，舉出之「天津小姐」張美如女士；一為現已停刊之某報，舉出之「天津小姐」陳湘君女士。至於彼等能否孚眾望，及其選舉之手續如何，皆可不問。因世界各國政治上之選舉，尚有花樣在內，何況遊戲性質之選舉「小姐」，當然不能認真也。

巴黎舞場為營業競爭計，前曾有選舉一皇后之舉，今又於十七日晚選舉「天津小姐」。以一舞場之容積、自不難於人滿……無隙地。有意不參加之女士……作壁上觀者……來賓除「還是這一幫人」外、網球名手林寶華及其夫人梁佩瑜女士，亦偕來「觀光」。轟動全國之梅博士之夫人福芝芳女士，

巴黎舞場選出之「天津小姐」同生攝

軟語

俏人△俗語說，左右
不值不穿可，：「
值錢錢「怖見穿棉
的是肉感女子
妻不△理智的。
人娶擇貌，多人的
妻不重德情娶
女人△願意嫁。
：願，未必被他的
意，娶她的他愛人男

來。女士衣絲絨袍，儀態雍容。還於海上
蓋伊以北平妞兒，常與梅博士往。曾舞數
南方之風評，當然「吃味」之至也。
傍設評判員席，評判員一為每日必到巴
福建林君，一為外籍新聞界中人，至
開始後，願意參加者，由男友伴入場
全部十餘人中，先選數人，得入初選者
蔡女士，與華洋行施女士，及西籍
人中之一，Jenny Funorov 女士當選。其
健美，乃新自上海來。其夫 L. M. Cummin
火奴魯魯，伊則來津探視其姊，數日後將
後過津返滬。順手牽羊，獲得「天津小姐」，

「聯青夜」中演奏「雷氣吉」之阜瑜新（前）

北平研究院院長李書華之女公子繼貞（○）與中法大學學生

孔德成之婚

·龔伯棠攝·

WEDDING OF MR. KUNG TEH CHENG

Confucius's descendant in 77th generation

至聖先師奉祀官孔德成於十二月十六日在曲阜與前清狀元孫家鼐之孫女孫琪芳女士結婚儀式採用新禮男女儐相為新郎新娘之兄姊。

花筵席上之新娘孫琪芳女士

Kung Teh Cheng and his bride

德成與新娘孫琪芳女士。

女儐相孫連芳(右)及孔德懋女士

Two bride's maids, sisters of the bride and the bridegroom

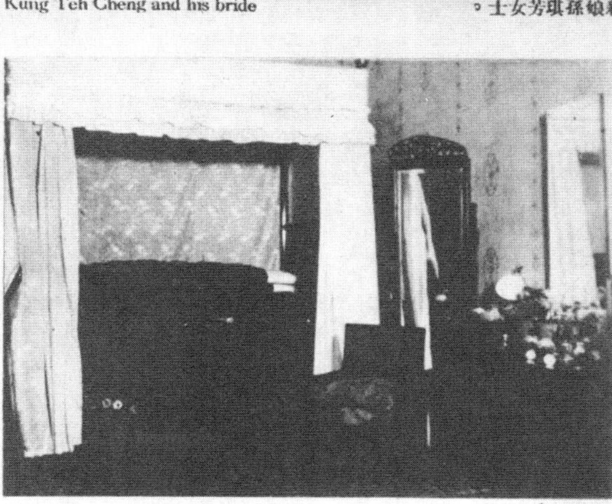

The newly-wed's bedroom

新房一角

all

孔宅之禮堂

Precious pearles and diamonds among the dowry

嫁裝中最名貴之古如意

A part of the bride's dowry

嫁裝之一部

白看畫報

嚴仁穎君與李若蘭女士婚禮

名坤伶吳素秋離平赴開封演戲在平站留影 子衡

在南京開展覽會之邊疆旅行寫生畫家沈逸千象 曉霞

李若蘭女士之新娘裝束 中國攝

記嚴李之婚

—秋畢—

嚴仁穎君，李若蘭女士之婚禮，已於二十二日下午三時在永安飯店畢行。證婚人爲不知曾代多少對美滿伉儷作証之張伯苓校長。伴郎爲嚴十二弟仁駒，伴娘爲李次妹珠蘭，郎君有弟，娘子有妹，可謂斤兩相稱。奏鋼琴者楊瑞麟太太，以提琴伴奏者則名手楊天一君。新娘禮服，由紫房子代辦，薄若蟬翼，白若積雪，其長掃地。禮畢，換朱紅長袍，前後身各繡彩鳳一雙，華貴艷麗，得未曾有，圖出新郎十一弟之手，極具匠心。新郎新娘交換飾物時，均出己手，新郎先授環，新娘出玉指受之，新娘報新郎，新郎再受之，自與假手伴郎伴娘代爲傳遞者不同。張伯苓先生致訓曰：「今日證婚與往日不同，新郎新娘，既皆爲我之學生，兩方尊人，又皆出我門下，（按嚴持約，李伯涑兩先生，皆南開老學生。）欣慰可知。新夫婦均詩禮人家，先行舊式之訂婚，繼以新式之戀愛，今日婚禮，又復半新半舊，所謂新思想，舊道德兩有之。嚴君畢業之後，曾從事報業，頗具成績，近爲張彭春君秘書，亦極稱成。張君前後共得秘書四人，若菜，若某，均已任職中樞，有賢聲，若某，則名聞遐邇，人無不知，嚴君當不讓三人，後來居上。

北平全市保安隊大檢閱圖爲總
田春芳（×）檢閱時 李堯

赴陝就教育廳長職之中委周伯敏離京時留影

參與綏遠陣亡軍民追悼會後之汪兆銘主席 國際

玫瑰露

—經第—

有些個夫婦，他們的愛情，並不由自然的愛而成的，縱然現在是彼此愛着，但在過去，都是用種種手段和方法或種種的體貼來製造而成的愛情，有時這種愛，會比自然的愛更來得堅固些！一個失了戀，或在情感上失意的人，是最容易恨一切異性朋友的，不喜歡再接受但有些人却不，他（也）會把和異性在一起當着一種娛樂，異性的單獨的愛，把精神寄托的一羣的異性朋友之中。在戀愛未成功的時候，男子比女子用心，怎樣才能博得她的滿意和歡心，在成功了以後，女子比男子操心，怎樣的體貼才使他們享受家庭的安慰。戀愛並不完全和蜜一樣甜的，愛人所給與的刺激，會比任何人所給的刺激反應來得大，會爲她（他）犧牲生命和靈魂，

首都名閨周企白女士 夏曉霞攝

▶ 备受谴责的 1947 年空中婚礼，新人与嘉宾在飞机前留影

▶ 新郎杜建时、新娘曾洛生向来宾分送蛋糕

英美會商一結果
英鎊暫停自由兌換
美財長稱英不擬向美國借款
克萊敦抵倫敦拜會英閣要員

【中央社華盛頓二十日專電】美國會已同意暫停以金鎊支付換爲美元結算之措置，以免英國之美金頭寸「支出太多」。日前因貿易而區外英鎊者，即不得向美國要求付給美金。財政部長斯奈德與代理國務卿羅維特今日宣布對於英國採取此種「緊急而暫時」之步驟。美國與聯合王國之間，已獲得諒解。英財政大臣道爾頓於倫敦亦同時宣布此舉，並未變更英國維持鎊價介分自由兌換之願望，並指出對美國之美金支付，則不受影響。斯奈德承認英國美金頭寸之厄運，係「兌換」制度造成者，並謂：雙方協議英鎊兌換問題未解決前，英國所剩八億美金之借款，暫不提取。借款討論已進入第三日，由英美專家組成之兩技術小組所討論者。一，借款協定中有關貿易方面無差別待遇之條款；二，關於英鎊兌換問題之規定。斯奈德告記者稱：各小組正在擬訂討論題目之細節，以便英國高級談判當局與全國顧問委員會對借款問題之討論。斯奈德又說明英國對借款協定，並未作必需國會批准之修正要求。渠並強調說明增加對英貸款問題，將不予置議。

【中央社倫敦二十日專電】克萊頓今日下午在記者招待會上稱：吾人之經濟情形，正日益嚴重。吾人在未脫離經濟危機前，必將遭遇更惡劣之事。渠強調國外之鉅額債付，爲最嚴重之問題。然渠未說明內閣緊急會議討論何事，及準備採取之命題與判斷進行情況如何。渠表示英國將用五項方針抵抗經濟困難：（一）增加必需品（煤與及糧食）之生產。（二）增加出口貨數量及價值，俾英國能購買必需之進口貨。（三）減少不必要或可暫時不需要之投資及消耗。（四）減少不必要或可暫時不需要之消費。（五）調整海外負擔。又英副國務卿克萊敦今日下午三時自巴黎抵此後，即赴克利浦斯官邸，舉行會談。衆信爾氏之會談，對華盛頓之金融談判，有更重要關係。克萊敦在會談前曾與麥理遜、貝文、道爾頓及貝文討論局勢。

【路透社華盛頓二十一日電】美國財長史奈德昨夜稱：英國派駐美國商談經濟問題之代表團，並未要求美國再予貸款。渠稱：「吾人正以極大之同情檢討英國之難題。」詢以英國美元用罄後將何以度日，史氏稱：英國可自「私人銀行，美國進出口銀行及國際貨幣基金銀行貸款。」

【中央社倫敦二十一日專電】英財政部昨晚頒佈一項命令，規定自昨日午夜起英國暫停英鎊之自由易取美元或加拿大元。此即凡輸入英國而賺得英鎊之國家，今後不能將該英鎊易取美元或加元，但仍得易取其他貨幣。根據美國貸款協定，自本年八月十五日起，英國應准許英鎊自由易取美元。昨晚英政府採取暫停上述辦法之前，曾與美加兩國磋商，由於財政部之新決定，尚剩之美貸款四億美元，將遭凍結，在繼續舉行貸款協定中，變換條款之前，英政府不能動用尚剩之美貸款。關於該條款之修正，須獲美國會之批准。

美正式要求聯合國
希問題移交大會
賴伊謂蘇態度影響聯合國威信

【中央社成功湖二十日專電】美出席安理會代表詹生，今日致函聯合國秘書長賴伊，正式要求將希臘問題列于未來之聯合國大會議程中。

【中央社華盛頓廿日專電】美代理國務卿羅維特今日宣稱：澳洲與英國之決議希臘事件之三議案被蘇聯否決後，美國正採取必要步驟，將希臘問題于九月間向聯合國大會提出。羅氏並稱：美國將以「希臘政治獨立與領土完整受威脅」一項，列入聯合國大會之補充議事日程。……

【路透社成功湖廿一日電】聯合國秘書長賴伊昨日宣稱：彼深恐蘇聯昨日阻止安理會對巴爾幹問題採取措置所使用之否決權，實已影響聯合國之威望。……

泛美會議順利進行
阿根廷同意美國建議
馬卿強調聯防重要性

【中央社貝德羅保利斯十九日專電】泛美安全會議已進入第五日。馬歇爾國務卿今晨並與阿根廷外長布拉瑪格里亞會晤，而會議之順利進行，又獲一新徵象。此美洲二十一國外長傳已就決議中西半球聯防公約之主要點，獲致協議。……

杜魯門要求鉅款
備國家不時之需
大局險惡隨時可有危難
手頭寬鬆始能應付裕如

【中央社華盛頓二十日專電】杜魯門總統本日宣稱，國際局勢之動盪不定，使美國必須寬列足夠之款項（估計爲四十七億元），以應付任何不測之需。……

朝鮮情勢動盪不安
據傳美方已獲得共黨暴動計劃
混合委會無法獲協議即將破裂

【中央社紐約二十日專電】「芝加哥每日新聞」記者赫爾斯，頃自漢城發電稱：此東方多事之地，已充滿恐懼情緒。……

法對越南問題
商獲決策
即訓令駐越專員舉行談判
以全越統一方式給予獨立

【舊金山二十一日廣播】合衆社巴黎訊：法內閣業已對於反抗法國之越南政府，已有全體一致同意之政策。各閣員已同意採協商態度，將由駐法專員波拉埃與越南某領袖舉行商談。

【中央社香港二十一日電】前安南國王保大之正式發言人鋼德忠宣稱：法駐越南高級專員波拉埃可望於本月末自巴黎返抵西貢時，宣佈法政府對越南問題之決策。……

安理會否決
匈加入聯合國要求

【舊金山二十一日廣播】聯合國安理會以一對一票否決匈牙利加入聯合國之要求。……

日貨艦半途被炸
原來是美機誤會
演習投彈認錯了目標

【中央社東京二十一日專電】據悉：日貨艦遭不明飛機轟炸事，經保美機轟炸此目標之誤。……

美議院中
捕一「總統」

【中央社華盛頓廿日專電】有一年逾七十之老翁，自稱「國會議員」。……

世界民主青年聯盟
共黨操縱之國際組織

津市選舉委員會
定今日在市府舉行首次會
杜市長及三黨代表均出席

【本報訊】天津市選舉事務所爲積極推動選舉事務，定於今日（二十二）上午九時，假市政府召開成立會。……

駐義美軍
暫不撤退

【中央社里高那二十日合衆電】美軍官人士今日聲稱：美軍今冬仍將留駐義大利。……

謝冰瑩參加競選
谷鍾秀不甘後人
鼓勵學人問政尚待努力

【本報北平電話】一月以來，文化城參議員選舉開得正熱鬧的時候，……

貧生需款甚急
平助學會將提前分配
街頭宣傳昨日已開始

本市校長座談
對助學會允協助

歡迎告密
督察團在本市設告密箱

院校告貸
共三十七億元
正辦理手續中

本市各校費用

鄧韶琪獨唱會
改在耀華禮堂舉行
爲本市助學會募款

工商學院
二次招考新生
學雜費已議定

北毒將南運
供衛生部應用

昨日開標
第十九批敵僞房產
總計共售出二十四所
最高標金合底價四倍

臨參會例會

袁敦禮返平
師院修建改良費
力爭結果得十億

世界新紀錄
寧津婦人一胎八男
其一已死餘均健在

孕婦投河
遇救免死

津郊鬧獸疫

今日航訊
（中國旅行社天津航政局供給）

進口船舶

出口船舶

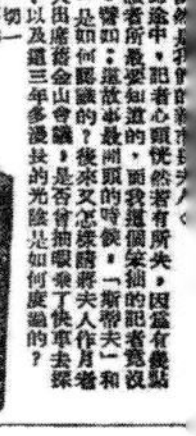

辑四

离婚

名伶章遏云的一曲繁华梦

1930年6月，刚刚当选“女伶四大皇后”的章遏云，与前安徽督军倪嗣冲的儿子倪道杰在大连结婚。然而，仅时隔一年，章遏云突然在天津聘请律师，要求与倪道杰离婚。一时间，闹得沸沸扬扬，各种花边消息甚嚣尘上，《大公报》《益世报》《北洋画报》《天津商报画刊》等各地报刊竞相报道。

自幼失怙　鬻艺养母

章遏云（1912—2003），浙江杭州人，字珠尘，号珠尘馆主。自幼失怙，赖母抚育。及长，丰容美姿，敏慧贞静，且酷嗜皮黄，玩票颇久。12岁从名票王庾生习老生，在上海首次登台演出《武家坡》。后改学青衣、花旦，偶演于北平，甚为士大夫所称颂，后迁居北京西城旧帘子胡同。因其容貌清丽，又娴于辞令，早期献艺平津间，每次出演，辄博好誉，由是名声大噪。16岁投入老伶工王瑶卿之门，对王派诸剧莫不心领神会，被誉为“女伶中的梅兰芳”。继改宗梅派，初见成效，后高薪聘请程砚秋的琴师穆铁芬操琴。

虽专攻程派，但不落窠臼。其嗓音圆润，饶富水音，宽音、低音俱佳，甚得各界追捧。自名伶雪艳琴辍演后，章遏云遂称中流柱石，声名历久不衰，成为继雪艳琴后之第一人。

章遏云虽然红极一时，但仍有人劝其改行，称演戏为下九流的贱业。每闻此言，章慨然道："余幼失怙，赖母以生，今幸长成，而母则老矣。余既寡兄弟，复辞戚谊，老母之生计，赖余赡养。余以鬻艺所得供养老母，以报养育之恩，何恧之有？"她虽艳如桃李，色艺俱佳，但性格孤傲，冷若冰霜，从不愿降低人格谄媚权贵。时有不怀好意者诽谤中伤，一些小报更是无中生有地报道她的花边新闻，她皆泰然处之，从无愠色。她曾对新闻界说："余处世以光明正大为怀，待人以诚，纵毁余者夸张其事，奈何世人明余者，终不之信也。"

1930 年 5 月 3 日，《北洋画报》"戏剧专刊"出版百期。该报发起票选女伶四大皇后，经过一个多月的激烈竞争，坤伶胡碧兰、孟丽君、雪艳琴、章遏云当选。从此，章遏云更是驰名南北。

◀ 大连演出　坠入情网 ▶

1930 年 5 月底，章遏云应大连中日文化协会之约，赴大连演剧。自 5 月 31 日到 6 月 3 日，尤以《女起解》《春香闹学》最博观众赞赏，上座颇为可观，此前唯有昆曲名家韩世昌来大连演出时才有此盛况。6 月 3 日为张学良三十寿辰，章遏云又应邀赴沈阳参加祝寿堂会。前后共 6 天，无夕不售满座，绣帘甫揭，彩声如雷，剧中唱工白口，每至佳处，掌声不绝于耳。各家报刊竞相报道，满载赞美之词。章遏云赚足了票房，出尽了风头。

后据报道称，章遏云此次东北之行之所以大获成功，皆为倪道杰出资出力捧场之功。倪道杰为前安徽督军倪嗣冲之子，既是官二代又是富二代，既有势又有钱。倪嗣冲曾投资棉纺、粮食运输、煤矿、化工、银行等 23 家实业，1924 年倪嗣冲去世后，这些实业多由倪道杰经营。当时倪道杰正在大连，遂动员旅连的前国务总理潘复和直系军阀首领孙传芳，共同为章遏云捧场。时值张学良三十寿辰，倪遂利用孙、潘极欲讨好张学良之机，偕章共赴沈阳演出堂会，少帅赏资有加。深知其中内幕的章遂对倪心怀感激。于是，孙、潘二人顺水推舟做起了月老，促成姻缘。孙传芳、潘复为证婚人，王克敏为介绍人，倪道杰与章遏云在大连举行婚礼。但并无婚书或文字契约，只与了一张便条，写明章愿嫁倪为第三妾，倪予章母一万余元做陪嫁。

但也有消息称，倪实予章母三万。8 月 2 日《北洋画报》中《百元公案》一文称，某名坤伶赴大连时，文馨曾请武馨一捧，武馨当答以愿出百元，文馨嫌少颇为惆怅。此后，武馨既见该伶，伶称："昔日在京时，威灵吞总理对余颇表示爱情，但余则不甚措意，惟威又谓，如余嫁彼，当给余两妹每人一万金，以为教养费。"武馨听后，置之一笑，因其知晓该伶并无妹妹，这三万金不啻自宣身价了。文中的某名坤伶即为章遏云，文馨即为潘馨航（即潘复），武馨即指孙馨远（即孙传芳）。

婚后，倪章二人即在大连同度蜜月，同居两月后，8 月回津。在天津，章先居于英租界中街利顺德饭店，后又在倪府旁租赁一宅，该宅原为名票陈文娣昔日燕居之所。据说，倪在府中尚有一妾，此妾甚为强势，定下两条约章：一不许章进倪府，二不许倪在章处留宿。因此，章回津后，自始至终未能踏入倪府一步，倪至章住处必为白日。于是，他们的感情日趋冷淡，二人的心也是渐行渐远。

◀ 因琐事反目　和平脱离 ▶

某日，章在家收到某上海小报，展读之中，其中一文内容涉及倪妾品行不端、有伤风化之事，读后叠置案头。嗣后，倪来了，见到此文，颇为不悦，即将此报藏诸衣袋之中。午饭后，章佯作不知，坚索阅报。倪乃疑此文之刊，章为幕后，因之大吵。

章遏云之母初与她同居一处，后因倪虐待被迫离津赴平。倪章吵架后，章数次提出要赴平候母起居，更加触怒了倪。自此，倪一面逼迫章母迁居上海，一面对章严加监视，几近剥夺自由。章犹如笼中之鸟，终日以泪洗面，消瘦不堪。

因与倪已至恩断义绝，章既无幸福更无前途，遂设计脱离樊笼，争取自由。1931 年 8 月 2 日，章与倪共同乘车外出，汽车行经法租界兆丰里李景光律师事务所门前时，章突开车门一跃而下。但章尚未冲进事务所，随行的两个保镖已经将其拦住，掏出手枪直指章的额头，幸在此时，有数名法工部局警捕从此路过，见有人持枪斗殴，遂出面干涉，将汽车连同一行人等一并带至法租界西开工部局。该工部局略讯后，即分乘两辆汽车将他们送至中街总工部局讯问。章当即提出不愿再回住处，愿与倪脱离夫妻关系。警方遂安排章暂居六国饭店。

此后，章遏云聘定律师李景光、林棨、林廷琛为其代理脱离诉讼，倪道杰则由律师金殿选代理。8 月 3 日中午，双方律师在六国饭店进行了第一次谈判。林棨称，章从汽车中跃出，其意仅在求得法律保护，解除束缚，但倪竟唆使其保镖，以手枪比拟章之额头，若非法租界救护及时，恐章之生命立丧于倪仆役铁腕之下。此种行为，在法律刑事部分，实构成故意教唆杀人未遂罪，其民事部分需另案处置。金殿选表示，双方应设法调解，总以和平解决、不经官厅手续为标准，至于脱离手续和各项条件均可协商解决。林棨则最后限定，如果 4 日上午再无结果，即向法院正式提起诉讼。4 日上午，金殿选亲赴林棨律师事务所访晤，后共同至六国饭店展开第二次谈判。章倪两位当事人亦均在场。双方均认为感情破裂，覆水难收，赞同脱离。脱离后赡养费等，双方也表示愿以坦诚态度私行了结。

8 月 5 日的《益世报》以《章遏云一曲繁华梦》为题详细报道了倪章脱离始末。文章最后总结道：一年来的同居生活，让章遏云尝尽辛酸滋味，可见金银堆里的生活更无自由可言。至于倪道杰最终付出了多少赡养费，因无文字记载也就不得而知了。

溥仪、文绣离婚真相

蛰居天津的废帝溥仪与淑妃文绣的离婚案，在1931年曾轰动海内外，京津等地报刊均做了跟踪报道。此后，也有一些书刊登载过此事，但众说纷纭，莫衷一是。笔者查阅了溥仪亲信重臣胡嗣瑗的《直庐日记》和当年报刊，这些史料翔实地记述了文绣与溥仪离婚的全过程。

◀ 小引 ▶

1924年10月20日，瑾妃病死，溥仪正准备给这位主持宫内事务的端康太妃大办丧事的时候，冯玉祥突然发动北京政变，曹锟被软禁，全城宣布戒严，并传言军队马上就进宫抓溥仪。皇宫上下乱作一团。

11月5日，内务府大臣绍英突然来报："神武门外护城河营房和景山的四队警察，全被北京警备总司令鹿钟麟缴械了，还要进宫来见皇上，请皇上出宫！"下午4时10分，在鹿钟麟的大炮威胁下，溥仪告别了这个清王朝占据260多年的宫廷。面对宫中庭院内盛开着的千姿百态的盆菊，列祖列宗留传下来的几百年的基业，溥仪、婉容和文绣都流下了悲伤的泪水。

从此，溥仪永远结束了在清宫的皇帝生活，同时也永远结束了清朝的封建残余统治。

在鹿钟麟的护送下，溥仪等共乘 5 辆汽车迁往醇王府。宫中太监、宫女除 17 人随溥仪前往外，其余一律如出笼的小鸟，恢复了自由。

1925 年 2 月 24 日，在郑孝胥和日本人的策划下，经北京东交民巷日本使馆协助，溥仪化装成商人，由北京前门车站乘火车匆匆逃往天津，落脚于日租界张园（清两湖统制张彪之宅）。

这天正是旧历二月初二，俗称“龙抬头”，溥仪选择这一天，是期盼着将来重新回到北京，恢复大清祖宗遗业。同年 3 月 5 日，婉容、文绣也抵达天津。1929 年 9 月 9 日，因交不起张园的房租，溥仪携婉容、文绣迁往离此不远的静园（今鞍山道 99 号）。

1931 年 8 月 25 日，文绣突然离开静园，与妹妹文珊来到国民饭店，并令同来的太监赵长庆回静园通知溥仪，正式向他提出离婚。由此拉开了末代皇帝离婚案的序幕。

◀ 离婚原因 ▶

1922 年 11 月 30 日，文绣被选进宫，封为淑妃。因文绣忠厚善良、性格开朗且擅长诗文，所以，与溥仪甚是谈得来，二人时常一起研讨诗文。直至被逐出清宫的前半年，溥仪和文绣的关系才逐渐变坏。婉容是一个掩袖工谗、性情泼辣的女人，她与文绣的矛盾从文绣入宫之日起便已开始了。

她们二人经常为生活琐事争吵，最终总是霸道的婉容占上风，溥仪总是倒向婉容一面而指责文绣，甚至不允许文绣在各种公开场合露面。特别是到了天津，在张园，溥仪和婉容住在二楼，文绣住在楼下会客大厅南边的一间房内。虽然同住一栋楼中，但无事谁也不与谁往来，形同陌生人一般。

婉容整天摆皇后的架子，盛气凌人，对文绣嗤之以鼻；溥仪轻信婉容，对文绣也是冷眼相待。

失宠的文绣非常痛苦和寂寞，患上神经衰弱和失眠症，经常读书至天亮。她曾写道："一个人独自躺在床上看书，燃烧的蜡烛，不觉中去了一大截，烛火摇晃不定，我用剪子剪一剪，就像我的身心那样疲惫，莫名的伤感又向我袭来。"

溥仪对待婉容是偏心的。最初，婉容的月银是5000元，文绣只有800元，后来甚至减至300元、200元。每逢婉容的生日，溥仪都给她大办"千秋"，而到了文绣的生日却全无表示。久而久之，连下面的太监奴才也不听文绣使唤，甚至当面顶撞她。

论及离婚的原因，当时北平的《晨报》曾有这样一段文字："文绣自民国十一年入宫，因双方情意不投，不为逊帝所喜。迄今9年，独处一室，未蒙一次同居，而一般阉宦婢仆见其失宠，竟从而虐待，种种苦恼，无从摆脱。"

在与其妹文珊及玉芬（冯国璋的大儿媳）共同商议后，文绣遂聘请律师张绍曾、张士骏、李洪岳，正式向溥仪提出离婚，因为她感到"不能再用封建伦理观念，来强行维系这种不幸的婚姻了"。

溥仪求和

太监赵长庆赶回静园交给溥仪三封信，一为文珊函，一为律师张士骏、张绍曾函，一为律师李洪岳函，均称淑妃文绣平日备受虐待，被逼无奈，只得诉诸法律提出离婚。

溥仪闻讯大惊失色，他深知文绣性格，果真如此，则其颜面扫地，因为历朝历代还没有过敢与皇帝离婚的妃子！溥仪遂急派内侍驱车前往国民饭店接文绣，并言称："只要她能回园，一切均可商议。"但当内侍赶到国民饭店时，文绣已不知去向。

溥仪连夜召集胡嗣瑗、郑孝胥等商议对策。议定：此事宜和平处理，万不可听其决裂，并聘请律师林棨、林廷琛，以备诉诸法庭。

8 月 28 日，双方律师一同来到法租界 5 号路 83 号庞纳律师事务所。文绣偕其妹文珊自楼上至客厅相见。

文绣历述 9 年来待遇之薄及一月前婉容在静园启衅情形，言语间几次掩面而泣。最后，文绣说："今日此举原非本意，实在是被逼无奈！落得眼下只得依靠典质衣物度日。"说着取出十数张当票。林棨、林廷琛仍力主和平解决，并传达了溥仪的旨意。

文绣提出了五个条件方同意和平解决：一、另住，须听其自择地点；二、给予赡养费 50 万元；三、以后个人行动自由，或进学堂，或游历外国，均不得干涉；四、行园内上用随侍小孩，须一律逐去，每星期驾幸其宅一二次，不得携带男仆；五、不得损其个人名誉。

并称如以上各条件不能照允，立即起诉，三日内务即答复。

胡嗣瑗、张孝胥回来后急忙禀明溥仪。溥仪听后反复在房中踱步："似此足知淑妃平日性情乖谬，岂能专咎他人不容！至万不得已时，只可听其成讼。"

◀ 家族反对 ▶

30 日，《商报》突然登载文绣的嫡堂哥哥傅文绮致文绣的一封信，坚决不允许文绣与溥仪离婚。信中称，文绣给溥仪做妃子，是其家族的荣耀，与溥仪离婚实乃大逆不道。纵使溥仪及婉容有所虐待，当妃子的也只有忍耐牺牲。"君叫臣死，臣不能不死，君臣大义，尊卑之分，是要一辈子认命并忠实恪守的！"此后不久，傅文绮又写了第二封信，连同文珊一起毁谤谩骂，说文珊是幕后煽动文绣和溥仪离婚的罪魁祸首。

这两封信先后刊出，在京津乃至全国掀起轩然大波，使末代皇帝离婚案彻底公开，一时间引起社会舆论的密切关注。一些人对文绣这样一个弱女子追求自由、向封建礼教宣战，表示赞赏和支持；一些封建遗老则认为文绣是大逆不道。

9月2日，文绣给傅文绮写了一封回信，并转载于当日的《新天津报》。其文如下：

文绮族兄大鉴：妹与兄不同父只同祖，素无来往。妹入宫九载，未曾与兄见过一次。今兄竟肯以族兄关系，不顾中华民国刑法第二九九条及第三二五条之规定，而在各报纸上公然教妹耐死，又公然诽谤三妹。如此忠勇，殊堪钦佩。

惟妹所受祖宗遗训，以守法为立身之本。如为清朝民，即守清朝法；如为民国民，即守民国法。查民国宪法第六条，民国国民无男女、种族、宗教、阶级之区别，在法律上一律平等。

妹因九年独居，未受过平等待遇，故于本年八月二十五日，在天津国民饭店跟同三位律师及该饭店执事人，经宫内赵香玉、齐先生往返，与逊帝商妥，准妹随三妹居住。双方委托律师商榷别居办法，此不过要求逊帝根据民国法律，施以人道之待遇，不使父母遗体受法外凌辱致死而已。

不料，我族兄竟一再诬妹逃亡也，离异也，诈财也，违背祖宗遗训也，被一般小人所骗也，为他人作拍卖品也……种种自残之语不一而足。岂知妹不堪在和解未破裂以前不能说出之苦，委托律师要求受人道待遇，终必受法律之保护。

若吾兄教人耐死，系犯公诉罪，检察官见报，恐有检举之危险。至诲辱三妹，亦难免伊不向法院起诉。

噫！因此一度愚诚，竟先代妹作拍卖品，使妹殊觉不安。

故除向三妹解劝外，理合函请我兄嗣后多读法律书，向谨言慎行上做功夫，以免触犯民国之法律。

讨价还价

9 月 4 日，胡嗣瑗也提出三个条件：一、不得另嫁；二、须回外家，不得在外随便居住；三、此后不得有损及主人名誉行动。

若均能照办，再请酌给费用；否则，不得脱离。溥仪听后称："只可如此。可至多一次给 3 万元，再多朕实无此项财力矣！"

9 月 5 日，双方律师同抵庞纳律师事务所，太妃派载涛、广寿、爵善等也一同到达。林棨先将溥仪旨意讲了一遍，再有载涛等历陈溥仪财力，50 万巨款无力筹措。文绣当即表示胡嗣瑗所提三项条件，均可照办，并提出两项让步条件：一、所有衣物开单在此，应照单给付；二、须给赡养费 15 万元。

9 月 14 日溥仪召见胡嗣瑗等，言说："前拟 3 万，或再加一二万亦可，至多至 5 万之数。此事能了，宜早了，不可使其涉讼。"

9 月 21 日，律师张士骏持文绣手开向存珠宝、书画、古董单来见林，要求照单给付。溥仪闻知后说："珠串等件，均已变价，无可捡拾。可饬律师再与开导，不得已再加增现款 5000 元，能以了事为主。"

10 月 2 日，双方达成定数 5.5 万元，唯文绣方提出须现金一次交付，并于最短时间内办理手续。

和平解决

10 月 22 日午后 1 时，文绣偕其妹文珊，律师张士骏、张绍曾、李洪岳，胡嗣瑗与林棨、林廷琛共同来到庞纳律师事务所。双方首先验明彼此所写条件与底稿相符，物件单与原单无异。

随后由文绣逐一签字，共缮四份，由离异双方及双方律师各存一份。各附物件清单双方亦逐一签字。

胡嗣瑗遂将两张支票交出，一张 2.5 万元，定于 10 月 26 日取；一张 3 万元，定于 10 月 29 日取。文绣即将收据交给胡嗣瑗。双方无语，遂相互告别。

胡嗣瑗回到静园，将条件、收据及两本物件清单面交溥仪。溥仪接过后长出了一口气，并饬令内侍明早先将物件点运吉野街空屋内，再令文绣来人搬取。最后对胡嗣瑗说："即拟旨，废淑妃为庶人。"

第二天，京津沪三地报刊，均在报头旁广告栏，登出一道逊位宣统皇帝的"上谕"：

> 淑妃擅离行园，显违祖训，撤去原封位号，废为庶人，钦此。宣统二十三年九月十三日。

离婚以后

文绣和溥仪离婚后，将手中 5.5 万元赡养费，分给玉芬、文珊、张家（袁世凯之姨太太家，离婚期间文绣一直住在此处）各 5000 元；三位律师每人 2000 元；中间人齐子度、赵香玉、李寿如各 1000 元；外加租用国民饭店及赏给底下人的钱，计 3000 余元。最终文绣手中只剩下 2.6 万元左右。

离婚后，文绣即迁入北京辛奇胡同，初为小学教师，一年后辞职。后迁居刘海胡同。1945 年日本投降后，文绣与一名叫刘振东的少校军官结婚，并迁居西城白来斜街。

民国时期离婚潮

1919 年“五四运动”后，传统的婚姻观念发生动摇，以知识分子为代表的青年人主张“打破一切旧道德、恶习惯，打破一切非人道的不自然的机械婚姻制度，建立起平等、自由，以恋爱为基础的男女结合，使男女当事人成为婚姻的主体”。长期处于婚姻被动地位的妇女开始觉醒，她们不再默默忍受男性的虐待和顺从父母之命，奋起抗争。1931 年 10 月淑妃文绣与末代皇帝的成功离婚，更让婚姻不幸的妇女们看到了希望、增强了信心，勇敢地走出家庭，走上法庭，以致在 20 世纪 30 年代形成了一股离婚潮。

1933 年 2 月的《益世报》曾连续报道：“近日（天津）离婚案件增多，率系因女性不堪男性之虐待压迫为理由，足征现在女性之挣扎奋斗也。”“近来（天津）法院受理婚姻涉讼案颇多，仅 25 日一天竟有六起，其中解除婚约者两起，离婚者四起。离婚理由两起为逼妻为娼，一为受夫虐待，一为丈夫废疾。两起解除婚约者均系因不同意自幼父母代订婚约。”从当年的几则案例中不难看出，这股离婚潮在天津甚是汹涌，且提出离婚的多为女性。

惠丰楼 5 号女招待贾玉兰自称，年 18 岁，天津人，住河东沈庄子四顺里，家中有父母，婚约是父母做主订的，从小也不知道何时订的，近来听说四五月份夫家就要迎娶才知道。她不愿意嫁给他，决不承认婚约。贾玉兰的父亲贾承庆供称，年56岁，瓦匠职业，女儿玉兰的婚约是他做主订的，订婚时她才5岁，当时收了男方订礼15块大洋、一副小镯子。这事一直没告诉女儿。男方杨六称，年26岁，天津人，家有父母，于1919年与贾家订婚，有龙凤喜帖为凭。审判推事对杨六说："民法规定，在15岁以下，父母代定的婚约，如本人否认，不能生效，你是否同意解除婚约？"杨六答，不认解除婚约，一定要人。

李氏在法庭上自称，年26岁，宝坻人，时住新大路均安里，1922年在老家嫁与常顺为妻。常顺年34岁，素以贩卖布匹为业，后因农村经济破产，生意亏累。不得已，一家人于1930年来津谋生，常顺以拉车为生，李氏做雇工，生活尚且维持。但前不久，李氏失业居家，所有负担均落在常顺一人身上。因家中尚有公婆和6岁幼子，生活顿感拮据。脾气暴躁的常顺素好赌博，博输后回家便打骂李氏发泄。一个月前，李氏不堪忍受曾鸣警成讼，天津地方法院判处常顺20天拘役。如今，常顺即将刑满释放，李氏深恐常顺出来后报复自己，虐待愈甚，因此请求离婚。

少妇沈刘氏在诉状中称，年21岁，天津人，住河东修业里。12岁时，由父母与丈夫沈宝昌约定婚姻，18岁过门后，才发现丈夫患有疯病，并且呆傻，始终没有同过房。9个月后，她便回到娘家居住。因刘氏娘家为旧式家庭，观念守旧，害怕张扬出去难看，一直延宕至今。沈宝昌他不懂人事人道，沈刘氏不愿再忍受，请求离婚。

张王氏自称，年23岁，住日租界芦庄子，20岁时嫁给张长庆为妻。但丈夫游手好闲，生活无着，竟将她押于天安里王老姑开的暗窑子里为娼。一年后，因怀孕不能接客，她才不混了。他一个月三块钱工钱，张王氏没有饭吃，请求离婚。张长庆称，年36岁，在河东李家台开东庆合切面铺，并无叫她混世之事（为娼），决不能离婚。推事调解说："夫妻稍为有义气，亦不致离婚。现张王氏既欲离婚，定是已无感情，张长庆你如何？"张长庆答，决不离婚。推事遂宣告本案调解不成立。

丰润县大芦庄村民王鸿志，妻杨氏，有一女，乳名巧头。王鸿志主婚，将巧头许配与同乡王秀中之孙王绍余为妻，定期迎娶巧头。因王绍余无能，婆婆行为不正，王巧头拒绝迎娶，决意解除婚约。王秀中遂将王鸿志告诉至丰润县府，该县判决准予迎娶。王巧头不服判决，来津上诉至河北高等法院。该院民一庭受理此案。开庭审理时，王巧头称："在我小时，我父王鸿志订的婚，我并不知道，今年要迎娶我才知道的。因为王绍余不务正业，他母亲也不正道，所以我不嫁他，决意解除婚约。"王绍余称，不能随她一说就能离婚，他绝不承认离婚，仍请法官判令同居。推事宣告调解不成立，择期判决。

侯杨氏自称，年 22 岁，天津人，住聚文栈，嫁夫侯金钟。侯金钟年 39 岁，山东人，住三义庄。1932 年，侯金钟将她以 100 块大洋押入南市广兴里永顺堂为妓，花名爱茹。侯杨氏在青楼受尽凌辱，不堪忍受，意欲脱离苦海，而侯金钟串通永顺堂窑主薛利洪，千方百计予以阻止，不准自由，还将她的棉被衣服等物扣留。一气之下，侯杨氏将侯金钟告上法庭，请求离婚，返还衣物。侯金钟当庭表示接受离婚，从即日起断绝夫妻关系。薛利洪答应返还侯杨氏衣被，当庭三方在和解笔录上签字，推事宣告调解成立。

北平妇人李王氏自称："年 28 岁，李仲玉是我男的，嫁他六七年了，他不养活我，并且有白面嗜好，逼我为娼，把我押在南市窑子里，被我父亲发现后，在法庭上告了他，我也不混的。我实在不能再跟他了，请求离婚。"推事对李仲玉说："你逼她为娼，触犯刑法，她要求离婚理由充足，你怎样？"张长庆说："她既不愿跟我，我也没有法子，只得认了。"推事说："那很好，你们的孩子归谁呢？"李王氏说不要。李仲玉说："她不要我要。"推事遂宣布本案离婚调解成立。

虽然这些离婚案件大多没有在《益世报》上找到最终的判决结果，但从中我们不难窥见天津妇女追求自由平等人格和维权意识的增强，她们发出同一个声音："我要离婚！"也能看出当时法院对这类案件的调解原则是劝离不劝和。

邰爽秋与黄季马离婚风波

邰爽秋是民国时期著名的平民教育学家，与晏阳初、陶行知、梁漱溟并称“四大怪杰”。说他人怪，不仅在于他抛弃舒适的城市生活，深入农村办学，推行平民教育；而且还在于他脱去西装，穿上土布衣裳，倡导“土布运动”；更在于他因妻子黄季马不赞同他的“土布运动”，而两次提出离婚，最终导致婚姻破裂。

平民教育家邰爽秋

邰爽秋（1897—1976），字石农，江苏东台人，出身于贫寒的书香门第。1923年留美，先后入芝加哥大学、哥伦比亚大学学习。1927年回国后，历任南京第四中山大学、广州中山大学、河南大学教授，暨南大学教育系主任，大夏大学教育学院院长等职。

1930年，他赴河南等地的农村进行考察，目睹了当地经济的衰败、农民生活的疾苦，遂提出以救国救民为宗旨的“民生本位教育”主张，以使劳苦大众过上幸福安康的生活，进而实现民强国富。他身体力行，先后在上海、重庆等地农村开展民生本位教育实验达十余年。

1931年，为“改良教师生活之待遇，保障教师地位之稳固，提高教师之专业修养，使之逐步形成尊重教师的社会风气，振兴中国的教育事业”，邰爽秋联络沪宁等地教育工作者200余人，上书国民政府，倡议将每年的6月6日定为教师节。因而，邰爽秋被认为是中国倡导设立教师节的第一人。

1933年，邰爽秋在上海郊区真如镇的金家巷成立“中国民生建设实验学院”，发起“土布运动”，又称“念二运动”。“提倡土货，实行社会节约，努力社会生产，发展国民经济，改进民众生活，协谋中华民族之复兴”。他带头穿土布衣褂，农民们亲切地称之为“布衣博士”。

◀ 家政教育家黄季马 ▶

黄季马是邰爽秋的原配妻子，关于她的研究史料甚少。著名小品文作家江寄萍曾于1936年2月采访过她，并在2月8日的《申报》上刊发了《邰爽秋夫人黄季马女士谈家政教育》一文。通过此文可以看出，黄季马不仅是一位贤妻良母，而且也是一名家政教育家。

黄季马与邰爽秋曾是国立东南大学的同学，邰比黄高几年级。当年，黄学外国文学，邰读教育学，在读期间开始恋爱。邰赴美国留学后，黄深感外国文学不切实用，便转到北平协和医大学习医学，她认为“进可以做医生，退可以指导一般家庭的健康问题”。但因她体质过弱，吃不得苦功，时间不长便又回东南大学，直到毕业。此后，黄辗转来到上海，再次萌生了学医的念头。适逢女子医科大学在上海创立，她便入学苦读两年，完成规定的学分，自认为已经找到了医学的门径。但就在这年，邰爽秋学成归国，邰并不赞成黄学医，更希望他二人共同为教育服务事业一起奋斗。黄初时认为“学了专门技术，同样可以贡献于教育”，更因为医学是“性之所好，不愿违反了自己的志愿”。但最终还是听从了邰的意见，转回到教育事业。

二人结婚后，更是夫唱妇随、琴瑟和鸣地按照预定计划进行，全身心地致力于教育事业。1933年，他们共赴河南大学任教，同时该省省立女师聘请黄兼任家事学教师。黄认为西北女子朴质耐劳，原有的家事科只授烹饪、缝纫等普通常识，远远不能满足她们的实际需要。她便自编讲义，扩大教育内容。除家庭的衣食住外，更侧重于家庭健康，如身体保护、健康检查、传染病预防、普通病症的急救看护、家庭医药的设备；妇人生产，如产前产后的卫生、婴儿的保养、婴儿生活习惯的养成、疾病的处理；家庭教育，如儿童心理与行为、智德体各方面的指导；家庭经济，如预算与决算、储蓄与保险、家用簿记等。这些极其实用的家庭知识，让学生们耳目一新，获益匪浅。1935年重返上海后，二人同在大夏大学任教，邰任教育学院院长，黄任家事科讲师。同年，黄在自己讲义的基础上重行加工整理，出版了《实用家事学》《家事》两本书，深得各界妇女欢迎。此后，邰创办"教育编译馆"、发起"念二运动"、发明"爽秋普及教育车"，也都得到了黄的助力。

邰爽秋工作繁忙，一天到晚都要在外奔波，家常事务统由黄季马主持。他们二人没有烟酒、赌博等不良嗜好，业务时间多寄情于书报、著述与体育之中。他们的生活极为简朴，日常开销比普通中等家庭还要节俭，别人家的婴儿吃的是牛奶、鸡蛋，而他们的女儿出生后就一直吃豆乳和米汤。邰的衣着更是等同于乡间老农，一年四季均为土布衣裤，他的每件衣服所费绝不超过三四元。他们的客厅里悬挂着韩国钧氏书赠的联语"胸中万卷可支饿，世上点尘不到门"，恰如其分地描述了他们夫妇的现实生活和思想境界。

但黄季马也是一个有思想、很独立的知识女性，她认为一名现代妇女，只是在家做主妇太过狭隘了，不能充分发挥自己的能力，应当走出家门走向社会，做些有利于大众的社会事业；反之，只为社会服务而鄙弃家政，也不会得到家庭的幸福。不应当把家庭服务和社会服务对立起来，而应该有机地结合起来：家庭服务是直接为自己的家庭服务，而社会服务可以说是间接地为别人的家庭服务。所以，她主张一名妇女在家庭服务的基础上，同时也要做社会服务的事业。她还想组织一种俱乐部，每周集会一次，有正当的娱乐，有公开的演讲。在这里，大家可以交换知识，研究与本身利害相关的问题。无论哪一种知识，只是一人明了，其利有限；大众知道，才会收效更大。要使每个家庭都获得幸福，就不能缺少这种共同的集会。

◀ 离而复合 ▶

也许正是因为黄季马的人格独立，凡事都有自己的见解和看法，才对邰爽秋的“土布运动”产生了质疑。因此，在黄季马接受采访一个月后就发生了婚姻的危机。

1936年3月31日《北洋画报》的《时事杂咏》一文，披露了邰爽秋与黄季马的第一次婚姻风波。自从担任上海大夏大学教育学院院长后，邰爽秋更加执着地推行“土布运动”，不论出席什么场合，他一律身着土布袄裤。为此，夫人黄季马认为丈夫有些矫枉过正，“既为爱国，又何必专用土货，并国货亦不可用？”因此，二人产生意见分歧，双方毫不相让。邰爽秋一气之下提出离婚，双方签订了离婚协议书。

但他二人的感情固尚浓厚，离婚协议签订后仍然依恋不舍，一致认为，不做夫妻还是朋友。故而，不久便相偕到苏州共度“友月”。他们对“友月”的解释是：“非夫妇之同居，乃友谊之同居也。”在苏州畅游三日后，此事被邰爽秋的母亲得悉，她老人家认为，这两人纯粹把婚姻大事当成了儿戏！于是亲自赶往苏州将二人迎归。回到上海后，邰、黄曾做半日长谈。语时，各自坦诚相见。黄责怪邰“即便推行土货，亦何必非穿粗劣不堪寓目之老蓝布衣不可”。邰为了表达后悔之意，当即取出在沪西某纺织合作团新制的一块花呢，黄见后大喜，连连说：“你何不早说？”此后，黄即以此花呢一丈制成旗袍一袭，双方遂取消离婚协议，和好如初。为此，该文作者“左右”特赋打油诗一首：“不见当年冯玉祥，布衫布裤又何妨？离而复合非无谓，赢得花呢一丈长。”

分道扬镳

然而，郃爽秋骨子里实为大男子主义，更是一个固执己见之人。复合后不久，郃再次举起了“土布运动”大旗，黄一如既往地强势反对，于是导致了他们第二次的离婚风波。1937 年 2 月 23 日《北洋画报》的《郃爽秋与黄季马离婚的理由》一文，记叙了他们感情破裂和郃爽秋再次订婚的过程。

郃、黄复合后不到一年的工夫，竟又掀起了二度离婚风波。主动提出离婚的当然仍是郃氏，他的离婚动机仍为黄氏破坏了他的“土布运动”。这次二人采取了快刀斩乱麻的行动，处理得干脆利落，直接办理了离婚手续。

值得一提的是，郃氏在离婚后马上就与一位叫胡佩珍（一说胡佩贞）的女学生订婚了。郃氏曾对胡氏提出“约法三章”：一、完全听他的话；二、不反对“土布运动”；三、不干涉他的行动。这位胡女士是在无条件同意后才被认可的。据说，胡佩珍是郃爽秋最忠实的粉丝，对他崇拜得五体投地。

后来，作为郃爽秋的妻子，胡佩珍在回忆郃时曾写道：“当时他提倡民生教育、创办教育车，每天将教育车推到沪西去教育一些贫苦失学的成人和儿童。每月还能将他所得的薪水抽出三分之一来救济沪西的贫苦的人。他有苦干正勤正济的精神。当时他是我最崇拜的一个。当我看见那贫民区的做小工的和拉车子的，和他们攀谈很久，看到他们那种刻苦耐劳的精神，诚恳坦白的态度，把我从小存在的脏东西也冲洗了一点。”

然而，该文作者“大白”对郃爽秋提出的离婚理由却产生了质疑：郃氏因为妻子不能奉行“土布运动”，就如此决绝地和她离婚，郃氏却忘了即使黄氏离开了他，黄氏在社会上仍是“土布运动”的叛徒。把不能奉行“土布运动”作为离婚的理由，那又用什么方法去对待不是妻子而不奉行“土布运动”的人呢？从与胡女士“约法三章”上来看，仅“完全听他的话”这一条，就足以证明郃氏所需要的是柔顺得像绵羊一般的妻子，她不但要无条件地支持“土布运动”，而且还要服从他的一切，否则仍会离婚。

袁世凯之女与曹锟之子离婚案

民国时期的两位大总统袁世凯与曹锟曾经结成儿女亲家，按照当年的择偶标准，称得上是门当户对了。但曹锟之子曹士岳与袁世凯之女袁祜贞结婚仅 5 个月，就因细故而发生家暴，以致闹上法庭，最终以协议离婚收场。由于当事人双方均为名人之后，此案一时成为津城街谈巷议的热门话题，《大公报》《益世报》《北洋画报》《天津商报画刊》也对此案做了连续报道。

前北京政府总统曹锟，曾先后娶有刘氏和陈氏（陈寒蕊），刘氏无出，陈氏于 1918 年在湖南岳州产下一子。57 岁的曹锟老来得子，喜不自禁。时值吴佩孚攻克岳州，曹锟遂为此子取名“曹得岳”。后更名为士岳，字幼珊。1927 年曹锟因贿选总统下野后，曹士岳随其回到天津，寓居于英租界 19 号路 43 号（今和平区河北路 211 号）。

数年后，曹士岳及长，曹锟遂迁居英租界 43 号路（今和平区洛阳道 45 号）的老公馆。曹士岳放荡不羁，酷爱手枪和汽车，时常携带手枪自驾汽车出游，曹锟对他宠爱有加，不问其事。1936 年旧历 11 月 23 日，时年 18 岁的曹士岳娶袁世凯 21 岁的第十四女袁祜贞为妻。据 1937 年 4 月 28 日《益世报》中《曹锟之子曹幼珊被控虐待发妻》一文记载，袁祜贞过门后，夫妇感情尚称融洽。只是曹士岳喜怒无常，且时仍涉足烟花柳巷，狎妓冶游。袁也曾屡加规劝，不但不听，反触其怒。1937 年 4 月 21 日，曹再次酗酒而归，袁多有言语指责，曹竟将其右臂拧折，一时不能动转，并以手枪将电话打坏。事为袁世凯之子袁克文等闻悉，大为震怒，随即鸣警。

26 日，英租界工部局派员赴曹士岳宅搜查，抄出手枪 11 支，除 3 支领有持枪执照外，其余均为非法持有，当将曹士岳连同手枪一并送往工部局。讯明后，27 日下午移送至市警察局。在警局，曹士岳否认对其发妻有虐待行为，称当晚因给起士林打电话要点心，竟闻对方的诟骂之声，一时气愤，故将电话机摔坏。警局遂将其转送至位于西窑洼的天津地方法院检察处讯办。到了法院，曹士岳即被收押于看守所“耻”字第 4 号牢房，牢中仅其一人。惯常过着逍遥享乐生活的曹士岳哪里见过如此阵势，面对低矮湿暗的牢房，初时懊丧达于极点，继之掩面啼哭不止。第二天，曹家人闻讯后纷纷赶来探视，曹士岳竟一律谢绝不见。

5 月 19 日《大公报》的《曹士岳、袁祜贞婚变调解无效》一文则称，他二人发生矛盾是“月前因寿诞口角”。吵闹之中，曹先是开枪，后抓起电话向袁掷去，幸亏袁躲避及时未被击中，电话摔地损毁。情急之下，曹冲上去拧住袁的胳膊，袁不肯就范，挣扎之中，致其右臂骨折。

27 日晚，地检处检察官先往曹宅勘查现场，复至英租界 33 号路（今和平区大理道）袁宅给袁祜贞验视伤情。据法医称，袁女右臂确系外力拧折。

此案发生后，袁、曹两家友好多次奔走调停，但因双方意见相去甚远，一时毫无进展。袁宅坚持提起诉讼，并具状地方法院民庭，拟向被告曹士岳索要医药费 1 万元、赡养费 24 万元，并返还陪嫁费 5 万元，总计 30 万元。为确保案件判决后袁宅的所得利益，并请求法院对曹宅暂时执行假扣押处分。在看守所中的曹士岳也具状地检处，申辩理由，请求准予保释。据首席检察官称，本案最要之点为，鉴定被害人的伤势是否能够医药治愈，以便在起诉时引用法条。原被告双方如果庭外和解成立，本案能否撤诉，也必须视被害人的伤势而定，因为刑法规定“重伤害非为告诉而论，如轻微伤害告诉而论者，方可撤销”。也就是说，如果法医鉴定袁为重伤害，曹袁双方即使达成庭外和解，法律上也不允许。

转眼间，曹士岳被押法院看守所已有20余天，情绪逐渐稳定下来，开始接见探视的亲人，共同想办法尽快获得自由。后经曾任北洋政府交通总长的吴秋舫等从中调解，加之曹士岳在看守所内患病，袁家情绪稍有平复。5月19日午后，检察官先赴袁宅检验袁祐贞伤情，再到看守所提到被告曹士岳。经检察官侦查，曹士岳因病，应谕知其交付1万元保证金后准予觅保回家就医候审。当日5时许，曹士岳遂被释放。但有消息称，袁祐贞时已怀有身孕，经此惊吓回到袁宅后即行流产，身体极为虚弱。20日下午3时，地检处再次传讯证人，调查袁祐贞受伤害情形。

关于袁祐贞请求法院民庭假扣押曹士岳财产的数目为30万元，法院曾派员查封了一部分，但数目不足，19日，法院派执行处书记官王清智带领执达员等再往曹宅，继续查封了部分细软首饰等物。执行人行前谕知曹家，如计算后仍不足袁方请求数目，还将查封其他不动产。

6月初，经曹袁双方友好搬请出吴佩孚等重量级人物出面调解，两家才算达成和解意向。双方对曹士岳、袁祐贞今后“不再同居”（即离异）均已表同意，但条件细目仍在续商。为了给曹家施加压力，在法院对曹宅不动产假扣押限期已满之时，6月5日，袁祐贞再次具状法院，请求延期扣押。对于刑事伤害部分，因袁祐贞臂伤仍未好转，故仍处侦查阶段。

保外就医回到曹宅后，曹士岳闭门不出，连日延医诊疗，数日后病势渐愈。身体康复后，他随即恢复原状，忘记自己身负罪责，每日仍出入歌台舞榭，吃喝玩乐，俨若无事。曹府因此案关乎曹家颜面，遂主张避用“离异”“赡养费”之类“不冠冕”的名词。又因袁祐贞意欲离婚后赴美国调养，曹家遂提议改“赡养费”为“出洋费”。但对于袁家所提“出洋费”数目，曹家坚不认同。于是，袁祐贞再次具状天津地方法院称，曹家不肯向原告交付“出洋费”，可见毫无诚意。曹士岳重伤原告之身体，致其流产，均属触犯刑章。前曾由检察处将曹收押，后因在监患病，保外就医。现被告病已痊愈，仍无悔过之意。特此状请法院依法再予拘押，以免其逍遥法外。

接状后，天津地方法院遂定于7月1日下午3时开庭审理此案。就在当天上午，经双方友好再次劝解，袁曹两家终于达成和解，曹家同意向袁祜贞支付“出洋费”12万元。

看热闹的人不怕事大，袁曹两家虽然达成和解，但《天津商报画刊》却仍不依不饶，就“出洋费”一词做起了文章。6月15日署名“蜀云”的《曹少奶奶出洋》一文称，时下中国的大官到了没法下台，没法安置的时候，出路就是“出洋”，政府给他的钱叫作“出洋费”。此案前，私人送孩子出洋称“自费”，国家给钱留学的称“官费”，都并不得用“出洋费”一词。“出洋费”这个词，此前一直都是男人独占的权利。至若太太、奶奶之流，因离婚而取得“出洋费”，袁曹离婚案可算是“前无古人，后无来者”。

曹袁两府均为政治之家，做事自应有此政治味道。他们两家的离婚案未经“堂上太爷所断”，而采用“政治方式”解决，自然可用“出洋费”的名义送少奶奶出洋。而且离婚后，男女双方本该离得越远越好，美国远在万里之外，“出洋费”一词用得也算天衣无缝，恰到好处。只是作者担心，有了这个离婚案的示范，恐怕今后有些想出洋而没有钱的少奶奶们，也会通过离婚实现出洋的目标。但只是要注意一点，并不是一切少奶奶离了婚都可以得到这样的机会，离婚前一定要弄清楚，公公婆婆是否能拿得出一笔巨额的“出洋费”。

周璇与严华婚变始末

1941 年 6 月 16 日，素有“金嗓子”之称的影星周璇突然从家中出走。丈夫严华四处寻找无果，情急之中，18 日在《申报》上刊登警告周璇的广告，指责她“卷逃”“忘恩负义”。次日，周璇也请律师发表广告予以反驳，并称因遭严华长期虐待而提出离婚。原本只是一场夫妻吵架的私事，一下子升级为上海滩的头号新闻，一时间，数十家报刊发表消息、采访、评论千余篇，就连一些乳臭未干的七八岁孩子都跑上街头呼喊着拥护周璇的口号……

◀ 师生之恋 ▶

周璇（1920—1957），1920 年生于江苏常州一个苏姓人家，原名苏璞，排行老二。父亲苏调夫毕业于金陵大学，先后做过牧师和教师，为人宽厚，知识渊博，在常州城颇有名气。母亲毕业于金陵女子大学，是苏调夫的学生，知书达理，秉性刚强。幼年时苏璞被抽大烟的舅舅拐骗到金坛县王家，改名王小红。养父曾在虹口巡捕房任翻译，但生性好吃懒做，整天只知吃酒花钱，不久即告失业，家道中落，最后只得变卖房产。王家夫妇离异后，小红又被送给了上海的一个周姓人家，更名周小红，时年仅 7 岁。周姓养父去世后，她与养母相依为命。

1932 年，经钢琴师章文之介，周小红加入黎锦晖创办的明月歌舞团，更名周璇，因主演歌舞《特别快车》而崭露头角。其时严华也在该社，经常教授她识谱、弹琴、说普通话。但不久，明月社宣告解散。屋漏偏逢连夜雨，周小红和养母因没有了收入几近无法维持生活，房租也欠了两个月，幸亏二房东很和善，可怜她们才没有追索。为此，严华组织几个友人创办了新华歌舞班，吸纳周璇。从此，周璇的生活发生了根本的改变，开始了她的歌唱与演艺生涯。

严华（1912—1992），父母早逝，与妹妹严斐同为明月歌舞团演员。严华考入歌舞团后，演艺飞速进步，国语好，乐感强，又学会了作曲和弹钢琴，能自弹自唱，成为团里的台柱子。因与周璇对唱《桃花江》一曲，轰动一时，被誉为“桃花王子”。

作为周璇的老师，严华对周璇期望很大，经常教她歌舞，督促她努力学业。功夫不负有心人，经过严华的调教和栽培，周璇名声大噪，与白虹、王人美、黎明晖三人并称“四大歌星”。嗣后，周璇进入艺华影片公司，但只是在几个大明星主演的影片中扮演小丫头之类的角色。袁牧之发现了她的表演才能，让她在《马路天使》中充任女主角，她的演技得到观众和业内人士的认可，一炮而红。周璇与严华的爱情也随着事业的蒸蒸日上而不断升温。人们在南京路、霞飞路上，经常看到他们二人的俪影，一高一低，一白一黑，白的是严华，黑的是周璇，或一前一后地走着，或肩并肩地散步。

周璇的养母并不同意他们在一起，但周璇仍义无反顾地投入到严华的怀抱。1938 年 7 月 10 日，严华和周璇在北平的西长安街春园饭店举行婚礼。婚后不久即来上海，严华任职百代唱片公司，周璇与国华电影公司签订合约。在战后冷落的影坛上，周璇凭着甜润的歌喉和日臻成熟的演技，渐渐成为国华公司的主角，并得到“金嗓子”的美名。

◀ 流产与自杀 ▶

周璇进入国华电影公司后，认公司老板柳中浩为过房爷（即干爹）。因为当时周璇正值大红大紫之时，柳中浩即让她不停地拍戏。据说，有一次拍戏，为了抢进度，柳中浩竟然将演员锁在摄影棚内不许出来，直到十天后拍摄完毕。

周璇婚后不久就怀孕了，但接连几天的加班拍戏导致流产。流产后不久，周璇很快又走进了摄影棚。看着日渐孱弱的妻子，严华甚是心疼，生怕她因过度劳累而把身体搞垮，曾三番五次向柳中浩提出缩短周璇的拍戏时间，情绪激动之时，甚至拍起了桌子。岂料周璇并不领情，反而认为丈夫限制了她的自由，还让她在过房爷面前丢了面子。这件事成为严周二人感情上的第一道裂痕。

1940 年，周璇与国华电影公司某小生合演一部电影。某小生一向追求浪漫，因与周璇朝夕相处，随即产生爱慕之情。他也不管对方是有夫之妇，自己是有妇之夫，就此施展手腕展开攻势。每天拍戏结束后，他便邀周璇不是喝咖啡就是吃大餐。有一次，某小生竟给周璇写了一封情书。其中有一段是这样写的："要是你能够同你的他离开的话，那么我亦同我的夫人解除婚约，今后我们二人可以站在一条艺术线上努力我们的工作。"据说，这封信后来被严华发现了，于是夫妻二人免不得一场争吵。

又有一次，严华在国泰大戏院买了两张电影票，预备两人一起放松一下。电影在夜场 9 点，当天下午周璇还要到公司拍戏，预计在 7 点左右拍竣。于是，严华遂将一张票预先交给了周璇，约在 9 点在影院相见。

当天晚上，严华赶到国泰未见周璇来到，9 点钟稍过，只得自己进戏院观影，直至散场也未见周璇。严华返家后就问周璇，何故未来国泰？周璇回说，因为拍戏延搁了。严华也就不再有所猜疑。然而，事也凑巧，第二天，他二人一起与吴村吃饭。席间，吴村询问周璇昨日 7 点钟拍戏结束后，到什么地方吃的晚饭。这一问，不但周璇僵住了，严华也愤怒了。回家后，严华质问周璇，明明7点钟戏就拍好了，7点以后究竟到哪里去了。事已至此，周璇知道已无法隐瞒，就很坦白地回答，同某小生去吃咖啡了。严华闻听又是和某小生在一起，就厉声谴责他们行为不检点。而周璇很淡然地说，这是做明星没有办法避免的事。严华在激愤下，打了周璇一记耳光。周璇被打后，当时并没有任何反抗，但在当天晚上，却偷偷地离家而去，买好了一瓶来沙（来沙尔，一种消毒剂），租住在一个小客栈企图自杀。

然而，凑巧的事情再次发生。她刚刚写好了两封绝命书，一封给严华，一封给柳中浩，打开来沙准备一饮而尽时，恰好巡捕前来查房。进门后，发现了自杀的药水和绝命书，随即将周璇带入捕房。巡捕询以何故自杀，周璇详叙实情。巡捕听后说了一句“与其自杀，不如奋斗”，让周璇打消了自杀念头。闻讯赶来的严华、柳中浩将周璇带回家中。经柳中浩从中调解，严周二人彼此互相谅解，重归于好。为了维护他二人的名誉，此事严密封锁消息，各报均未做披露。

离家出走

1941年6月16日下午两点，周璇穿好衣服正要出门，养母问她去哪里，她说到过房爷柳中浩那里去。当时严华不在家，还在厂里办公。严华回家后见周璇不在家，认为新片《夜深沉》正在试映，她一准到金城大戏院看片子了。直到凌晨一点半，周璇还没有回家。严华便打电话到柳中浩家询问。对方回答说：“她今天没有来过，前几天曾和蒙纳来弯过一弯。”严华一听急了，知道出问题了。随后，便发现周璇的首饰箱和银行存折、图章等都不见了。严华急忙雇了车赶到柳中浩家。柳中浩说，等到天亮后到银行查一查存款是否已经支出。如果已被支出，可能周璇已经离开上海，否则仍居于上海的秘密之处。严华只得哭丧着脸回家了。

天明后，严华到银行一查，存款并未领出。他立刻到国际、百乐门等旅馆去查询，仍未找到周璇。当天下午，柳中浩家收到了周璇的一封信。信上写道：

过房爷姆妈：

我现在已决定了，我感觉到不能再同严华好下去。我看他的脾气很难改，以后下去一定很痛苦。本来我想只有一死，因为想起上次巡捕房里的人同我说“自杀还不如奋斗，为什么要自杀”，所以我想只有同他离婚。假使你俩再要劝我同他好，那我情愿一死了之。实在是他时常发脾气骂我，我实在受不了。

周璇

信中的语气坚定而决绝，应该是长期酝酿的结果。严华阅信后，见到周璇提出离婚极为气恼，立刻请律师在18日《申报》上刊登了《陈承荫律师代表严华警告周璇启事》：

兹据严华君委称：本人与周璇女士自于民国二十七年结婚以来，感情素极和睦。平时因周女士从事电影事业，颇有成绩，而本人经营商务亦颇繁忙，故对其行动并不加以密切注意。不料，前日（16日）下午，周女士忽不告而去。经点查后，发觉所有银行存折贵重什物亦被席卷而去。事出突然，莫测高深，四处寻访，亦不得要领。按本人九年来栽培周女士不遗余力，方造成伊在歌咏及电影界今日之地位。今竟不顾一切，事前亦无任何表示。虽然携物出走，亦非夫妇间应有之行为。深恐受人愚弄，一误再误，自毁令誉。兹为顾全周女士个人幸福计，委请贵律师代表登报通告周女士于三日内向贵律师事务所接洽。

“周璇卷逃了”的消息不胫而走，立刻轰动了整个电影界和上海滩。18日上午10点多钟，许多影界人士和各报记者以及男女影迷麇集在姚主教路国泰新邨12号他们的家里，两间小小的屋子顿时被挤得水泄不通。严华对于这件事不肯发表任何意见，只是表示非常痛心："我们夫妻俩本是好好的，一定是她受了别人的利用，所以才会不别而行，希望她依旧归来！"言语中，两行热泪从腮间淌了下来。

19日，周璇也聘请蒋保厘、姜屏藩、李渭滨三律师在《申报》上发表了复严华启事：

> 兹据当事人周璇女士委称：昨见报载陈承荫律师代表严华警告周璇启事一则，阅之，深为诧异。查璇与严华君结婚以后，原期唱随相和，永偕白首。讵知严华君不但冷酷无情，抑且素性暴戾，家庭之间，一言不合，动辄用武，三年以来受其殴辱，不知十百次。伤痕遍体，饮泣度日。璇因投身电影界有年，薄负时誉。雅不愿以此伤心惨事宣于外，而益增精神上之痛苦。故含泪相忍，委曲求全。迨至去秋，因不胜摧残，曾图自杀。嗣即为人所救，以至苟延至今。凡此经过事实，捕房有案可稽。严君见璇痛苦至此，不但不稍自觉悟，略予安慰，近且变本加厉，频施虐待。璇以病骨支离之身，实不胜动辄得咎之苦。而严君对璇凶狠残暴竟至于此，论情已恩断义绝，论法亦已臻于不堪同居之程度。故璇于本月16日由家离去，同时即委请李渭滨律师代表致函严君，请求协议离婚。不料，严君对于璇之请求不但置之不理，且竟突然委请陈承荫律师代表警告一则。曰将存折饰物席卷而去，再则曰深恐受人愚弄云云。一味含血喷人，极尽诽谤能事。盖璇所携尽属自己之物，所以离开家庭者，为严君之残忍行为所驱走。严君不知反躬自责，而竟虚构损人名誉之事实，布之报章，其居心之险恶，彰彰明甚。为此，除保留一切损害赔偿请求权外，请即代为登报驳复。

双方你来我往，唇枪舌剑，互不相让，使得一场普通的家庭纠纷不断升级。

周璇出走三日后的晚 10 点钟，严华应柳中浩之约，来到慕尔鸣路升平街柳中浩家中，与周璇小别重逢。会客室中，空气紧张到了极点，周璇悲泪盈盈地呆坐那里。

严华激动地说 :“我是始终爱你的，我相信你今后一准会受苦的。我希望你有什么困难尽量对我提出来，谋取一个适当的解决办法，我不愿与你离婚。”

周璇说 :“你的报纸广告登得好！叫我怎样做人？在电影界今后还有什么地位？如果你的广告不登，我倒还可以和你圆满解决。”

严华说 :“我并不是有意毁谤你。你想，假如你的要求离婚广告先登出来，我的脸上又怎样？我今后还有什么脸面见人？”

周璇说 :“那么，我要准备离婚！”

严华带着悲哀的哭腔说 :“那我也不能一定命令你不要这样。不过，我总是宽恕你的。假如你一准要离婚，我非但不会伤害你和愤恨你，而且仍旧要使你很快活。”

话至此，严华抑制不住又哭了，周璇也低头不停地抽泣。两人说了一个多小时，但毫无结果。这时，柳中浩夫妇也出面规劝，亦无效果。随着严华的突然起身告辞，调解宣告失败。当夜，因时间已晚，周璇被柳中浩夫人留宿。周璇当晚辗转反侧，夜不成寐。留在柳家的日子里，周璇三日没有饮食，整天倒在床上。据说，严华也是极度悲伤，数日茶饭不思，不几日竟发烧病倒了。

◀ 推波助澜 ▶

严华与周璇的婚变，在上海滩胜过掷下一颗五千磅的爆炸物，轰然一声巨响。新闻记者写特稿，游艺主编撰评论，影迷歌迷发信函，从 6 月 22 日至 7 月 30 日陆续出版了七期《严华周璇婚变特刊》，许多周璇的歌迷、影迷来到影院声援周璇。

当年的社会舆论可谓是言人人殊，没有统一的论调，有的同情周璇，有的同情严华。同情周璇的当然将酿成婚变事件的责任全都推在严华身上，同情严华的则又大骂周璇水性杨花、三心二意。社会舆论的推波助澜，柳中浩、丁慕琴、张善琨、陈云裳、韩政平等一大批和事佬站在不同立场的调解，使得严周二人成见越来越深，距离越走越远。

一些评论文章劝严华，“你是一个有志青年，应珍惜自己的前途，勿为一个老婆而毁了自己”；而又劝周璇，“你是一个独立的女明星，有自己的辉煌未来，应该靠自己的奋斗，寻求自己更美好的生活”。更有一家素以公正能言自诩的报纸，也违背良心说话，把严华的品行故意渲染得格外恶劣，甚至说严华为了堵住记者的嘴，私下里让丁慕琴请几家大报的记者吃饭，让他们尽量为严华说好话。同时又披露柳中浩为了操纵舆论，施展神通，不惜下血本请几家报纸“吃一顿”，而且“弄几个”。这些近于挑拨离间的论调，无异于火上浇油，坚定了他们离异的决心。

周璇的启事发表后，记者在赫德路上的远东制造厂采访了严华。

严华气愤地指着周璇的广告说：“这简直全是昏话，骗小孩子的，这张广告上有许多点是可加以驳复的，里面全是矛盾……”他激动得手直抖，扶住头颅，倒在桌上。

过了片刻，他情绪稍许平复才又说，启事中很多是伪造的：第一，那天晚上他和周璇在柳中浩家见面，根本没有说“我又不是天天打你的”这句话，而这句话居然在有数十年历史的某老牌报上清楚地刊载出来，真是人言可畏啊！第二，那天周璇说他虐待她，他倒要问她，到底是怎样地虐待？周璇根本没有回答，只是低下了头。而几家报纸居然说周璇的回答是“你拿起了凳子乱掷，简直要我的命！”这是什么话？周璇是一个能够自立的女明星，假如他真的曾经虐待过她，她当时就会提出离婚或者分居，何至要等到今天？那天夜里，她的过房爷柳中浩倒是对他说：“严华，我看你还是准定预备离婚吧！否则，到后来大家都没有好处。”好像柳中浩早就预备了他们的婚姻纠纷，让他们愈离愈远，最终看到他们的离婚好戏才痛快一样。柳甚至想包办一切，包括他们的离婚手续。

记者问他今后准备怎样。严华说，他做梦也想不到要离婚，但却当真要变为事实了！周女士出走后，他四处寻访无着，当时除登报外，别无他法与之通讯。如今，她不愿和解，他也是没有办法，要法律起诉也就快些法律起诉吧！这时，柳中浩打来电话，肯定地告诉严华，这场纠纷已经到了不能和解的地步，并且他也不愿和解。

严华放下电话对记者说，他已不准备有任何驳论了，因为他对周璇还是极端爱护的。再辩论下去，对他和周璇都是不利的，只能给影片公司创造营业成绩，让他们更加兴盛。

《大晚报》曾有题为《从周璇出走说起》的评论文章，将处于舆论风口浪尖上的周璇比作阮玲玉第二：

> 历史上多少女性，为了争取自由而挣扎、反抗，遭受了无情的封建卫道士的毒骂、打击，甚至杀害。有些女性被诬为妖孽而软弱地悄悄含冤自尽，那些封建卫道士们非但没有一丝忏悔，反而洋洋得意。像这样的时代逆流者产生在千百年前，原是极寻常的事情。可是，在民国中期，对于“人言可畏”下的牺牲者阮玲玉，封建卫道士们仍然毫无愧疚地认为“舆论制裁”是恰当的，这不能不说是舆论界的奇耻大辱！周璇与严华的离合既有其必然发展的因素，然而，偏有自命为“文化舆论界”的来实行他们的“制裁”工作：一面对严华曰“一手提拔周璇”，一面又对周璇称“受人愚弄”“情奔”“卷逃”，如此这般地对封建观念进行鼓吹。人们尚在痛惜阮玲玉之死对于艺坛损失之重大，而封建余孽却又在发挥威力欲置周璇于死地而后快了，简直使人望而生畏！这足以说明中国文化的落后与幼稚。因此，文化界一定要来一次清洁运动，肃清一切封建残余势力，决不能让周璇成为阮玲玉第二。

在这场婚变中除了男女主人公外，尚有两个关键人物：一是所谓的“第三者”韩非，一是周璇的过房爷柳中浩。

◀“第三者”韩非▶

据当时各报刊报道，周璇之所以16日离家出走，是因前一天晚上“第三者”韩非送周璇回家而引起。

韩非时年24岁，原籍宁波，但从小即住在北方。来上海后加入剧艺社，由于他既会演戏，又能说纯粹的北方话，遂在《日出》中饰演小顺子。因剧艺社小生顾也鲁跳槽进了电影圈，社方遂相中了初露锋芒的韩非。周璇身材矮小，以往与舒适、白云配戏时，她仅及对方胸前。《夜深沉》开拍之前物色与周璇配戏的男主角，身材不高的韩非便成为周璇的搭档。《夜深沉》开拍后，由于工作关系，韩非与周璇稍形亲近，尤其是拍戏较晚时，韩非都要送周璇回家，谁知就是这一举动，竟引发了严华与周璇的一场激烈争吵。有史料称，严华当晚还打了周璇。

为此，记者曾采访了周璇的律师李渭滨，他力斥这是恶意的破坏。严华对周璇的误会是有的，因为国华公司拍摄《夜深沉》，工作完毕，韩非常用公司汽车送周璇回家。此事难免传入严华的耳朵，遂由误会而产生“无端侮辱”。

当时，韩非在报纸发表的声明称：“我得为《夜深沉》主角，是由于周璇小姐的介绍。当然，我对周小姐的热心提携非常感激。而周小姐呢，除赏识我的演技外，也根本没有别的意思。但由于她的赏识、我的感激，我们便纯洁地有了友谊关系。她时常来参观我演话剧。我本来很钦佩她的，她光临，我引为非常光荣。所以，我表示欢迎。当时我以为是一件平淡的事，因为任何人对大明星都热烈欢迎的。不料，引起了严君的误会，会亲自与我提起关于周小姐的事，我一再向他声明态度，并以人格为保证。”

◀"过房爷"柳中浩▶

严华曾坚定地对记者说，他与周璇的这场纠纷，在周璇的幕后准定有个人在捣鬼，那人握住了一部分的黑暗势力，在向他这样的弱者进攻。这个人指的就是周璇的干爹柳中浩。

民国初期，一些舞女、玻璃杯（女招待）、向导员（以导游为名的妓女）等，为了避免恶意的纠缠和搅局，往往终要拜一个有权有势的或狠角儿做过房爷，俗称"拜老头子"。假使客人拉了她的裤子而不付钞票，她照例会请过房爷出场。过房爷到场后即可一手包办，达到她满意。抗战胜利后，一些坤角名伶、电影女演员也开始风行拜老头子、认过房爷，大有拜了老头子、过房爷，即可终身有靠、吃穿不愁的样子。

周璇也跟风拜了国华电影公司的老板柳中浩做过房爷。此后，果然柳中浩对周璇格外照应，一场接一场地拍戏，片酬水涨船高。就是周璇自杀那次，也是他出面调解，才让严周夫妻重修旧好。严周婚变后，风波即起，柳中浩表现得特别"热心"。但他的"热心调解"，却让事态越来越糟糕，甚至他曾在公开场合说："他们既然合不来，就应该立即离婚！"

于是，大小报刊、电台一致将矛头指向柳中浩，称他为"米蛀虫""二房东""罪魁祸首"，各种谩骂。各报称，他把周璇留在自己家中，替干女儿强出头，其目的是从此以后，牢牢控制住周璇的电影生活，永远帮他发财，做他的摇钱树。在《严华周璇婚变特刊》中，披露了一件事实：就在严周婚变之时，柳中浩为了生意起见，特将新近拍成的《夜深沉》影片，提前在金城大戏院上映。此举果然奏效，影院场场爆满，利市百倍。花花绿绿的钞票滚滚而来，笑得过房爷闭不拢嘴。

面对铺天盖地的舆论攻击，柳中浩硬着头皮委托律师登报声明，大呼冤枉，并且警告意图妨碍其名誉的不怀好意者。但广告登出后，各方对此置若罔闻，报纸上骂者仍骂，电台上唱者仍唱。嗣后，柳中浩放出空气，称他本人即刻启程，离沪去港，而周璇也已搬出柳家。但后据消息称，这只是他为了转移众人视线而放出的烟幕弹。

协议离婚

眼见得严华与周璇已是覆水难收，到了非离不可的境地，严华很想通过法院诉讼的方式了结，但以柳中浩为首的和事佬们则强调，为了维护周璇的名誉，绝对不能闹到法院，主张协议离婚。据史料记载，后来严华曾回忆说，婚变期间，他住的地方经常有人来砸玻璃，更有人威胁他，强逼他协议离婚。于是，严华屈服了，同意协议离婚。

签订离婚协议那天，严华与周璇并没有碰头。周璇在升平街过房爷柳中浩家里、严华在浦东大厦分别签字，然后再由张福康、蒋保厘律师代表双方签字。

7 月 23 日下午 4 时许，在浦东大厦韩政平的写字间内，严华忍痛在离婚协议书上签字。只见他落笔的手微微发抖，签字后脸色突然惨变，韩政平即扶其坐在沙发椅上。严华说："她有一条路，我也有一条路，我们谁走得对，让将来的历史来论析吧！"周璇在寓所签字，身边有大批"热心"者包围。她没有眼泪，但是亦无笑容，看她的神情，心里也是很难过的。

离婚协议书上规定：一、周璇携去之存折两纸（两万元），仍归周璇所有；二、家中周璇所有之衣服，仍归周璇拿去；三、钢琴一架，分归周璇所有；四、其余什物，皆归严华所有。

从此，周璇弹钢琴时，再也听不到严华伴唱"我的年轻妹，漂亮又可爱"；而严华独自一人躺在与周璇朝夕相伴的软床上，那些柔情蜜意也只能成为永久的回忆。历时一个月，银海中的巨波就此平息，然而，在严华、周璇心底留下的一道深深的巨痕却是永远无法弥合的。

当年有消息称，在签订离婚协议前，双方曾谈妥支付严华一笔"签字费"，升平街柳家传出的消息是 1.5 万元，而和事佬们则说只有 1 万元。于是，在签订协议前，记者问严华是否提出了什么条件？严华说："我真想不到，时至今日还有幸灾乐祸的新闻记者在此造谣生事！我何尝提过什么条件？我现在的期望，只是愿周璇回心转意，我爱她，到死还是爱她！”

婚变期间，周璇没有接受过记者的采访，严华则与记者有过若干次的访谈。离婚后，严华流着眼泪发表谈话说：“周璇离家出走的前一天，她还对我说，最近拍的片子实在没有意思，很想到成都去调剂调剂精神。与电影公司的合约期满后，她便决心脱离影界。当时我听了很兴奋，本来我们是毋用靠拍戏过活的呀！我与朋友开了一家唱片钢针厂和口琴厂，完全能够维持我们的生活。我爱周璇，周璇也一定爱我，我们的爱是建筑在事业上的。今日一旦分离，你叫我如何忍受得下去？我们夫妇间平时口角有之，但何至于提出离婚？我是永远爱她的，一直到死也不变更我的爱，也不动我的爱！”

离婚后，严华发表的《我的新生》一文，一方面表达了他今后要开始新生活、向社会黑暗势力战斗的决心，另一方面也表白了对周璇永远的爱：

> 不幸得很，无缘无故地竟会接到周璇对我提出的离婚要求，我曾经再三抚按着自己的良心问，我虐待过周璇吗？没有！我对周璇有所不忠实吗？没有！我有不了解周璇的生活方式的地方吗？没有！的确，这一连串“没有”的回答，是把我哑然了。凭良心说，我是爱周璇的！我对周璇是体贴入微的！我和周璇是志同道合的！再退一步，把我自己的头脑冷静到像冰一样的程度，再自己问：我和周璇有共同的兴趣吗？有！有生活的了解吗？有！有精神的团结吗？有！什么都有，那么为什么还会闹出这个乱子来呢？我很了解，上海的社会实在太是黑暗了，上海有一部分潜伏着的黑暗势力在向我进攻，把我摧残。我感谢那许多怀着正义感的朋友，他们都冒着酷热的气候，到我这里来。他们再三劝导我重谋新生，尤其是陈时范先生，他曾经热烈地握住了我的手掌，十二分诚恳地劝我想得远一点。我很记得他几次反复地对我说的一句话，我们的年纪都轻得很，我们的前途都远大得很，难道我们的整个人生就是为了取得一个女人？是的，我已经牢牢地记得，

我的年纪轻得很，我的前途也远大得很，我的整个人生难道就是为了取得一个女人？我需要新生！现在呢，周璇已经离开我了。我可以坦白地告诉每一个关心我的人，我直到今天还是像从前一样地爱护她。只要周璇现在自己能够把自己四周包围的人了解得清楚一点，那便什么都可以了。我并不因此而消极，我还是会好好地生活着，我只有比以前生活得更有意义。老实说，我现在的心情是十二分的平静，没有恐怖，没有悲观，没有其他种种的不安，像是一叶扁舟般地轻轻地荡漾在清水碧波之间。那么，我再也想不起周璇来了吗？不，我还是牵念她的，可惜她的。罗曼·罗兰说，世界就是战场，生活就是战斗。我要为我的新生而战斗，我要向社会现阶段的黑暗势力而战斗！

◀ 离婚以后 ▶

严华与周璇离婚后痛定思痛，社会各方也认真地分析了他们婚变的几个原因。

一是他们认知的差异。结婚前，周璇在电影界尚无地位，得到了严华的诸多关照，二人又有共同的事业，因此感情很好。结婚后，尤其是严华淡出演艺界后，周璇更是大红大紫。由此，他们二人在认知上发生了偏差。作为明星的周璇时常要出去应酬，而严华则一心想让她回归家庭。于是，严华告诉周璇不能常在柳家过夜，也不能时常和其他人来往交际。周璇听了却说，那是没有什么的，影星的交际是不可避免的事情，也并不能因此流入奢侈。于是，严华自认需要维持夫权，强制干涉她。然而周璇却想："为什么要这样来干涉我，限制我的自由呢？我也应该有个人的兴趣，有我个人的快活。"他们只相信自己的"真理"，而怀疑对方的"真理"。就这样，彼此执拗的想法便成了啃噬爱情的锐齿，让他们的心渐行渐远，终至分道扬镳。

二是罪魁祸首柳中浩。他为了电影公司的利益，让如日中天的周璇多拍戏，多为他谋利。同时，周璇也热爱电影，也愿意多拍戏。但严华却多次提出要减少周璇的拍戏时间，甚至让周璇脱离电影界，回归家庭。这也就触犯了柳中浩的利益，因为周璇与电影公司是有合约的。所以，严华与周璇离婚对他是有利的。

三是舆论界的推波助澜。严周婚变发生后，上海乃至全国的报刊竞相炒作，一时间报刊销量激增，新闻界哪肯放过这样一个绝好的噱头！于是，不负责任的小道消息、花边新闻满天飞。他们根本不管是否伤害到了当事人，尤其是一些单方面指责严华、周璇的文章，进一步激化了他二人的矛盾。舆论的压力让他们终至无法收场，只有选择离婚。

在后来的新闻报道中，我们也可以看到，周璇和严华还是很有感情的，对彼此也都依依不舍。1942 年第 2 卷第 10 期《上海影讯》的《周璇病榻忆严华》一文表达了周璇对严华的思念之情。周璇当时因练习脚踏车（即自行车）而跌倒，伤及胫骨，到医院照了X光片，进行了手术，回家后终日卧床休养。百无聊赖中的她，每日以听无线电为消遣。当无线电中播放她在百代公司灌制的《忆良人》唱片时，她不禁随之轻声哼唱，一曲歌罢，已是泪眼涔涔，因为此曲是当年她与严华合作的成果。由此可知，周璇心中终不能忘却严华。此后的周璇在感情生活上一直不顺，时乖运蹇，终至精神失常。想必在她的内心深处，也会后悔当年的冲动吧。

1948 年第 16 卷第 13 期《青青电影》中《周璇电贺严华订婚》一文称，严华与周璇离婚已经 8 年了，在这 8 年中，他俩好像有一种默契，严华说“周璇不嫁我不娶”，周璇则说“严华不娶我不嫁”。这样的僵局终于被严华与潘凤鹃的订婚打破了。订婚仪式在上海康乐酒家举行，贺客多为商界人士，电影圈的人很少。时在香港的周璇特意打来贺电，从言辞上看，在道喜的同时不免流露出些许酸溜溜的味道。

严华与潘凤鹃结婚后，生活尚算美满。但他对周璇仍是念念不忘。晚年接受记者采访时，一提及与周璇在一起的日子，他便神采飞扬，滔滔不绝。

罗舜华、李绮年互殴案

影星传绯闻是司空见惯之事，小报记者靠炒作绯闻谋生也是家常便饭，今天这样，民国时期也是如此。1943 年 7 月，时在上海的女影星李绮年与男影星白云的妻子罗舜华，在李家中大打出手，造成双方轻伤，以致对簿公堂。同年 8 月《明星画报》第 5 期以《李绮年罗舜华互殴，白云自杀！》为题，详细报道了该案的起因、经过、法庭审理和当事人受访的全过程。

三个主角

白云，原名杨维汉，广东省大埔县人，妹妹东方明珠也是电影演员。白云自述称，出生于新加坡，父亲经商，幼时就读于当地圣岁威教会学校。十几岁时回到祖国，曾在香港、上海、北平就学。1937 年“八一三”事变后赴南京加入抗日救国的组织。南京沦陷后，在西北地区做宣传工作，曾与中国旅行剧团在乡村演出话剧。不久回到汉口，与田汉、史东山相识。后经史东山介绍赴香港，参与拍摄《舞台春色》《春情烈火》等影片。1939 年，受新华影业公司之邀来到上海，但因待遇问题没能谈拢而取消合作。时值国华影片公司在沪招收演员，导演张石川看中了白云，与之签订拍戏合同。演出的《夜明珠》《七重天》《新地狱》等多部电影，获得观众好评。1940 年因与“金嗓子”周璇合演《三笑》《西厢记》《恼人春色》等电影而红极一时。

罗舜华是上海犹太裔房地产大亨哈同的过房孙女，也是一名演员，曾拍摄过《一夜风流》《夕阳》等影片，但都不是主角。与白云结婚后，共同住在哈同花园内，生了两个孩子。

李绮年，广东人，时为香港粤语片当红影星，曾以爱国艺人自诩。1943 年应国华影片公司之邀来到上海，当时刚与公司签订和白云合作拍戏的合同，影片尚未开机，就发生了与罗舜华互殴的事件。

◀ 案情经过 ▶

据当年新闻报道，事情发生在 1943 年 7 月 18 日早晨。罗舜华偕同白云的秘书殷英杰到李绮年家中登门造访，可是，双方还没说上几句话，便大打出手，上演一出全武行。结果李绮年的用人喊了巡捕，所有当事人均被带进巡捕房。20 日即解送上海特二法院刑八庭讯办。数日后，法庭开庭审理了此案。

开庭前，李绮年坐在法庭门口的长凳上，与所雇律师徐克绳窃窃私语，讨论庭供。李绮年身穿阴丹士林蓝色短旗袍，白鸡皮鞋，左手戴一只镶钻的方形手表，右手握一只白方块赛珞皮夹，鼻梁上架着一副白阔边太阳镜。面部已有一部分毁损，擦了许多红药水，一条白色麻纱手帕掩住了脸部，远远看去像是一个蒙面人。被告罗舜华未能到庭，委请律师沈镛代理出庭。

11 时半，推事施中和宣布开庭。先由法租界行政当局代表律师许武芳起立陈述起诉意旨，略谓：“本案双方均有伤害，有广慈医院传单可凭，故双方均为告诉人。现行政当局依刑法二七七条第一项伤害罪，对两被告提起公诉。”

罗舜华的辩护律师沈镛称：“因罗舜华受伤颇重，自广慈医院验伤后，即入福熙路南洋医院医治，今天不能遵传到庭，请庭上展期再讯，下次庭讯定可到案受询。”

法庭先传李绮年。她向法庭陈述道：“今年30岁，广东人，住海格路355号内3号房间。在本月18日上午9时半，我穿了背心正在房中和女朋友陈慧莹谈天，忽然所雇用的老妈子进来对我说：‘外面有白云太太罗舜华带了一个男人一同来，要见太太，不知要请他们进来否？’我听了便点点头，叫请他们进来。因为我穿的衣服不雅观，便叫陈小姐先招待他们一下，我到浴室去加穿一套白色的外衣和长裤。我从浴室出来，他们已在房中坐着。我就笑着问她：‘到此有什么公事，那位男友是谁？’她很生气地回答我：‘这位是白云的秘书殷英杰，我今天来的目的你知道吗？就是有人在外面乱造我谣言，说我滥交男友，和人开房间。这些话有人告诉我，都是你在外面放的空气！’我当时便劝她不要听信旁人的话，离间我们。不料，她不问理由，便把一只指头指在我的脸上说：‘如果不是你说的，你有胆对天发誓吗？’我说：‘我是信教的，不能跪下来，但是我可以发誓，我与白云一丝关系没有，心中也没有一些爱他的私心。因为我在两年前已与徐续宇医师订了婚，假使我有爱白云的心而搬弄是非，使你们夫妻不好，我不得好死！’我说了这样的话，她还不相信，竟用手拉住我的头发便打，把我的左眼部抓破，再用我的高跟白皮鞋打我头部，致一只鞋的高跟因此脱落。请庭上想想，我是靠做戏吃饭的，现在我的面容被毁，将来根本不能再演戏了！”

说至此，李绮年不禁号啕大哭起来。情绪稍微稳定后接着说道：“我被她打得没法，因她身材高大，连陈小姐也不敢上来相劝，而她带来的那位白云秘书殷英杰，反而拉住我的手，由她来打我。后来，陈小姐弄得没法，便叫老妈子出去，叫站岗的安南巡捕来，她始不打。但是避到我的浴室去，追她出来，已自己把面部抓破，说是我打的。所以，我们两造一同到捕房里去，分别送广慈医院验伤。我曾经问过那位验伤的医生：‘将来我的面容会破相吗？’他说：‘不能保险。’所以，我要请庭上保留附带民事诉讼，俾得追偿损失。至于殷英杰，他是帮凶，我亦要告他，请庭上把他也列入被告之内。”

法庭旋即传证人陈慧莹。她穿蓝布工装，外套一件白底红花的外衣，体格很健美。她说：“广东人，20 岁，和李绮年住在一起。出事那天，罗舜华来责问李小姐，说她搬弄是非，结果李小姐矢口否认，罗就动手打她。我那时吓得发抖，一时没有主意。不过，罗舜华与李小姐争吵的时候，罗的脸上根本没有伤，我看她进浴室内自己把脸抓破的。”法庭乃诘问她：“你说罗舜华脸上的伤是自己做上来的，那么，广慈医院伤单上说她的腿部、身上还有伤，也是她自己做的吗？”陈答：“其余的伤，我不知道，只知道脸上是她自己抓破的。”

法庭再传证人兼被告殷英杰。他衣藏青上衣，白帆布裤。他说：“白云的秘书，因为罗舜华不认识李绮年的住址，叫我陪她一同去。当时她是很和平的，请李小姐原谅，不要在外面胡言乱语破坏她的名誉。不料，李小姐一口推说上海话听不懂，并且很凶地说：‘这里是我的住房，闲人不能入内。’命我们不许在此地瞎说，叫我们滚出去！说完了这些话，又打了杨太太（即罗舜华）一记耳光，于是，两人就动起手来。我当时拉住杨太太，陈小姐也拉住李小姐。此时，我看杨太太脸上已有了伤。隔了一会儿，李小姐又上前来，把杨太太带来的白鸡皮手提皮包掼在地上，用高跟鞋乱踏，致皮包内化妆品，粉盒、唇膏等，均被踏碎。李小姐踏了皮包不算，再把墙上的镜框掷杨太太。我乃上前夺下，故呈案的镜框架子已脱落。”

法庭调查完毕，因被告中罗舜华不到，难以结案，于是本案改期再讯。李绮年、殷英杰两被告均交保后，准先由辩护律师胡永生、徐克绳、沈镛责付保出。就在将要退庭之时，罗舜华的律师沈镛忽然起立说：“现有白鸡皮皮包一只，系罗舜华所有，上有践踏的脚印，为李绮年所踏，请庭上核对脚印便知。”李绮年的律师胡永生也起立说：“罗舜华此次经合法票传，有意不到庭上，而去住在医院里，显系情虚畏罪。在改期中，或有勾串口供与伪造伤势之虞，请庭上立派法医到南洋医院检验。”法庭以本案双方在广慈医院已验有伤单，均为轻微伤害，无须再去检验，遂退庭。

记者采访

《明星画报》的记者敏之曾先后到两位当事人家中采访。记者在公寓中见到的李绮年早已失去昔日舞台、银幕上的风韵，脸色深黄，面部有一道鲜红可怕的伤痕，精神也颓废得厉害。几句客套话后，便谈到那天早晨的“开打”了。李绮年说：“这真是飞来的横祸！那天早晨，罗舜华偕了殷英杰来寓访问，一进门还是若无其事的，我也不知道会发生这种意外的事，就做了简单的寒暄。罗舜华突然说：‘最近有人在破坏我们夫妇的情感！’我说：‘这倒真是可恶，是谁呀？’谁知道她竟会伸长了手臂，手指头指在我的脸上说：‘是你！’我一怔，简直有些摸不着头脑。我说：‘你别胡说！’可是罗舜华竟蛮不讲理，接下来便是一个耳光。这倒使我恼了，我当然也不甘示弱，便说：‘你别动手动脚，你要记得君子动口不动手的名言。’可是她并没有理我，下面仍旧是一阵乱打，并且她还到窗台上拿了一只我的皮鞋，在我头上狠命地打。殷英杰呢，说是来劝解的，然而当罗舜华将我尽打的时候，反伸开手臂抱住了我，使我没有方法抵抗。他简直就是一个帮凶！”

记者问起此事的原因，李绮年说：“已经有好多次了，她都叫我为她介绍入剧团演戏，但是因为她的国语不行，以致没有成功，也许她是怀恨在心吧！”

从李绮年家中出来，记者又来到了哈同花园。就在荷花池畔的一所精致房屋内见到了白云的太太罗舜华。她是中西合璧的杰作（她的父母中，有一位是西洋人），所以生得很有西洋人的风度，长长的身材，高高的鼻子。她的脸上也有三道手指划痕。她气愤地说：“李绮年真不讲理，好端端地对外界造谣言：一回说我和男朋友在霞飞路‘ＤＤＳ’，一回说我和男朋友在‘飞腾’，一回又说我和男朋友在哪里跳舞，而且这许多的男朋友又都是外国人。以致使我和白云的情感发生了误会。谁不知道我有一个美满的家庭呢？谁又不知道我们已经是两个孩子的父母了呢？难道我们的家庭可以任她来破坏，以致分裂吗？第一回可以忍耐，第二回也可以忍耐，难道第三回、第四回还可以忍耐吗？所以，我打算到她家中去解释清楚。谁知道她竟蛮不讲理，动手便打，并且还用玻璃架来敲我的头！她说她的脸上有伤，我的脸上也有伤，她说她的一条伤要我赔 10 万元，那我脸上共有三条伤，该赔我 30 万元！”

谈及出事的原因，罗舜华说：“大约是李绮年羡慕我的家庭吧！”而记者却透露说，罗舜华跟她丈夫白云一样，也是个风流人物，不时有风流事件演出。最近这位杨太太在“ＤＤＳ”与一位碧眼儿男朋友有过热烈的演出，有人目睹了情形，告诉白云知道。气得白云和罗舜华大闹一场，甚至为这事服了过量的安神药片预备自杀，幸亏及时送到医院，昏迷了两天，经过灌肠抢救才得以苏醒。这位具有西洋风格的杨太太却认为这事是“风流寡妇”李绮年在搬弄是非，于是带了殷英杰直捣李寓，大兴问罪之师，结果才弄出这桩“活把戏”来。

据史料记载，该案未曾再次开庭审理，经法院调解，罗舜华向李绮年赔礼道歉了事。白云与国华影片公司 1942 年签订了合同，但因全体导演不予合作而一直空闲至 1943 年上半年。年中，李绮年来到国华公司，方才着手开工拍摄。此案发生前，李绮年与白云刚刚与国华影片公司订立一部合作影片，但因此次事件再度搁浅。不久，白云与罗舜华终因感情破裂而宣告离婚。

言慧珠与白云的短暂婚姻

1946 年 5 月 13 日，京剧梅派传人言慧珠与电影明星白云在上海成婚，社会各界一致认为，他二人是天设一对，地配一双。但谁料想，风云突变，他们婚后 50 天遂宣告离婚，一时引起轩然大波，各种猜测甚嚣尘上。同年 8 月 26 日，北平的《戏世界》刊登了《言慧珠荣膺皇后后与白云突告仳离了》一文，爆料他二人离婚的原因，或许文章的内容与史实有所出入，但也算是一家之言吧。

言慧珠是京剧言派创始人言菊朋的女儿，自幼酷爱京剧，12 岁师从姜顺仙、程玉菁等学艺。1935 年登台初演《扈家庄》，继在上海、天津演出。尤其是 1943 年拜梅兰芳为师后，言慧珠深得真传，成为“文武昆乱不挡”的梅派大青衣兼花衫，就连梅兰芳对她演出的《西施》也是大加赞赏。1946 年，言慧珠在上海被评为“平剧皇后”（平剧即京剧），得“女梅兰芳”“梅派嫡传弟子”“梅门弟子第一人”等美誉。

白云，原名杨维汉，广东省大埔县人，生于新加坡，幼时就读于当地圣岁威教会学校。十几岁时回国，曾在香港、上海、北平就学。1939 年被著名导演张石川看中，与国华影片公司签订合同。演出的《夜明珠》《七重天》《新地狱》等多部电影，获得观众好评。1940年因与“金嗓子”周璇合演《三笑》《西厢记》《恼人春色》等电影而红极一时，与刘琼、梅熹、舒适并称影坛“四大小生”。

1946年言慧珠与白云结婚后，上海的交际场便绝少再见他二人的身影，这对蜜月中的情侣似乎下定决心将在十三层楼寓所安度岁月。社会各界极为看好他们的“珠联璧合”，亲朋好友也都衷心地祝愿他们永结百年，白头到老。

1946年8月，为赈济苏北平原深受水患的300万难民，上海新仙林舞厅举办了票选“上海小姐”的募集活动。王韵梅当选“上海小姐”，言慧珠获“平剧皇后”，韩菁清获“歌星皇后”，管敏莉获“舞国皇后”。此后不久，言慧珠即宣告与白云分手。其原因是，言慧珠一段时期以来，每日为竞选上海平剧皇后而奔走，竭力向各方拉拢，常置白云于不顾。而就在这期间，又突然冒出来一位言慧珠数年前的“老相好”。此人地位崇高，腰缠万贯，从大后方一回到上海，便高调声明要与言慧珠旧情重叙，誓将言慧珠从白云手中夺回不可！

初时，言慧珠不为所动，声言既已名列白门，绝不可能脱离，只叹奈何“恨不相逢未嫁时”。然而，此人有势有财，又有手腕。尤其在言慧珠竞选中，他不仅使出浑身解数，四处走动拉关系，而且还花费巨款，在帮助言慧珠如愿以偿地夺得平剧皇后头衔后，也终于打动了言慧珠的芳心。自膺选平剧皇后之后，言慧珠身价徒增，锦衣绣裤，傲视群伦。即使与白云共同出入交际场所，也一改往日双宿双飞的热烈势头，彼此各放单档，避人耳目。“花好月圆”最终演变成了“花谢月残”。

此文还推测了另一种可能：言慧珠素来以神秘著称，利用“反宣传”来奠定她的舞台地位，是她一贯的政策。就在与白云结婚前，某馆主曾代言慧珠声明：决不下嫁白云！言犹在耳，言慧珠却宣告与白云同居。此次恐为她的旧戏重演。言慧珠登台黄金剧院在即，担心自己有了白云这部拖车后，一些捧角儿的戏迷再无此前的好胃口，故而在登台前，预先放些与白云分手的空气，以便让那些痴情的粉丝们一如既往地趋之若鹜，不遗余力地捧场。

但是，据后来的文字记载，还有另外一个截然不同的版本：

言慧珠与白云完全出于真情，他二人最初的时光甚为甜蜜，有时还一起上菜场买菜。可时间不长，白云的不良习气便暴露出来。他不再出去拍戏，随意挥霍言慧珠的钱财，甚至去玩舞女。正是因为白云粉丝很多，为人风流，故而言慧珠对他很不放心。婚后，言慧珠每次外出都担心独自在家的白云“出花头”，她甚至让女友打电话试探白云，说个假名儿约白云见面。如果白云拒绝，言慧珠就会欢天喜地；如果白云答应了，言慧珠便要暗自神伤。言慧珠在回忆录中曾说，白云娶她是看中她的财富，天天花天酒地，无所不为。因此，这段短暂的婚姻仅仅维持了 50 天便宣告终结。

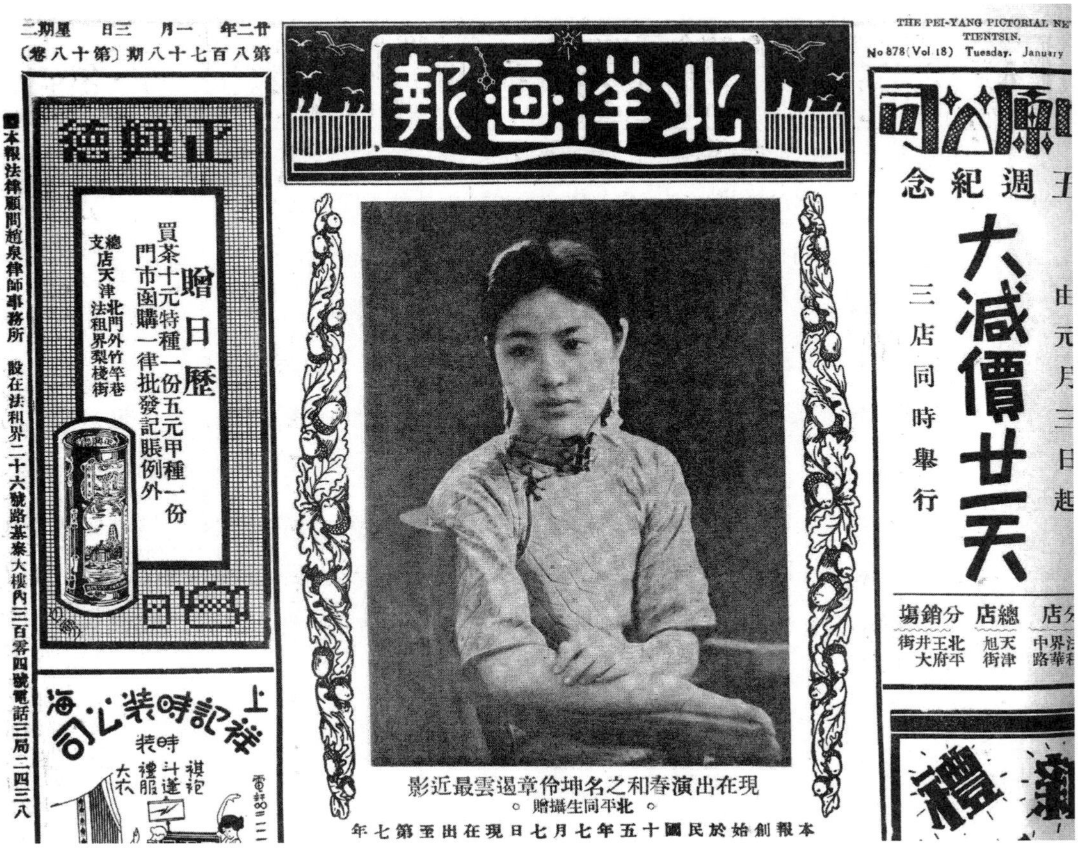

▶ 1933 年 1 月 3 日《北洋画报》封面上的章遏云

▶ 1931 年《北洋画报》刊登的《珠尘馆主离异起因》一文

10月22日，溥仪与妃子文绣在天津离婚。文绣离婚之事被称为“妃革命”，一时震荡海河两岸。这是报纸报道。

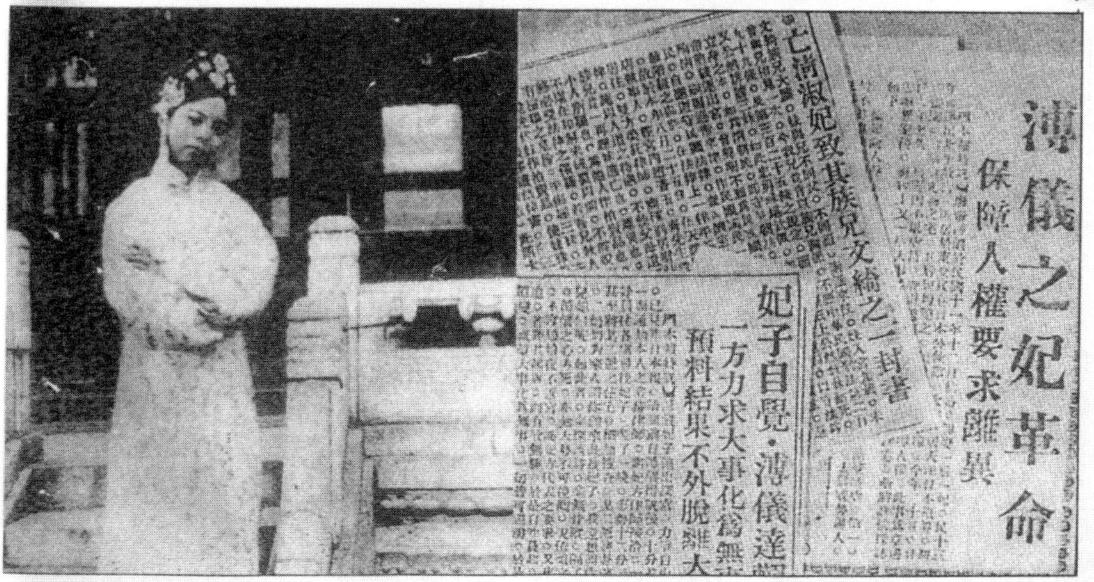

▶ 溥仪文绣离婚案的新闻报道

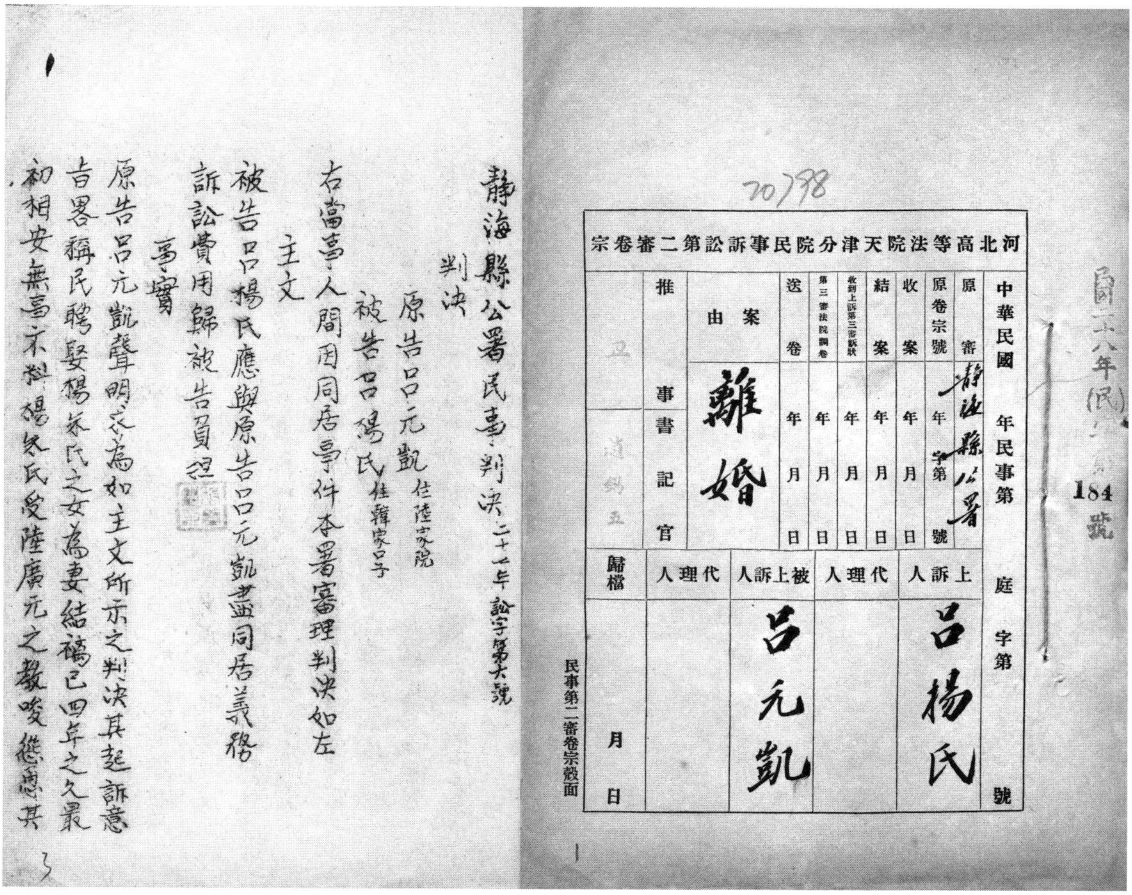

靜海縣公署民事判决二十一年訟字第六號

判决

原告吕元凱 住陸家院

被告吕楊氏 住薛家口子

右當事人間因同居事件本署審理判决如左

主文

被告吕楊氏應與原告吕元凱盡同居義務

訴訟費用歸被告負担

事實

原告吕元凱聲明求爲如主文所示之判决其起訴意旨畧稱民聘娶楊永氏之女爲妻結褵已四年之久最初相安無嵩不料楊永氏受陸廣元之教唆慫恿其

河北高等法院天津分院民事訴訟第二審卷宗

中華民國　年民事第　庭　字第　號

原審	原卷宗號	收案	結案	裁判上訴第三審訴狀	第三審法院調卷	送卷	案由	推事書記官
靜海縣公署	年字第號	年月日	年月日	年月日	年月日	年月日	離婚	

上訴人	代理人	被上訴人	代理人	歸檔
吕楊氏		吕元凱		月日

民事第二審卷宗殼面

▶ 民国时期的离婚判决书

邰爽秋先生創製之五用普及教育車(一)

豎起車篷

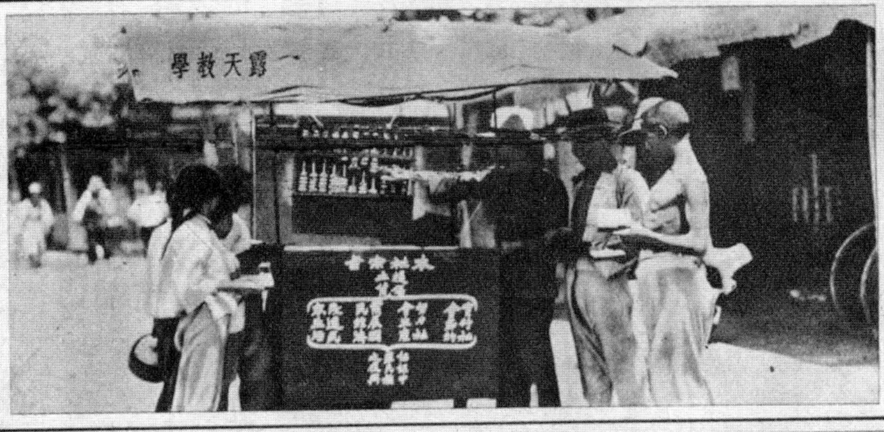

露天教學

巡迴展覽

▶ 1935 年第 22 卷第 7 期《中华教育界》中邰爽秋创制之五用普及教育车

國內時事

↓奉外部命赴歐美考察新聞事業之外部顧問湯良禮。

←大夏大學教育學院院長邰爽秋發明普及教育車，最近曾在上海公開說明，圖為邰氏與其普教車合影。

→丹麥駐華公使歐斯浩返國。

↓即將開幕之上海漁市場全景。

↑年逾六旬之蘇俄唱歌家夏理亞賓於本月四日離滬往大連。

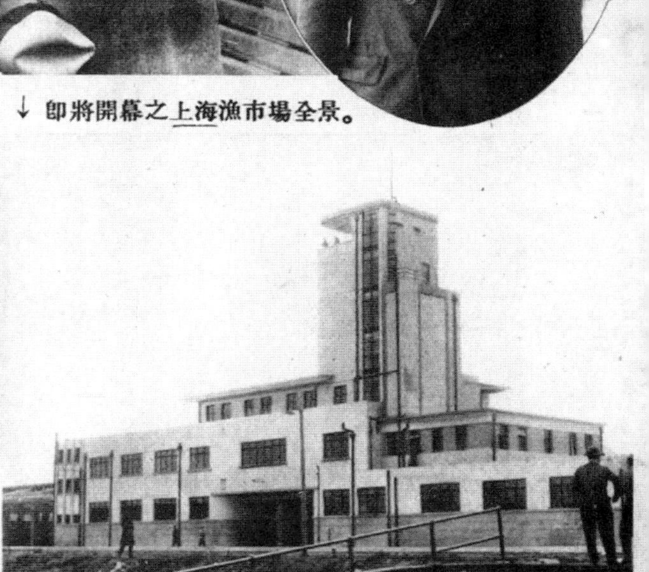

▶ 1936 年第 33 卷第 6 期《东方杂志》中邰爽秋与其普及教育车合影

游泳池畔之北平丘志緣女士　張路人攝

女祜貞，夫妻不合，公堂涉訟，遠近皆知，不必細表。現在經人調停，就要走上溝水東西之路，但是曹府主張避用「離異」和「贍養費」等等不冠冕（？）的名詞，改個名兒叫作「出洋費」，數目是十二萬。

中國大官到了沒法下台，沒法安置他的時候，出路就是「出洋」，政府給的錢就叫做「出洋費」。截至現在爲止，這還是男人們獨占的權利。私人送其孫子出洋，只稱「自費」，國家給錢，只稱「官費」，亦並不得用「出洋費」之榮譽字樣。至著太太奶奶之流，因離婚而取得「出洋費」，自然更是「前無古人，後無來者」。

曹袁兩府，都是政治家（？）的家庭，是應該有點政治味的。離婚而不經「堂上太爺所斷」，出諸私了，這也可以說是用「政治方式解決」，用政治方式解決，自然可用「出洋費」的名義，送少奶奶出洋。且夫離，本來是越遠越好，洋在萬里之外，又正合於離開之條件。這一名詞，總而言之，用得是天衣無縫，妙不可階。女人有想出洋而不得其錢者乎？離婚斯可矣，然而非一切之少奶奶，均可得此機會，公公婆婆之能拿得起十二萬元，以使其媳婦出洋深造者，也固又無幾，奈何奈何！

北平大學文理學院本屆畢業生全體合影　堯生攝

戲曲學校趙金年李和曾之「逍遙津」

汽車大翻身

經第

坐汽車，當然是爲着快而且穩，然而美國的道濟汽車公司最近運來了許多輛汽車，在上海作汽車的宣傳廣告，表演汽車大翻身！爲的是表示他們的汽車是如何的堅固！結果，第一天，便爲着表演七個人受了傷，一共表演了四次，而只有一次，算是平安過去！用這種方法來宣傳，未免不是上策，即使汽車絲毫沒有損害，坐汽車的人也有點吃不消，還是那句話，坐汽車，並不是爲着要牠翻跟斗，如果汽車專門有翻跟斗的絕技，恐怕人們也就見汽車而生畏了！除非道濟汽車公司替每一個坐道濟汽車的人們保上一份人壽險，然後再來表演汽車能翻身的絕技，那變或許這種廣告才不算白宣傳！然而事實不是這樣，所以我認爲一向善於會作宣傳廣告的汽車公司，無論如何，這一次是失敗了！

現在明星露演之戲曲學校學生侯玉蘭宋德珠之「金山寺」

擅長話劇之洛茵女士　堯生攝

玫瑰花瓣

前北平中法大學花王呂孝恭女士，日前赴京，與中央大學教授王某訂婚，三兩月內即將結婚。戲劇家沈希詠女士，已定下月十一日與工程師雍惠民舉行婚禮，禮畢即登車赴濟南度蜜月。運動名將王淑貞女士，去年九月與馮克強君結褵後，感情甚篤，遊藝場中，常見彼等足跡。最近王已育麟兒，產後歸校，彬彬然頗有慈母之風。已一掃運動家態度。女師學院自治會十一日下午舉行茶話會，宴請此次爲歡送畢業同學遊藝會之豁忙者，到百餘人，席間表演各種遊藝，頗爲熱鬧。表衣雲女士在青年會舉行南胡演奏會時，女師學院音樂系主任李恩科偕其新夫人楊女士，特由平趕回參加。

蔣委員長（著長袍者）前行在廬山巡視　傳習舍校留影　國際

楊虎城（右）與鄧寶珊（左）在廬山留影　國際

京滇公路道上所見之花苗女　淡如攝寄

6期
姑娘
璇小姐

嚴華周璇婚變特刊

第一號　　民國三十年六月廿二日出版　　每份一角五分

銀海巨波

周璇離家出走

不離婚，毋寧死，破鏡難重圓！爭自由，取平等，願攜手前進！

「我做夢也想不到我會有和周璇離開的一天，上海的社會實在太黑暗了。我現在並不怪她，我祇是可惜她……，我知道她將來準會受苦的。……」這是嚴華對記者的第一句話，我們也就把它做了這篇的前奏曲。

儷影雙雙同觀『一夜消魂』

在本月十四日（事情發生以前二天），他們是曾經到霞飛路上的DD咖啡館裏去喝過茶，那時候他們還是很快活的好夫妻，離了DD，便到國泰去看「一夜消魂」一晚上是在一個朋友的家裏吃飯。

在十五日（事情發生的前一天），於偶然的談話裏，嚴華說：「再過了一年以後，我所辦的口琴廠將有很大的成功，那時上海我們便可以更快活了。」周璇說：「是的，我現在已經有了很高[illegible]

唱吧！甜潤的歌喉，瘋迷了全滬的人們！
看吧！婚變的事件，鬧遍了整個的影壇！

，我們有空的時候便坐在小花園裏談話，讀書……你說怎樣？」嚴華又回答說：「這當然是不成問題的，我們將來是有着很遠大的前途的，其實你現在就不拍戲，我們的生活還是很安逸的。」這一對情侶依舊是很快活的談着。

悄然不別而行　當天毫無音訊

在十六日，事情發生了，下午二點鐘的時候，周璇穿好了衣服走出大門，（嚴華在廠裏辦公），所以連最後的一面也不曾見到，她的母親問她：「到那裏去？」她說：「到過房爺那裏去」！（她的過房爺是金城大戲院的老闆柳中浩，家住慕爾鳴路昇平街。）她的母親，也沒有一些疑惑，讓她去了。

直到晚上十二點鐘，嚴華睡了。她的母親正坐着等門，可是周璇還不見回來，嚴華以爲是新片『夜深沉』的試映，她一準在金城大戲院看戲，等到一點半，嚴華便打電話到柳中浩的家，對方的回答說：「她今天沒有來過，前幾天曾和蒙納來變過一變」。嚴華急了，知道出了什麼花樣了。便將首飾箱翻上一翻，結果發見所有的首飾和銀行存摺，圖章等全部不翼而飛。衣服却不曾缺少一件，他立刻便雇了汽車，到柳中浩的家裏。柳中浩說：「等到天明以後，到銀行裏去查一查存款是否已經支出，如果已被預支，則人已離開上海，否則仍居於上海的秘密之處。」當然，嚴華是祇得哭喪着臉回來了。（接後頁）

嚴華周璇婚變特刊

第七號　出版：應人出版社　民國三十三年七月十日出版　每份一角五分

破鏡難重圓　嚴華·周璇正式離婚

由雙方律師當場證明　嚴華·周璇並未見面

七月廿三日的下午，在沉悶的熱度下，使得每個都感到怠傷，苦悶，尤其是關心嚴華周璇婚變事件的人們，更感到沉寂，無聊，然，相反地，在高矗着的浦東大廈中，有着忙碌的一羣人們，他們每個人的面上，都露出緊張的表情，更其是一位漂亮的西裝青年，獨自在一間狹小的房間，來回的踱着，踱着，並且，不時用手到烏黑光滑的頭髮上招着，招着，——他是誰，就是婚變案中的男主角嚴華。

在另一間較大的房間中，有幾個人在討論着，——這就是雙方的代理律師。

不多時，他們把早已擬好的幾張證紙在細細地研究，可否尚有不妥的地方——這就是離婚證紙。

然在這高大的洋房，見不到周璇的影兒，她在那裏？使我很古怪的間起了其餘的人們，呵！原來她是在『府上』並沒有來，想來她是不想再見以前的情人嚴華了吧！

在相當的時間討論下，嚴華簽了字，（周璇的字早已簽好）一幕奇特的婚變案也就告一段落。

離婚證據有幾麼幾行條件式的文字：

一，從此以後，男婚女嫁各不相管。

一，周璇攜去之存摺兩只（一萬元）仍歸周璇所有。

一，家中周璇所有之衣服，仍歸周璇拿去。

一，鋼琴一具，分歸周璇所有。

一，其餘什物，皆歸嚴華所有。

……………………

呵！銀海中的巨波，就此消滅了，然每個人的心膜上，皆深深地刻劃了一條巨痕！唉！人生無不散的筵席，我希望雙方各自努力地奔向光明的前途！（吳良）

嚴華周璇離婚後

承達

嚴華周璇已正式宣佈離婚。離婚之後。各奔前程。好在雙方手中都有着燦爛的事業。正不必爲着目前一重刺激。而把自已事業輕輕放棄。

嚴華主持着一所唱片鋼針廠。這和十年前的他說起來。我想他自己也會承認彼一時。而此又一時。不過、嚴華也不會不明白此次婚變的稱種因果。如果認爲一個女子的心不很可靠。這在今日之下的他。要是再找對象。自已當更謹慎。因爲周璇究竟也與他共過甘苦。度過患難的日子。至於周璇說他虐待。他要是受誣。當很難堪。但這難堪。以後也不會再存在了。

周璇是當前後後紅星。以後演片產量增多。殆爲無疑之事。不過今後周璇既然沒有東縛。當有自由的意志。可以維護自已的事業。在這裏我却希望她。對於劇本的選擇屬首先加以密切法意。好萊塢是有不少先例。一個紅星爲了大量生產。却不顧庸俗的劇本。致演出後。就很快地招致觀衆的厭惡。把自已地位也從此毀滅。這在周璇。我想她既是從惡劣的環境中跳了出來。而以後弗再踝蹈更惡劣的環境纔好。

由友誼進入戀愛 · # 白雲結婚 · 有情人終成眷屬

新郎白雲與新娘羅舜華合攝儷影(青鳥攝)

白雲終身大事解決

白雲結婚的消息，在一個多月以前，已經見諸報章了，但始終未見宣佈確實日期。直至日前收到白雲寄來的結婚喜帖，才知道婚期是五月廿九日，地點是假南京路新都飯店，新娘即最近與白雲熱戀的羅舜華女士。

至於本刊上期所載白雲與一陸姓婦人失女事，也得白雲本人親筆來函，述明該事之結果，玆將原函照錄如下：——

『××兄：前次本來要寫信給你，因太忙，未能執筆，前事（按：即陸姓失女事），已由陸景雲太太親至張石川先生府上聲明與弟無關，因其女醉心電影，不獲家庭允許，乃至出走至關山月小姐家中居住，因其女在家時自說自話，說與弟及夏霞小姐等認識，其實弟實未識其人，其母不過來問關山月之地址，廠中某人乃瞎說八道，以至有此誤會，望兄更正。如兄不信可電詢張石川或電×××問陸老太太可也。結婚事，請勿披露。』

該事既如白雲所述，事出誤會，業已了結；同時白雲最近又新做新郎，解決了終身大事，但願白雲從此得了賢內助，實行新生活，夫唱婦隨，白首偕老。（按：白雲之婚訊，本擬遵白雲之囑。不予披露，但因婚期已過，且各報皆已記載，故亦刊出，以饗讀者。）

▶ 1940 年第 7 期《电影生活》报道罗舜华、白云结婚的消息

李綺年

國的影后

靜如西子湖裏的水，熱情如
澎湃；芳草，嬌花，象徵着
氣，崇山峻嶺，啓示着她的

她永遠是中華的女兒，因爲她
着黃帝子孫的熱血；南國姑娘
。

——一個年青的藝術巨舶的
她懂得張起純白的裝飽着的
帆，在駭波駭浪中，她懂得
向光明斑爛生長着甜美果實
！

在她是南國的影后，從草莽
荊斬棘，奮發，勇敢這無冕
呵！穫得了不可多得的榮

清風明月之夜，晨光曦微的
她惴惴地憂慮着，憂慮着藝
濟，尋思着，尋思着前途的

近，她是到上海來了，蘊着
藝術的信心！
攝影場裏，她開始工作啦，
足地勞作，努力，震驚了工
伙伴，感動了每個人的心弦
哪！」世上最快樂的是工

久長的是熱情！

•明•

▶ 1946 年第 2 卷第 1 期《精华》杂志对言慧珠、白云结婚消息的报道

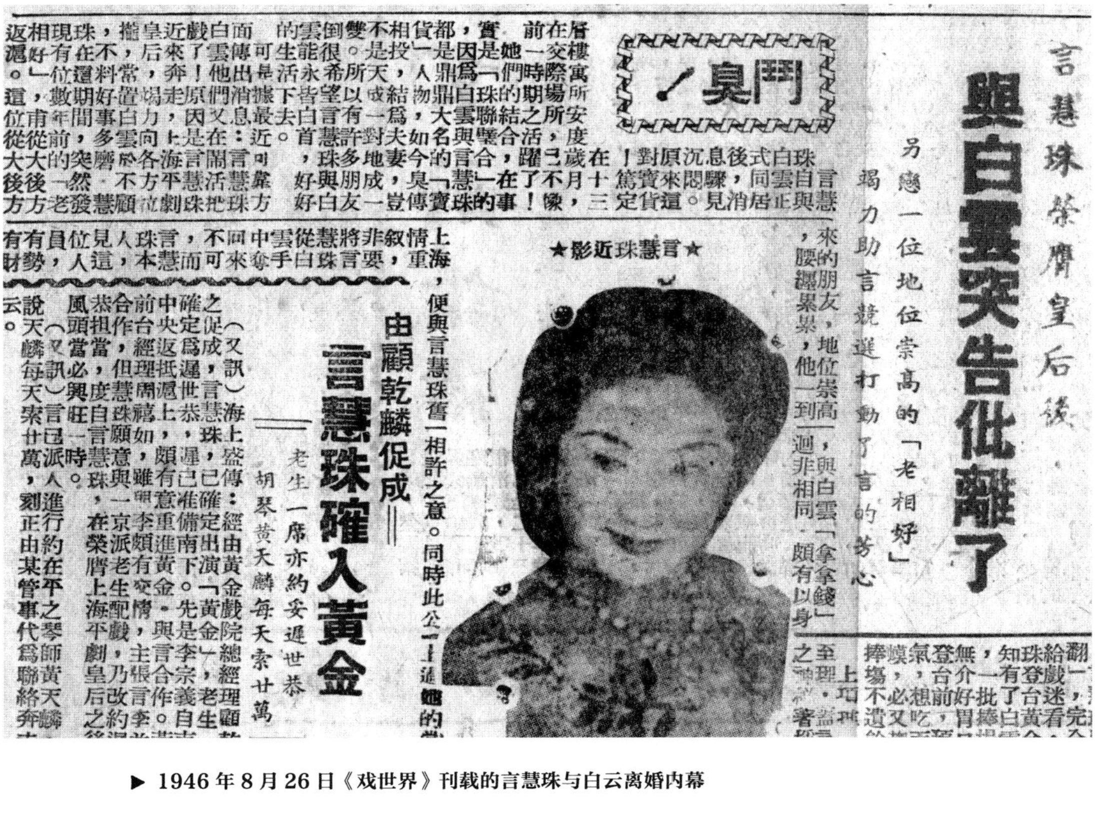

▶ 1946 年 8 月 26 日《戏世界》刊载的言慧珠与白云离婚内幕

辑五　情殇

陳玉方行書聯　高山流水吟館藏

找一個志同道合的終身伴侶，無奈自愧沒有這一種資格，也只好隸此一生而已。然而徵婚的先生們，或者未必真有他所說的種種資格，不過要投她們的私好，而故意懸出這種假招牌吧！還與應徵的女同志們，仔細一下方好。

鐵頭僧

（胡）

寒假無事，嘗與老者閒談共話，各道舊事，援就其較有價值者，先錄一則，俟有暇當陸續供獻以饗閱者：　方清光緒年間，舊都北京，有金川者，旗族人也，長於武技，力大如虎，嘗折鐵條爲二，故城中人鮮有不知其名者，居恒以力凌人，包娼聚賭，睚眦尋仇，無惡不作，有司屢欲懲之法，而又苦其無顯著之罪名，且其時旗族勢盛，漢官多勿敢攖，故只有置之於不顧而已。金川有友王某者，四川人，亦略諳武技，惟不甚精，常請教於金川，故頗過甚密，及後金川因事赴豫，適王亦旋里，遂約同行，沿途留連名勝，瞻玩風景，飲酒作歌，樂乃無藝，路過河南少林寺，王謂金曰，夙聞少林之名，而未觀個數，今便道何不探訪，且其中定多武術高人，或可與吾兄一試，金笑諾之，遂赴寺中，院宇軒敞，僧徒繁衆，俱筋強力壯，迥非城市中人，王謂金曰：可謂名不虛傳矣，有僧若送二人，直入內院，問其長老，則答以大師父下山未歸，二師父在內參禪，請兩位稍坐，即當出陪，方歡茗間，則一老僧已自內出，形貌高古，髮鬚蒼白，談論倜儻，目光射人，叩其壽則已八旬有餘矣，王乘間謂老僧曰：久耳

巴黎舊皇宮之大廳

昭數孔德女生籃球隊比賽情形

（致泉攝）

曰，此王君戲言耳，我雖習知一二，但不敢向老方丈獻醜，老僧合曰　金大人定然精高，貧僧山中老朽，固不敢言技藝，金曰：試試何妨，老僧曰：貧僧雖略習武術，不過爲鍛鍊身體，驅除病魔，實不敢言技藝，金又請之，老僧躊躇半晌，始曰：金大人必欲一觀薄技，貧僧一人獻拙可矣，不能與金大人比量，遂邀二人入後園林中，古木參天，均大可數抱，枝幹橫斜，濃蔭滿地，老僧上前以手拍樹，一指謂之曰：此樹爲某時所植，至今已百餘歲矣，此樹……其樹經老僧拍者，則一一偏斜，行過林中，則諸樹東倒西歪，不復直立，王驚訝之，金亦嘆爲高藝，老僧仍極謙遜，相將歸出，復至院中，王問知金頗長於技藝　惟道詣非深，僅得皮毛耳，至是極欲藉此以除地方害，遂笑謂金曰：今日非請老兄與老方丈一較不可，金笑應之，老僧仍堅辭，且曰：大師兄若未下山或可與金大人領教，若

（韓）

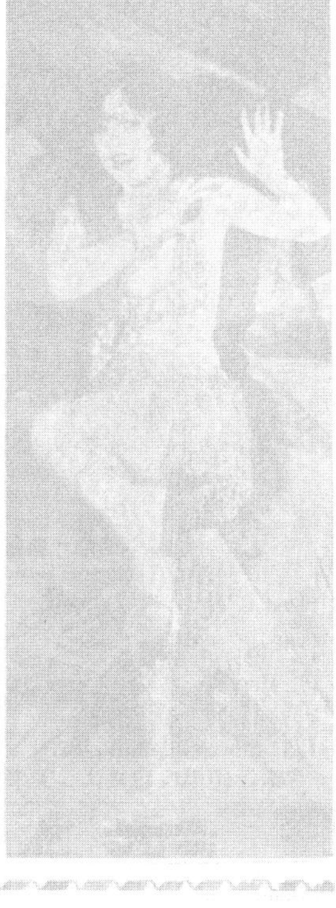

巴拉猛新進明星 Edna m. 之舞姿

（建聞）

圖錢第十九

都市寫真

—日本近代名作—

越剧名伶筱丹桂自杀风波

1947 年 11 月 13 日，越剧名伶筱丹桂服毒身亡，正如十几年前影星阮玲玉自杀一样，轰动了整个社会。筱丹桂在舞台上是一名出色的女演员，但在封建家庭中却是一棵丧失人身自由的“摇钱树”，她对现实不满的反抗便是自我毁灭。她的自杀既是越剧界的损失，也折射出民国妇女的不幸，更反映了时代的局限和社会的悲剧。笔者试图通过分析筱丹桂个人悲剧的成因，管窥当年千百个呻吟待毙的筱丹桂群体，找到最根本的社会症结。

◀ 越剧名伶　委身于人 ▶

筱丹桂，原名钱春凤，1920 年生于浙江嵊县长乐，有兄伯权、妹琼韵。自幼父母双亡，孤苦无依。13 岁便告别故乡，投入越剧“高升班”，过着四处漂泊的艺人生活。她聪敏好学，学业出类拔萃，三年后在演出中即挂得头牌，颇得观众青睐。此后，越剧进入兴盛时期，高升班遂以筱丹桂的技艺为号召，于 1939 年来沪演出。首在浙东大戏院登台，一炮而红。后又在卡德、恩派亚、天宫等戏院演出，与施银花、赵瑞花、王杏花、姚水娟并称“越剧五大名伶”。筱丹桂的技艺尤为卓绝，因此时有“三花不如一娟，一娟不及一桂”之说。就在此时，筱丹桂与张春帆相遇了。

张春帆也是浙江嵊县人，1906 年生于崇仁镇。1930 年来到上海，当过织造厂工人和绸缎厂职员。1937 年开始涉足越剧，担任领班。他勾结上海黑恶势力，操控艺人，成为越剧界的戏霸。他利用手段将已经离开上海的筱丹桂戏班请回上海。为迎合观众需求，在张春帆的“调教”下，筱丹桂在《马寡妇开店》《潘金莲》等剧目中，渲染庸俗色情的表演。并且，张春帆利用职务上的便利，竭力追求筱丹桂，终于实行同居。筱丹桂的厄运自此开始。

同居后，筱丹桂才发现张春帆已有妻子裘瑞媛，并育有四子二女。但木已成舟，追悔莫及。张春帆的野心很大，完全把筱丹桂当作摇钱树。为了维持卖座力，他们对外以表叔、表侄女相称。但天下没有不透风的墙，时间不长，他们同居的事实便已成了上海越剧界公开的秘密。张春帆、筱丹桂、裘瑞媛同住在北京东路宋家弄 11 号浙东大戏院楼上。裘瑞媛的子女均称筱丹桂为“姐姐”，邻舍、同事无不引为奇谈。筱丹桂面对这种畸形的关系，只是一味地忍气吞声、逆来顺受。

张春帆平时管束筱丹桂极为严苛，禁止她出外应酬交际，稍不如意，立遭苛责。与张春帆同居的 7 年中，筱丹桂毫无人身自由。她有两个义母，一为上海青帮大亨黄金荣的长媳，一为电影业巨头吴邦藩的夫人，但在筱丹桂自杀前的一年中，往还亦渐疏远，鞭长莫及。

◀ 正常社交　陡起风波 ▶

1946 年秋间，筱丹桂带领丹桂剧团在国泰戏院演出，初时上座平平，后因编排新戏，营业渐有起色，获利颇丰。在灌制多张唱片后，筱丹桂也极希望能够涉足电影，巧的是，当时国泰正聘请了著名电影导演冷山。于是，他们在合作中建立起了友谊。

冷山，原名金兆元，又名金彬，苏州人，1923年生人。1944年，与圈内人梅红结婚，有了两个孩子。1947年5月25日晚间，戏班正在演出新戏《是我错》第四幕时，国泰剧院的天花板突然坍落，被迫停演三周，戏院损失惨重。国泰辍演后，台柱子小生徐玉兰退出另搭戏班，失去搭档的筱丹桂赋闲在家。8月19日，越剧十大名伶为创设越剧学校建造实验剧场募集基金，在黄金大戏院联合公演《山河恋》，筱丹桂参加演出，饰演剧中宓姬。岂料，此次演出竟成了她的绝唱！

筱丹桂因有拍电影成为明星的想法，因此常向冷山请益。10月7日下午5时，筱丹桂与冷山一同到大华戏院看电影，并在愚园路一带散步，晚11时左右回家。就是这样一场导演与演员的正常交往，却因张春帆醋意大发而掀起轩然大波。

据冷山的自白书记叙："演旧剧的剧人生活，是较堕落的，工作之余，多以雀牌为乐。我常劝他们节省这些时间，做些有益于自己的工作，读书或写字，均有助于个人的进修。当时许多演员中仅筱丹桂能深谅此意，愿意多读书，教育自己。筱丹桂对人和蔼，和每个人都处得好。在十姊妹中，她最能和每个人相谅相助，同时她也极愿上进，请了一个教师学国文，总想在工作之余多读点书，并时常练字……今夏，国泰演员半年的约期届满，与筱配小生的徐玉兰转入龙门上演，筱无人配演，便辍演休息，两个月没有登过台……筱丹桂对演电影颇感兴趣，我常说要演电影，必先看电影，学习电影演技，并须多读书，以提高自己对艺术欣赏的能力。本月7日，我由苏来沪，晚上，筱与我同往大华看《芙蓉春色》。因时间尚早，故未购票，即沿街散步，并走至愚园路一带，散步时谈的多为演技、进修与电影等问题……当天送她回家的时候，已过11点钟……"

张春帆于晚12时回家后，便向筱丹桂逼问："你为何不乘自己包车出门，到哪里去的？"答："在俞家姆妈家吃夜饭，吃过与俞家姆妈同去看电影。"张听后大怒："放屁！俞家姆妈在国泰看戏，曾经同我在后台谈过天。你老实交代到底和谁在一起？"被逼无奈，筱丹桂在写字台上写了"冷山"

两字。张问："你为什么与他一起，你们做了什么见不得人的勾当？"答："你不必多问，我身子绝对清白的。"怒不可遏的张不但抬手打了筱，还不许她睡觉，一直审问折磨至次日上午10时左右。

8日下午两点多，张春帆让手下刘涛等一同到兰心戏院附近的冷山家，命他到张家与筱当面对质。冷山到了张家，只见筱蓬头垢面地拥被坐在床上。张春帆阴沉着脸劈头便问："你们在何处约会，何处雇汽车，何处逛马路，有没有开过房间？"冷山叙述了昨夜的经过，说明他与筱完全是友谊的联系，不希望为此破坏他们的家庭幸福，并郑重表示，如果张仍疑心未释，自己今后愿与筱断绝来往。听了冷山的解释，张愈加冒火，竟然连掌他两记耳光，喝令冷山跪下发誓。冷山在屈从后方被勒令离开。

◀ 香消玉殒　各界追悼 ▶

受此重大刺激后，筱丹桂竟萌生死念，数日之间，饮食不进。13日午后2时，魏兰芳来访，谈约两小时，方知筱与张吵架一事，虽经再三劝导安慰，筱仍心灰意冷。至5时许，魏兰芳到隔壁去了，筱也到邻居魏美英家中。筱知道魏美英的小孩足部有湿气，家里藏有来沙尔。当时魏正在为孩子补袜子，筱说："袜子拿去烫一烫就平直了。"魏便拿了袜子出去烫。魏走后，筱便将一瓶来沙尔吃下。在魏的房内，她用手指甲在绸缎被面上刻上"做人难，人难做，死了"八个字，然后回到自己房内，提笔想写遗书，但药性已然发作，仅写下"春帆你我"四字，"你我"二字如怨如慕，如泣如诉，令人遐想。魏兰芳转回，来到筱的房间，闻到来沙尔的浓臭气味，又看到筱面色起了变化，遂惊呼："春凤姊！哪能好吃这种东西！"一面喊来筱的妹妹琼韵将筱抬上三轮车送往医院，一面让人设法通知张春帆。但行至祥生汽车行门前时三轮车链条突然断掉，只得换乘汽车送到中美医院。大夫立即施行急救，打了一针盐水针，灌了三铅桶肥皂水，但终因时间过久，毒已侵入，还魂无术，延至6时一刻，一代越剧名伶香消玉殒，年仅27岁。当张春帆赶到医院时，筱的遗体已被送入太平间。

这时，人们才注意到筱丹桂从上到下崭新的衣着，条子纺绸短衫，紫酱色绸旗袍，绿色绒线外衣，肉色长筒丝袜，白缎绣花鞋。由此可见，自杀是她早有准备的。

筱丹桂自杀的消息传出后，一时轰动全国，各报均以大字标题报道始末，各电台也纷纷播音追悼筱丹桂。筱的遗体于 14 日经验尸后，移送中正西路乐园殡仪馆。筱的九个结义姊妹，除尹桂芳在香港外，其余八位均来吊唁。越剧迷也都纷纷赶到，争看遗容。三日之内，前来吊唁人数达 10 万以上。

16 日午后 3 时，筱丹桂大殓，全上海越剧戏院停演一日致哀，各界代表 5 万余人参加公祭，袁雪芬读祭文。八姊妹个个臂佩黑纱，头戴白花，声泪俱下。中国妇孺救济协会乐队高奏哀乐，两面大锣不时敲响。筱静静地躺在独幅楠木棺中，口含一两重的金银小元宝各一个，穿衣五件、裤三件，覆盖锦被七条，旗袍二十七件垫于棺底，平日所用化妆品、碗碟杯筷，陪伴旧主，长眠地下。她的穿戴均购自老介福，为徐玉兰八姊妹和两位干娘亲临该店选定。联华电影公司全程拍摄了纪录片。

张春帆的出现，引来众多愤怒越剧迷的谴责，斥责他就是害死筱的罪魁祸首。而当冷山赶到时，公祭现场已被围得水泄不通，他只得暗自神伤地悄然离去。后因来宾过多，现场秩序大乱，殡仪馆的椅桌均遭踏毁，玻璃门窗亦被挤坏打碎，场面失控，一片狼藉。

◀ 法律调查　无罪释放 ▶

筱丹桂自杀后，面对社会上的种种猜测，徐玉兰、傅全香、竺水招、范瑞娟、徐天红、袁雪芬、吴筱楼、张桂凤等越剧八姊妹联合发表声明，除证明筱的自杀并非由于债务、经济压迫和桃色纠纷外，一致认为其中必有冤抑，主张向各界吁请为筱申雪。15 日，她们出面向张春帆交涉，在黄金荣公馆向张提出三个要求：一、发表筱丹桂致死真相；二、调查筱丹桂历年的经济实况；三、从筱丹桂的遗志，卜葬西湖，立“艺人筱丹桂之墓碑”。

张对于第一项含糊作答，其余二项均表同意，并将筱丹桂所有遗物开具清单，交另一保管人收执，答应大殓后凭单点交。八姊妹提出建议，凡是生前筱丹桂所有均应用于其身，主张将其遗产全部移作永久纪念筱丹桂之用。但在16日大殓之际，筱丹桂的胞兄钱伯权突从嵊县赶到，竟以拒殓妹尸相要挟，以尸兄身份，主张携柩回籍，并要求将全部遗物、遗产交其具领。八姊妹的原提议只得取消，同时登报声明经过情形。

在社会舆论的压力下，上海地方法院检察处以教唆自杀罪，对张春帆提起公诉，并将其拘押。起诉书称，筱丹桂在遭日夜诘责后，即拟自杀，被告预知其情，非惟不加防范，抑且连日喋喋不休，不稍让步，致筱丹桂于激促之自杀身亡。据冷山称，在对质时，张亦曾对冷山说：“她死了，自杀为你死的！”冷山、吴琛分别供证属实。张春帆事先预知筱丹桂将自杀，殆无疑义。而其既预知筱丹桂有自杀之危险，不加防止，其消极之作为，与积极之教唆他人自杀，已无差异。

张春帆则以略诱妇女罪将冷山告上法庭。警方先后传唤了冷山、张春帆、徐玉兰等证人。在受控期间，先是著名导演费穆为冷山交保，后经上海地检处侦查后，决定予以冷山不起诉处分。此后，冷山深居简出，闭门写作，自编《丹桂飘香》一剧，以示对筱丹桂的纪念。张春帆虽也经法院判决无罪释放，但已是元气大伤。难怪当时曾流传“死了丹桂，苦了春帆，甜了伯仇（伯权），红了冷山”的俚语。

◀ 社会舆情　言人人殊 ▶

当年众多报刊为了纪念筱丹桂，除搜集她生前、身后的有关照片外，还撰写了大量纪实报道、追思文章和社会评论。但言人人殊，莫衷一是。

第一种观点是：张春帆是害死筱丹桂的罪魁祸首。

筱在 22 岁即被张霸占，成了张的个人财产，做了他的摇钱树。当年的民法已经明确一夫一妻制，但筱与张没有平等的夫妻关系，筱只是不受法律保护的“侧室”，丧失了独立人格，处于类似奴隶的地位。筱是越剧名伶，在舞台上风光无限，拥有数以万计的粉丝；但在张家却毫无人身自由，就连与导演冷山探讨电影艺术这种正常社交也被日夜审讯、诘责。据冷山和刘涛在法庭供称，当冷山被叫到张家与筱对质时，他们亲眼见到筱鬓发蓬乱地拥被坐在床上，身上的旗袍多处被撕破，足证张对筱曾施行暴力。而就在筱遭受严重刺激，数日不进食，屡次称要自杀以证清白时，张非但不加安慰，反而变本加厉地施压，直接造成筱精神崩溃而服毒自杀。

第二种观点是：筱丹桂的性格缺陷导致了悲剧的发生。

筱丹桂的好姐妹徐玉兰在《我与筱丹桂》一文中说：“她（筱丹桂）的个性很懦弱，能忍受人家的脾气，因此多年来屈服在她‘丈夫’和大妇的威胁下，无力反抗。她在后台的时候，有时背人流泪，及至人家问她为什么伤心，她却又掩饰事实，讳莫如深。可见，她对于家庭总是怀着恐怖的心理，这就是她的悲惨结局的恶因。”

据八姊妹称，筱曾对她们慨叹道：“一经失足，夫复何言？至无路可走时，我有勇气结束自己的残生！”筱每次自剧院随张春帆返回寓所时，乘坐自备三轮车，必命车夫高张车篷，不让外人看见。但她独自一人时，则不让车夫放下车篷，一脸兴奋地观看风景。躲到邻居家后，筱却对魏美英说：“我对不起张，他已经几天不吃饭了！”由此可见，筱对张的感情是充满矛盾和斗争的。

筱表面上是黄金荣长媳的干女儿，但实际上张的后台就是黄金荣。在黑恶势力代表张春帆的“调教”下，筱丹桂把辛苦劳作赚来的钱，无条件地悉数供张使用。筱是一个大红大紫的名伶，她的内心肯定不甘雌伏。但由于受张的限制，筱的社交圈又窄，莫如拿起法律武器与末代皇帝离婚的淑妃文绣，身边有既懂法律又有思想的新女性文珊和玉芬为她出谋划策；更由于筱懦弱而又矛盾的性格，导致了她的反抗就是自我毁灭，以死证明自己的清白。

第三种观点是：冷山也应负有一定的责任。

张春帆在自白书中曾称，冷山与筱丹桂曾借用刘琼的信箱通信七八次，冷还在与筱约会时向筱求爱。当然这只是张的一面之词，无法向死者求证。在国泰剧院主演《秦淮月》一剧时，筱演至“跃身赴水”一场，每次都是冷山亲手相助后引至幕后。因张与筱年龄差距过大，筱毫无幸福可言。冷山既有学问，又与筱年龄相仿，更对其的事业发展大有帮助，筱对冷产生爱慕当在情理之中。筱在法律上与张并无夫妻关系，追求爱是她的自由，但冷作为有妇之夫不应让筱产生爱的错觉。因此，在法庭审讯张和冷后，旁听的人们纷纷议论：“这两个人都不是好东西。”

冷山导演的《此恨绵绵》《怒火之花》等剧，结局均为女主角服安眠药自杀。筱丹桂的身世恰与剧情吻合，从而产生强烈的共鸣，于是，她终成现实生活中的真主角。从客观上说，冷也诱导了筱的自杀。

更有人由此看到了深刻的社会问题。筱丹桂自杀后，新闻界铺天盖地地报道，当时上海街头的书摊上摆满了关于筱丹桂自杀的各种内幕和《山河恋》小册子。筱丹桂装殓之奢，凭吊人数之众，远远超过了当时军政闻人、文化名人的死后哀荣。但当时中国正处于战乱时期，千百万难民无家可归，啼饥号寒，哀鸿遍野，乞丐比比皆是，长跪街头，苦苦哀告。诚然，筱丹桂对越剧贡献很大，但与文学家、音乐家、科学家对推进社会发展的作用，尚不可相提并论。时人对文学家、音乐家、科学家的死漠然处之，对在苦难中挣扎的民众的呻吟与呼号熟视无睹，却对一个伶人的自杀大事渲染。这样鲜明的对比，不能不说是社会的畸形、时代的悲哀。

◀ 结语 ▶

筱丹桂与张春帆虽无婚姻之名，但有同居之实，在时人眼中筱就是张的外室。尽管筱是名伶，张另有妻儿，但由于时代的局限，筱仍为张私有。所以，就连筱与冷山的正常交往，也不得不遮遮掩掩，懦弱的筱生怕被张知晓后遭受责难。但事与愿违，经过张的日夜审讯，筱不得不道出实情，遂演成了这样一个悲惨的结局。

中华民国正是思想、文化、社会的大变革时期，传统婚姻制度作为中华传统的重要组成部分，受到西方思想的强烈冲击，但由于封建思想和观念的根深蒂固，中国传统婚姻制度仍具有较强的生命力。因此，民国政府在立法时，既吸收了西方的进步思想，又固守了中国的传统观念，出现了新旧并存的情状。1930 年颁布的《中华民国民法·亲属编》，虽确立了一夫一妻制，但妻子在家庭中的地位仍十分低下。因“妻以其本姓冠以夫姓”而没有姓名权；因“妻以其夫之住所为住所”而丧失居住权；因“对于未成年子女……父母对于权利之行使意思不一致时，由父行使之”而缺少教育子女权；因“对于夫妻财产，丈夫拥有夫妻共同财产的管理权和财产收益权”而丢掉财权；因“婚姻关系成立后，夫妻人格合成一种新的人格，妻的人格被夫吸收”而不具备完全行为能力。

法律的倾斜造成了观念的偏差，致使“五四运动”后所倡导的妇女解放、男女平等、婚姻自由等思想，多停留在口号层面，或者只能在以郑毓秀、林徽因、陆小曼等时代新女性为代表的知识阶层中有所体现，而在长期遭受封建思想观念禁锢的广大民众中，传统观念并未得到根本改变。在现实生活中，男人可以在外面恣意妄为、花天酒地，女人只能是操持家务、相夫教子、侍奉公婆的家族主妇。特别是已婚男子视妻子为自己的私有财产，理直气壮地限制她们的行动自由；已婚女性与异性的正常交往，也被社会认为是有伤风化，遭到丈夫的责骂甚至殴打。如张春帆一样主宰着女性命运的男人比比皆是，如筱丹桂一样惨遭奴役而走上绝路的女性屡见不鲜。

筱的自杀不是她一个人的悲剧，而是中华民国的悲剧。从而揭示出：要想真正实现妇女解放、男女平等、婚姻自由，必须改变社会制度。

不自由　毋宁死
——贺蝶、杨怀椿为爱殉情

1938年12月18日晚，为了证明对爱情的忠贞不渝，为了抗争父母对儿女婚姻的粗暴干涉，为了争取恋爱自由、婚姻自主，17岁的上海红舞星贺蝶与21岁的恋人杨怀椿，在百乐门饭店留下遗书，双双服毒自尽，一时轰动上海，各家报刊竞相报道，社会舆论对他们的殉情众说纷纭，褒贬不一。

◀ 生活所迫　舞国红星 ▶

贺蝶，学名秋月，别号圣洁，浙江镇海人，生于1921年7月27日。1925年随全家来到上海谋生，居于九亩地万竹街，父亲做些小本生意，母亲终年茹素礼佛，还有两个妹妹又蝶和幼蝶。

贺蝶7岁时在九亩地敦化小学读书，天资聪慧，14岁高小毕业时，即开始写作小品文，也曾在一些舞场画报上刊发。

父亲原在一家报关行做事，薪金不高，一家人勉强度日。1932年“一二八”事变爆发，随着报关行歇业而失业。后在自家附近开了一家小型烟纸店。贺蝶高小毕业时，因父亲年迈多疾，不得不辍学，帮着父亲料理店铺。老师、同学、邻居无不为其不能继续深造而感到惋惜。

因战乱频仍，时局动荡，烟纸店的生意日渐惨淡，不多时即因亏折过巨而不得不盘出。失去了经济来源，一家人的生计顿成问题。正在一家人无计可施之时，丽都舞场红舞星牛露露的母亲来到贺家，屡劝贺蝶效仿牛露露的成功之路。为了解决全家人的衣食问题，贺蝶开始到万国舞专学习跳舞。三个月后，她已熟练掌握了各种舞步。1935年春，便在圣爱娜舞厅正式下海。

在圣爱娜做了不多时，因离家太远，路途不便，贺蝶经朋友介绍转入远东舞厅。初时，她只是一个名不见经传的普通舞女，舞客寥寥，收入不多。当时舞国最有影响力的期刊当数《跳舞世界》，有一次，该刊老板韦陀偶然到远东来玩，经了大班阿康的介绍认识了贺蝶，第一次便出手阔绰地买了她的8元舞票。此后接连捧场坐台达数月，并在《跳舞世界》撰文宣传。后来贺蝶加入璇宫、大新，韦陀还预拨一笔经费，专为她生意清淡时捧场之用。因之，贺蝶在舞国崭露头角。数家舞国报刊也纷纷撰文，有的盛赞她的舞技舞姿，有的夸奖她的性格人品，有的则聚焦她的秀丽容貌、婀娜身材、杨柳细腰、甜美笑容，更有几家画报竞相把她的大幅玉照刊于封面。如此一来，不出半年，贺蝶的芳名便响彻整个沪上舞国。

一个舞女一旦走红，自然会赢得许多舞客前赴后继地追求。贺蝶的舞客很杂，商界老板、洋行老外、富家小开、公司职员、在校学生均在其列。在众多追求者中某交易所的经纪人算是最为活跃的一个，他不但天天到舞场争购舞票，而且还时常带她出去吃西餐、逛商场，大把地花钱，竭力地报效。1937年春，这位老兄还带着贺蝶和几个朋友一同到杭州西湖去游玩。

然而，就在贺蝶如日中天之时，命运多舛的她竟然在1937年夏天患上了伤寒症。幸得挽救及时，才算死里逃生。大病之后，她形容憔悴，体力不支，一时难以复出，被迫在家静养数月。

“八一三”事变爆发，为了逃避战乱，她们全家在远东饭店开了一个房间暂时居住。但是在那人心惶惶之时，上海租界里的所有舞场先后宣告关张，刚刚重登舞场的贺蝶只得歇业。她家重又面临断炊之虞，幸得一个舞客朋友慷慨解囊，赞助了她不少金钱，才让她家勉强渡过难关。但旅社的开支过大，眼看无力支撑，还是在那个熟客的帮助下，她家才搬到了福煦路西摩路落脚。天无绝人之路，就在此时，逍遥舞场宣告复业，贺蝶遂立即加入伴舞。但当贺蝶一家的生活刚刚有点安定，突又遭遇偷盗，苦苦积攒下的百余元现金被洗劫一空。她只得携全家搬至八仙桥恒茂里 78 号的亭子间里。

风水轮回，否极泰来，远东舞场宣告复业，重返远东的贺蝶才算云开日出，迎接她的是一片灿烂的阳光。国民党军队西撤后，战争的炮火随即远去，躲在家里的人们都想出来透透气，解解闷，消消烦。于是，舞场的生意也就逐渐红火起来。随着舞场的火炽，《弹性姑娘》《跳舞世界》《跳舞新闻》《舞声》《舞影》等舞国报刊又活跃起来。这些小报以报道舞场消息、舞女动态、花边新闻为噱头，贺蝶自然成为他们追逐的对象。当时对她的专访、新闻报道铺天盖地。贺蝶一时成了红得发紫的舞国头号明星。

1939 年春，璇宫舞场开幕，在大班阿康的重金礼聘下，贺蝶脱离远东加入璇宫。在那里做了四个月，声名益隆，慕名而来的舞客如过江之鲫。在给舞场带来兴隆生意的同时，贺蝶的收入也是与日俱增，月收入可达 1300 元以上。随着经济的宽裕，贺蝶的场面也就大了起来，住处由亭子间升到了二层统楼，添置了崭新的柚木家具，安装了代表身份的电话机，更为自己置办了大批时装和上等化妆品。

◀ 杨家独子　温文尔雅 ▶

就在贺蝶大红大紫之时，杨怀椿闯进了她的生活。初时，他二人并不十分熟络，甚至可以说，杨怀椿只不过是贺蝶众多舞客中的普通一员。

杨怀椿时年 21 岁，姑苏人，他的父亲在本地有一些名望，虽说不是巨商富贾，但也算得上衣食无忧的小康之家。更为特殊的是，杨怀椿没有姊妹，没有兄弟，甚至没有堂兄弟，是三房并一的独生子。由此，双亲自然是格外宠爱。1925年前后举家来沪，居于静安寺路同福里7号。他虽在上海中华劝工银行供职，但那只不过是一个名目，实际上他的一切来源还得依赖家庭。

杨怀椿生得不算英俊，甚至鼻子还有点扁，下巴也有些凹，但与贺蝶却有几分相像，用现在的话说，他二人有“夫妻相”。杨怀椿有着当年姑苏人的本色，皮肤白皙细致，性情温和，举止文雅，风流倜傥，是一个女人型的男子。他温文尔雅的神态中透出的那股英气，为人处世中散发出的热情与真诚，或许是让贺蝶迷恋的原因之一吧。

俗话说“谁个少女不怀春”，贺蝶正值怀春的花季，寻找自己的意中人，作为终生的依托，自然是她思考的人生大事。杨怀椿自从第一次来到舞场与贺蝶共舞一曲后，便立即被她倾倒。此后，每晚必到，一掷千金，倾囊而出地报效。他那真诚的眼神、灼热的目光，也深深地打动了贺蝶。于是，他们结识了一个月的光景就双双坠入了爱河。每天除了在舞场共舞，他们还经常在餐馆、影院约会。常常是约会刚一结束就又要通电话，更是频传情书，情话绵绵。贺蝶在一封情书中大胆地表达炽热的爱情，开头便称“我的亲爱的怀椿”。信中说：“我这个称呼，你觉得我冒昧吗？请你原谅我。不过，因为我俩的爱——最纯洁的爱，到了最极点的时候，不能不用这种语气来表示了。你（以）为对吗？我的怀椿，我的亲爱的怀椿，我在时刻的想念中，接到你的电话，叫我先写信给你，然后，你再写信给我，还有许多许多的话，对我说呢……”

然而，一个红舞女是属于整个舞场的，许多舞客到大新舞场来也多是为谋与贺蝶共舞。杨怀椿独占花魁，直接导致了其他舞客绝足不前。杨每晚必到，常带贺出台，很是影响她的生意，更影响到舞场的经营。为此，不但舞场对杨不甚欢迎，更有舞客放出风来要收拾杨。不知是杨怕了抑或其他原因，他竟然连续两周没有出现在大新舞场。

◀ 父母反对　双双殉情 ▶

他们的恋情，很快就被贺母发现了。贺母虽没有明确反对他们的往来，但每晚像“拖车”一样地跟随女儿到舞场，在舞场的一角静静地守候，散场后送女儿回家。业界盛传的贺蝶的“无柄的拖车”，指的就是贺老太太。

贺杨爱情的温度一天天升高，几乎达到了最高的沸点。在杨的心目中，世界上除了贺蝶，没有哪个女子再比她可爱。同样，在贺蝶的眼中，芸芸众生，也只有杨是她的最爱。一次，在一场国际茶舞会中，贺蝶的好友陆琴珍开玩笑问她，近来有没有最要好的朋友。她很兴奋地回答说“有一个姓杨的”，脸上洋溢着幸福的微笑。有一天，贺杨在大华游玩，贺喝了许多酒，醉得不省人事，他们遂在宾馆中住了一晚。直到第二天早晨，杨才送贺回家。为此，贺母更加记恨杨，不许女儿再与他接近。为了这个严重的警告，母女俩发生了一场剧烈的争吵。年轻而高傲的贺蝶，激愤之下竟偷偷让用人去买来沙尔，意欲自杀。幸得用人哄骗她说，药房不愿出售，一幕惨剧才没有提前发生。然而，岂料几个月后，一个美丽而热情的生命，终于还是被来沙尔夺去了！

自从那次争吵之后，贺蝶变乖了，再也没有迟归和饮酒，只是神情冷漠、态度消极。贺母虽然知道她暗地里仍和姓杨的往来，但也没有再做追究。但表面上的风平浪静，却正酝酿着惊涛骇浪。

1938 年 12 月 18 日，天空中飘着蒙蒙细雨，从黄浦江上吹来的海风冷得让人瑟瑟发抖。晚 7 时，贺蝶照例由她的母亲陪着来到舞场，像往常一样含着笑靥应酬客人，没有一丝异样，没有一点不自然。

贺蝶穿了一袭银白色的旗袍，配一双银白色的高跟鞋，显得高贵而典雅。她刚一坐台，就有一个陌生的客人邀她跳舞。贺对第一次跳舞的客人大多不甚谈笑，她只转着脚步静静地舞着。但那个舞客却是有说有笑。一连跳了四支曲子后，那人便离开了舞厅。一旁的贺母目不转睛地盯着他俩，却没有看出问题。时至 9 点多，一个李姓舞客召贺蝶坐台，大约坐了一个多小时，李先生就买了舞票要带贺去丽都。行前，贺照例笑嘻嘻地向母亲道别。贺母对李姓舞客非常熟悉，知道他是一个老实人，甚为信任，所以任他们去了，自己便也起身回家。目送着女儿的背影远去，贺母怎会想到这竟是她们母女最后的诀别。

李先生带着贺蝶在丽都玩到午夜 12 点，便送她回家。在弄堂口分手后，李先生的车子飞驰而去，而贺蝶没有回家，她又雇了车子重到丽都。杨怀椿在此已经等候多时，原来那个陌生舞客正是杨派去与贺联络的人。他们跳舞跳到两点半，才一同来到百乐门饭店 304 号房间。

在房间里，杨怀椿告诉贺蝶，他的父母已经知道他俩的恋情，坚决不答应他与一个下九流的舞女恋爱，更不能看到儿子娶这样一个女人进门辱没门第，所以逼着他和另外一个女子结婚，时间就定在 12 月 26 日。杨是一个爱情至上的软弱的性情中人，缺乏抗争的勇气。他经受不了如此严重的打击，遂提出，不自由，毋宁死！愿与贺在今晚同归于尽，生不能做夫妻，死也要在一起！贺听说自己的爱人即将与别的女人结婚，更是绝望至极，为了证明他们至死不渝的爱情，她愿意陪着杨一起走！

之后，他俩跟平常一样快乐地谈笑着，没有异样的举动。杨向侍者要了信封和拖鞋，就关上门进浴室洗澡，后来又唱了几支雄壮的歌曲。直到凌晨 4 点多，一名侍者偶然经过他们的房间，听见里面有男子急促的喘气声和女子凄惨的呼痛声，他吓了一跳，连忙报告账房。二人一起破门而入，只见这一对可怜的男女已经奄奄一息地躺在床上了。桌上有一封遗书、两只钻戒、两个来沙尔空瓶和一堆钞票。在杨的衣袋里，有一张出自新新公司新药部的来沙尔发票。那堆钞票共 213 元，遗书中说明这个钱是给贺家的安家费，并有“今因双方均愿同归于尽，事后，希双方勿起诉讼”之句。

在极度紧张的空气中，饭店立刻把他们送到了海格路红十字会，当时，他们俩的胸口尚存一丝余温，然而一切都晚了，失去了最宝贵的救治时间，一对年轻的生命就这样终结了。

◀ 社会舆论　众说纷纭 ▶

20日晨，贺蝶的遗体由她父亲从验尸所领回暂厝中国殡仪馆。经过一番化妆，贺蝶的面目像活着时一样美丽，只是其右颊和右耳因被毒液沾染而有紫色的痕迹，额头上还有几道指痕，可以想见毒性发作时，她是多么痛苦难受！

贺蝶生前人缘很好，入殓时，她的至交唐妹妹、王丽珍、骆桂芳、薛美丽等痛哭失声，大新舞场的主人孙克仁、戚润甫也是挥泪不止。最悲痛的除了她的双亲外，就是贺蝶的恩人韦陀了。贺蝶死后，她的父亲失去了主宰，验尸所、棺材店、殡仪馆等一切事务，均由韦陀接洽主办。别人哭得泪流满面，伤心得不成样子，他却没有一滴眼泪，只是按部就班地操办着一切。盖棺时，他只在旁边向死者行了一个注目礼，但那眼神中充满了哀伤！在场的人无不赞赏他对贺蝶的友情，因为大家知道韦陀是个有家室的人，而且家庭美满幸福，他对贺蝶完全出于高尚的友谊。

贺蝶、杨怀椿为爱殉情后，多家报刊做了连续报道，舆论焦点集中在对贺蝶之死的争论上。

有的认为贺蝶之死太过平凡。因为正值国难当头，中国处在面临亡国灭种的危难时刻，全体国人都应该挺起胸膛，拿起枪杆，奔赴战场。在民族大义面前，贺蝶也应该作为一个勇敢杀敌的巾帼英雄，战死在炮火轰轰的前线，而不应该为了儿女情长，用来沙尔结束自己宝贵的生命。

有的认为贺蝶之死其实是懦弱的表现。面对父母对自己婚姻自由的粗暴干涉，她选择了结束自己宝贵的生命，实在是一种最消极懦弱的行为，是无能，是屈服，是投降。她应该肩负起反对封建礼教的艰巨使命，给予那些拿名誉、地位做护身符的封建卫道士们一个沉重的打击，斗争到底，不达目的，誓不罢休！

有的认为贺蝶之死是对舞女无情之说最有力的回击。舞女历来被人们认为是卑贱、下流，甚至是罪恶的职业，舞场则是一个销金窟。多少富家子弟因迷恋跳舞而倾家荡产，多少男子因痴情舞女而妻离子散，多少良家妇女因充当舞女而自甘堕落。俗话说“戏子无情，婊子无义”，舞女讨好舞客，看中的是他们口袋里的钱，而绝对不会动真感情。就在贺蝶殉情前不久，就有一个男子意与舞女结婚，因遭到家庭反对，而与舞女商定自杀殉情，但当男子先行喝下毒药后，舞女突然变卦，结果痴情男子白白送死。而可怜的贺蝶，每天在醉人的音乐里，在光滑的地板上，在与舞客的强颜欢笑的送往迎来中，在这纸醉金迷的花花世界中，并未泯灭那最纯洁的爱情。在情人提出为爱殉情时，她义无反顾地掏出了自己血红的心献给了最爱的人，成就了自己与爱人生死与共的志愿。她的死，昭告世人舞女绝不是个个无情；她的死，证明了舞女绝不是单纯的金钱玩物；她的死，为整个舞国姊妹争取了一个崇高的人格！

有的更认为贺蝶之死是对封建礼教最有力的控诉和抗争。在当时父母之命、媒妁之言主导婚姻制度的现实社会中，封建礼教占据道德的制高点之时，她一个弱女子不可能有力量与强大的封建势力做斗争，只有选择以死抗争。她用血淋淋的死教育他们的家长、唤醒世人，她是为此后更多的贺蝶不致重蹈覆辙而英勇赴死。她的死，是吃人的封建礼教所致，民众不应该无视她的殉情，更没有理由说她的死是无谓的牺牲；她的死，是对封建礼教的血泪控诉和有力打击；她的死，证明了中国的恋爱自由、婚姻自主之路还很曲折漫长。

轰动北平的刘景桂枪杀情敌案

1935年3月16日上午10时许，河北省北华美术专门学校学生刘景桂在北平私立志成中学宿舍内，向该校女体育教员滕爽连开数枪。滕爽当即毙命，刘景桂遂向警察交枪自首。据刘景桂称，1933年4月11日，师大体育系助教逯明在河北宣化与自己订婚。岂料，此后逯明又与滕爽发生恋情，并于同年11月1日在北平与滕爽结婚。刘景桂认为滕爽横刀夺爱，遂于洋车夫手中购得手枪一支，来到滕爽宿舍除掉情敌。因该案为三角恋情的桃色案件，遂成为人们茶余饭后、街谈巷议的热门话题，平津各大小新闻报刊更是推波助澜，不断炒作。此案在当年到底有多火，读者从《北洋画报》里的图文报道或可略见一斑。

1935年3月23日《北洋画报》署名“大白”的《论杀人的女子》一文称，女子谋害亲夫另结新欢之事早已见怪不怪，但是谋杀情敌的事却是前所未闻。谋害亲夫的行为古往今来都是卑鄙可憎的，而谋杀情敌的勇气倒是光明磊落，足以表现出匹“妇”不可夺志的精神。此案告诉世人一个道理：“娘儿们武装起来，确给了男人一个教训。”剑罗则《挽滕爽女士》充满对死者的同情和对男主角的谴责：“女儿身世，原等微尘，无端弹血横飞，到死模糊难瞑目；男子恩情，胥同流水，底事茧丝自缚，在生消受更伤心。”

4 月 18 日的《兀坐三小时等审记》一文，记叙了高等法院第一分院因旁听者人满为患而被迫延期开庭的经过。轰动一时的刘景桂桃色凶杀案，原定于 4 月 11 日上午 10 时开审。记者有一个外国友人对此案很感兴趣，坚邀同往。经记者于前一日向法院探听，必于是日早 8 时到法院，方有得一席之望。他二人特于 7 时半离家，抵法院时尚不足 8 时。但法院审理该案的刑一庭业将告满，急驰而入，始得两座。四望厅内大半为志成中学及各大学法律系男女学生，间有一些衣饰摩登的女士。刑庭内如同电影院早场开幕前的场景，叽叽喳喳，谈话声中夹杂女生娇笑声，嘈杂一片。北京大学“皇后”徐芳也来了，虽有幸挤入，但因未能获得座位只得伫立引颈，足下的一双绣花鞋不知被多少人践踏而面目皆非。至 9 时，赶来旁听的人更多了，除坐满外，四周也已站满了人。法院不得已打开楼门，请站立者上楼找座，但不到三分钟，楼上百余座位即被填满，法警只得下令关闭大门。将近 10 时许，法院某负责人因厅内太过嘈杂，乃高呼：“这是国家法庭，不许乱喊，否则将认为妨害公务！”警察也开始四面张罗，勒令站上窗台的人下来，请已将审判台挤压倾斜者向后退。但众人摩肩接踵，无法动弹，根本无人执行。于是，法院只得宣布改期再审。但在场的人根本无人相信，法警原本想打开大门放人外出，结果反将门外久候者放了进来。这样一来，厅内的人就更多了。楼上因过于拥挤，栏杆也有摇摇欲坠之虞，有一名妇女因不堪忍受，大呼“警察救命！”法院见喊话无济于事，遂写一张“改期开庭”的条幅贴在墙壁上，但人仍不散，且有一名四川口音的学生高呼“请厅长宣布改期理由！”直至 11 时半，众人见果真开庭无望，才悻悻退场。几个女生连连叹息道：“今日白白请了四小时假，太不值得了！”

5 月 9 日的《记刘景桂案判决书刊布经过》一文，介绍了新闻媒体对此案报道的火炽。刘景桂、滕爽惨案极为社会各界所关注，平津各报纸对此案报道的竞争亦极剧烈，各报记者八仙过海，各显其能，几成斗法局面。如该案检察官起诉书刊登最早的某日报，它之所以能独得此稿，系因该报记者与法院看守所中某职员相熟。刘景桂、逯明当时同时羁押于该看守所，按例起诉书应当送达当事人各一份，故起诉书一到看守所，即为某日报记者抄得全文而捷足先登了。其他各报探得内情，吸取吃亏的教训，于是将力量集中到了抢先刊登该案的判决书全文上，以期获得竞争胜利。与法院有关联的某小报记者在判决书尚在印刷之际就已获得底稿，认为奇货可居，于是分头向各报接洽，凡欲抄此稿者，大报索8元，小报索6元。各报为竞争计，乃各派专人与此人接洽。于是各报分别以6元、5元、2元成交。更有报纸互相联合，由甲报出面购买，然后甲乙两报公用，共同担负费用。该记者发售此稿，一个晚间得洋20元以上。翌日一早此稿刊于各报，而本案的所有关系人尚未收到法院判决书呢！

同年8月31日的《再审刘景桂记》一文，报道了20多名记者被拒之门外的情景。8月29日是刘景桂、逯明案上诉后在高等法院第一分院公开审判的日子。鉴于前次公审时有人未能挤进的教训，许多人都是天刚亮就到法院排队登记了。6时许，法院门前已是人满为患。7时许，大门开启向里放人。第一批进去的是几位法院工作人员，带进去了数名特约的女客。众人不禁叹道“朝中有人好做官啊！”随后，大家一拥而上，一片混乱。20多位新闻记者夹杂在人群中也试图挤进去，被一位自称法院胡书记官的人拦下。他说，此次公审法庭专设记者席，记者不必去挤，稍后他负责带大家进去。但不一会儿，该管区署长出来了，怒容满面地称，厅内已满，任何人不得入内，遂将铁栅栏关上。记者上前交涉，他说不论是谁也不能进去了！再找胡书记官，已是不见了踪影。有人说，该署长昨天晚上看杨小楼和三大名旦合演的义务戏，凌晨3点多才散场，今早6点又被法院叫起来维持秩序，心里老大地不痛快，所以才大发脾气。被拦在外面的记者们连呼上当受骗了！

1937年5月11日的《关于刘景桂案》一文，介绍了该案的判决结果和众人对该案两种迥然不同的看法。惨案主角逯明宣告无罪，刘景桂被判无期徒刑，经上诉三审后，最高法院将上诉驳回，维持原判。消息传出后，社会上有一种人以“淫妇”的眼光注视刘景桂，认为一个女人为了争风吃醋而杀人，是狠毒、无耻的。听说刘景桂仅被处以无期徒刑，仍觉得不满，更因不曾看到“骑木驴”“游四门”之类的惩罚而感到遗憾，觉得未能“大快人心”。另一种人认为爱情是神圣的，他们把是非、罪恶都用爱情消释了，认为刘景桂“既失童贞，又被夺爱”，虽然杀人，也是情有可原。因为同情刘景桂，竟将案情幻想成一部有着圆满结局的电影，期待着将来有朝一日遇有政府大赦，刘景桂必能减刑而重获自由。出狱后，刘景桂与逯明相见时，二人拥抱着接一个热吻，手牵手，夫妻双双把家还。

据史料记载：1944 年，因国民政府颁布特赦令，刘景桂被开释而重获自由，于 7 月 9 日下午 5 时出狱。但此时的刘景桂已经淡出了世人的视线而无人问津，她与逯明是否有着圆满的结局更是不得而知。

勝利無線電

卅五年十一月廿五日出版　**第八期**　每逢十日二十五日出版

越劇明星：

·筱丹桂·

飛歌無線電公司

是西區無線電總會　破天荒大賤賣　打破全滬紀錄

十大犧牲品

美國雷腦電木五燈機$160.000	克來司長波五燈機$190.000
倫歌長短波五燈機$230.000	廿世紀長短波六燈機$280.000
辣斐德長短波六燈機$280·000	飛歌牌長波五燈機$300.000
電曲兒長短波五燈機$310.000	彌陀佛長短波八燈機$330.000
愛美牌長中短五燈機$460.000	愛司開長短乾電三用500.000

·附設無線修理部·

專門技師　精工修理　TEL.60633號

地址：中正東路1259號呂宋路口

台名	週波	電話
	550	
美華人西	600	31234
中國生產	680	13313
大美	700	8876[illegible]
大聲	720	8893[illegible]
遠東	740	46503
福音	760	13661
鉄風	780	42944
新蘇	800	85724
中華自由	820	76886
金都	820	36020
軍友	840	46198
海聲	860	90003
滬聲	860	98030
青光	880	95918
上海	900	23035
中韓文化	920	81797
亞美麟記	940	358[illegible]
大中華	940	9233[illegible]
大陸		
建新	960	81455
新運	980	61848
國民	1000	83537
福利	1020	87353
軍政	1030	95962
東方華美	1060	91020
元昌鶴鳴	1060	82985
復背	1080	95954
上海市警察局廣播電台	1100	15380
合衆	1120	33092
中國建設	1140	98030
鴻聲	1160	84009
亞洲	1180	79669
合作	1180	37712
新聞	1200	97193
青年文化	1220	95110
民聲	1240	35595
九九	1240	82334
勝利	1260	34913
華聲	1280	31637
青年	1300	75434
大中國	1310	93330
新聲	1310	16741
海員	1340	35940
新滬	1360	73779
大同	1360	33445
軍民	1380	97194
國泰	1400	77168
中國文化	1420	90975
建成	[illegible]	[illegible]
蘇聯呼聲		
儉聲		

元 百

聯合出版社出版

上海保定路326弄101號　電話：五〇二九〇

▶ 1946 年第 8 期《胜利无线电》封面上的筱丹桂

筱丹桂自殺

新中國社、越聯社提供圖片

THE TRAGIC END … A CHINESE ACTRE… HSIAO TAN-KW…

筱丹桂自殺，正像十幾年前的阮玲玉自殺一樣，轟動了整個社會。她在舞台上是一位出色的女演員，但在封建家庭中只是一個可憐蟲。現在她開始對現實不滿，而反抗了，但採取的是自己毀滅自己的手段。這真是一個社會悲劇，難怪千百萬人為她流淚。「藝文畫報」為紀念此一代藝人，除搜羅筱丹桂生前及身後的有關照片外，文字二篇，特請與筱丹桂合作最久的徐玉蘭女士及熟悉她的身世一切的斯特君分別執筆，希望讀者能更深刻地考察一下這社會悲劇的成因，救出那千百個呻吟待斃的「筱丹桂」，我想這是每一個國民應有的警覺。

·編者識·

↑年前之丹桂劇團演員，左端第一人為筱丹桂

The troupe formed by Hsiao Tan-kwei four years ago.

筱丹桂，原名錢春鳳，民國九年生於浙江嵊縣長樂，有兄伯權，妹瓊韻。她自幼父母雙亡，孤苦無依，在十三歲時，投入越劇「高陞班」，離開故鄉，過着飄泊的生活。她聰敏好學，在全班中出人頭地，三年之後，就以頭牌姿態演出，頗[illegible]觀衆好評。此後，越劇進入勃興時期，「高陞班」遂以筱丹桂的技藝為號召，於民國廿八年來滬演出。那時她正是雙十年華，首在「浙東」大戲院登台，其後在「卡德」「恩派亞」「天官」等戲院上演，成為當時越劇五大名伶之一。五大名伶是施銀花、曹瑞花、王杏花、姚水娟、筱丹桂。而筱丹桂的技藝尤為卓絕，所以當時有「三花不如一娟，一娟不及一桂」之說。就在這時，

↑筱丹桂（右第一人）去年在杭州偕尹桂芳、竺水招等同遊虎跑泉。

Top and left: Hsiao Tan-kwei visited Hangchow with her friends.

張春帆也是嵊縣人，今年四十一歲，民國十九年到的上海，當過織造廠工人和綢廠職員，廿六年起從事越劇，担任領班。他利用職務上的機會，竭力向筱丹桂追求，終於實行同居。這是筱丹桂一生惡運的開始。後來她發現張春帆已有妻子袁瑞媛，但木已成舟，懊悔莫及了。張春帆的野心很大，完全把她當作搖錢樹看待，為了要維持她的叫座能力，不願意對外界宣佈他和她之間的關係，表面上以表叔和表姪女相稱，實則他和她的同居，早已成為公開的祕密了。張春帆、袁瑞媛、筱丹桂同住在北京東路宋家弄十一號「浙東」大戲院樓上。袁瑞媛所生的四兒二女，平時不叫她「姆媽」或「阿姨」，而叫她「姐姐」，隣舍同事無不引為

↑筱丹桂（中坐手持帽者）與同伴遊覽紫來

↑筱丹桂（左）與其友遊飛來峯，攝於石佛

丹桂（右）與張湘卿（左），喜打網球消遣。

Hsiao Tan-kwei with her … mate, Chang Hsiang-ch…

外應酬交際，稍不如意，立遭苛責，所以七八年同居生活，筱丹桂可說沒有自由，痛苦萬分。筱丹桂生前有二個義母，一為聞人黃金榮的長媳，一為電影業巨頭吳邦藩的夫人，但在這幾年來，往還亦漸疏。

筱丹桂領導的丹桂劇團，去年秋間在「國泰」戲院獻演，起初上座平平，後因編排新戲，營業漸有起色，獲利頗豐。這時，筱開始與「國秦」的導演冷山相識。冷山，原名金兆元，又名金彬，蘇州人，今年三十歲。到了今年五月廿五日晚間，正演新戲「是我錯」第四幕的時候，屋頂天花板突然坍落，停演了大約三個星期，損失數億元。之後，因為「國泰」的台柱小生徐玉蘭退出，筱丹桂沒有適當的配搭，亦告輟演。那時，她原想赴杭州休息，但因在杭州新購的房屋被人佔用，而嵊縣的房屋又被火焚去，故仍滯滬，頗多煩惱。八月十九日，越劇十大名伶為創設越劇學校建造實驗劇場等募基金，在「黃金」大戲院聯合公演「山河戀」一劇，筱丹桂參加演出，飾劇中宓姬一角，唱做表情，極有工夫，想不到竟成最後一次的演出，真有令人一曲最難忘之感。筱丹桂一向有拍電影的志願，因為冷山兼任電影界職務，所以常向他請益，友誼日增，然而却引起了張春帆的妒恨。事實上，冷山在三年前已和團內人梅紅結婚，而且有兩個孩子了。十〃七日下午五時，筱丹桂外出，和冷山一同到「大華」大戲院看電影，並在愚園路一帶散步，十一時左右回家。張春帆於十二時後回家，疑心筱丹桂與冷山有曖昧事情，向筱追究，加以斥責，筱說：「我身子絕對清白的。」一直鬧到八日上午十時，一夜未睡。八日下午兩點多鐘，張叫冷山到其家中與筱對質，打了冷山兩個耳光，並叫他發誓今後與筱丹桂斷絕來往。（以上情形，與後面的冷山自白書及張春帆自白

一個熱情浪漫舞女

賀蝶與舞客服毒自殺

一齣動人的悲劇！

結束一九三八年的舞國

上海舞女賀蝶，在大新伴舞，營業相當興盛，二十七年十二月十九日晚，與舞客楊惠春同闢室於百樂門飯店，忽然相互服毒自盡，其事極爲離奇曲折，茲詳記其始末如下：

舞國俊才一帆風順

她自「遠東」「璇宮」紅起來以後，許多舞場都備了很優越的條件聘請她。然而，在「璇宮」第一次關門以後，她即轉入了改組後的「大新」，爲了她具有一切紅星的美點，很短的時期，她已經成了該廳唯一的台柱，更爲了她年青，拜倒她旗袍裙下的，眞是恒河沙數，不知有多少。

殉情服毒自殺的賀蝶

歡喜冤家 互相傾倒

可是，在一個月以前，賀小姐忽然接到一個陌生的舞客，這舞客姓楊，名惠春，蘇州人，今年二十二歲，曾服務於上海勸工銀行，有一個小康的家庭在靜安寺路同福里七號，一副風流倜儻的氣派，很容易使女人顚倒的，自然在「誰個少女不懷春」之下，又爲了姓楊的一擲數十金，大量的報効她，於是他倆在很快的速度下，就發生了很熱烈的感情。

然而，一個舞女是屬於多方面的，姓楊的雖然每天來，常常買票子帶出去，但是這很容易影響她的營業，因爲其餘的舞客都會因了這種情形，而絕足不前，所以，聽說有一種人擬對他不利，圖給他一個打擊，姓楊的大概很乖巧，在最近兩週來，就絕跡「大新」了，於是，絕沒有想到竟是自殺的男主角。

賀母監視 愛不自由

前天禮拜日，「大新」可以說擠得水洩不通，賀老太太在場，在七時更換粵樂的時候，賀小姐忽然來了一個從未看見過的生舞客，在跳第一只舞的時候，那客人同她似乎很熟悉，談得絮絮不休，賀老太即開始注意，接連二三只舞，情形是一樣，並且像是談得很投機的樣子，一霎那，賀小姐吃晚餐，賀老太雖有想探問的意思，然而爲了那客人也離開了「大新」，也就沒有追問她。

托李某買舞票帶出

到了九點多鐘，有一個姓李的客人，召賀小姐坐檯子，大約坐了一個多鐘頭，李君就買票子將她帶出去，地點是「大都會」，臨走的時候，她還笑嘻嘻的向她母親照例的辭行，賀老太因爲李君是一個誠實的老舞客，也並不疑心有別的意外，看着她的苗條的背影，離開了「大新」，然而，絕沒有料到她穿着銀色的旗袍，興銀色高跟鞋，竟是自殺的預兆，那告別，成了最後的告別呢！

賀老太，獨個兒悻然的回家，眼看着時計一秒一秒的過去，快到天明了，而賀小姐竟一個電話也沒有，倦意太甚了，即在沙發上睡熟了，當電話鈴響的時候，賀老太張開睡眼，滿以爲是她小姐的電話，然而，出乎意料的口音很陌生，不祇是陌生，還有使她更駭極的事情，那就是打電話的人報告她的小姐在百樂門三百零四號，昨夜同楊君服來沙而自殺了。

自殺之前 先立遺囑

她倆在自殺前，曾同立一筆據，那上面寫：「**今因雙方均願同歸於盡，事後，希雙方勿起訴訟**」云：楊君的身上，還遺留一張來沙而的發票，是新新公司新藥部買的。

不過，我們知道賀小姐是李姓客人買票帶至「大都會」去的，據李君說：與賀蝶到「大都會」小坐片刻時，發現楊姓客亦在場，雙方面容，雖有異樣的表情，此或係雙方「久未見面，渴望良深」的緣故，所以後來賀小姐別了李君說單身回家去，也沒有疑心什麼。

原因爲戀愛不自由

由上面的事實，我們可以推想到大概賀小姐是單身乘車子到「百樂門」去的，那個生客人是楊君囑咐她來的，後來，得在「大都會」晤會，亦係他的報告，「百樂門」房間也許是楊君預先訂好，來沙而亦係事前向「新新公司」買來，顯然的楊君事前有了很詳細的計劃，我們雖不能斷定賀小姐生前有無同殉的決心，至少這中間也免不了雙方有難言之隱吧？因爲，當我到楊宅去訪問的時候，才知道楊君將於古歷十一月初五日，由父母之命，將與一位女士結婚了，而楊君偏偏在婚期將近，而與賀小姐雙雙服毒，我們當可推測他們的戀情，是達到了極高點，一定爲了雙方家庭，都有相當的妨礙，所以，雙雙實行這個「一死了之」的辦法，爲了雙方都有很大的悲痛，因此，雙方家長也不願表示其中的秘密，我們當然也不願作憑空的斷定。

▶ 1939 年第 8 卷第 1 期《电声》画报对贺蝶与杨怀椿殉情的图文报道

不自由 毋甯死

賀蝶殉情始末記

——死並不是完結——巴金：新生·

賀蝶殉情之消息傳出後，有情人莫不哀悼。適值本刊將出第七期新年號，編輯朱林君搜集各種材料，擬爲文以述始末，不意突於聖誕夜咯血臥病，廿六日遺僕持有關之文件來余處，囑爲撰著，以嚮讀者。旭不敏就見聞所及，草筆以傳之，惟因時間匆促，不免有遺珠之憾，幸讀者指正焉。

黃旭

一 賀蝶的死

在目前，濃厚的封建氣味仍舊籠罩着的過渡時代，有許多青年男女，爲了戀愛不自由而把生命犧牲了！大新舞孃賀蝶，正是這許多戀愛至上的青年男女中的一個。一九三八年聖誕節的前星期夜，她痛苦地同她的愛人——楊懷椿服來沙而自殺於靜安寺路的百樂門大飯店。

她的死似乎很平凡的。在這一個神聖的民族戰鬥火花裏，她沒有挺起胸脯，勇敢地做一個革命的巾幗戰士，去死在砲火的前線，而把來沙而輕輕地毒殺了自己的寶貴的生命，在意識上也許是一個嚴重的錯誤，然而在她微弱的生命沒有永恒停止之前，她的每一滴血，每一個細胞，都充滿了反抗的活力！無論在意識上是如何的不健全，但至少她已做到了反封建的任務，對於那些拿名譽，地位來做護符的老朽一個嚴重的打擊，何況賀蝶又是一個被人所認爲卑賤，罪惡的舞女呢？爲着生活，她和許多可憐的姊妹一樣，在鏗鏘的樂聲裏，光滑的地板上，强作懽容，送往迎來，但是她並沒有泯滅了她最純潔的愛，她摸出血紅的心去獻給了她所最愛的懷椿，成她的志願，封建的魔手已終止了她的命運。吾們沒有理由可以說她的犧牲是無謂，如果沒有人反對她倆的結合，她是不會被來沙而硬生生的奪去了生命的。她的死，是告訴吾們舞女決不是個個沒有眞愛的，她的死，是告訴吾們舞女決不是單純的金錢玩物，她的死，是替整千的舞國姊妹爭取了崇高的人格！

那末，賀蝶的死是不平凡的！

從賀蝶的死，吾們想起了許許多多青年男女，——尤其是舞國姊妹們，她們怎樣地在封建的枷鎖下掙扎着，爲了愛，不惜流了許多鮮紅的血液

▶ 1939 年第 7 期《舞影》画报对杨贺殉情的详细报道

在天願作比翼鳥
天長地久有盡時
在地願爲連理枝
此恨綿綿無絕期
賀蝶與楊懷椿合攝小影

▶ 贺蝶与杨怀椿

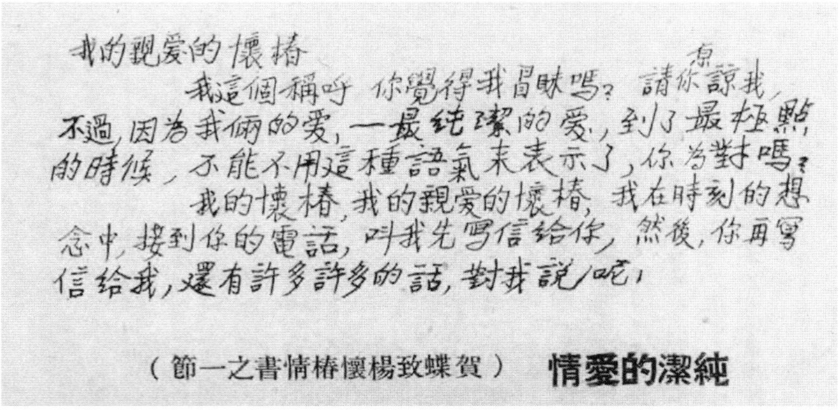

我的親愛的懷椿

我這個稱呼 你覺得我冒昧嗎？請你原諒我，不過，因為我倆的愛，一最純潔的愛，到了最極點的時候，不能不用這種語氣來表示了，你為對嗎？

我的懷椿，我的親愛的懷椿，我在時刻的想念中，接到你的電話，叫我先寫信給你，然後，你再寫信給我，還有許多許多的話，對我說／呢！

純潔的愛情（賀蝶致楊懷椿情書之一節）

▶ 贺蝶写给杨怀椿的信

△佳謎錄▽

半牆斜日映荒村。（射一字）

九月十二日在大光明開演之環球影片公司名片「烏鴉劫」(鏡中黑衣者為曾飾「科學怪人」主角之卡洛夫，女星為

科學珍聞

△汽車中放出的無用的氣，是無毒的，除非它同外界的空氣混合在一起時，才有毒。

△用一個普通器具，便可以試驗出天氣的好壞。用一個敞口的玻璃瓶，裏面放上水，再放一個蝦蟆在裏面。假若牠伏在水底時，天氣一定要不好，如果牠爬上瓶口來的時候，一定便是好天氣。

△奧國之香餌虫有十二尺長；奧國的蚯蚓之長度，由三尺到十二尺，當牠在泥裏出來的時候，還作一種怪叫聲。

△印度上年之虎，幾乎完全肅清了。人與虎雙方俱有損失。虎傷害了一零三三個人，人打死了一零六八隻虎。

八月廿九日北平桃色慘案第二次開審，上為高一分院門前爭看殺人小姐劉景桂之擁擠情形，下為劉景桂下囚車時留影。楊語村攝。

再審劉景桂記

缺自平寄

八月廿九日是劉景桂逯明案子上訴後公開審判的日子。鑒於前一次此案公開審判的擠不進法院，許多人都早早的到法院登記。六點鐘已有滿院的情勢，法院的門可是還沒有開，大家都在院外等候。七時才開門向裏放人，第一批進去的是一二位在法院有工作的人，帶進去他們特約的女客。「朝中有人好作官」，我們就不必說了。以後大家看見可以進去，於是一擁而上。這時在院中等候的廿多位新聞記者也要去擠，當時有一位法院胡書記官說，有記者席，記者不必擠，可以進去，他可以負責。但是等人擠的差不多時，該管區署長官出來，謂裏面已滿，誰也不能進去了。他兩手將鐵柵欄關上，怒容滿面，頭上直出汗。記者上前交涉，他說不論誰也不能進去，再找胡書記官，已無影無踪。有人說某某長官曾經在前一天晚上去看好義務戲（前一日有三大名且及楊小樓之夜戲）三點多才散，今早六點法院已擠滿，被叫起來維持秩序，心裏不大痛快，所以才大發牌氣。但是否如此，則不得而知矣。記者進不去，職務有關，乃去找法院當局，據說記者席只有八席，可放八人入。又說開放樓上旁聽席、可是某署長不肯，以致記者無法。再去找公安局長，及法院院長，雖然得到道歉，結果新聞已不能訪了。幸而有一兩個記者先擠進去，平津記者能未交白卷。據進去的記者報告，劉景桂在劉煌律師為辯護時曾流淚不已，劉煌說她今年廿幾，判十二年說重，可是出來已卅多了。她父母現在不管她，十二年後她出獄已很慘。至逯明，面色不壞，戴一巴拿馬草帽，老低着頭。法官對他問訊後，面色不佳。據云

參加本年全運會之南京市網球選手中央大學學生陳清女士擊球之姿態。廬攝。

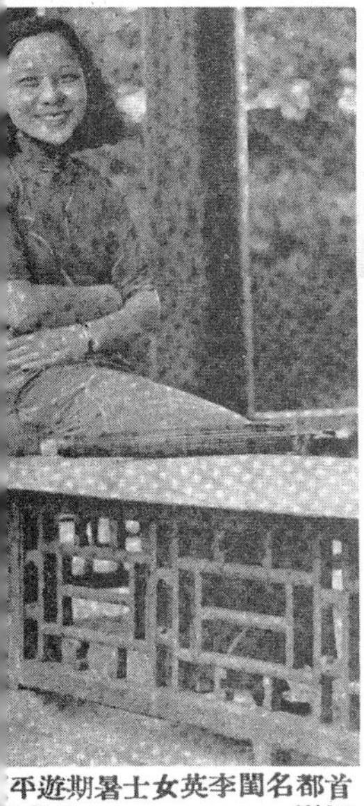

首都名閨李英女士暑期遊平留影 。宋心登

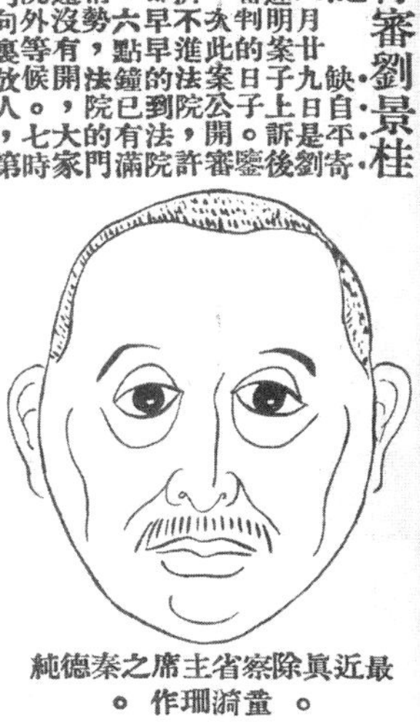

最近真除察省主席之秦德純。董漪珊作。

曲線新聞

（平訊）前南開女中之吳合陣女士，近與其家人來平小遊。日前南敏隊與平聯隊比賽時，女士會到塢與其校友助興。後見南敏敗北，大為懊喪。

（本市）北寧鐵路管理局賑災遊藝會，定於八月卅一日及九月一日兩天，在寧園開遊藝會

健美運動圖解

第三類，第三圖與第四圖：兩腿合攏坐於地下，膝須堅持，不可彎曲，兩手相握置於背後。以右股與兩手着力支持身體，並保持體重之平衡。（第四圖）然後肩與股再轉一方向，即以左股着力，一切動作皆與第四圖相同。如此左右兩側，轉換行之。每側四次或五次即可。

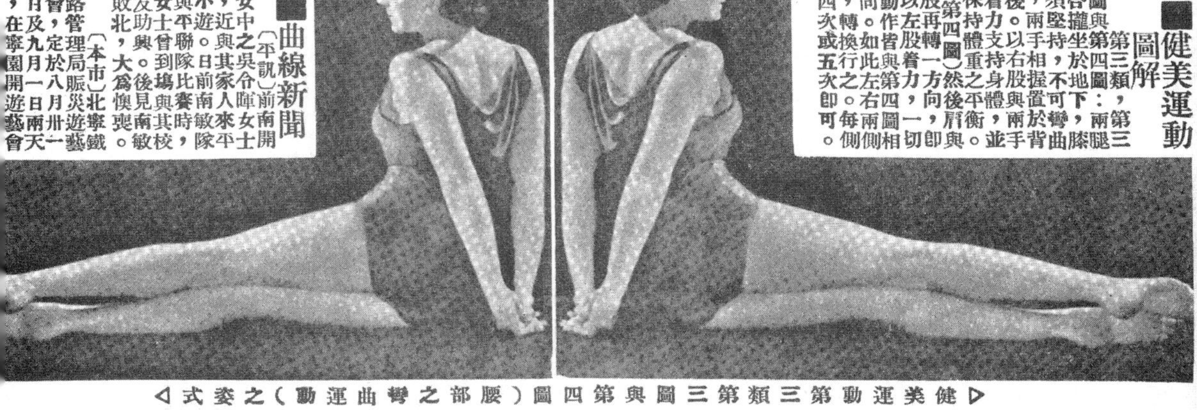

▷健美運動第三類第三圖與第四圖（腰部之彎曲運動）之姿式◁